NARRATIVA

642

Frank Schätzing

IL QUARTO UOMO

Romanzo

TRADUZIONE DI
LUCIA FERRANTINI

EDITRICE NORD

Titolo originale
Die Dunkle Seite

ISBN 978-88-429-2653-5

In copertina: foto © Shutterstock
Grafica: Linda Ronzoni / Meccano Floreal

IL QUARTO UOMO

A Britta.
Tuo, tuo e ancora tuo!

«Questa cosa del buio
la riconosco mia…»

William Shakespeare, *La tempesta*

KUWAIT 1991

MARTEDÌ 26 FEBBRAIO

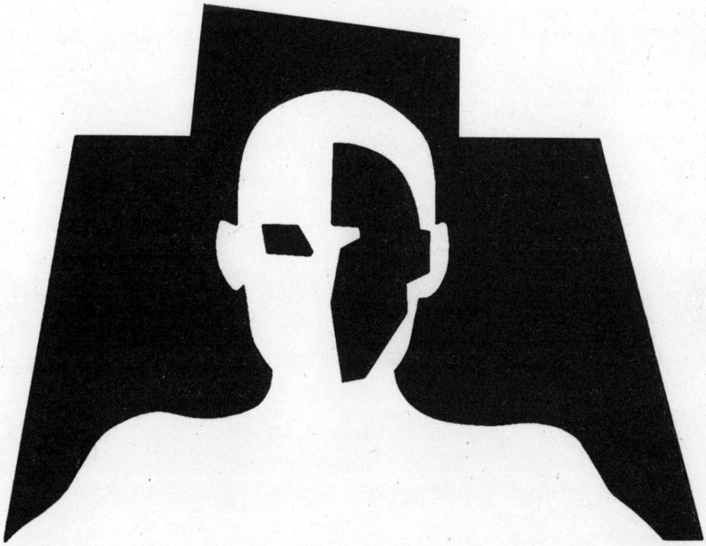

Jeep

Ore 15.02

Ogni tiratore scelto sa benissimo che la sabbia ha un colore. Eppure si sente come in un film in bianco e nero, dove predomina il nero.

Era seduto dietro, sulla jeep, le gambe tirate al petto e la mitragliatrice sulle ginocchia, fissava le dita fuligginose all'orizzonte. Da quando gli iracheni avevano iniziato ad appiccare il fuoco nei pozzi petroliferi, perfino i mercenari si sentivano a disagio. La prospettiva che Saddam potesse portare via il sole al mondo aveva qualcosa d'incredibilmente deprimente. In sostanza, per i tiratori era indifferente chi avrebbe vinto, bastava che venissero pagati bene. Gli alleati continuavano a firmare assegni, quindi loro erano dalla parte dei buoni, la guerra giusta contro la guerra santa. Tuttavia, se il dittatore avesse pagato il doppio, probabilmente sarebbero stati disposti a rivedere la propria posizione. Qualunque fosse il muro da dietro il quale si sparava, quello di Saddam o quello di Bush, la sabbia restava sabbia, e il nemico restava un alleato, perché senza di lui non ci sarebbe stato nulla da guadagnare.

In quel momento, però, alla vista dei pozzi, quegli spettri neri e oleosi, il tiratore scelto iniziò a odiare il dittatore iracheno. Pensò alla casa che voleva comprare a Nizza, alla terrazza in collina su cui innumerevoli volte si era già immaginato seduto, mentre il sole gli bruciava via dai pori i miseri resti del suo passato da mercenario, e si sentì tradito.

Per colpa di Saddam, sarebbe stato sempre inverno.

Niente più cieli blu elettrico sulla costa, niente palle infuocate che s'immergono nel mare, la sera. Niente arietta profumata di spezie e pesce fresco a cena. Solo fuliggine e malinconia, un inverno nucleare, la fine del mondo.

Certe cose non meritano perdono.

La jeep proseguì a sobbalzi verso est.

A ogni sussulto, gli occhiali da sole gli scivolavano giù di qualche millimetro, sul naso sudato. La mano sinistra si alzava e riportava la montatura in posizione, un meccanico gesto di Sisifo della durata di un minuto, mentre lo sguardo perlustrava i dintorni. Era come se gli sudasse anche il cervello. Ogni volta che passavano su un punto particolarmente impervio, le sbarre del retro della jeep gli sbattevano contro la schiena, e lui si spostava, da una posizione scomoda all'altra; la mano destra aumentava la stretta sulla mitragliatrice, mentre la sinistra era già pronta a rimettere a posto gli occhiali. Si guardava di nuovo intorno, in quel deserto monotono, e si sentiva l'animo e le membra più pesanti.

L'autista militare si voltò verso di lui. «Ci siamo quasi», disse, come per scusarsi. «Ormai abbiamo scollinato da un pezzo.»

Il tiratore scelto annuì. Erano in viaggio da più di tre ore, ce ne sarebbe voluta un'altra, forse due, per raggiungere il deposito di rifornimenti vicino al confine iracheno, una delle tante basi terra-aria delle forze alleate.

Due giorni prima, oltre le linee nemiche erano atterrati più di trecento elicotteri. I punti di approvvigionamento erano all'interno del territorio iracheno, anche di cinquanta chilometri. In un blitz, il generale Norman Schwarzkopf aveva ordinato al VII Corpo d'armata di spostarsi dalle coste del golfo Persico verso ovest. La temuta guardia repubblicana di Saddam ormai era in trappola.

Nessuno, però, poteva sapere di cosa sarebbe stata capace. Gli alleati avevano paura. Quando sei in trappola non hai niente da perdere, e sui corpi scelti di Saddam giravano storie raccapriccianti. Col prolungamento dell'attesa dell'intervento di terra decisivo, quelle storie erano diventate sempre più mostruose.

La pioggia di dispacci era iniziata nel pomeriggio. A quanto pareva, il VII Corpo d'armata era arrivato sano e salvo al porto di Bassora e aveva proseguito per Kuwait City. Dal Sud, si erano uniti a esso altri contingenti arabi, americani ed egiziani, ed era iniziato l'accerchiamento degli ultimi bastioni della resistenza irachena. Nuovi radiomessaggi. La guardia sembrava aver tentato la fuga. Informazioni discordanti. Secondo alcuni, la fuga era riuscita; secondo altri, le unità aeree alleate avevano annientato quasi del tutto il convoglio iracheno. Poi era girata voce che la principale arteria per uscire dalla capitale era ormai ridotta a un unico, chilometrico ingorgo di mezzi esplosi o in fiamme. Nella strategia di accerchiamento di Schwarzkopf, quindi, si stavano aprendo delle falle. Tuttavia era sorto un nuovo Annibale alla riconquista di Canne. Centoventi chili di vanità statunitense DOC, con tanto di esperienza a Grenada e una passione per l'opera, che alla fine avevano trionfato. Schwarzkopf aveva promesso mucchi di cadaveri iracheni, anzi montagne. Fiumi di sangue sufficienti a lavar via l'onta del Vietnam.

Il tiratore scelto alzò gli occhi al cielo.

Dov'erano diretti non si combatteva più da un pezzo, si sfoderavano armi solo per accogliere schiere di soldati nemici che sciamavano via dal proprio comandante con la bandiera bianca e le braccia alzate. La guerra si stava approssimando a un epilogo assurdo: un esercito iracheno sconfitto, snervato da settimane di bombardamenti, fiaccato dalla fame e dalla sete nei suoi bunker sotterranei sparsi per il deserto e ancor più vicino alla follia del suo profeta, roba che i marines si baciavano i gomiti. D'altro canto, invece, stranamente Oriente e Occidente erano alleati e armati fino ai denti: una superiorità schiacciante. Eppure perfino loro erano incapaci di porre fine a quel fuoco infernale, una catastrofe senza precedenti, le cui ombre nascondevano un nuovo conflitto ben peggiore.

La battaglia per la sopravvivenza ecologica.

Seduto accanto all'autista militare, l'artificiere si era addormentato. Di tanto in tanto contraeva il viso, la bocca aperta. Quella guerra avrebbe posto fine anche alla carriera dell'artificiere, il tiratore scelto lo sapeva. Non erano nati per fare i mercenari, non avevano la testa. Il primo vero intervento del compagno aveva fatto rivoltare nella tomba i leggendari esponenti della gloriosa categoria di cui faceva parte. La sua ora stava per scoccare. I focolai della politica territoriale africana, le prime avvisaglie della fine della Jugoslavia, il terrore del fondamentalismo algerino, lo spettro del futuro. Sopravvivere significava riuscire a tornare a casa. In ogni caso, i suoi giorni nel deserto erano contati.

La jeep s'inerpicò su una duna. La testa dell'artificiere scivolò di lato. L'uomo aprì gli occhi e si passò una mano sulla fronte sudata. Poi si tirò su a sedere dritto, e iniziò a spiluccare datteri secchi da un sacchetto. Li sbucciava uno per uno, duri e rugosi, se li infilava tra i denti e iniziava a mordicchiarli con gusto.

L'autista militare lo guardò scuotendo la testa. «Come diavolo fai a mangiare quella merda?»

«Ma quale merda», rispose l'artificiere con la bocca piena. Prese il sacchetto e glielo porse, ma l'autista militare fece una smorfia.

«Dammene uno, va'», disse invece il tiratore scelto.

Così il sacchetto finì nelle retrovie della jeep. E per un po' a bordo si mangiarono datteri e non volò neanche una mosca. Ma non si parlava tanto comunque, il deserto non era un posto da lunghe conversazioni.

I datteri finirono.

«Che schifo», brontolò l'autista militare. «Vi mangereste qualunque cosa, perfino la merda, appunto...»

«Sono nutrienti», replicò l'artificiere, impassibile.

«Mah... io ogni notte mi sogno un bell'agnello coi fagiolini, e tu mi proponi questa cacca di cammello secca... piuttosto, abbiamo ancora cioccolato?»

«Si è squagliato.»

«Cazzate, te lo sei finito!»

«Dio santo, ti ho detto che si è squagliato! Cosa non si squaglia con questo caldo infernale? Smettila di fare tutte queste storie! Perché non ti decidi a provare a mangiare cose diverse da quelle che trovi a casa?»

«Be', visto che siamo sempre in viaggio, non sarebbe una cattiva idea...» aggiunse il tiratore scelto, sarcastico.

«Sì, sempre in viaggio... capirai, in Kuwait!»

«Perché no?» L'artificiere si stava ancora leccando i baffi. «Qui cucinano benissimo. Per esempio, fanno un pollo con le nocciole e l'uvetta che è la fine del mondo! Ho provato anche il piccione ripieno, una bomba! C'era il miglio, ed era speziato come i nostri biscotti di Natale; credimi, quasi come quelli che faceva mia nonna! E poi quella specie di pudding con cocco e miele, insieme con un caffè servito in piccole tazze, di cui puoi bere solo la metà perché sennò ti entra in bocca la poltiglia sul fondo, ma ne vale la pena!»

«Non credo proprio.»

«Perché sei troppo stupido per provare.»

«Ho sentito dire che grigliano anche gli scarafaggi, grandi come portafogli. Perfino gli scorpioni!»

«Non è vero.»

«Ma la persona che me l'ha raccontato c'era, li ha visti.»

«C'era, c'era... c'eravamo sempre tutti, chissà dove...» L'artificiere fece un gesto sprezzante con la mano. «E anche se fosse... che differenza c'è con... mettiamo... un gambero?»

«Cosa? Ma che stai dicendo?»

«Hanno entrambi l'esoscheletro, otto zampe e la coda segmentata, che per inciso è la parte migliore, ecco.»

«Stai dicendo che ti sbraneresti anche uno scorpione?»

«Io non sbrano, gusto... già il modo in cui ti esprimi...»

«Ehi!» intervenne il tiratore scelto, d'improvviso sveglio come un grillo. «Guardate!» Con la mano sinistra indicava un oggetto lungo e scuro, spuntato dietro una duna in lontananza. Luccicava tremolando alla luce del sole.

«Che diavolo è?» domandò l'artificiere aggrottando la fronte.

L'autista militare affondò il piede sul freno, fermò la jeep e si girò. «Sei tu che hai la cartina. Che dice? È segnato qualcosa?»

Il tiratore scelto posò la mitragliatrice e tirò fuori la cartina dalla tasca. La aprì con cura, sul sedile, per non piegarla o romperla nel punto sbagliato. Gli altri due si chinarono sulla carta, seguendo con gli occhi il dito del compagno che ripercorreva il loro tragitto.

«No.»

«Un campo, forse?» buttò lì l'artificiere.

«No, niente.»

«Yankee?» ipotizzò l'autista militare. «Quelli sono come i bacilli, si propagano ovunque, dove meno te li aspetti.»

Il tiratore scelto scosse ancora la testa. «Questa cartina me l'hanno data loro, ed è aggiornata; c'è segnato tutto, se questo coso fosse opera loro sarebbe indicato.» Prese il binocolo, se lo avvicinò agli occhi e regolò il fuoco.

«Gli iracheni sono andati a rintanarsi nei posti più improbabili», osservò l'artificiere. «Dovremo proseguire.»

«Non sono iracheni, i bunker iracheni li vedi solo quando ci sei dentro, mai prima.»

«Be', forse lo hanno fatto apposta.»

«Tipo trappola, intendi?»

«Sì.»

«Non credo. Ripeto, le postazioni di Saddam sono sempre state sottoterra, questo invece è visibile, e lo siamo anche noi. Se fossero iracheni, avrebbero già aperto il fuoco, oppure si sarebbero arresi.»

«A volte non iniziano a sparare subito», obiettò ancora l'autista militare, osservando il compagno perlustrare i dintorni. «Ma in fondo hai ragione, siamo fuori dalle piste irachene, la fonte d'acqua più vicina è lontana un sacco di chilometri. Non avrebbero motivo per venirsi a piazzare proprio qui.»

«Però non dimentichiamoci che sono pazzi», mormorò l'artificiere. «E fanno come gli pare.»

Il tiratore scelto aggrottò la fronte. Poi abbassò il binocolo e si grattò un orecchio.

«Allora? Hai visto qualcosa?»

«Non so, lì dietro qualcosa c'è, ma sicuro non è un bunker. Direi d'ignorarlo e proseguire. Oppure andiamo a dare un'occhiata più da vicino...»

«Distanza?» domandò l'autista militare.

«Un chilometro, più o meno.» Il tiratore scelto provò a nascondere l'insicurezza, ma nel deserto non era facile stimare le distanze, lo sapevano tutti. Nel dubbio, però, si aggiungeva sempre qualcosa. Ormai si era perso il conto delle persone che ci erano rimaste secche per essersi fidate dei loro occhi.

«Okay.» L'autista militare cercò di fare la parte dell'audace. «Se non hanno ancora aperto il fuoco, forse potremmo andare a dare un'occhiata...»

«E con quale scopo?» domandò l'artificiere con espressione torva. «Gente, noi siamo in tre, non siamo l'esercito americano. Secondo me non è una buona idea.»

«Invece...» Il tiratore scelto riprese il binocolo. «Non voglio fare ipotesi azzardate, ma se è quello che credo io non corriamo nessun pericolo, non più.»

«Perché?»

«Perché sembra a pezzi.»

«Vabbe', ma quindi secondo te cos'è?»

Il tiratore scelto chiuse gli occhi. Poi si abbandonò di nuovo all'indietro, sul sedile, si rimise la mitragliatrice sulle ginocchia e annuì verso l'autista militare. «Andiamo a dare un'occhiata», sentenziò, ignorando il compagno.

«Io però insisto che secondo me non è una buona idea», brontolò l'artificiere.

L'autista militare accese il motore. «Infatti è pessima, come idea. Non abbiamo ricevuto nessun incarico, ma se mi dite di andare...»

«Nessuno ha chiesto il tuo parere», disse il tiratore scelto, cercando di non sembrare troppo brusco.

«Infatti. Il capo è lui», precisò l'autista militare indicando dietro. Alzata di spalle, piede sull'acceleratore: fine della questione.

Convoglio

Ore 15.20

Si avvicinarono all'oggetto non identificato lentamente, con la massima cautela. Il tiratore scelto non si sentiva proprio a suo agio, ma ormai la decisione era stata presa. Sapeva che il compagno aveva ragione. Il loro incarico era raggiungere il prima possibile il deposito di rifornimenti, dove avevano urgente bisogno soprattutto dell'artificiere e della jeep.

A quel punto delle ostilità, però, nessuno si sentiva più tanto vincolato all'obbedienza agli ordini superiori, perché la madre di ogni battaglia prima o poi vede sempre fuggire e capitolare i suoi figli. Volendo, Saddam in persona sarebbe potuto passare davanti a un'unità speciale americana senza che gli torcessero un capello, a meno che gli uomini non avessero ricevuto un ordine preciso a riguardo.

I mercenari, tuttavia, erano un altro paio di maniche. I mercenari non erano soldati, ma avventurieri. Obbedivano, ma erano anche capaci di agire e di decidere autonomamente.

In sostanza, erano uomini liberi.

E lì, in mezzo alla sabbia, c'era qualcosa.

Un qualcosa che, avvicinandosi, stava assumendo i contorni di un veicolo ribaltato con un grande muso e pneumatici chiodati. Accanto un'altra sagoma, simile a un carro armato, e dietro ancora…

«Santo cielo!» esclamò all'improvviso l'autista militare.

Fecero un giro intorno al primo veicolo, mezzo sepolto dalla sabbia. A lato del radiatore, canne di mitragliatrici mobili puntate verso il cielo. Il lato destro, invece, era tutto accartocciato, come colpito da un pugno.

«Ma che diavolo è successo?» domandò l'artificiere, incredulo.

«Mine!»

«No, queste non sono mine», disse il tiratore scelto. Indicò con l'arma il piccolo carro armato, la cui parte inferiore era ridotta a un groviglio di puntelli di metallo ricurvi e cavi squagliati. «Solo un missile può ridurre così un veicolo corazzato.»

«Ma, se questo era un veicolo corazzato, *quello* che diavolo è?» L'autista militare indicò il terzo mezzo, che giaceva poco lontano dal carro armato.

Il tiratore scelto sollevò la testa, aumentando la stretta sulla mitragliatrice. «Non ne ho la più pallida idea. Avvicinati.» Ma lui saltò giù e proseguì a piedi, portandosi dietro l'arma, qualora la jeep avesse avuto dei problemi. Sentì il motore tossire alle sue spalle, poi avvicinarsi.

Una manciata di secondi dopo si ritrovarono tutti e tre intorno alla strana ferraglia, una ferraglia che non avevano mai visto.

«Mi prendesse un colpo!» esclamò l'artificiere disorientato. «E come ci è arrivato questo coso in mezzo al deserto?»

«Perché, cos'è? Tu l'hai capito?»

Il tiratore scelto si avvicinò al radiatore, piano, e inclinò la testa di lato. Vide una specie d'incisione. «Signori», disse un attimo dopo. «Quella che vedete è nientemeno che una Rolls-Royce.»

«Cosa? Una Rolls-Royce cingolata? Ma chi costruirebbe una roba simile?»

«Non ne ho idea, ma è come se qualcuno ne avesse prese due, le avesse unite e poi montate sulla struttura di un carro armato.»

«Ma non ha senso», disse l'artificiere.

«Eccome se ne ha», replicò l'autista militare. «Non dimenticarti che siamo nel regno degli sceicchi. Magari aveva anche la carrozzeria d'oro.»

«Questo non lo sapremo mai. Qui è tutto squagliato», intervenne il tiratore scelto. Tolse la sicura alla mitragliatrice e fece un giro intorno ai pezzi di quell'esemplare unico. Per un attimo si chiese se non fosse diventato pazzo. Quella fermata non prevista era una follia. C'era il rischio che ci fossero mine e, tra le macerie e i pezzi di acciaio, sarebbero saltati in aria come pivelli. Eppure nello stomaco sentiva uno strano bruciore, piacevole e fastidioso allo stesso tempo, una specie di voluttuoso istinto di autodistruzione cui non riusciva a resistere. Sfidare la morte, infilarsi in situazioni sempre più assurde, poteva rendere più dipendenti delle droghe. Il tiratore scelto sapeva di essere in preda a una mania di grandezza che avrebbe potuto essergli fatale, capitava a moltissimi sopravvissuti di catastrofi epocali come incidenti aerei o naufragi. Ogni incontro ravvicinato col pericolo, ogni vittoria aumentavano la follia. Senza rischi, la vita diventa piatta, e merita di essere vissuta solo di fronte a una minaccia che sta per annientarti. Una serpe che continua a mordersi la coda, fino al giorno in cui non se la mangia.

Il tiratore scelto ormai aveva gli occhiali appannati dal sudore. Continuava a pulirseli, a girare intorno al veicolo, a fissare la scena.

Il tetto della Rolls-Royce era schizzato via ad almeno venti metri di distanza dal resto della macchina, conficcato nella sabbia. La detonazione lo aveva trasformato in una specie di lingua gigante, come se appartenesse a un mostro nascosto nella sabbia. Delle persone a bordo del veicolo nessuna traccia, cosa che poteva essere considerata un segnale di cessato pericolo, ma le pareti del suo stomaco continuavano ad aggrovigliarsi.

«Hai visto qualcosa?» chiese l'autista militare.

Il tiratore scelto annuì. Per un attimo si era dimenticato che i suoi due compagni non potevano vederlo. «Sì», rispose quindi in un sussurro.

Dalla parte opposta spuntò l'artificiere. Guardò la sabbia chiazzata di rosso, e si riabbassò. «Ecco, ci risiamo», fu il suo unico commento.

Il tiratore scelto, intanto, continuava a osservare i pezzi di cadaveri insanguinati, cercando di rimetterli insieme.

L'artificiere ebbe un sussulto.

«Così è la vita. Non è proprio il caso di mettersi a frignare.» Il tiratore scelto iniziò a ispezionare il veicolo con maggior attenzione.

Le lamiere della corazza esterna erano scheggiate o spaccate. Sui sedili c'erano resti di materiale espanso. I rivestimenti penzolavano dalle portiere, e macchie di sangue rosso ruggine erano disseminate ovunque, come se le persone a bordo fossero a loro volta esplose. In effetti, quel che restava di loro sulla sabbia non faceva che avvalorare quell'ipotesi.

Rifletté. Cosa poteva essere successo?

Tutto faceva pensare che un gruppo di miliardari kuwaitiani avesse tentato di oltrepassare il confine con l'Arabia Saudita. La Rolls-Royce e i carri armati erano dei pezzi unici, non si era mai visto niente di simile in giro. Truppe di terra non avrebbero avuto nessuna chance contro quel convoglio cingolato. Il tiratore non escluse che il primo, mostruoso oggetto bluastro che avevano visto contenesse delle mine.

Infatti, in prospettiva dell'imminente sconfitta a Kuwait City, la guardia repubblicana si era scatenata. Saccheggi, torture, stupri e omicidi… tutto ciò, ovvio, senza che gli abitanti venissero minimamente aggiornati sulle tempistiche della liberazione, se non sperimentando sulla propria pelle quell'improvvisa escalation di violenza da parte degli invasori. Che ai loro occhi doveva esser sembrato solo un livello di follia superiore.

Non c'era da sorprendersi, quindi, che qualcuno avesse cercato di mettere in salvo vita e patrimoni. Ci erano quasi riusciti. Al confine non mancava molto.

Ma il convoglio non era preparato per un attacco del genere. Un attacco aereo.

Perché proprio lì?

La guardia repubblicana aveva già abbastanza da fare in città – ovvero devastarla e poi organizzare una fuga sicura – e disponeva soltanto di mezzi di terra. Dato che l'aeronautica di Saddam, secondo i dispacci, era stata annientata.

Ma chi poteva esserne certo?

Rafhji, pensò il tiratore scelto, dove i bombardieri alleati per sbaglio avevano attaccato le proprie truppe di terra.

No, non poteva esserci stata un'altra Rafhji. Non lì, era impossibile.

Rispuntò l'artificiere. Si avvicinò al compagno, lo squadrò e cercò di leggere nei suoi pensieri. «Credevo che gli yankee avessero distrutto l'aeronautica di Saddam fino all'ultimo caccia...»

Il tiratore scelto respirò a pieni polmoni e cercò di rilassarsi. Nell'aria c'era un odore strano, che non lasciava dubbi. «Be', a quanto pare non è così, alcuni aerei devono essere rimasti in circolazione.»

«Ma perché hanno attaccato il convoglio?»

«Perché siamo in guerra.»

«E allora? Non ci guadagnavano nulla!»

«A bordo c'erano dei kuwaitiani, bastava questo, no?» Posò la mitragliatrice sulla sabbia per poter guardare più da vicino gli interni. Una mano con unghie laccate di rosso aggrappata al sostegno di un poggiatesta. Solo la mano, nient'altro. Un anello infilato nel dito medio, di un certo valore. Il tiratore scelto esitò, poi proseguì l'ispezione.

Finalmente anche l'autista militare si avvicinò e iniziò ad agitare le braccia. «Ma questi sono morti, tutti morti stecchiti!» strillò.

«Calmo! Stai calmo!» lo sgridò il tiratore scelto. «Chi è morto?»

L'autista militare si riprese e si guardò intorno. Gli occhi focalizzati sui resti umani, il volto privo di qualunque nota di colore. «Cazzo! Merda merda merda!»

«Scusa, ma dov'eri, fino a adesso?»

«Sono tutti morti! Mio dio, ho appena guardato dentro il carro armato... tutti morti arrostiti!»

«Sì... e quindi?»

«Quindi un cazzo!»

«Hai visto altro, qualcosa d'importante?»

«Ma non è possibile, santo dio, prima o poi questa merda dovrà finire!»

«Adesso però datti una calmata, e non dimenticarti che questa merda porta soldi. Insomma, hai visto altro?»

«No.» L'autista militare sembrò come risvegliarsi da un incubo. Guardò il tiratore scelto. «In che senso 'altro'? Cosa ti aspetti di trovare? Io dico che dobbiamo levare le tende, e subito.»

Il tiratore scelto gli lanciò un'occhiata, poi si girò e proseguì con la sua ispezione.

Anche la parte posteriore era ridotta in mille pezzi. Veli, stoffe svolazzanti, cesti e cestini, smoking, vestiti, candelabri, mazze da golf, pezzi di uno stereo, che probabilmente era costato più di quanto lui avrebbe guadagnato in quella guerra... un'incredibile accozzaglia di detriti. Ai suoi piedi vide la testa di una bambola, che con un occhio fissava quel cielo vischioso. L'altro era chiuso.

Il tiratore scelto non riusciva a smettere di guardarla. Poco dietro, nella sabbia, c'era qualcos'altro, forse un bambino. Che però ormai era diventato un unico grumo di sangue.

Bambino, donna, uomo: che differenza c'era? I morti erano morti. Non era il momento di fare la morale. Prese il portellone sformato con entrambe le mani e cercò di aprirlo ancora di più. L'autista militare per un attimo esitò, poi andò ad aiutarlo. Poco dopo arrivò anche l'artificiere. Il loro animo da mercenari prevalse sull'orrore, e insieme cercarono di spostare di lato la lamiera fino a quando non atterrò pesantemente sulla sabbia e il resto del bagagliaio non cadde ai loro piedi.

«Che casino», disse l'autista militare scuotendo la testa.

Il convoglio di fuggitivi doveva esser partito in fretta e furia, con bagagli improvvisati, senza piani, nel caos totale. Il tiratore scelto si chinò per raccogliere una scacchiera, le pedine nere in onice, le bianche in avorio. La buttò via e afferrò una specie di scrigno. La chiusura era rotta, ma aveva retto. Le sue dita ci misero un po' per farla saltare del tutto.

Anche gli altri due continuarono a frugare tra le macerie in cerca di tesori nascosti, imprecando e inciampando, fino a quando non si accorsero che da un bel pezzo il tiratore scelto non diceva né faceva nulla. Era seduto con una cassettina sulle gambe, muto e pensieroso. Non lo avevano mai visto così. Sembrava assente e allo stesso tempo concentratissimo, i tratti del volto come ammorbiditi, lui che non aveva mai mostrato nessun cenno di compassione. Si scambiarono una rapida occhiata e poi si avvicinarono, senza fare rumore.

L'artificiere per un attimo smise di respirare.

Il tiratore scelto si voltò verso di loro. I suoi occhi riflettevano la luce brillante del contenuto dello scrigno. Poi iniziò a ridere, piano.

L'autista militare vide il contenuto della cassettina misteriosa e quasi scoppiò a piangere. «Che mi prenda un colpo!»

«Già», commentò il tiratore scelto. «E volete sapere una cosa? Secondo me ce ne sono altri...»

Bottino

Ore 16.26

Un'ora dopo, furono certi che a bordo della Rolls-Royce non ci fossero più scrigni. Ne avevano trovati altri due. E anche una cassa di acciaio spaccata: era stata quella a proteggere dall'attacco gli scrigni, rimasti praticamente intonsi.

Meno male... Altrimenti migliaia di diamanti grossi come nocciole si sarebbero perse per sempre tra la sabbia.

Che spreco!

Passarono al setaccio anche i carri armati. Pure lì strani grovigli di lamiere e cavi, pezzi di carne umana e arti bruciati. Ma quasi non li vedevano più, ormai l'avidità aveva preso il sopravvento sull'orrore. In quel caso le ricerche furono vane, ma il bottino della Rolls-Royce soffocò sul nascere qualunque delusione.

Dentro di sé, il tiratore scelto gioì. Avrebbero dovuto baciargli i piedi. Era stato lui a insistere perché si fermassero.

I suoi compagni continuavano a soppesare tra le mani quelle pietruzze luccicanti, domandandosi se sarebbero diventati milionari o miliardari.

«Milionari.»

«Miliardari.»

«Diccelo tu, io non ho la più pallida idea di quanto potrebbero valere!»

«Aspetta, un carato di solito vale tra i cinquemila e i quindicimila marchi, quindi…»

«E tu come fai a saperlo? Di più, valgono molto di più!»

«Infatti… fino a quarantamila.»

«Ma allora…»

«No, quarantamila è troppo, nelle gioiellerie…»

«Stai scherzando? Una sola di queste pietruzze basta per comprare Ivana Trump!»

«Mah… e chi la vuole, quella?»

«D'accordo, allora facciamo Sharon Stone.»

«Ecco, già meglio. Tornando seri, tenendoci bassi e supponendo che ognuna valga un diecimila marchi…»

«Dai, contiamole!»

«No, non abbiamo tempo. Ma, secondo me, a occhio e croce, ce ne sono… un migliaio in ogni scrigno.»

«Quindi tre scrigni, tremila pietre… Per diecimila.»

«Ehm…»

«… se una pietra vale diecimila marchi… per tremila…»

«Tre milioni?»

«Trenta, idiota!»

«Cavolo, hai ragione. Trenta milioni! Cazzo, questa roba vale trenta milioni!»

«Diviso tre!»

«Eh, già, diviso tre.»

Si guardarono, cercando d'immaginarsi cosa avrebbero potuto fare con trenta milioni di marchi.

Anzi no, con dieci.

Dieci per uno.

La casa a Nizza, pensò il tiratore scelto. Una barca. Altro non gli venne in mente, ma sarebbe stata una villa, perfino gli sceicchi del petrolio gliel'avrebbero invidiata. Un gioiellino in collina, con vista mozzafiato sulla città. E lui finalmente avrebbe trovato la pace che cercava. Basta teste di bambola mozzate. Magari un jet privato per lanciarsi col paracadute. Una base per le immersioni, tutta sua! Anzi prima la base e poi il jet. Ma soprattutto: basta guerre, basta per sempre!

Quanta pace dell'anima si poteva comprare con uno scrigno di diamanti?

La lingua dell'artificiere scovò un residuo di dattero tra i denti. Lo spostò da destra verso sinistra e poi lo sputò. All'improvviso si era fatto pensieroso. «Tutto questo è molto bello. Però adesso che ne facciamo, degli scrigni?»

L'autista militare lo guardò. «In che senso?»

«Ha ragione», intervenne il tiratore scelto. «Cosa ne facciamo? Al momento è questa la domanda più importante. Non possiamo portarci dietro nulla, ci beccherebbero. Non in tempo di guerra. Gli alleati processano i saccheggiatori, e noi non facciamo nemmeno parte delle truppe regolari.»

L'autista militare fece un respiro profondo. «Che c'entrano adesso i saccheggi? Questi sono morti stecchiti, no? Non ne hanno più bisogno, dei diamanti.»

«Sì, ma non sono nostri.»

«Adesso non cominciare con la morale. Dobbiamo lasciarli qui? Cerchiamo di essere ragionevoli...»

«Calma. Non possiamo portarceli dietro, è escluso, non riusciremmo a passare nessun confine. Vuoi rischiare che ti fermino alla dogana e ti trovino dei diamanti in un sacchetto attaccato alla cintura?»

«Ma se li lasciamo qui magari finiscono nelle mani di qualche bastardo che...»

«Infatti non li lasceremo qui.» Il tiratore scelto si fermò a riflettere per qualche secondo. «Prima, sulla cartina, ho visto che a sud, non molto lontano da qui, c'è una specie di altopiano, una zona frastagliata... crepacci che non interessano a nessuno, né agli iracheni né ai kuwaitiani. Figuriamoci agli alleati. A parte qualche famigliola di scorpioni, è terra bruciata.»

«Vuoi nasconderli lì?» domandò l'autista militare, esaltato.

«Esatto.»

«Mmm... e poi come facciamo a ritrovarli? Nel deserto non si ritrova mai nulla. Una tempesta di sabbia e...»

«I crepacci sono protetti dal vento. Dobbiamo solo avere un po' di pazienza, aspettare che finisca la guerra, che Saddam si arrenda e...»

«Non si arrenderà.»

«È uguale. Forse non si metterà a implorare perdono, ma perderà. Due, tre anni... e qui ci sarà di nuovo la pace di cui abbiamo bisogno. Torneremo, come se fosse un banalissimo viaggio, e ci riprenderemo le nostre pietre.»

«Sì, che non ritroveremo mai», disse l'artificiere, fissando le colonne di fumo all'orizzonte. D'un tratto sembrava imbronciato.

Il tiratore scelto fece un sorriso triste. «Ma no, vedrete, sceglieremo un posticino sicuro, le ritroveremo anche se Saddam darà fuoco al mondo intero! E comunque non è ancora detto che queste fiamme provocheranno la catastrofe che tutti temono.»

«Ma sono così belle!» si lamentò l'autista militare, che li aveva ascoltati, interdetto. «Non possiamo portarcene dietro almeno una manciata?»

«No, non possiamo. Su, adesso andiamo, non ha più senso restare qui.»

Caricarono gli scrigni a bordo della jeep e, prima di ripartire, rifletterono se ci fosse altro di utile da portare via. Così il tiratore scelto tornò alla Rolls-Royce e per sbaglio inciampò contro un corpo, ridotto molto meno peggio degli altri.

Una donna.

Le gambe erano ancora a bordo del veicolo, mentre il petto giaceva nella sabbia, le braccia aperte, allungate. Una collana.

Il tiratore scelto non riuscì a trattenersi. S'inginocchiò e afferrò il gioiello. Le sue dita toccarono il collo della donna.

Sussultò.

Era ancora calda.

Un nanosecondo dopo fu di nuovo in piedi, stava già schizzando verso la jeep. «Accendi il motore, dobbiamo andarcene. Subito.»

«Che succede? Perché all'improvviso tutta questa fretta?»

Il tiratore scelto saltò sul mezzo e iniziò a colpire l'autista militare tra le scapole. «Dai, parti! Non so quando sia successo tutto questo casino, qui, ma non da molto... di sicuro da meno di quanto credessi...»

«Eh? Però quando siamo arrivati non c'era nessuna macchina che bruciava, o fumava...»

«Forse hai ragione, ma io non voglio essere qui quando torneranno.»

«Va bene, va bene. Dove andiamo?»

«Di là.» Il tiratore scelto indicò una direzione che deviava dal loro percorso originario come un angolo retto. All'orizzonte s'intravedeva, di fatto, qualcosa che assomigliava a un altopiano.

«Quanto ci metteremo?»

«Non molto, credo.»

Un rombo di motore e si lasciarono alle spalle il convoglio. Viaggiarono a velocità sostenuta fino alla presunta collina. Un paio di volte, la jeep arrivò sparata sulla cresta di una duna restando quasi sospesa nell'aria, e l'autista militare rise. Era uno che sapeva fare il suo lavoro. Erano una bella squadra.

Bella e ricca.

Ricca sfondata!

Il tiratore scelto continuava a perlustrare il cielo, nervoso. Forse si era sbagliato, e il calore di quel corpo a terra era dovuto al sole. «Più veloce!» disse comunque al compagno al volante.

«Ogni tuo desiderio è un ordine», rispose l'autista militare con un ghigno. E continuarono a volare dritti verso il loro obiettivo.

In un quarto d'ora raggiunsero i primi contrafforti dei crepacci. Le fessure tra le pietre erano tappezzate di un manto grigio-verde. Parcheggiarono il mezzo all'ombra di uno strapiombo, presero il bottino e s'inoltrarono nell'altopiano, uno scrigno per uno, pur se sarebbero stati capaci di trasportarli anche tutti e tre con una mano sola. Il tiratore scelto faceva strada, lo scrigno sotto il braccio, la mitragliatrice a tracolla.

«Ma qui è tutto uguale», disse a un certo punto l'autista militare, demoralizzato.

Il tiratore scelto si fermò. «Una volta tanto, usa gli occhi per guardare. Lì, a destra.»

«Ma dove?»

«Ancora più a destra. Vedi quelle quattro guglie?»

«Sì.»

«Sembrano una famigliola: il papà, la mamma e due bambini», osservò l'artificiere.

«Ecco, infatti, un posto facile da ritrovare.»

L'artificiere mollò il suo scrigno, sondò il terreno e si appuntò qualcosa sul blocchetto che si portava sempre dietro. «Be', un po' dovremo cercarli... Ma, sì, li ritroveremo.»

Avanzarono verso la strana formazione. Sotto la guglia più grande, sulla destra, l'autista militare individuò una serie di fessure coperte da cespugli pieni di spine. Una di esse era abbastanza grande da ospitare tutti e tre gli scrigni.

Si fermarono un attimo, i cuori che diventavano sempre più pesanti.

«Su, coraggio, tanto torniamo», disse infine l'artificiere.

L'autista militare annuì. «Speriamo», aggiunse quindi in un sussurro.

Presero gli scrigni e li infilarono nella fessura, poi finirono di riempirla con sabbia e detriti e risistemarono gli arbusti.

Il bottino era scomparso. Non era rimasto nessun indizio che lì fossero nascosti diamanti per un valore di trenta milioni di marchi.

«Bene, ci siamo assicurati una pensione felice... Adesso, su, andiamo.» Il tiratore scelto si girò e si avviò verso la jeep, senza degnare il nascondiglio di ulteriori sguardi. La mitragliatrice a spalla, il passo deciso.

L'autista militare lo seguì.

L'artificiere li lasciò allontanarsi e poi si sfregò il mento, pensieroso. Gli occhi schizzarono verso il cielo.

Qualcosa lo fece rabbrividire, ma non capì bene cosa.

Trenta milioni...

All'improvviso, sentì calare su di loro un presagio funesto, come se avessero appena firmato la loro condanna a morte.

Iniziò a camminare a passo svelto, prima che i compagni potessero farsi venire strane idee.

Caccia

Ore 18.10

Non era cambiato nulla, e allo stesso tempo era cambiata ogni cosa.

Proseguivano a scossoni verso il deposito di rifornimenti, come poche ore prima, l'autista militare che canticchiava stonato, il tiratore scelto seduto dietro con le gambe al petto, la mitragliatrice sulle ginocchia e le mani impegnate a intervalli regolari a ritirare su gli occhiali da sole.

L'artificiere, però, non dormiva. Era seduto in silenzio e continuava a fissare con le sopracciglia inarcate le colonne di fumo in lontananza.

L'autista militare si girò verso di lui. «Dai, ridi.»

«Come dici?»

«Fattela, una risata... hai tutti i motivi per farlo.»

«I corpi erano ancora caldi», mormorò.

«Ma con questo sole cosa non lo è?» replicò l'autista militare. Si voltò, certo che il tiratore scelto gli avrebbe dato ragione.

«No.» L'artificiere scosse la testa, inquieto. «Tutto fa pensare che gli iracheni abbiano intensificato la loro presenza in questa zona, che abbiano ampliato il loro raggio di azione.»

«Ma che dici, gli iracheni non hanno più un raggio di

azione. Ormai sono più di là che di qua! Sarà andata che il loro ultimo trabiccolo si è perso, per caso ha avvistato il convoglio e gli ha scaricato addosso l'ultimo razzo. Davvero credi che abbiano ancora un piano, una strategia?»

«No?»

«E, anche se fosse, dov'è il problema? Non ci sono mine, ne abbiamo già parlato prima di partire, ricordi?»

«Sì, però...»

«Quei porci schifosi non ci sono mai nemmeno passati, qui, era solo un bluff di Saddam. Non c'è nessun cordone di mine, le hanno messe solo intorno ai pozzi. Sul serio, stai tranquillo...»

«Non so...»

Il tiratore scelto alzò la testa. «Risparmiatevi le speculazioni, adesso l'unica cosa che conta è arrivare sani e salvi al deposito.»

«Siamo troppo ricchi perché la fortuna ci volti le spalle», disse l'autista militare con un sorriso. Da quando avevano abbandonato il convoglio, non faceva altro che sorridere.

«Non capisco la tua logica.»

«Cosa comprerai coi tuoi milioni?»

L'artificiere rifletté. «Mi comprerò il culo di Saddam Hussein e lo venderò a George Bush, che mi darà almeno altri cinquanta milioni.»

Il tiratore scelto rise. «Allora devi comprarlo tutto, Saddam. Quello *è* tutto un pezzo di merda.»

Risero tutti. Si rilassarono. In una fessura nel bel mezzo del deserto c'erano trenta milioni che li aspettavano. Forse di più.

Il terreno davanti a loro iniziò a diventare più uniforme, e l'autista militare cambiò marcia.

«Ecco, questo dovrebbe essere l'altro altopiano», disse il tiratore scelto. «Se la cartina è giusta, adesso c'è un tratto in salita e poi una discesa, una specie di valle. Quindi dalla cima dovremmo vedere il deposito.»

«Allora siamo a cavallo!» esclamò l'autista militare. E poi attaccò: «*We are the champions...*»

«*We keep on fighting...*» proseguì l'artificiere.

Il tiratore scelto sorrise e si tirò indietro. Non mancava molto alla fine della guerra. L'Iraq era in ginocchio.

Poi ancora un paio di annetti e...

«*We are the champions... Weeeeee are the champions...*»

La jeep era sempre più vicina alla cima piena di arbusti arruffati; c'era perfino qualche alberello rinsecchito. Sopra di essi, sagome di grandi uccelli che volteggiavano nel cielo.

E il caccia iracheno.

Il velivolo spuntò così all'improvviso da dietro la duna che per un momento i tre continuarono a cantare, poi l'autista militare di punto in bianco iniziò a urlare e quasi svelse il volante. Il caccia stava puntando dritto contro di loro. Così vicino e così basso che il tiratore scelto per un attimo fu tentato di saltare giù dalla macchina e schiacciarsi contro il terreno.

A destra e a sinistra, colpi di mitragliatrice.

L'autista militare infilò una curva troppo stretta, il tiratore scelto perse l'equilibrio e sbatté la testa e le spalle contro una portiera. Gli si annebbiò la vista. Sentì l'artificiere e l'autista militare gridare, i rombi del motore quando il caccia passò sopra di loro, poi si aggrappò a un sedile e si tirò su. «Supera la cima, supera la cima!»

Ma l'autista militare non lo ascoltò. Fece dietro front e tornò nella direzione da cui erano venuti, come se all'improvviso fossero loro a inseguire il caccia.

L'aereo si rimpicciolì. Il tiratore scelto trattenne il respiro. Per un attimo, sperò che il pilota si fosse accontentato di spaventarli. Era un aereo di quelli piccoli, un vecchio modello russo da ricognizione, a basso potenziale distruttivo.

L'unica cosa certa era che agli alleati doveva essere sfuggita qualche base irachena.

«Torna indietro, torna verso la cima!» gridò ancora all'autista militare.

Poi vide il caccia piegare di lato, fare una curva di centottanta gradi, scintillare al sole per qualche secondo...

... e tornare indietro.

Sì, ce l'aveva con loro.

«No, prosegui così!»

«Ma non posso mica andargli incontro!» si ribellò a quel punto l'autista militare.

«Invece devi, è la nostra unica possibilità di cavarcela!»

Il caccia volava ancora più basso di prima. Le mitragliatrici sputavano proiettili in tutte le direzioni.

Il tiratore scelto si schiacciò contro il sedile per trovare una posizione stabile, impugnò la mitragliatrice e mirò con la massima precisione possibile.

«Cosa aspetti, spara!» gridò l'artificiere.

Lui non lo ascoltò. L'aereo era sempre più vicino, stava cercando l'impatto, accelerava.

«Spara!»

No, ancora non lo aveva nel mirino, ancora non vedeva bene la testa del pilota dietro il vetro.

Due secondi, ancora uno.

«Dai, cazzo!»

Adesso.

Premette il grilletto.

In un minuto, la corazzatura del caccia venne colpita da settecento salve, il cui crepitio si mischiò col ruggito dei propulsori e coi colpi partiti dall'aereo. Il tiratore scelto continuò a sparare, contro il vetro, contro i frantumi. Poi all'improvviso il cielo sopra di lui si fermò e qualcosa lo fece schizzare fuori dalla jeep. La mitragliatrice finì nella sabbia. Lui atterrò sulla schiena, l'aria che gli premeva contro i polmoni. Sopra la sua testa vide sfrecciare l'aereo, così basso che per un attimo ebbe l'impressione di poterne toccare la pancia con un dito. Il ruggito diventò uno stridio.

Il tiratore scelto rotolò e poco dopo vide il caccia piegarsi e scendere all'improvviso. Lo schianto.

E poi l'esplosione.

Cercò di aggrapparsi con le mani alla sabbia. Fissò la palla di fuoco sgranando gli occhi, incredulo e felice: ce l'avevano fatta.

Tranne lui, ma quello lo capì solo quando sentì un dolore lancinante nelle viscere.

Cercò di alzarsi, in preda al panico.
Ma i gomiti cedettero, e ricadde con la faccia nella sabbia.
E vide solo rosso.

«... portarlo con noi.»
Aprì gli occhi.
L'artificiere lo guardò. S'inginocchiò e gli posò una mano sulla schiena.
«Male... fa male...» sussurrò il tiratore scelto.
«Non ti muovere», sibilò il compagno. «Non parlare. Adesso ti portiamo via di qui.»
«Che gli è successo?»
Era la voce dell'autista militare. Passi svelti in avvicinamento, sulla sabbia.
L'artificiere aggrottò la fronte, continuando a fissare il tiratore scelto.
«Tutto okay?» chiese l'autista militare.
Il tiratore scelto cercò di parlare, ma la lingua non obbedì. Davanti agli occhi ancora quelle scintille rosse. Socchiuse le palpebre.
«No», disse l'artificiere. «È morto.»
«Come morto...»
Morto?
«Oh, mio dio! Ma cazzo!»
«Non ce l'ha fatta.»
«Merda, merda! Sei sicuro? Dai, su, solleviamolo...»
«Ti ho detto che è morto», ripeté l'artificiere in tono duro.
Io non sono morto, pensò il tiratore scelto. Ma dovete portarmi subito al deposito. Per favore, aiutatemi! Vi prego!
«Dici che...» cominciò l'autista militare.
«Sì, in giro potrebbero esserci altri caccia, dobbiamo andarcene, alla svelta. Torneremo a prenderlo dopo.»
«Ma...»
«È morto! Mi capisci quando parlo? Mor-to!»
«Dov'è la mitragliatrice?»

«Eccola lì, tu accendi il motore, la prendo io.»
No! No!
«Bastardi! Che merda! Maledetti stronzi!»
Passi, sbattimenti di portiere.
Il motore della jeep si accese.
Partirono.
Partirono e lo lasciarono lì, sul serio.
Io non sono morto!!!
La jeep si allontanò.
No!!! Tornate indietro!!!
No!!!
NOOOOOO!!!

COLONIA 1999

SABATO 21 AGOSTO

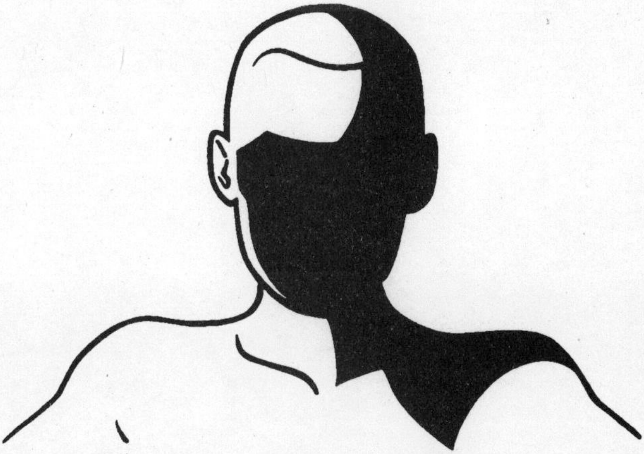

Lindenstraße

Ore 17.00

L'anziana signora tese le orecchie nel silenzio del pianerottolo. «C'è nessuno in casa? Signor Üsker?»

Sentiva poco, ma bastava per intuire che nell'appartamento era caduto qualcosa di pesante, proprio mentre lei ci stava passando davanti.

Tra l'altro, erano giorni che non vedeva l'inquilino del secondo piano. Mehmet Üsker aveva un negozio di frutta e verdura poche case più avanti, all'angolo in cui Lindenstraße incrociava la grande arteria commerciale. Ogni sera le portava qualcosa, una mela o della verdura fresca. Andavano d'accordo. L'anziana chiedeva un affitto onesto, e quello era il suo modo per ringraziarla.

Eppure Mehmet Üsker sembrava scomparso, come inghiottito dalla terra. E poi dall'ultima volta in cui l'aveva incontrato per le scale, almeno una settimana prima, il negozio era rimasto chiuso.

La donna esitò, poi procedette, trascinando i piedi verso la porta dell'appartamento. Bussò. «Signor Üsker, è tutto a posto? È in casa?»

Un altro rumore, un altro tonfo. La signora tornò indietro e sentì il cuore accelerare i battiti.

Forse era il caso di andare a dare un'occhiata.

La chiave l'aveva. Lungi da lei ficcare il naso tra le quattro mura di un inquilino. Però... L'anno precedente era caduta nel suo appartamento ed era rimasta a terra per ore, fino a quando non era arrivata la donna delle pulizie. Da allora viveva nella paura. Mehmet Üsker era grande e grosso, ma non si poteva mai sapere.

Salendo le scale verso il suo appartamento, sempre trascinando un po' la gamba sinistra, rifletté sul da farsi. Si fermò sul pianerottolo e tese ancora le orecchie... nulla.

Che fosse partito?

No, l'avrebbe avvertita. Sarebbe passato a salutarla o le avrebbe quantomeno lasciato un messaggio. Anche sulla saracinesca del negozio non c'erano cartelli. Niente.

Aprì le tre serrature della sua porta, entrò, richiuse tutto con attenzione e tirò giù dalla mensola in alto, vicino all'armadio, il pesante elenco del telefono. Le tremavano le dita: stava cercando il numero della centrale di polizia più vicina.

Una ventina di minuti dopo, due agenti comparvero davanti alla porta. Attraverso lo spioncino, lei vide una poliziotta bionda con la permanente, stranamente poco formale, coi suoi pantaloni marroni e con la giacca verde. Era insieme con un collega, che si tirò indietro il cappello e si passò una manica sulla fronte. Essendo agosto, a Colonia faceva molto caldo.

L'anziana decise di offrire ai due agenti un bicchiere d'acqua, stava già per avviarsi verso la cucina. Poi le venne in mente che se non li faceva entrare non avrebbero comunque potuto berla.

Così le pesanti serrature vennero riaperte.

«La signora Bremer?» domandò la poliziotta con aria distratta.

«Sì», rispose la donna, orgogliosa. «Posso offrirvi un bicchiere d'acqua?»

I due agenti la guardarono, confusi. Poi l'uomo sorrise e scosse la testa. «Grazie, siamo a posto, ma è molto gentile da parte sua. Ci ha chiamato per...»

«Perché sono giorni che non vedo il signor Üsker», rispose subito l'anziana con enfasi.

«Il signor Üsker?»

«Il mio inquilino, vive nell'appartamento sotto il mio. C'è qualcosa che non va... non credete?»

La donna notò un guizzo di derisione agli angoli della bocca della poliziotta. E si arrabbiò. Sì, era vecchia, ma non stupida. Quei due l'avevano presa per una di quelle pettegole attempate che ficcavano il naso ovunque e al minimo colpo d'aria gridavano subito allo scandalo e al tradimento.

«Forse è partito?» disse l'uomo.

«Senta, giovanotto», disse la signora Bremer in tono deciso, «con chi crede di avere a che fare? Sono appena passata davanti al suo appartamento e ho sentito un rumore terribile. Se è partito, allora chi è stato a fare tutto quel chiasso?»

«Un momento... che rumore?»

«E lei è proprio sicura che non è partito, giusto?» insistette la poliziotta.

La donna la squadrò. Erano i giovani ad avere problemi di udito, altroché. «Me lo avrebbe detto», rispose, in tono di rimprovero. «Il signor Üsker mi dice sempre tutto.»

«Quindi lei cosa propone?»

Tirò fuori il mazzo di chiavi dalla tasca del grembiule e lo porse agli agenti.

L'uomo lo prese. «Bene, se lo dice lei... qual è la chiave?»

«Quella con la testa quadrata, l'altra è la cantina.»

«D'accordo, allora andiamo a dare un'occhiata.»

Senza nascondere la malavoglia, gli agenti iniziarono a scendere le scale. La signora Bremer li seguì a fatica. La sua anca sinistra non avrebbe retto ancora a lungo. Si era informata sulle protesi, aveva letto tutto il possibile, probabilmente ne sapeva più dei medici. Ma come poteva fidarsi che la operassero, se ormai la massima esperta in materia era lei? La salute era una maledizione che non le dava pace.

«È qui?» chiese il poliziotto.

«Sì», rispose la donna, arrancando. «C'è anche il nome sul campanello, basta guardare...»

«M. Üsker», lesse l'uomo. Infilò la chiave, poi rimase come bloccato.

«Che c'è?» domandò la collega.

«Questo odore... non lo senti?»

«Cosa?»

«Vieni qui.»

Lei si avvicinò, proprio davanti alla porta, e fece un respiro profondo.

La signora Bremer si mantenne a distanza, per rispetto. Ma la paura ormai le era penetrata fin dentro le ossa.

L'agente storse la bocca. «Oddio, che puzza, hai ragione.»

«Signora Bremer, cos'è che ha detto prima? Da quant'è che non lo vede, il signor Üsker?»

«Una settimana, più o meno.»

«Be', come tempi ci siamo», disse il poliziotto alla collega.

L'anziana si chinò in avanti, spaventata. «Non entrate?»

«Sì, certo.» L'uomo girò la chiave e aprì la porta di un filo. Arrivò una zaffata di un terribile odore dolciastro.

La signora Bremer ebbe un mancamento e si tirò ancora più indietro, per respirare meglio.

«Cazzo!» ansimò il poliziotto.

Proprio in quel momento, si sentì un raschio, poi un botto proveniente dall'interno, verso la porta. La poliziotta cacciò un urlo, afferrò la maniglia e premette con tutte le sue forze. Ma la porta si richiuse. La signora Bremer vide l'uomo tirare fuori l'arma di servizio, mentre iniziavano a tremarle le gambe.

«Chiama la squadra mobile», disse l'uomo. «Veloce.»

La donna tirò fuori la radio.

Un altro rumore contro la porta, sempre da dentro, ma stavolta l'anziana era quasi certa che si fosse trattato del grido di un bambino.

«Venga, signora Bremer, venga con me.»

La donna si fece prendere in braccio più che volentieri e condurre fuori, in strada, dove si appoggiò al muro tirando grandi boccate di aria fresca. «Ggghhh...» gracchiò.

«Come ha detto, scusi?»

«Mi manca... aria... io...»

«Aspetti», disse l'uomo guardando il Café Central, dall'altro lato della strada. «Vado a prenderle un bicchiere d'acqua.»

Menemenci

Ore 18.15

«Quand'è successo?»

La volante stava attraversando Barbarossa Platz a tutta velocità.

«Dal primo referto è difficile dirlo», gracchiò la voce di Krantz dalla radio. «Potrebbe essere successo da diversi giorni, ma quanti di preciso è impossibile stabilirlo con certezza. Perché sta arrivando solo adesso?»

«Sono partito non appena mi hanno chiamato.»

«Sì, certo, come al solito. Il lavoro sporco tocca sempre a qualcun altro.»

«Ne avrete lasciato abbastanza anche a noi, sono sicuro. Alla centrale ci hanno detto che la vittima è un turco, vero?»

«Non lo so, aspettano sempre un po' prima di rendere nota la nazionalità. Ma certo immaginerà perché hanno voluto proprio lei...»

Menemenci sospirò. Certo che lo sapeva. Essendo l'unico commissario di origini turche, i casi in cui erano coinvolti suoi connazionali spettavano sempre a lui, che fossero vittime o carnefici. Inutile spiegare che la sua famiglia era arrivata in Germania alla fine degli anni '40, con la prima ondata migratoria. Che lui era nato lì e che dall'ultima volta in cui era stato a Istanbul, nel 1985, ormai erano passati più di dieci anni. Ogni tanto si chiedeva come si comportassero quando la vittima era un tibetano o un senegalese. Alla centrale di Waidmarkt avevano anche commissari tibetani?

«Okay», disse. «Adesso chiudo, siamo a Roonstraße, tra un minuto siamo lì.»

Davanti al palazzo di Lindenstraße era seduta un'anziana che stava parlando con un poliziotto; sembrava agitata. Intorno all'ingresso c'erano gli uomini della squadra speciale in tenuta da combattimento, altri stavano portando fuori casse piene di oggetti imbustati.

Un discreto caos. La strada era bloccata da una serie di volanti parcheggiate alla bell'e meglio. Menemenci cercò di alzare il suo corpo da un quintale e mezzo dal sedile accanto a quello del conducente e si chiese cosa diavolo fosse successo, come mai un'unica vittima avesse scatenato un dispiegamento di forze degno dell'epoca della banda Baader Meinhof.*

Krantz era accanto a una volante, con la radio in mano. Quando vide Menemenci, concluse la conversazione e gli andò incontro. Era un uomo esile, coi capelli radi e con occhiali senza montatura. Aveva sempre il naso intasato.

«Come mai tutta questa gente?» domandò Menemenci. «È tornato Jack lo Squartatore?»

Krantz scosse la testa. «Non proprio.»

«In che senso?»

«Be'...» Krantz si avvicinò all'ingresso e iniziò a salire le scale. Due gradini per volta, cosa che al commissario mise più brividi dell'imminente vista del cadavere. Menemenci, infatti, era una specie di Orson Welles attempato. «Diciamo che di sicuro è un suo fan.»

«Sì, ma ancora non mi ha spiegato come mai tutti questi uomini.»

«All'inizio sono venuti in due, hanno sentito un odore sospetto per le scale e hanno capito che veniva dal secondo piano. Così hanno provato a entrare, ma dentro è scoppiato un casino, botti, guaiti, grida... hanno pensato che qualcuno li stesse attaccando e si sono spaventati.»

«E poi?»

«Poi abbiamo spedito di sopra una decina di uomini della squadra speciale, che hanno sfondato la porta. Gli è volato qualcosa contro, hanno iniziato a sparare...»

*La banda Baader Meinhof è il nome con cui viene comunemente chiamata la Rote Armee Fraktion, un'organizzazione terroristica di estrema sinistra attiva nella Germania Ovest dal 1970 e ufficialmente sciolta nel 1998. (*N.d.T.*)

«Però alla fine sono riusciti a entrare, giusto?»

Krantz si voltò verso Menemenci. «Il gatto è rimasto ucciso.»

«Come, scusi?»

«È stato il gatto, che era quasi morto di fame ed era nel panico. È stato lui a fare casino nell'appartamento, e anche i rumori strani, quelli che hanno insospettito la vecchia del piano di sopra.»

«Un attimo... tutto questo bordello per uccidere un *gatto*?»

Ormai erano sulla porta. Krantz fece strada all'interno dell'appartamento. «No», rispose senza scomporsi. «Per questo.»

Menemenci si schiacciò contro il collega per entrare nell'angusta anticamera. Il tappeto e le pareti erano pieni di sangue.

«Questo è ancora del gatto», disse Krantz. «È dentro che la cosa si fa divertente.»

In fondo al corridoio c'era una tendina di perline. Menemenci la aprì ed entrò in un salotto dall'aria spartana: un divano in pelle, un tavolo, televisore e videoregistratore. Sopra il divano era appesa una serie di foto, ingrandimenti in cornice: località di villeggiatura, persone di età variabile, dall'aspetto perlopiù turche.

Al centro della stanza un'unica sedia, presa dal tavolo e piazzata lì apposta, in modo che fosse ben raggiungibile da tutti i lati.

Su di essa, un uomo, legato.

Menemenci si avvicinò, e dal corpo si alzò un nugolo di mosche.

Krantz gli passò un fazzoletto. «Lo prenda, se lo tenga davanti al naso, che è meglio.»

Il commissario si avvicinò ancora al cadavere, che era in evidente stato di decomposizione. Ma non era solo quello a emanare quel terribile odore e ad attirare tanti insetti.

Erano le ferite, impossibili da contare.

Scosse la testa, incredulo, e fece il giro intorno alla sedia.

«È morto da almeno una settimana, se non di più», disse

Krantz in tono piatto. «Ma le tempistiche esatte le sapremo solo dopo l'autopsia. Con questo caldo, va tutto più veloce.»

«Pazzesco...»

«Già... finora sono solo speculazioni ma, insomma, tutto fa pensare che l'agonia di questo poveraccio si sia protratta a lungo.»

«È stato torturato.»

«Sì, fino a quando il corpo non è stato più in grado di reagire.» Krantz s'infilò un paio di guanti trasparenti e le sue dita smilze iniziarono a toccare il cadavere in vari punti. «Il medico pensa che l'assassino abbia cercato di tenerlo cosciente il più a lungo possibile. Guardi qui, per esempio, cos'ha fatto ai genitali... ci vuole una certa abilità. La vittima ha patito le pene dell'inferno, ma il suo aguzzino ha fatto in modo che non perdesse i sensi. Da alcuni indizi, sembra addirittura che abbia cercato di eccitarlo, più volte, per farlo tornare cosciente. C'erano delle siringhe.» Indicò gli occhi. «Questo, per esempio, è abbastanza comune nelle torture, cioè quando non si vuole infliggere alla vittima nessuna ferita letale. L'esportazione delle palpebre può essere fatta senza danneggiare i bulbi oculari, con uno scalpello. Guardi anche le mani... il suo unico scopo era farlo soffrire.» Esitò. «Ah, non siamo ancora riusciti a ritrovare tutte le dita.»

«Mio dio, ma quanto può durare uno scempio simile?»

«Be', a un certo punto l'organismo è troppo provato e la somma delle ferite, sebbene non letali, causa comunque la morte. *Ammesso che* sia morto per le torture.»

«Su, mi dica, secondo lei quanto ci ha messo?»

Krantz aggrottò la fronte. «Direi un paio di giorni. O forse solo poche ore, e poi lui lo ha lasciato qui a dissanguarsi. O magari è stata una lei... chi può dirlo, anche le donne, se vogliono, sanno essere molto violente.»

Menemenci fissò il cadavere. Non c'era un solo punto, in tutto il corpo, rimasto incolume alle raccapriccianti fantasie dell'assassino. «Impronte?» domandò.

Krantz lo guardò. «Ovvio che no.»

Menemenci scosse la testa.

Perché?

«Stiamo sgombrando l'appartamento», disse Krantz tenendo aperta la tendina a un uomo della Scientifica che stava uscendo con una grossa cassa. «Comunque non è che possedesse molto.»

«Avete già fatto ipotesi su come sia riuscito a entrare?»

«Solo ipotesi, appunto. Finora niente indica che sia entrato con la violenza.»

«Sta dicendo che la vittima l'ha fatto entrare? Cioè, gli ha aperto la porta?»

«Sì, è possibile. Quindi, forse, tra le carte troveremo qualche indizio...»

«Okay. Avete già sentito qualcuno? La portiera, i vicini?»

«Non ancora.» Krantz abbozzò un sorrisetto che trasudava sarcasmo. «È piuttosto pallido, commissario. Non è divertente, mi rendo conto. Vuole un brandy? So che il nostro medico se lo porta sempre dietro, nella sua valigetta. A scopo terapeutico, ovvio», aggiunse, con aria di sufficienza.

Menemenci diede un'ultima occhiata al corpo putrefatto e scosse la testa, piano. «Come ha detto che si chiamava?»

«Üsker. Mehmet Üsker.»

LUNEDÌ 23 AGOSTO

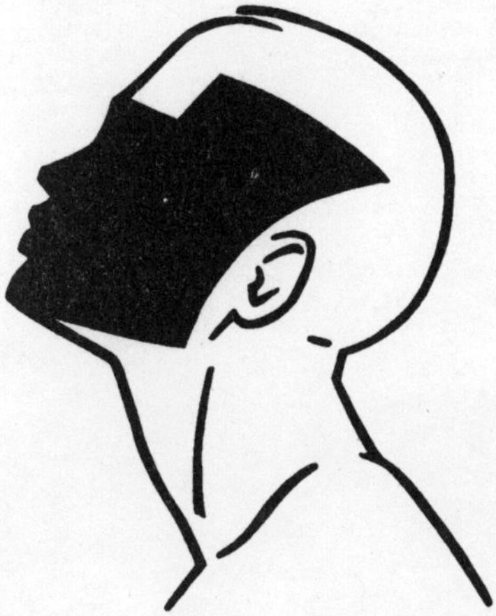

Vera

Ore 11.07

Guardò il foglio, poi lo specchietto davanti a sé, e si chiese cos'avesse di strano il naso.

Troppo lungo?

La bocca sorrideva, era venuta bene. Sì, doveva essere il naso. In un certo senso, il naso non ci azzeccava con la bocca.

In un certo senso, niente ci azzeccava con niente.

Si rigirò la matita tra le dita, indecisa, poi la posò, prese lo specchietto e se lo mise davanti agli occhi. L'iride era azzurro ghiaccio, con un contorno più scuro. Le sopracciglia spesse e folte. Depilate al centro, altrimenti avrebbero formato un'unica onda dorata. Il naso, piccolo, ma un po' a patata, che spiccava sulla bocca, larga e truccata di scuro.

Allontanò lentamente lo specchietto dal viso per avere una visione più ampia. Zigomi sporgenti, fronte piccola, cranio rotondo, capelli biondi, lunghi sei millimetri. Sotto il labbro inferiore, una cicatrice bianca e fine come un capello che attraversava tutto il mento.

Sì, c'erano visi più belli, pensò Vera. Nel suo, niente ci azzeccava con niente.

Soprattutto, non ci azzeccava niente col resto della famiglia.

Riallontanò lo specchietto, allungando il braccio più che poteva. Di quella donna, adesso, vedeva anche il collo e le spalle. Nessun gioiello. Maglietta nera, giacca nera. Nient'altro.

Entrambi i capi, tuttavia, di primissima qualità.

Vera si concesse un sorriso di approvazione. Non aveva molto, ma quel poco aveva stile. Si rifiutava di portare merci scadenti o di circondarsi di ciarpame. Nel suo ufficio c'erano solo una libreria per faldoni colorata e una grande scrivania nera lucida. Alcune sedie, due poltrone e un divanetto a seduta doppia di Le Corbusier, tutti neri. Tutti disposti intorno a un tappeto grigio antracite.

Vera alzò lo specchietto e lo riavvicinò al volto, fino a che non fu di nuovo riempito soltanto dagli occhi. I suoi occhi, quelli sì, li trovava belli. Il resto, insomma... Ma gli occhi non erano male.

Lentamente, si avvicinò l'indice della mano sinistra verso la punta del naso e lo tirò un po' su, fino a quando il labbro superiore non si staccò da quello inferiore e non comparvero gli incisivi.

Una coniglietta bionda, pensò. Che buffo.

«Scusi», disse all'improvviso una voce.

«Salve», rispose Vera in tono gelido. «Ho una sala d'attesa.»

Tutte le volte che restava zitta per un po', quando risentiva la propria voce le sembrava quella di un'estranea. Troppo profonda, troppo fredda, come se gliel'avessero prestata, perché la sua l'aveva persa.

Lo sconosciuto indicò col pollice alle proprie spalle. «Non c'era nessuno, ma se ha da fare aspetto.»

Dove diavolo era finito Strunk? Cosa li pagava a fare, i dipendenti? Perché non l'aveva avvertita che era uscito? «Prego.» Vera posò lo specchietto sulla scrivania e indicò all'uomo una delle poltrone.

Lui non sembrava intenzionato a sedersi. «Davvero, mi scusi, ma...»

«L'ho già scusata, adesso si accomodi.» Allargò le braccia e inarcò le sopracciglia. «Cosa posso fare per lei?»

Lui sorrise. Non era altissimo, aveva i capelli castani piuttosto lunghi e una barba piena, ma curata, di circa un millimetro. Si avvicinò, prese posto e si guardò intorno con curiosità, ma discreta. Poi tirò fuori un pacchetto di sigarette dalla tasca interna della giacca e lo porse a Vera. «Gradisce?»

«No.»

«Posso?»

«Ci mancherebbe.» Gli passò un posacenere e attese.

L'uomo tirò fuori un accendino e l'accese senza fretta. I suoi movimenti erano agili e controllati. Un momento dopo, fu circondato da una coltre di fumo, che allontanò con un soffio. «Vera Gemini, giusto?»

Lei annuì.

«Ha una fama incredibile. Sono stato da uno dei suoi colleghi, ma mi ha spedito da lei.»

«Bene.»

«Accetta ancora clienti?»

La domanda la sorprese. Di solito le persone iniziavano con mille chiacchiere, il sospetto che una detective privata potesse essere *sold out* non le sfiorava nemmeno. «Dipende da cosa vuole. Comunque, direi che sono piuttosto indaffarata», rispose. Era la verità.

«Vorrei che trovasse una persona.» Si sporse in avanti, frugò di nuovo all'interno della giacca, tirò fuori una foto e la posò sul tavolo.

Lei la prese, si accorse subito che a sinistra era stato tagliato un pezzo. A ogni modo, c'era un uomo coi capelli scuri a spazzola, in mezzo al deserto. Era a torso nudo, con un'arma a tracolla. Spalle, petto e braccia perfettamente proporzionati. Il volto abbronzato, lo sguardo sveglio, gli occhi scuri e penetranti. Gli angoli della bocca piegati in un'espressione sarcastica. Guardava verso l'obiettivo, come se volesse rivendicare la proprietà su qualcosa.

Lì per lì la colpì. Poi restituì la foto al possibile cliente e puntò i gomiti sul tavolo. «Okay, due domande. La prima: lei chi è? La seconda: chi è lui?»

L'uomo ebbe un sussulto, appena accennato. «Oh, mi scusi, ha ragione, che maleducato.» Esitò. «Bathge. Simon Bathge.»

«Chi... lei o lui?»

«Io. L'uomo della foto si chiama Andreas Marmann.»

«Temo che dovrà raccontarmi qualcosina di più.»

«È cara, lei?»

«Sì.»

Bathge serrò le labbra, ma non si lasciò intimidire. «Allora», disse poco dopo. «Il motivo per cui lo sto cercando vorrei tenerlo per me. D'accordo?»

«Dipende. In fondo sono affari suoi, ma io devo sapere se è un lavoro pericoloso.»

«No. No, davvero, non lo è.»

«Vale a dire?»

«Diciamo che non lo è, almeno non per lei, ne sono sicuro. Su Marmann, posso dirle che è cresciuto a Colonia. Chieda alla segreteria della Realschule di Frankstraße, troverà qualcosa. Nella vita si è occupato di tutto ciò che può avere a che fare coi soldi. Nella maggior parte dei casi, però, gli è andata male. Non dico che non sia stata colpa sua, ma si sarebbe meritato di più. Non era stupido, affatto. Però capita, quando uno se la tira in quel modo.» Bathge fece una pausa. «Io ci andavo d'accordo, altri un po' meno. Dodici anni fa, è entrato in una banca con un mitra spianato, lo hanno preso e condannato. Mentre lo trasportavano al carcere di Ossendorf, è riuscito a scappare. Da allora, di lui si è persa ogni traccia.»

«Per la polizia. E per lei?»

«Io ho avuto contatti con lui fino all'inizio degli anni '90.»

«Che tipo di contatti?»

«Questo non ha importanza. La cosa importante è che è sparito da Colonia nel 1987, anzi proprio dal mondo. Del resto, se uno vuole, non è difficile svanire nel nulla.»

Vera lo scrutò. Bathge sembrava calmo e rilassato, ma sotto quella maschera lei percepiva evidenti cenni di nervosismo. «Esistono molti modi non difficili per svanire nel nulla. Il suo amico… quale ha scelto?»

Alla parola «amico», il volto di Bathge s'indurì. «È diventato un legionario», rispose.

«Legionario?»

«Sì, è entrato nella Legione straniera, il refugium peccatorum dei falliti, dove finiscono tutti quelli che, per un motivo o per l'altro, non ce l'hanno fatta. Si è sparato cinque anni di Gibuti e Guyana per difendere gli interessi dei francesi, come piace dire agli occupanti.» Sorrise. «Non credo debba spiegarle come vivano i mercenari. La guerra è un lavoro.»

Vera annuì.

Bathge fece l'ultimo tiro di sigaretta, poi la spense nel posacenere colorato e si tirò indietro. «Io l'ho perso di vista nove anni fa», aggiunse. «O lui ha perso di vista me, a seconda di come uno vuole vedere la cosa. È tutto.»

«È troppo poco.»

«Di altro non avrà bisogno.»

«Cosa le fa pensare che sia a Colonia?»

«Lo ritengo possibile... per diversi motivi. Marmann voleva tornare qui, lo diceva sempre, ma ovviamente dopo l'evasione non era facile. La Legione straniera era il posto più sicuro. Le ripeto, ci è stato per cinque anni, poi si è unito a un gruppo di mercenari che agiva a un livello superiore, tutti specialisti. Molti di loro poi sono finiti in Jugoslavia, ma la prima vera operazione è stata in Kuwait. In missioni simili si guadagnava un mucchio di soldi. A differenza degli eserciti regolari, infatti, il mercenario vuole ciò che il soldato deve.»

«Combattere.»

«Esatto.»

«Credevo che nella Guerra del Golfo ci fossero già abbastanza soldati, insomma che non ci fosse stato bisogno anche dei legionari.»

Bathge scosse la testa, prese un'altra sigaretta e la accese. «Gli eserciti», spiegò sbuffando, «hanno fatto quello che dopo è stato chiamato 'guerra pulita': annientare truppe nemiche, risparmiare civili, conquistare vittorie d'onore.» La trapassò con lo sguardo. «Ma le guerre non si vincono con l'onore. Ci sono un sacco di cose con cui gli eserciti e i governi del cosiddetto 'mondo libero' non si vogliono sporcare le mani, ovvero le pratiche vietate dalla Convenzione di Ginevra. Che il presidente degli Stati Uniti farebbe volentieri, se potesse. Ma, visto che non può, lo zio Sam si è inventato questi reclutamenti speciali, ovvero di mercenari. In via ufficiale e col beneplacito dell'opinione pubblica. Tanto, se succede qualcosa a un mercenario, non interessa a nessuno, perché lui fa parte della feccia anonima, non è mica un paladino della patria timorato di Dio, con moglie e figli che lo aspettano. È questo il bello dei mercenari, che si fanno carico di qualsiasi cosa. In casi estremi, si prendono pure la responsabilità delle malefatte degli eserciti regolari, basta che li si paghi. I mercenari sono al di sopra di qualunque convinzione, non gli si può rinfacciare di aver tradito una determinata posizione politica, perché non sono schierati con nessuno. Per questo è così facile lavorarci insieme. Se è necessario, fanno saltare in aria anche palazzi pieni di civili. Ammazzano donne e bambini. Conducono interrogatori alla fine dei quali il sospettato è irriconoscibile. Capisce cosa intendo?»

«Marmann quindi era un mercenario?»

«L'ultima volta che l'ho visto, sì, lo era. Ma diceva di voler reinvestire i soldi guadagnati sul campo di battaglia in una nuova identità... per poter tornare, appunto, a Colonia.»

«Un nuovo volto?»

«Non per forza. Un nuovo nome, un nuovo passaporto... o semplicemente un nuovo Paese.»

«Allora credo che la sua foto non mi aiuterà granché.»

Bathge si strinse nelle spalle. «È tutto quello che ho.»

Vera rifletté. Avrebbe fatto qualche ricerca, che comunque poteva sbrigare anche Strunk. «Io costo ottanta marchi al giorno, più le spese. Non so se conosce il detto... Bogart costava sei dollari, ma i tempi sono cambiati.»

«Cavolo se è cara...»

«Già.»

«Okay... quindi accetta l'incarico?»

«Sì.»

«Bene, è suo. Ovviamente, mi aspetto che lo trovi.»

«Certo. Dove posso contattarla?»

«Non ci provi, perlomeno all'inizio.»

Vera scosse la testa e si sporse in avanti. «Adesso mi stia bene a sentire. I tempi sono cambiati non solo nella retribuzione. Qui non siamo al cinema. I detective firmano dei contratti. Quindi, se vuole che svolga questo lavoro per lei, ho bisogno di nome, indirizzo, numero di carta d'identità e migliaia di altre cose. Può venire qui a fare il misterioso quanto le pare, tanto non m'impressiono. L'unica cosa che m'impressiona sono i soldi.»

Bathge sgranò gli occhi.

«Quindi o mi dà indirizzo e numero di telefono, oppure dovrà cercarsi qualcun altro», proseguì Vera in tono un po' più calmo.

Lui scosse la testa. «Ma io voglio lei, non voglio nessun altro. Non so perché, ma ho la sensazione che potrebbe davvero aiutarmi... Adesso mi ascolti: ho i miei buoni motivi per rivelarle il meno possibile sul mio conto, perlomeno fino a quando posso... E se la mettiamo in questi termini?» Tirò fuori un mazzetto di banconote e lo posò sul tavolo. «Dovrebbero bastare per due settimane. Se non torno, sospenda le ricerche. Così lei continuerà a non correre rischi, e neanch'io. Che ne pensa?»

Vera osservò le banconote e unì la punta delle dita.

A volte, invece, era proprio come nei film.

«Va bene», rispose.

Bathge sorrise. Guardò la sigaretta fumata per metà che aveva tra le dita e la spiaccicò sopra il mozzicone della precedente, nel posacenere. «Dovrei smettere. Ci si può anche restare secchi.» Lo sguardo cadde sull'autoritratto. «Ma quella è lei!» esclamò, sorpreso. Guardò Vera, e poi di nuovo il disegno.

Vera si maledisse per non aver levato di torno il foglio, magari buttandolo subito nel cestino. «Sì», commentò, imbronciata.

«Chi lo ha fatto? Scusi se sono così indiscreto, ma...»

«Io.» E lo prese.

«Le dispiace... le dispiace se lo guardo meglio?»

Fu tentata di sbatterlo fuori a calci. Ma quell'improvvisa

timidezza la commosse, la mise di un umore strano, conciliante. Così, invece di far sparire il foglio, glielo porse.

Lui lo osservò con occhi che brillavano. «È fatto molto bene.»

«Grazie.»

«Ma c'è qualcosa che non torna. È come se fosse indecisa se ridere o restare seria.»

«In che senso?»

«Nel senso che la bocca ride, ma tutto il resto no.»

Vera riprese il disegno e lo guardò con attenzione. Aveva ragione. Ecco cos'era. «Signor Bathge, posso farle una domanda?»

«Certo.»

«Perché vuole trovare Marmann?»

«Pensavo di aver già messo in chiaro che...» Si fermò. All'improvviso si rese conto di doverle qualcosa. Lei gli aveva fatto vedere il suo autoritratto, una cosa personale, quindi adesso anche lui doveva esporsi. Così si alzò e chiuse il bottone centrale della giacca. Il luccichio nei suoi occhi si era spento. «In modo che lui non trovi me.»

Roth

Ore 12.35

Il cielo sopra Colonia era come uno schermo vuoto. Ogni angolo della città in ebollizione. Le ultime ore avevano surriscaldato macchine, autobus e treni al punto che molti cittadini avevano preferito spostarsi a piedi, pur di non bruciarsi le mani sul volante infuocato o restare schiacciati in una morsa di corpi sudati. La chiamavano estate, ma era un inferno.

Vera, tuttavia, non si tolse la giacca. Un tessuto superleggero, microfibra. Decisamente costoso, ma irrinunciabile almeno quanto la scoperta della padella antiaderente. Odiava i tizi che fissavano la gente dall'interno delle loro utilitarie modificate. Gli snob che si piacevano tanto nella loro mediocrità. Le persone che si riempivano la bocca di belle parole, coi loro riccioli unti, sempre in gruppetti di tre o di quattro, credendosi irresistibili. Perciò preferiva tenere coperte le braccia e le spalle, prima che le venisse la tentazione di scendere e azzannare qualcuno. Non c'era niente di peggio del doversi scusare con chi aveva il petto peloso.

Con la sua Porsche cabriolet, superò il Neumarkt, illudendosi di sentire il vento in faccia. Al massimo era un forno ventilato. Per un attimo si ricordò di quando il vento le scompigliava i capelli, con Karl al volante e lei di fianco, coi riccioli biondi che svolazzavano ovunque.

Era diverso, allora. Tanto per cominciare, la macchina era di Karl. Adesso, in fondo, era tutto meglio, compresa la macchina. La Porsche era sua, e non era rossa, bensì argento, e i capelli non le arrivavano più oltre le spalle, ma erano ordinati e tutti pari, sei millimetri.

Entrò nel parcheggio del Kaufhof, lasciò la macchina e tornò indietro a piedi di un centinaio di metri, verso il Neumarkt, fino ai tavolini sul marciapiede. A uno di essi era seduto un uomo sui cinquantacinque che leggeva un giornale. Quando la vide avvicinarsi, sul suo volto si formarono centinaia di piccole rughe di entusiasmo. Mise via il giornale alla bell'e meglio e si alzò. «Oh, Vera... diventi ogni giorno più bella.»

Lei rise e prese posto su una delle sedie pieghevoli. «Più vecchia, semmai, divento ogni giorno più vecchia. E non ti azzardare a dire che non è vero.»

Il ristorante Zur Tant era un compromesso, a metà strada esatta tra la DeTechtei di Vera, in Schaafenstraße, e la centrale di polizia di Waidmarkt. Roth, che era senza macchina, poteva arrivarci a piedi. Il cibo non era male e neanche troppo caro. Sarebbe stato un posticino fantastico senza la strada e il traffico bestiale a due passi.

«Be', se non sbaglio adesso ne hai trentotto, di anni, giusto?» disse Roth.

«Ho solo detto che divento ogni giorno più vecchia, non che sia un problema. Come sta Marga?»

Roth sospirò. «Non molto bene. Continua a perdere peso. Il dottore dice che è la depressione. Si ostina a non voler mangiare, sta diventando pelle e ossa.»

«Dovreste venire a vivere in città.»

«Sì, lo ha detto anche il dottore.»

«Marga ha bisogno di un po' di vita intorno. A Rösrath ci sono solo cani.»

«Vero», annuì Roth con occhi tristi. «Ma dovremmo mollare la casa, e abbiamo passato dei bei periodi, lì a Rösrath. Ti ricordi?»

«Sì, fin quando i ragazzi hanno vissuto con voi. È sempre la solita storia, Tom, non siete mica gli unici cui è successo. Marga non voleva andarsene dalla città, lo ha fatto solo per la famiglia. Forse è arrivato il momento che la famiglia faccia qualcosa per lei...»

«Già.» Roth cercò di riprendersi e sorrise alla cameriera, che per fortuna era appena arrivata al loro tavolo interrompendo la conversazione. «Due Kölsch, grazie.»

«No, per me no», intervenne Vera. «Acqua.»

«Qualcosa da mangiare?»

«No.»

Roth ordinò un'insalata e aspettò che la cameriera si fosse allontanata. «E tu?» domandò col calore di un padre di famiglia. «Tu come stai?»

Vera rifletté. Come stava? «Me la cavo.»

«Bene. A proposito, ieri ho incontrato Karl.»

Lei non disse nulla. Quella restava una questione spiacevole, che l'agitava. Ma Thomas Roth era l'unico con cui poteva parlarne senza diventare un pezzo di ghiaccio. «Che dice?»

Roth sorrise. «Ti maledice con tutto se stesso. Se vuoi sapere la mia, è ancora peggio dei piagnistei degli anni scorsi. Non fa altro che ripetere quanto gli dispiace, che non può vivere senza di te e insomma... le solite stronzate.»

«È solo arrabbiato perché ho vinto il processo», commentò Vera con un'alzata di spalle.

La cameriera arrivò con l'acqua. Vera ne bevve un sorso.

«Ovvio che è arrabbiato», replicò Roth. «Il tutto gli è costato un pacco di soldi.»

«Non me ne frega un cazzo dei suoi soldi. Anzi ci sarebbe un altro paio di cosette che rivorrei indietro, ma lasciamo perdere... Parliamo di cose più piacevoli, va'.»

«Sai, al momento non è che abbia molto di piacevole da proporti. Il lavoro è uno schifo, sto iniziando a pensare che la gente lavori male per noia.»

«Sì, hai ragione, è proprio così... Ah, Tom, avrei un favore da chiederti. Ho bisogno d'informazioni su un uomo, dovreste avere un fascicolo su di lui.»

«Vuoi che vada a ficcare il naso nel nostro database?»

«Sì.»

«Mmm...» Roth aggrottò la fronte, facendo emergere un altro centinaio di rughe. «Sai che abbiamo l'ordine tassativo di non far uscire nulla.»

«Sì, lo so.» Vera sfoggiò il suo sorriso migliore. «Ma, insomma quest'ordine c'è da sempre.»

«E sai pure che riguarda soprattutto le collaborazioni con voi detective. Abbiamo un sacco di problemi con gli spioni.»

«Spioni... da quale film l'hai presa, adesso, questa definizione?»

«Smettila, hai capito benissimo. Anche solo per la marea di ex agenti della Stasi che ti ritrovi come colleghi! Terribile. Gli investigatori privati ormai spuntano come la gramigna. Non ci aiutate mai, anzi ci mettete sempre i bastoni tra le ruote. Proprio l'altro giorno ho sentito dell'ennesimo caso mandato all'aria per colpa di un tuo compare che non si è fatto gli affari suoi.»

«Sì, la polizia non ci ha mai amati, in questo non c'è niente di nuovo. Chi può saperlo meglio di me, che un tempo facevo parte della baracca?»

«Già», rispose Roth ridendo. «Infatti.»

«Ecco, fallo in nome dei vecchi tempi.»

Roth fece roteare il bicchiere di birra tra il pollice e l'indice. «Però lo sai che è vietato. Tassativamente, appunto. Non possiamo lasciar trapelare nessuna informazione.»

«Mmm...»

«Che cos'hai in mano? Una cosa di routine?»

«Sì, il solito, niente di che. Davvero, te lo giuro.»

«Be', perché se non fosse così dovresti dirmelo...» La guardò, sospettoso. «Se non ci dici la verità, non ci guadagna nessuno.»

«Sul serio, devo solo cercare una persona. Niente di pericoloso. L'unica cosa che voglio sapere è se si è fatta vedere in giro dopo il 1990.»

«Okay. Cosa sai?»

«Poco. Un paio di fatti e una foto. Eccola.» Tirò fuori dalla giacca una fotocopia a colori della foto di Marmann e la posò sul tavolino. Era un po' spiegazzata, ma Vera odiava le borse. Un inutile accumulo di cose, sembrava che le donne non potessero andare in giro senza portarsi dietro mezza casa. «Andreas Marmann. Ricercato, un tempo e forse ancora adesso, per rapina a mano armata. Dovreste averlo nel suo fascicolo. Cinque anni nella Legione straniera, poi mercenario in una specie di unità speciale.»

«Di Colonia?»

«Sì, è nato qui.»

«Non ti prometto nulla... entro quanto hai bisogno delle informazioni?»

«Il prima possibile.»

«Vedrò cosa posso fare. La foto... la posso tenere?»

«Certo.»

Roth s'intascò la fotocopia e le fece l'occhiolino. «Quasi come un tempo, non trovi?»

Lavoravano insieme alla Scientifica, un tempo, prima che Vera lasciasse la Kripo e mettesse su uno studio tutto suo, la DeTechtei. Nell'ultimo periodo, avevano avuto pochi contatti, ma era una di quelle amicizie che non avevano bisogno di conferme.

«Dovresti venire a mangiare da noi, un giorno», disse Roth mentre cercava di ridurre a dimensioni da bocca una foglia d'insalata grande come un lenzuolo. «Marga ne sarebbe felice. Vederti le farebbe bene.»

«Presto», replicò Vera. «Lasciami chiudere il caso, e poi vengo. Promesso.»

«Ti ci vorrà molto?»

Buttò giù il resto della bottiglietta d'acqua e scosse la testa. «No, non credo. È solo una ricerca, niente di esaltante.»

Roth annuì. «Anche perché di esaltante ormai è rimasto ben poco. Adesso è tutto semplicemente uno schifo, e alla fine uno prova schifo anche per se stesso, perché ci si è abituato.» Deglutì. «Hai fatto bene a levare le tende, perlomeno ti risparmi le cose veramente brutte.»

Centrale

Ore 13.55

Mezz'ora dopo, Roth si sedette alla scrivania e guardò la foto con attenzione.

Aveva dei contorni irregolari, che nell'ingrandimento erano ancora più evidenti. Era stata tagliata. A parte l'uomo coi capelli neri e con l'arma a tracolla – una mitragliatrice modello 1952, calibro 7,5 x 57, come Roth riconobbe all'istante – doveva esserci anche qualcun altro. Altrimenti non ci sarebbe stato motivo di dimezzarla, a meno che non si volesse impedire l'identificazione del luogo in cui era stata scattata. Ma, in base al resoconto di Vera, il mandante delle ricerche aveva nominato il Gibuti, la Guyana e il Kuwait, e alle spalle dell'uomo c'era un deserto, su quello non c'erano dubbi.

Non era il posto, il punto.

La censura era stata sull'altra o sulle altre persone che in origine erano presenti in quello scatto. Perlomeno una, stimò Roth. Il taglio era sul lato sinistro, mancava almeno metà immagine. Il cliente di Vera sembrava dare grande peso al fatto che l'attenzione venisse concentrata solo su quel Marmann.

Perché? Cosa avrebbe potuto scoprire, Vera, sugli altri?

Chissà.

A quanto pareva, al mandante misterioso piacevano i segreti. Erano in molti a credere che quello fosse un modo per darsi importanza. Forse la foto l'aveva tagliata prima, non per Vera.

Se, invece, lo aveva fatto per lei, allora almeno una cosa era certa: che...

Entrò un collega, che si mise a parlare con lui.

Roth nascose la foto sotto un mucchio di fogli dimenticandosi di completare il pensiero.

Vera

Ore 15.45

Perché vuole trovare Marmann?

In modo che lui non trovi me.

Bathge avrebbe anche potuto rispondere: Voglio trovarlo prima che lui trovi me.

Vera aggrottò la fronte, più per la propria reazione che per l'eloquente risposta del cliente. Il suo incarico, infatti, non prevedeva che s'immischiasse nei perché e nei percome, doveva solo trovare quel Marmann. Bathge era stato molto chiaro.

Allora perché in quel momento era lì a scervellarsi sulla parte di foto che mancava, quando veniva pagata per la parte ancora intatta?

Chi era Simon Bathge?

Ecco un'altra domanda inutile.

Chi fosse Andreas Marmann, solo quello doveva chiedersi. Anzi no, nemmeno. La domanda giusta era: Dov'è Andreas Marmann? Nient'altro. Dove? Eccolo, è qui. Grazie e arrivederci.

Così doveva andare.

In modo che lui non trovi me...

Cosa c'era di così terribile nell'essere trovati da quell'Andreas Marmann?

Vera girò la foto, ma il retro era liscio e vuoto. Di sicuro Roth si era posto le stesse domande, giungendo a conclusioni simili alle sue. Ragionavano allo stesso modo. Se Vera aveva dedotto dalla foto tagliata che Bathge aveva cercato di nasconderle qualcosa, o qualcuno, Roth l'avrebbe pensata in maniera analoga.

Si ripropose di parlargliene. Non bisognava trascurare nessun dettaglio.

Anche se...

Forse la foto era già tagliata, era già così prima che Bathge decidesse di mettersi sulle tracce di Marmann.

Comunque stessero le cose, lei non aveva nessun diritto di scandagliare le motivazioni del suo cliente.

Ma poteva fidarsi di lui?

In generale, esisteva un'altra persona sulla faccia della Terra di cui potesse fidarsi, a parte Thomas Roth?

Sempre la stessa domanda. Sempre la stessa risposta.

Menemenci

Ore 15.50

Immaginate che all'improvviso voli via il tetto e dall'alto, nella centrale di polizia di Waidmarkt, entri un'enorme lingua rosa. S'infila negli innumerevoli corridoi, l'uno dopo l'altro. Chiunque venga toccato ci resta attaccato, la lingua continua a dimenarsi fino a quando non ha catturato decine di persone e, con le sue prede, riesce dal tetto, e una schiera di corpi urlanti viene inghiottita da una bocca mostruosa.

Dopo aver finito di attaccare le foto della scena del crimine di Lindenstraße su una lavagna di metallo, Arik Menemenci si sentiva propri così: inghiottito, mangiato vivo.

Aveva sognato quella lingua diabolica. Più volte. Era andato da uno psicologo, suo amico, e glielo aveva raccontato. Lo psicologo, a sua volta, conosceva un esperto d'incubi e glielo aveva riferito.

Ma Menemenci aveva già capito cosa significasse quella lingua.

Smarrimento. Impotenza.

Esattamente quello che provava in quel momento.

C'erano crimini che Menemenci comprendeva, più o meno. Per esempio, l'assurda necessità delle rapine a mano armata. La prostituzione, la frode, l'appropriazione indebita. Ogni tanto aveva addirittura perdonato un cranio sfondato, quando le vittime erano peggio dei carnefici. Chi si calava troppo nei panni degli oppressi rischiava di farsi offuscare la mente dal loro odio. Menemenci lo sapeva, quindi cercava di andare oltre la giustizia delle leggi, ma senza peccare di presunzione. Era come giocare con la lama di un rasoio, ma a volte funzionava.

E poi c'era il mondo, sconosciuto, alieno, in cui lui brancolava come un cieco, incapace di capire anche il più insignificante dei dettagli. Anche quando riusciva a fermare quegli abomini e a rinchiuderli in una cella sino alla fine dei loro giorni, lui e quel mondo restavano due entità estranee. Imprigionare un mostro significava spostare un corpo oltre una serie di sbarre e un chiavistello. Ma la sua anima restava un mistero.

La persona che aveva torturato Mehmet Üsker era un mostro, appunto. Soprattutto, gli era completamente estranea. Era quello il problema.

Perché un mostro era un mostro? Cosa lo aveva reso tale?

Chiunque fosse stato doveva aver avuto dei motivi per uccidere quel turco. Forse addirittura comprensibili.

Ma non per fargli *quello* che gli aveva fatto.

Il telefono strappò Menemenci ai suoi pensieri.

«Ha visto i giornali?» Era Krantz.

«Perché?»

«Cito... 'Il macellaio di Linden: un diavolo fatto persona.'»

«In che senso 'macellaio di Linden'?»

«Be', dalla strada, ovvio, Lindenstraße...»

«Però, che fantasia...»

«E questo è solo il titolo. Proseguo: 'Mehmet Üsker, sul cui terribile calvario vi abbiamo ampiamente riferito in esclusiva ieri, a quanto pare ha dovuto sopportare pene ancora più atroci. Secondo i risultati dell'autopsia, infatti, la sua pelle...'»

«E adesso cosa c'entra l'autopsia? È impossibile che sia trapelato qualcosa...»

«E invece a quanto pare sì. Ma aspetti, il meglio deve ancora arrivare. Dicono che sia stato il PKK.»

«Cosa? Ma è vietato dalla legge!»

«Il fatto che sia vietato non vuol dire che non esista.»

«E chi ha detto che sono stati i curdi?» insistette Menemenci con un sospiro.

«Noi», rispose Krantz in tono asciutto.

«Ma è una follia!»

«Pare che, un paio di anni fa, Üsker abbia firmato una specie di petizione contro i curdi. Credo che qualcuno della redazione si sia messo a giocare a fare Sherlock Holmes.»

«Ma in mano non hanno nulla!» sbottò il commissario. «Quando non sanno cosa scrivere, le sparano sempre di dimensioni enormi! Fantastico, così adesso ci ritroveremo anche i curdi alle calcagna. Non ci posso credere, che pallonari!»

«Be', però *bad news good news*, e la gente adora la storia di Üsker.»

«C'è altro?»

Che schifo.

«Ah, qui avremmo bisogno di una mano», aggiunse Krantz brontolando. «Nel mio ufficio ho mezza casa di Üsker.»

«La smetta di piagnucolare, io qui ho l'altra mezza.»

«Lo so, stiamo passando tutto al setaccio, però io ho altri sette casi in sospeso. Come dire, siamo un tantino a corto di personale.»

«Va bene, vedo cosa posso fare.» Menemenci riattaccò e rifletté su quale sarebbe stato il successivo sviluppo. Qualcosa doveva succedere perché la giornata fosse rovinata del tutto.

La porta si aprì, spuntò una testa. Una faccia sconosciuta. «Lei dev'essere il commissario Menemenci.»

«Già.»

«Ha fame? Sto andando a prendere qualcosa da mangiare.»

Menemenci ci pensò su. Sì, aveva fame. Di cosa aveva voglia?

«Un kebab, magari?» domandò l'uomo con un sorriso a trentadue denti. «Visto che lei è...»

Menemenci lo squadrò.

Ecco, appunto. Adesso quella giornata era proprio da buttare.

Vera

Ore 18.10

Piano piano il clima diventò più tollerabile. Il sole bruciava ancora e in cielo non c'era l'ombra di una nuvola, ma si era alzato il vento, indizio incontrovertibile del tanto atteso temporale in arrivo.

Faceva comunque troppo caldo per fare jogging. A meno che uno non si chiamasse Vera Gemini.

La detective continuava a correre lungo la fila di alberi che costeggiava il viale per arrivare all'Haus am See, superando persone altrettanto pazze da sfidare trentadue gradi all'ombra e un tasso di umidità dell'ottanta per cento. Era una tortura, e ce l'avevano scritto in volto. Vera invece era come se corresse sul velluto, che la faceva scattare in avanti piena di energie ogni volta che le sue Nike ci si posavano sopra. Era rilassata, il suo fisico era allenato a sufficienza da sopportare fatiche che facevano desistere uomini forti e palestrati. Negli ultimi tre anni, non c'era stato giorno in cui non avesse praticato una qualche forma di sport.

I suoi minuscoli auricolari le sparavano David Bowie nelle orecchie. *Space Boy*. 150 bpm.

Su i piedi, giù i piedi, tieni il ritmo.

All'improvviso alla musica si mischiò una specie di fischio. Senza fermarsi, Vera premette un bottoncino su un dispositivo ovale attaccato alla cintura.

La musica si zittì.

«Ma che stai facendo?» La voce di Roth.

Vera sorrise. Il suo giocattolo della Sony funzionava alla grande. Aveva scelto il migliore, così adesso il Walkman era collegato al cellulare e al registratore vocale, così la chiamata le era arrivata direttamente negli auricolari. Sotto l'orecchio sinistro c'era un cavetto che scendeva fino alla bocca, attaccato con una specie di molletta. Un microfono ad alta frequenza. «Sto correndo.»

«Cosa? Con questo caldo? Sei pazza?»

«Cerco solo di mantenermi in forma», disse. La voce calma come il polso. Nessun affanno.

«Vera, tu potresti smettere di fare sport per i prossimi dieci anni, resteresti comunque in forma. Ad avere anche solo il dieci per cento della tua resistenza... sarei l'uomo più felice del mondo.»

«Be', non è mai troppo tardi per cominciare. Perché non vieni a correre con me?»

«Perché tu mi semineresti in tre secondi.»

Aveva ragione. Oltre al fatto che lei comunque preferiva andare da sola. L'aiutava a schiarire la mente. La corsa era concentrazione. Le serviva a interiorizzare e a fare pulizia.

Le dava una sensazione d'indipendenza.

Da tutto e tutti.

Non aveva bisogno di nessuno che corresse con lei, né dietro né davanti. Col rischio che la costringesse a seguire un ritmo diverso dal proprio. Vera aveva deciso che c'era una sola persona abbastanza importante con cui sincronizzarsi.

Se stessa.

In lontananza, spuntò l'Haus am See. La terrazza si rifletteva nell'acqua del lago appena increspata, come esplosa in un milione di schegge.

«Hai scoperto qualcosa?» domandò Vera.

«Sì.»

«Cioè?»

«Forse resterai delusa, ma ha ragione il tuo cliente: dopo il 1990, di Marmann nessuna traccia, è sparito nel nulla.»

«Ma c'è un fascicolo, no?»

«Sì, in sostanza quello che già sapevi. Famiglia benestante, normale. Scuola, superiori, è inutile che te lo ripeta. Poi disoccupato. Precedenti per rissa, in realtà solo un ammonimento. Poi nel 1985 c'è stato l'episodio della Dresdner Bank di Rudolfplatz. Condannato a sette anni, ma durante uno spostamento qualcosa è andato storto ed è riuscito a fuggire...»

«Davvero? Ma come si può essere così idioti?»

«Non lo so. Forse è perché Marmann è tutt'altro che un idiota. Ho letto il verbale del suo interrogatorio. Una bella testa, anche se incapace di controllarsi e mostra un'evidente tendenza al comportamento violento.»

«Mmm... poi?»

«Nient'altro. Ha lasciato Colonia. Per quanto riguarda la Legione straniera, ne sai più tu di noi. Ci sono degli indizi che possa essere andato in Francia.»

«Altri parenti?»

«I genitori avevano una casa a Ossendorf. Ma nemmeno loro sapevano dove fosse finito.»

«Le indagini sono ancora in corso?»

«No, archiviate. Non sono neanche in grado di dirti se i genitori siano ancora vivi o se abbiano cambiato casa. Se vuoi indagare tu, prego, fai pure.»

Vera azionò il registratore e memorizzò l'indirizzo. «Qualcos'altro che possa tornarmi utile?»

«No. Quindi posso considerare il lavoro concluso?»

«Per quanto riguarda i vostri dati, sì. Forse però potresti far vedere in giro la foto.»

«Non salterà fuori nulla», disse Roth. «Ma se proprio ci tieni...»

«Sarebbe gentile da parte tua. Se salta fuori qualcosa mi chiami, vero?»

«Certo.»

Chiuse la conversazione e digitò il numero del suo studio.

«DeTechtei Gemini, Strunk...»

«Sono io.»

«Ah, Vera. Ha chiamato Thomas Roth.»

«Sì, ci ho appena parlato. Ma alla Kripo non hanno nulla. Tu?»

«No, a Colonia non c'è traccia di nessun Andreas Marmann. Ho controllato gli alberghi. Possiamo allargare le ricerche ai dintorni e alle pensioni private, ma...»

«Procedi.»

«Non credo che servirà a molto.»

«Procedi comunque.»

«Se insisti...» disse Strunk, tutt'altro che entusiasta. «I soldi sono i tuoi.»

«Insisto.»

«Bene, allora domani procedo...»

«Oggi, fallo oggi», lo corresse Vera.

Un momento di silenzio. «Vera», disse Strunk senza scomporsi. «Stavo per uscire. A un'ora decente, dopo settimane...»

«E io cosa gli dico a questo Bathge? Che non possiamo continuare a lavorare al suo caso?»

«Vera, stavo staccando! Non so se capisci il concetto, ma è quello che sto per fare, e non aspetterò un minuto di più.»

«Tu non farai proprio niente! I detective non staccano mai, quando ti deciderai a capirlo? Se una mattina su due ti presenti all'ora di pranzo, perlomeno mi aspetto che svolgi il tuo lavoro di sera!»

«Sono andato dal medico, lo sapevi.»

«Ultimamente ci stai andando troppo spesso. Basta discutere, okay? Controlla le pensioni e i dintorni. Le agenzie immobiliari domani.»

All'altro capo della linea si sentì un sospiro snervato. «Poco fa parlavamo di soldi...» disse Strunk poco dopo.

Vera alzò gli occhi al cielo. «Credevo di essere stata già abbastanza chiara.»

«Sì.»

«Be', allora...»

«Ma questo non vuol dire che...»

«Senti, fai le ricerche che ti ho chiesto e poi ne riparliamo.»

«Le faccio, le faccio, ma qui sta diventando tutto più caro! Non puoi non essertene resa conto! Gli affitti salgono, e anche i biglietti dei mezzi e la benzina! Per non parlare delle assicurazioni... ma dove vivi?»

«Io mi aspetto solo che tu faccia il tuo lavoro.»

«Guadagno troppo poco. Se chiedi agli altri studi...»

«Invece guadagni troppo.»

«Ah, sì?»

«Insomma, farai o no le cose che ti ho chiesto?»

«Senti, bella, ma vaffanculo, va'!» sbottò Strunk. «Adesso ne ho abbastanza!»

«Come hai detto, scusa?»

«Sei solo una strega repressa e rasata! Se nessuno ti vuole scopare, vai a farti fottere da sola!»

All'improvviso la conversazione saltò. Strunk aveva riattaccato. Vera sentì salire l'adrenalina, strinse le mani a pugno e cercò di non mettersi a strillare.

Accanto a lei spuntò un corridore coi fuseaux verde fosforescente, le sorrise.

Lei gli rifilò un'occhiataccia e accelerò.

Pochi secondi dopo, se lo ritrovò di nuovo accanto. Occhiali da sole a specchio, lampadato. Bello, in fondo. Con una collana d'oro che pendeva sul petto lucido.

Lo ignorò.

«Tu non parli mai con nessuno, vero?»

«Sparisci.»

Il sorriso dell'uomo si allargò. Si avvicinò. «Tesoro, perché sei così scorbutica? Potremmo fare un pezzetto insieme...»

Vera serrò i denti.

«E dai, e fammelo, un sorriso. Io sono Luigi. Ti piacerò, vedrai. Io piaccio a tutti.»

Lo guardò, ricambiò il sorriso. «Un pezzetto insieme, dici? Di corsa?»

«Un pezzo lungo», disse Luigi. «E poi...»

«Okay.» Con un movimento fulmineo, Vera sollevò il braccio destro, lo prese per un orecchio e lo spinse verso il basso.

Lui si mise a strillare, tra la sorpresa e il dolore. Cercò di divincolarsi, ma inciampò imprecando.

«Bene, mio caro Luigi», sibilò Vera. «Adesso vediamo cosa sai fare.» Tese i muscoli e scattò in avanti, senza mollare l'orecchio dell'uomo. Anzi tirandolo sempre più in basso, ormai la testa era all'altezza del fianco.

«Ma tu guarda che stronza... Mollami!» gridò. «Ti spacco la faccia!»

Vera ringhiò e accelerò ancora l'andatura, ormai stava schizzando come un razzo, lei correva con movimenti energici e sinuosi, lui era ridicolo, troppo impegnato a tenere il passo per potersi difendere o divincolarsi. Ogni volta che cercava di avvicinare una mano all'orecchio per liberarsi, lei stringeva ancora più forte.

Tanto che la cartilagine, a un certo punto, fece *croc*.

Lui gridò. Ma continuò a tenere il ritmo, ansimando.

«Che c'è?» disse lei. «È troppo?»

«Io... io non ce la faccio...»

«Ma come... non me l'avevi chiesto tu di fare un pezzetto insieme? Hai cambiato idea? Ma che razza di uomo sei?»

«... ti prego...»

Lei se lo trascinò dietro ancora per diversi metri, coi passanti che la guardavano impietriti, poi lui si portò una mano alla gola e iniziò a barcollare. Ma riuscì a guardarla dritto negli occhi, uno sguardo gelido, la lingua di fuori.

Lei finalmente lo lasciò andare. Lui cadde e restò a terra. Tremava.

Vera proseguì senza degnarlo di una sola occhiata.

Si sentiva meglio.

MARTEDÌ 24 AGOSTO

Vera

Ore 8.55

Entrò nell'anticamera, ma Strunk non c'era. Proseguì verso il suo ufficio, con un pessimo presentimento.

Sulla scrivania trovò due lettere.

La prima era il licenziamento di Strunk, con effetto immediato. L'altra era sempre di Strunk, in cui si scusava per i toni e le diceva di aver svolto il suo ultimo lavoro col massimo scrupolo: nemmeno nei dintorni di Colonia – alberghi, pensioni eccetera – era mai spuntato un Andreas Marmann. Si rammaricava per gli infelici sviluppi della loro collaborazione e le augurava ogni bene.

Non aveva resistito nemmeno tre mesi.

Pur sempre due settimane in più rispetto al suo predecessore.

Forse doveva smettere di prendere uomini. Strunk in fondo non era così male. Semplicemente non aveva mai accettato il fatto di avere un capo donna.

Ma Vera donne non ne voleva.

Per un attimo fu tentata di chiamare Roth e sfogarsi con lui. Ma già sapeva cosa avrebbe detto. Smettila di farla pagare ai tuoi dipendenti, e vedrai che resteranno.

Avrebbe dato la colpa a lei, come al solito.

Con un'alzata di spalle, tornò nell'anticamera per farsi un caffè. La segreteria telefonica lampeggiava. Schiacciò il tasto MESSAGGI e si mise a cercare i filtri fra le zollette e la polvere di caffè.

«Sono Bathge. Tutto bene?»

Lei rimase in ascolto.

«Se è d'accordo, vorrei vederla stamattina. Verso mezzogiorno. L'aspetto vicino ai bastioni, sul Lungoreno. Mi è venuta in mente una cosa che forse dovrebbe sapere.» Una pausa. «Spero non le crei problemi se le chiedo di dedicarmi questo tempo. Se all'una non è arrivata, me ne andrò e la richiamerò domattina. Ma sarebbe bello. Arrivederci.»

Vera rifletté. Doveva sbrigare ricerche su altri casi. Una separazione, spionaggio industriale in un'agenzia di pubblicità di Hohenzollernring, sabotaggio in un'azienda che fabbricava metal detector. Ora che Strunk se n'era andato, avrebbe dovuto fare tutto da sola.

Eppure decise di andare. Se Bathge aveva altre informazioni, ne sarebbe valsa la pena.

Rifletté anche se dovesse trovarlo simpatico.

Finalmente individuò i filtri sotto una scatola di biscotti, ne riempì uno di polvere, rabboccò la macchina di acqua e la accese. Un attimo dopo, iniziò a gorgogliare e a sibilare. Lei tornò nell'ufficio.

Sicuro, antipatico non era.

Centrale

Ore 10.18

Ogni volta che poteva, Roth passava la mattina a vagare da un ufficio all'altro. Quel giorno, lodava il frescolino portato dal temporale scatenatosi nella notte sulla città, si faceva invitare a bere il caffè e a un certo punto tirava fuori la foto di Vera.

Nessuno sapeva nulla di quel Marmann. Nessuno lo conosceva. Le persone che lo avevano arrestato e interrogato allora erano state tutte trasferite. Era solo un fascicolo ammuffito.

Roth, del resto, se l'era immaginato. Nella mente contò

i caffè che aveva già ingurgitato, cinque, e stabilì che potevano bastare.

Avrebbe detto a Vera di cercare altrove.

Tornando in ufficio incontrò Krantz. Non gli piaceva molto, quel pelato perennemente di cattivo umore. Lavorava per un commissario ciccione che di cognome faceva Mementschi o una cosa del genere.

Gli disse buongiorno, giusto per cortesia.

Krantz si fermò. «Guardi, proprio non saprei cosa ci sia di buono, in questa mattina.»

«Già», rispose Roth, cercando di assumere un'espressione imbronciata. «Che ci vuol fare, viviamo in un mondo terribile.»

«Sì, terribile, il mondo è terribile», replicò il collega, per poi passare oltre.

Roth lo seguì.

«Ha sentito del caso Üsker?»

«Il turco torturato a morte?»

«Già, è mio...», rispose Krantz serrando le labbra. «Ne avrei fatto volentieri a meno.»

«È vero quello che hanno scritto i giornali?» domandò Roth abbassando il tono di voce.

«La storia del PKK? Ma va'...»

«No, intendevo quello che gli hanno fatto.»

«Be', che siano stati in molti o uno solo, uomini o donne... di certo il nostro Üsker ha ricevuto una visita dopo la quale nessuno lo avrebbe più riconosciuto, nemmeno sua madre.»

«Dio santo...»

«Vuole vedere le foto? Sono ben felice di condividere questa esperienza edificante con chi lo desidera.»

«In tutta sincerità, anche no...»

Raggiunsero l'ascensore. Krantz tirò fuori il pacchetto di sigarette e si accorse che era vuoto. E il suo volto assunse l'espressione dello sconforto definitivo.

Roth si girò per andarsene. Poi cambiò idea e offrì al collega una delle sue.

La fronte di Krantz si distese. Prese la sigaretta e se la mise in bocca.

Roth lo fece accendere.

Davanti a loro, le porte dell'ascensore si aprirono.

«Se mi accompagna, io le offro un caffè», disse Krantz.

Rieccoci.

«In realtà dovrei tornare al lavoro», replicò Roth, esitante.

«Allora un espresso, che è più veloce. Oppure noi al nostro piano abbiamo una macchinetta che fa una nuova brodaglia metà caffè metà cioccolato; sa, non è per niente male...»

Scesero insieme, e Roth pensò che non aveva ancora tirato fuori la foto.

L'ufficio di Krantz era al primo piano. Entrando, Roth ebbe l'impressione di esser finito in un bazar, tanto era pieno di gingilli di ogni genere.

«Ma cos'è questa roba?» domandò.

«Gli oggetti personali del signor Üsker.»

«Perché non li hanno portati da noi?»

«La Scientifica si è presa la maggior parte delle cose, queste le stiamo analizzando per capire qualcosa del suo passato.» Indicò una lavagna di metallo. «Foto, lettere, roba che conservava in una scatola a parte. Comunque non possedeva granché. Latte?»

«Come, scusi?»

«Ci vuole il latte, nel suo espresso?»

«Ah... no, grazie.»

«Aspetti un attimo, torno subito.» E scomparve in corridoio.

Roth si grattò il naso, pentendosi di aver accettato. Quell'uomo avrebbe potuto offrirgliene dieci, di espressi, ma comunque non lo avrebbero reso più simpatico. Cercò la fotocopia della foto nella tasca della giacca e sperò di poter levare le tende presto senza risultare scortese.

Krantz si fece attendere.

Roth iniziò a camminare davanti alla lavagna magnetica. Aveva perso fin troppo tempo. Anche nel suo ufficio c'erano cataste di lavoro che lo aspettavano.

Vera, mi dispiace.

Poi finalmente le sue dita trovarono la foto e la tirarono fuori. In quello stesso momento gli occhi gli caddero sulla lavagna.

Dove vide...

Impossibile!

«Ecco, due espressi!»

Roth si rimise subito la foto in tasca e si girò. «Che gentile, grazie.»

«Si figuri...» Krantz si avvicinò alla scrivania e iniziò a scartabellare tra le pile di fogli. «Non riusciamo a fare il minimo passo avanti. Un uomo viene praticamente scuoiato vivo, e noi non abbiamo uno straccio d'indizio.»

«Quando lo avete trovato?»

«Sabato scorso.»

Roth indicò la lavagna. «E quelle lì sono le foto...»

Krantz si alzò per avvicinarsi. Un dito colpì ripetutamente l'immagine che aveva tanto sconvolto Roth. «Esatto, lo abbiamo trovato così, quel poveraccio.»

«Questo è Üsker?»

«Questo *era* Üsker!»

Roth sgranò gli occhi. «Grazie per il caffè», mormorò.

Ossendorf

Ore 10.56

Aveva scelto un orario a caso, ma evidentemente era arrivata nel momento sbagliato.

Vera suonò un'altra volta e aspettò. Gli occhi scrutarono le file di case marroni e grigio antracite su entrambi i lati. Finestre e aperture ridotte al minimo, come se fossero solo prese d'aria. Un giardinetto sul davanti, dove piante sempreverdi cercavano di portare avanti una vita dignitosa. Si chiese se quelle costruzioni sorte in fretta e furia nel Dopoguerra non avrebbero potuto farle un filino più carine. Niente di speciale, per carità. Niente che tirasse i lavori troppo per le lunghe. Giusto perché sembrassero delle case, invece che delle cassette.

Forse, invece, le avevano costruite così apposta, per la paura che potessero cadere di nuovo a pezzi. Non valeva la pena rimettere in piedi un posto da amare se di lì a poco i suoi abitanti lo avrebbero perso un'altra volta. Avevano usato solo la testa, tenendo fuori il cuore. Meglio, in fondo. La ragione dava poche gioie, ma in compenso era meno vulnerabile.

Nonostante l'afa, Vera ebbe un brivido.

Nella porta della casa monofamiliare c'era una finestrella, coperta da tendine bianche da mercato. Lei si specchiò nel vetro, si girò di profilo inarcando un sopracciglio. Quello che vide la inquietò, anche se non capì bene perché. Decise di andarsene.

Proprio in quel momento, dietro la porta si sentirono dei passi. «Cosa vuole?» disse una voce ovattata.

Allora erano in casa.

«Mi chiamo Gemini», disse Vera. «Sto cercando Andreas Marmann.»

«Qui non vive nessun Andreas Marmann.»

La detective sfoderò un sorriso amichevole, sapeva che la donna la stava guardando. «Che non vive qui già lo so. Le dispiacerebbe farmi entrare, così facciamo due chiacchiere?»

«Lei chi è?»

«Sono una detective privata e...»

«Una detective? Se ne vada! Subito!»

Vera aggrottò la fronte e ricompose il sorriso in un'espressione più professionale. Altrimenti non avrebbe ottenuto nulla. «Lei è la signora Marmann?»

Silenzio.

«Lei è la signora Marmann, vero?»

Dietro la porta si sentì sciabattare, poi un colpo di tosse.

«La polizia ha bisogno di trovare suo figlio», mentì. «Sarebbe meglio se parlassimo. Meglio per lei, e per suo figlio.»

Nessun rumore.

«Forse posso aiutarla...»

Un ulteriore attimo di silenzio. Poi Vera sentì scorrere il catenaccio e lo scatto della catena.

Lentamente, la porta si aprì.

Per guardare in faccia la donna che si ritrovò davanti, Vera dovette abbassare gli occhi. La madre di Andreas Marmann era un'anziana ingobbita dai reumatismi. I capelli grigi radi erano pettinati all'indietro e legati in una crocchia. Occhi sospettosi, in cui però Vera intravide un guizzo sotto le palpebre gonfie. «Cosa c'è di così importante?» domandò la donna, brusca.

Vera risfoderò il sorriso amichevole. «Mi fa entrare? Solo un attimo...»

«Mmm.» La signora Marmann inclinò la testa, strinse le palpebre ancora di più e si voltò. «Kurt?»

Nel buio dell'ingresso comparve un uomo. Vecchio almeno quanto la donna. Ma diverso, alto e magro, quasi atletico, con capelli neri folti e il pizzetto. Non c'entrava nulla con lei. Un tempo doveva essere stato molto bello.

Il padre dell'uomo della foto, non c'erano dubbi.

«È sempre tutto importante», disse, senza nemmeno salutare. «Allora, cani e porci sostenevano di volerci aiutare dicendoci che era importante. Ma sentiamo: a chi dovrebbe interessare, ancora, questa storia?»

«Be', a voi», rispose Vera guardandolo negli occhi. «Si tratta pur sempre di vostro figlio.»

«Ha sue notizie?»

«No. Voi?»

L'uomo la scrutò. Come se stesse riflettendo se rispondere o no alla sua domanda.

Poi scosse la testa. «Nessuno sa dove sia finito. Perché dopo tutti questi anni lei si presenta qui con questa sfilza di domande?»

Vera tirò fuori la foto e la diede alla donna.

Lei si chinò sopra di essa, col naso quasi incollato all'immagine. «Ma questo è Andi!» esclamò, sorpresa. Non l'aveva mai vista, era evidente.

Il vecchio Marmann gliela tolse dalle mani senza scomporsi e restò come imbambolato.

«Kurt, guarda, è proprio Andi!» ripeté la donna con voce squillante, come quella di una bambina. All'improvviso la sua voce era diventata morbida, si appese a una manica del marito e lo fissò.

Lui la ignorò, gli occhi ancora incollati sul figlio. «Dove l'ha presa?» ringhiò un paio di minuti dopo.

Vera si strinse nelle spalle. «Non posso aiutarvi, se voi non aiutate me.»

Lui sollevò il mento. «Signorina, se crede che c'interessi che fine abbia fatto Andi... be', sappia che ha preso un abbaglio. Nostro figlio sarebbe potuto diventare qualcuno. Invece ha preferito rapinare una banca e poi darsi alla macchia senza degnarci di un saluto.»

«Dopo che era stato arrestato.»

«Avrebbe dovuto scontare la sua pena, affrontarla da uomo!» disse il vecchio, arrabbiato.

«Non si è mai fatto vivo con voi?»

«No. Ma lei perché lo sta cercando?»

«Ho ricevuto quest'incarico.»

«Da chi?»

«Mi spiace, ma per ora non posso dirvelo.»

«Be', in questo caso dispiace anche a me.» Fece un ghigno cattivo. «Vede, non posso aiutarla, se lei non aiuta me.»

«Davvero crede di poterlo trovare?» domandò la donna. Anche il suo volto, come la voce, aveva perso ogni nota di durezza. Guardò di nuovo il marito ruotando la testa con fatica, la sua schiena ingobbita non le lasciava altra scelta.

«Non troverà nessuno», borbottò l'uomo, scontroso.

La moglie, però, aveva uno sguardo quasi implorante. «E se invece...» disse, esitante.

«No!» E lui tirò un pugno contro l'intelaiatura della porta. «Andreas sarebbe dovuto restare. Ha sbagliato tutto, qualunque cosa abbia fatto dopo.»

«Perché, cos'è che ha fatto, dopo?» domandò subito Vera.

Lui si zittì.

«Forse riesco davvero a trovarlo...» sussurrò lei.

L'uomo scosse la testa, si girò e scomparve di nuovo nel buio del corridoio. «Se ne vada», borbottò.

La moglie lo seguì con lo sguardo. Poi si avvicinò a Vera. «Per favore, mi dica perché lo sta cercando.»

Vera si strinse nelle spalle. «Non ho nessun motivo personale. Ho ricevuto quest'incarico da un amico, un amico di Andreas, che a un certo punto lo ha perso di vista.»

«E il nome di quest'amico... proprio non può dirmelo?»

«No, davvero, anche volendo non posso.»

«Eppure dice di poterci aiutare.» Fece una pausa. «Cioè, lo dice, ma non è sicura. Perché? Lei nemmeno ci conosce, non ha nessun vero interesse per noi. In cosa potrebbe aiutarci?»

«Be', trovare vostro figlio... non sarebbe un aiuto?»

Lei scrutò la strada alle spalle di Vera. Lo sguardo si perse tra i sempreverdi del giardino. «Andi aveva amici strani. Lui...» Con un gesto fiacco, indicò il corridoio, intendendo quindi il marito. «Lui fa sempre finta che non gliene importi nulla, ancora oggi, dopo tutti questi anni. Nemmeno io so cosa gli passi per la testa. Come reagirebbe, se Andi all'improvviso ricomparisse davanti a questa porta?» All'improvviso i suoi tratti stanchi si composero in un sorriso. Guardò Vera. «Ci deve scusare, ma, davvero, noi non sappiamo nulla.»

«Suo figlio... era un bravo ragazzo?» domandò la detective con un pizzico di cinismo, non voluto.

«Bravo, dice?» La signora Marmann esitò. «Be', ogni ragazzo è bravo, se chiede alla madre...»

«Certo, ha ragione.»

«Ma ho capito dove vuole arrivare. La rapina... Be', insomma, a lei non è mai venuta voglia di vendicarsi quando il mondo intero sembra averla presa di mira?»

Eccome, pensò Vera, cercando subito una risposta alternativa. «Anche voi lo avete preso di mira?» domandò invece. «Lei e suo marito?»

Era consapevole di aver esagerato. Ma a volte funzionava.

La signora Marmann, infatti, si lasciò scappare una risata. «Non crederà di essere la prima che cerca di trovarlo...» replicò, ignorando la domanda. «Per gente come lei, allora, abbiamo speso una barca di soldi. Con zero risultati. Noi siamo i suoi genitori, e abbiamo gettato la spugna. Capisce cosa vuol dire? E poi arriva lei e se ne esce con questo amico. Che amico, santo dio? E perché dovrebbe interessarci, questo fantomatico amico?»

«Chi lo ha cercato?»

«Nessuno. Sono anni che non lo cerca più nessuno.»

«Ha altri parenti, oltre a voi?»

«Signorina, mi ascolti. Io non so chi è lei e cosa vuole da Andi. Forse è un errore, ma voglio fidarmi, tanto per un verso o per un altro uno sbaglia sempre. Ma lei mi piace. Andi ha una sorella. Noi non abbiamo molti contatti con lei, ma di sicuro saprà dirle più di quanto non sia stata in grado di raccontarle io.»

«Perché dovrebbe sapere più di lei?»

La donna scosse la testa e, con estrema lentezza, allungò un braccio verso la maniglia. «Lo chieda a lei.»

Lungoreno

Ore 12.00

All'ora di pranzo, Colonia aveva sempre l'aspetto di una fotografia sovraesposta. Al posto dell'azzurro estivo era subentrato un bianco purissimo. L'aria era afosa, opprimente. Ma anche stavolta Vera decise di tenere la giacca.

Vide Bathge da lontano, appoggiato alla ringhiera sotto i bastioni. Lo sguardo puntato sul fiume.

«Non ha paura che qualcuno possa riconoscerla?» domandò, ironica, avvicinandosi.

Lui girò la testa e sorrise. «Eccome se ne ho.»

«Già, Marmann», fece lei.

«Però Marmann non ha mica il dono dell'ubiquità. E comunque mi sembrava avessimo detto niente domande.»

«Infatti non era una domanda. Dica un po', signor Bathge, lei vive qui a Colonia?»

«Appunto.»

Vera si appoggiò alla ringhiera e chiuse gli occhi contro la luce accecante. «Sono appena stata dai genitori.»

«E? Le hanno detto qualcosa?» Non sembrava particolarmente impressionato.

«Mah, dipende da come la vedi. Il padre sembra preferire che il figlio marcisca all'inferno, la madre invece lo considera ancora un santo. Ma, no, non sanno nulla.»

«Sì, immaginavo. Il padre è stato sempre duro con lui.»

«Li conosce?»

«Certo, da bambino sono stato a casa loro un sacco di volte.»

Vera non disse nulla. «Okay... quindi?» chiese, dopo un po'. «Avrebbe potuto andarci lei... perché ha spedito me?»

«Be', la pago per questo.»

«Per cosa, esattamente?»

«Anche per andare al polo Sud, se necessario...»

«È qui che si sbaglia. Al momento mi paga per farmi venire un sacco di pensieri, per esempio se debba continuare a lavorare al suo caso o no.»

«Su, non sia così suscettibile. Cosa dovrebbe impedirle di proseguire?»

«Il modo in cui mi tratta, per esempio.»

«Oh...» Si allontanò dalla ringhiera e le sfiorò un braccio. «Andiamo?»

Lei si ritrasse all'istante.

«Facciamo due passi?» insistette lui, esitando.

«Va bene.»

Così iniziarono a passeggiare, lenti. Bathge non era più alto di lei, constatò Vera. C'era stato un periodo in cui gli uomini le sembravano tutti troppo bassi.

In realtà non aveva preso in considerazione nemmeno per un secondo l'eventualità di mollare il caso. Ma, se tirava un po' la corda, forse avrebbe scoperto qualcosa di più sul suo conto.

«Ho capito, tutti questi segreti non le piacciono», disse. «Certo che ci sarei potuto andare di persona, dai Marmann, ma perché correre un rischio simile?»

«Perché lei ha paura, non è vero?»

«Credo che a questa domanda possa rispondersi da sola. Me lo ha già chiesto ieri, perché lo sto cercando. E io le ho risposto.»

«Sì, ha ragione.»

«Marmann non è stupido, anzi. Ci sono tantissimi modi in cui potrebbe trovarmi, e io francamente non ci tengo proprio.»

«Perché?»

«Per vari motivi.»

«Forse l'ha già trovata, e lei non lo sa.»

Bathge scosse la testa. «Ma insomma, non sta facendo altro che porre domande! Il lavoro non comporta nessun rischio per lei. Trovi Marmann e si prenda i soldi. Il resto sono affari miei.»

«D'accordo. Qualcosa ho scoperto. Ufficialmente non è in città, questo posso assicurarglielo. Non è registrato da nessuna parte, ho controllato anche gli hotel e le pensioni. Perlomeno non con questo nome.»

«E la Kripo? Loro sanno qualcosa?»

«No.»

«Come immaginavo.»

Continuarono a camminare in silenzio. Ogni tanto incrociavano uno skater, che schivava passanti, ciclisti e cani con eleganza variabile.

«Come le ho già detto, Marmann si è fatto cinque anni di Legione straniera.» Bathge tirò fuori le sigarette e se ne accese una. «Poi è passato agli ZERO, un salto di qualità rispetto a prima. Qualità non nel senso di onore, ma di efficienza, ovvio. Gli ZERO erano un contingente di specialisti con quartier generale in Marocco: paracadutisti, sub, tiratori scelti, gente che aveva guidato missioni in mezzo mondo e sapeva come cavarsela ovunque, dal forno del deserto al gelo dei poli. Artificieri, progettisti, climatologi, esperti di esplosivi... perfino psicologi. Non so bene con che ruolo ci sia entrato Marmann. Lui era soprattutto un bravo tiratore, quindi credo lo abbiano arruolato con questa funzione. Allora avevamo già contatti molto sporadici. L'ho saputo da una lettera, in cui mi aveva scritto dov'era finito. Da allora silenzio totale. Le ripeto, dal '90 ho perso tutte le sue tracce.»

«E lui le sue.»

Bathge le fece l'occhiolino. «Come fa a esserne certa?»

«Be', ha detto che vuole trovarlo prima che lui trovi lei. Quindi probabilmente anche Marmann sta brancolando nel buio. Ha cambiato casa, dopo quella lettera?»

«Sì.»

«E fino ad allora aveva abitato a Colonia, vero?»

«Non ha nessuna importanza dove vivessi io. Piuttosto, contatti il quartier generale degli ZERO... Di più in realtà non avevo intenzione di dirle.»

«Questo avrebbe potuto dirmelo anche ieri.»

«Pensavo ci sarebbe arrivata da sola. Ma forse l'ho sopravvalutata.»

«Lei pensa cose strane. C'è altro che dovrei sapere?»

«No.»

«Perché non li contatta lei, gli ZERO?»

«Per lo stesso motivo per cui non sono andato dai genitori di Andreas. Se ci va lei, passerà inosservata, non darà nell'occhio. Ci sono un sacco di persone che vorrebbero tanto sapere dov'è finito. Agli ZERO dica che sono stati i genitori a chiederle di cercarlo. Così non desterà nessun sospetto.»

«La signora Marmann mi ha detto che hanno già speso un sacco di soldi, allora, in detective», disse Vera. «Senza risultato.»

Bathge sorrise. Una voluta di fumo si levò sopra le sue labbra. «Ma loro non sapevano quello che so io. Né degli ZERO, né della Legione straniera, credo.»

«Lei invece sì.»

«Infatti.»

Vera aggrottò la fronte. «Be', se era l'unico a saperlo, significa che eravate piuttosto in confidenza.»

«Sì, in questo le do ragione.»

«Mmm...» Si girò verso l'acqua luccicante. «Lei sta cercando Marmann, e Marmann sta cercando lei. Ma non perché un tempo eravate tanto amici.»

«Non ho mai detto che mi sta cercando.»

«Come no, ha detto che non vuole che lui la trovi.»

«Be', è una cosa diversa.»

«Ah, ecco. Peccato...»

Bathge non replicò. Poi, quando capì che lei non avrebbe concluso la frase, disse: «In che senso, peccato?»

«Che abbia messo in atto tutto questo circo. Se sapessi più cose sul suo conto, di sicuro lo troverei prima.»

Tra le sopracciglia di Bathge si formò una ruga incredibilmente netta. «E io adesso cosa c'entro?»

«Be', a quanto pare lui s'interessa di lei», rispose Vera. «Mi dica perché e io potrò usare quest'informazione per trovarlo.»

«Ah, la buona vecchia trappola... E secondo lei ci casca?»

«Forse.»

«E sentiamo... chi o cosa userebbe come esca?»

«Questo non posso dirglielo, visto che non ho la più pallida idea di cosa sia successo tra voi.»

Lui rise. «Sia sincera. L'esca sarei io, non è vero?»

«Magari sì...»

«Una bella pensata, davvero. Ma io credo che quest'informazione non la aiuterebbe, proprio per niente. Io non lo voglio attirare da nessuna parte, voglio solo sapere dov'è. Se uno mette un indizio sotto il naso di un cane, il cane partirà e troverà la persona cui appartiene. Nessuna domanda, si limiterà a fare il suo lavoro. Ecco, adesso io ho messo sotto il suo naso gli ZERO, che è già molto più di quello che avevo intenzione di dirle. Perché non fa finta che io non esista e parte, come i cani?»

Vera si fermò e alzò gli occhi verso i contorni delle guglie del duomo, che sembravano palloni giganti a forma di gocce d'acqua capovolte attaccati al cielo. Ogni tanto, le sembrava di sentire ancora i colpi di arma da fuoco.

Era come se il mondo si fermasse.

Immagini che restano impresse per sempre. La prima cosa che hai visto appena hai riaperto gli occhi dopo l'improvviso dolore e lo shock. Per quanto fosse una cosa irrilevante o banale, continua a riapparirti nella mente: non dimenticherai mai il momento prima che tutto cambiasse.

«Va bene», disse. «Io faccio il mio lavoro, e lei avrà il suo Marmann.»

«Okay.»

«Ma, la avverto, provi a paragonarmi ancora una volta a un cane, e quel cane le tirerà un morso che non dimenticherà. Proprio lì dove fa più male. Mi ha capito bene?»

Bathge sostenne il suo sguardo, con espressione calma. «Mi spiace.»

Mi spiace.

Quante volte lo hai già sentito. Piagnucolante, patetico, melenso, in tutte le versioni possibili. Una tortura fatta di due parole.

Mi spiace.

Ma in quel caso suonò diverso.

Sincero.

Lo guardò. Nessun pathos, nessun finto pentimento. Sembrava lo avesse detto seriamente.

Che avesse avuto una reazione esagerata?

Ah, sa una cosa? A un certo punto quella strega è sbottata, ma sa come sono fatte le donne, allora io…

In realtà non era successo nulla! Eppure Vera ha perso la testa e…

Tesoro, calmati, hai solo straparlato un po'…

È isterica, ha…

Vera riprese il suo passo lento. Bathge la seguì.

«E come restiamo in contatto?» domandò.

«La chiamo io», replicò lui. «È sempre raggiungibile?»

«Di solito sì.» Tirò fuori un astuccio argentato dalla giacca e gli porse un biglietto da visita. «Il numero in alto lo ha già, è quello dell'ufficio. Gli altri due sono cellulari. Su uno mi trova sempre, a meno che non mi sia alienata davanti a un PC.»

«Lei... lei si aliena davanti a un PC?»

«Ebbene sì. Mi distraggo così, davanti a uno schermo, i miei occhi sono come macchine fotografiche. Ma sempre con lo stesso obiettivo.» All'improvviso, anche se era ancora arrabbiata, sorrise. «Il cane non smette mai di fiutare.»

Bathge annuì. «Be', sì, qualcosa bisogna pur fare per evitare d'impazzire.» La scrutò. «È mai stata proprio via, su un altro pianeta?»

«Mmm...» Quell'improvviso cambiamento di tema la sorprese. «Strana idea.»

«No, affatto. Intendo guardare la Terra da una certa distanza, come un puntino luminoso. La guarda, ma c'è sempre qualcosa che la unisce a quel puntino, ovunque si trovi. È la Terra, la sua Terra, che sta vedendo. E lì c'è qualcuno che la sta osservando. Non la perde mai di vista, seppur con la coda dell'occhio.»

Vera non disse nulla.

«Ma poi un giorno lei lo cerca, quel puntino a lei così familiare, e si accorge che è diventato solo uno tra miliardi, che la sua amata Terra è sparita. Più la cerca, più diventa consapevole che quel legame si è rotto, e che non possono più vederla... ed è questa la cosa peggiore: il fatto che gli altri non possano più vederla.»

«E perché non possono?»

«Perché lei ormai è passata al lato oscuro.»

Vera fece un respiro profondo. «Come mai mi sta dicendo queste cose?»

«Però vorrebbe che continuassi, non è vero?»

«Be', volevo più informazioni.»

«Questa *è* un'informazione.»

Lei rifletté. «E? Come si sta nel lato oscuro?»

«Me lo dica lei.»

«Io... io non ho la più pallida idea di cosa stia parlando.»

«Invece lo sa benissimo. Tutti noi abbiamo un lato oscuro.» Sorrise. «I miei segreti in cambio dei suoi.»

«No, grazie, se li tenga pure.»

E Bathge svanì dietro una nuvola di fumo.

DeTechtei

Ore 13.09

Vera tornò in ufficio in macchina e si sedette alla scrivania vuota. Si chinò e per un attimo si specchiò nel piano nero lucido.

Poi con la mano destra toccò un punto preciso, e attese.

Un momento dopo, sul piano s'illuminarono dei sensori di posizione e, nella parte davanti, accompagnato da un ronzio, uscì uno schermo, quasi perpendicolare. L'intera scrivania era un database dotato di diversi monitor, la maggior parte dei quali estraibile. Dava accesso a una serie di elenchi, archivi ed enciclopedie, software di traduzione, semplici programmi di analisi di fibre, prove e impronte digitali, un dispositivo di riconoscimento vocale e un programma di grafica per elaborare identikit. Il tutto collegato a un satellite con più di sessantaquattro canali televisivi.

Era un sistema speciale dell'IBM, in teoria fuori commercio. Il fatto che Vera lo avesse nel suo ufficio era dovuto alla fortunata circostanza di aver lavorato per l'IBM, appunto. Aveva risolto diversi casi di appropriazione indebita, evitando alla multinazionale danni per milioni di marchi. Così il responsabile del reparto AI aveva fatto in modo che, invece del suo onorario, Vera potesse scegliere il giocattolo multimediale che le sarebbe tornato più utile.

E lei, da tempo high-tech dipendente, si era innamorata di quel tavolo magico all'istante.

Aprì il file coi suoi contatti presso l'esercito e visualizzò una serie di numeri. Il computer fece partire il collegamento con un tenente che era stato appena nominato capo di un'accademia militare a Colonia, nel quartiere di Longerich. L'uomo non sapeva nulla di quegli ZERO. Anche il secondo tentativo andò a vuoto, e le costò pure un quarto d'ora di racconti su truppe di mercenari incontrate in Bosnia e sui danni che avevano fatto. Il suo secondo contatto, infatti, era un maggiore che era stato assegnato di stanza a Dubrovnik per un anno e mezzo. Soffriva di solitudine e depressione ed era un alcolizzato. Gli alcolizzati, di solito, erano buoni informatori. Lui sosteneva di conoscere tutti gli eserciti ufficiosi, ma di non aver mai sentito nominare gli ZERO. Più volte le aveva consigliato di mettersi a lavorare per l'esercito, lo aveva ribadito anche quel giorno. Prima di riprendere con un'altra tirata sul problema della criminalità nelle caserme; Vera per fortuna era riuscita a riattaccare, dopo averlo calorosamente ringraziato.

Il contatto numero tre non era raggiungibile: un maresciallo di Bonn, divisione carri armati. Così Vera s'immerse nei documenti degli altri casi rimasti fermi dopo l'arrivo di Bathge e il licenziamento di Strunk e lasciò al computer il compito di richiamare il maresciallo.

Venti minuti dopo, il collegamento andò in porto e il telefono iniziò a squillare.

Vera spiegò all'uomo di cosa avesse bisogno.

«Pensavo che degli ZERO ormai si fosse persa ogni traccia», commentò lui, stupito.

«Ah, quindi esistevano...»

«Sì. Più che un esercito di mercenari, però, era un'agenzia di specialisti.»

«Con specialisti s'intende anche chi sa sparare bene?»

Il maresciallo rise. «Lo spero proprio! Comunque, sì, credo ci fossero anche tiratori scelti.»

«Conosce qualcuno che ha avuto contatti con loro?»

«No, ma c'è una persona cui potrebbe chiedere, un generale in pensione della Legione straniera di Orléans. Un vecchietto socievole... Se non ricordo male, erano in molti, allora, a passare dalla Legione straniera agli ZERO.»

«Ho sentito dire che il quartier generale era in Marocco.»

«Questo non posso confermarglielo, ma chiami il mio amico. Lo saluti tanto da parte mia e gli dica che la guerra è finita.» Le diede un nome e un numero di telefono.

Vera si preparò un caffè e sfidò la sorte.

Ci volle un po', ma poi le rispose una voce flebile.

Spiegò al generale, in francese, cosa volesse.

Lui ascoltò paziente e poi, in tedesco, disse: «Parliamo pure nella sua lingua, *mademoiselle. Ça ne vous dérange pas?**»

«*Madame*, per favore. Il mio francese è così pessimo?»

«No», rispose la voce flebile, seguita da una risata graffiante. «Ma io in realtà sono tedesco, sono solo un po' arrugginito dopo tutti questi anni all'estero. Però mi fa sempre piacere riparlare la mia lingua.»

«Okay, certo.» Un tedesco. Quello, il maresciallo non gliel'aveva detto.

«Sì, la maggior parte della Legione straniera era tedesca», disse il generale. «Eravamo la stragrande maggioranza.»

«Da quanto tempo ne fa parte, lei?»

«Da tutta la vita, o quasi. Adesso sono in pensione, ma del resto anche la mia vita è agli sgoccioli. Cosa posso fare per lei?»

Vera gli riferì i saluti del maresciallo di Bonn e gli chiese degli ZERO.

Il generale scoppiò in una risata ancora più lunga e fragorosa, che si spense piano piano in colpi di tosse un po' affannati. «Certo che li conosco, gli ZERO», disse quindi, con un respiro pesante e rumoroso. «Erano i migliori.»

«Erano?»

«Be', sì, Fouk adesso ha perso interesse. È... com'è che si dice?... ricco sforato? No, ricco sfondato! Dopo tutte queste belle crisi internazionali... Adesso si è messo a scrivere libri, è un uomo che gode di grande rispetto, in Marocco. Organizza gite turistiche nel deserto. Capisce? Semplicemente, ha mandato gli ZERO in letargo.»

*«Se la cosa non la disturba...» In francese nel testo. (*N.d.T.*)

«In letargo?»

«Sì, gli ZERO, in sostanza, sono Fouk, e Fouk è gli ZERO. E in questo momento Fouk non ha voglia di guerre. Forse gli tornerà quando avrà finito i soldi. Io per esempio pensavo che sarebbero riscesi in campo in Zaire, quello sì che era un bel conflitto. Adesso si chiama Congo, però non credo che Fouk sia stato della partita. In sostanza, vive sommerso nell'oro e passa tutto il giorno in panciolle.»

«Generale, io la ringrazio moltissimo per l'aiuto che mi sta dando...»

«Sa, avrei molto da raccontare, ma nessuno mi chiede nulla... non più.»

«Be', io sì! Per esempio, m'interesserebbe sapere chi è questo fantomatico Fouk.»

Per un po', il generale restò in silenzio. Poi, lentamente, rispose: «Fouk è stato mio allievo. L'ho preso con me alla Legione straniera diversi anni fa; era una persona molto in gamba. E, *madame*, alle persone molto in gamba è impossibile mettere le catene».

«Ma quindi uno poteva prendere e lasciare la Legione così, dalla sera alla mattina?»

«Be', aveva finito il suo secondo cinquennio. Cosa dovevo fare? Non ha senso insistere con chi non ha voglia. Così gli ho detto: 'Se vuoi andare, vai, sparisci'. Poco dopo, mi è arrivata voce che aveva messo insieme un gruppo di uomini per... com'è che si dice? Sfondare un'organizzazione?»

«Fondare, si dice fondare.»

«Ah, certo, fondare, *mais oui*. E così molti uomini della Legione sono passati agli ZERO, perché Fouk pagava meglio.»

«E siete ancora in contatto?»

«Certo, ci sentiamo per telefono; sa, per me è come un figlio, anche se non credo che lui mi consideri un padre. Per Fouk esiste solo Fouk. Ogni tanto mi viene a trovare. Nelle mie condizioni, è diventato un po' difficile viaggiare, senza...» Si fermò.

«Senza soldi?» azzardò a concludere la frase Vera.

«Senza gambe.»

Lei non replicò.

«Non c'è bisogno che mi dica che le dispiace», proseguì l'uomo. «Sono stato stupido, un ex osso duro che nel 1983 prende e decide di andare a fare pipì nel primo locale che capita... a Beirut! Nel bagno c'era una bomba. Sono schizzato in strada, perlomeno un bel pezzo di me. Adesso sono su una sedia a rotelle. Che dire, *c'est la vie*. Posso chiederle anch'io qualcosa, *madame*?»

«Certo.»

«Cos'è che vuole da Fouk?»

Vera esitò. «Non sono sicura di volere qualcosa proprio da lui. Sto cercando una persona, che nove anni fa ha lasciato la Legione per unirsi agli ZERO.»

«Ha un nome?»

«Marmann. Andreas Marmann.»

Il generale fece un'altra lunga pausa, poi si schiarì la voce. «La Legione è grande. Non posso ricordarmi di tutti, considerato anche quanta gente ci ha lasciato la pelle. E comunque dopo un po' diventavano tutti uguali. Marmann, dice... ci devo pensare... Ma, ripeto, stiamo parlando di migliaia di uomini... Comunque, no, Marmann non mi dice nulla.»

«Capelli neri, sguardo penetrante, molto muscoloso.»

«Mmm... no, niente, ma ci penserò. Magari Fouk potrà aiutarla, lui è giovane, io invece...»

«Sarebbe così gentile da darmi il suo indirizzo e il numero di telefono?»

«Certo. Lei mi lasci il suo, e la richiamo. Devo cercarlo.»

«È molto gentile da parte sua, grazie.»

Lui ridacchiò. «Che c'è, *madame*, la stupisce? La stupisce il fatto che un ex generale della Legione straniera possa essere gentile? Siamo tutti assassini, *n'est-ce-pas*?»

«Non saprei, ne so troppo poco.»

«Essere gentili con la persona sbagliata può portare alla disperazione. Baudelaire. È successo a molti, capisce cosa intendo? La Legione straniera non è cattiva, siamo come una famiglia, eravamo gentili, ma questo non ci ha portato altro che miseria e disperazione. È bene che lei lo sappia.»

«Lo terrò presente», rispose Vera. «Ci conti.»

«Mi viene a trovare, prima o poi? Mi piacerebbe vedere la sua faccia... È carina?»

No, fu tentata di rispondere Vera. Sembro un bulldog. Credimi, vecchio, non ti piacerei.

Invece disse: «Sì, abbastanza».

«Allora restiamo che mi passa a trovare. Quanto a Fouk, la richiamo.»

Lei gli lasciò il numero dell'ufficio e si rimmerse negli altri casi. Dieci minuti dopo, il generale la richiamò sul serio e le diede il recapito che voleva.

Vera a sua volta gli promise che sarebbe andata a trovarlo, sul serio. Lui rise piano. Sapeva che non lo avrebbe mai fatto, ovvio, ma perlomeno era una bella prospettiva.

Che lingua avrebbe dovuto parlare, con Fouk? Si era dimenticata di chiederlo al generale.

Vera puntò i gomiti sul tavolo e appoggiò il mento tra le mani, cercando di ricordare qualche frase di senso compiuto in arabo. Aveva fatto un corso, secoli prima, quando le era venuta la mezza idea di entrare nei GSG 9, il corpo speciale antiterrorismo tedesco. Ma in testa non le era rimasto molto.

Lasciò scivolare le mani sul tavolo. S'illuminò un altro monitor. Avviò Translogic 3.5, inserì alcune domande, più o meno le cose che voleva chiedere a Fouk, e aspettò. Il software di traduzione ci metteva un po', e Vera sperò che non risputasse fuori frasi troppo bizzarre. Era un programma capace di fare un sacco di cose, ma tendeva sempre all'interpretazione più stramba. Soprattutto a causa del problema delle maiuscole e delle minuscole tedesche. Se uno non stava attento, in un attimo i cuscinetti a sfera diventavano divani rotondi. Equivoci del genere erano all'ordine del giorno. Ma il software aveva anche dei vantaggi, ovvero la relativa velocità e un aiuto affidabile nei problemi di comprensione più banali.

Aspettò di trovare la formula giusta. Poi digitò il numero di Fouk.

Rispose una donna, in arabo.

Vera chiese di parlare con Fouk. Lei le fece capire che era in viaggio. Insomma una cosa simile. In realtà disse anche altro, che Vera non capì. Forse chiedeva perché lo stesse cercando. In difficoltà, lei propose di passare al francese. La donna acconsentì, ma il suo francese era pessimo, continuamente interrotto da espressioni arabe. Vera tentò con l'inglese, e il caos babilonico fu completo.

Andarono avanti così per un po'. L'inglese non era meglio del francese, ma grazie a quelle due lingue e al software di traduzione ebbe luogo una specie di scambio d'informazioni. La donna disse che Fouk sarebbe tornato non prima di due giorni e che era meglio che parlasse direttamente con lui.

La misero in attesa, poi la passarono a qualcun altro, e Vera s'innervosì senza ottenere nulla.

Poi le venne un'idea, e scrisse: *ZERO. Incontro dei legionari.*

Sotto aggiunse il numero del suo ufficio e per qualche minuto si mise a canticchiare, indecisa. Poi, l'una dopo l'altra, chiamò le redazioni dei giornali di Colonia e implorò fino a quando non le assicurarono che il giorno dopo avrebbero pubblicato il suo annuncio.

Porsche

Ore 17.10

Vera aveva appena superato il ponte dello zoo e raggiunto la riva opposta del Reno, diretta alla Frankenforst, l'azienda di metal detector – specializzata soprattutto nel rilevamento di materiali radioattivi – che l'aveva ingaggiata, quando le suonò il cellulare.

Accese il vivavoce.

Era Roth. «Vera, dobbiamo parlare del tuo caso.»

«In che senso?»

«Questo tipo, di cui mi hai dato la foto. Cosa sai sul suo conto?»

«Non molto, in pratica solo quello che ti ho già raccontato.»

«Allora cerca di scoprire altro. Oppure, meglio ancora, molla tutto.»

«Cosa?»

«Digli di rivolgersi a qualcun altro.»

«Sei impazzito? Mi ha pagata in anticipo, per due settimane. In contanti!»

«Pace, glieli restituisci. Sotto un ponte non finirai.»

«No, ma per me è un buon affare, bei soldi per un paio di ricerche.» Stava aspettando che Roth venisse al punto. Quanto adorava tenere le persone sulla graticola! Si comportava sempre così quando c'era in ballo qualcosa di grosso. «E poi... ma come ti viene in mente di dirmi una cosa del genere? Dai, sputa il rospo...»

«Niente, ero in giro con la foto di Marmann. Volevo chiedere a un po' di colleghi, quando per caso ho incontrato Krantz...»

«Krantz?»

«Non lo conosci, uno della Kripo. Ti dice qualcosa, invece, il nome Mehmet Üsker?»

A Vera tornò in mente quasi subito, l'aveva letto sui giornali. «Il tizio che hanno torturato a morte, giusto?»

«Già... ero nell'ufficio di Krantz, aspettando che lui tornasse col caffè, e mi sono messo a curiosare in giro. Era pieno zeppo delle cose di Üsker, c'erano un sacco di foto appese, pare che quel poveraccio avesse in casa una scatola di ricordi, e hanno pensato che esaminandola potessero arrivare all'assassino... insomma, le solite procedure. Comunque, inizio a guardare queste benedette foto e... quasi ci resto secco.»

Vera alzò gli occhi al cielo e diede una botta al parabrezza. «Dai, smettila di farla così lunga, dimmi!»

«Lunga? Vera, sai che foto aveva, Krantz, nel suo ufficio? La stessa che mi hai dato tu!»

«Cosa?» commentò lei, incredula.

«Solo che la loro era intera, non tagliata. C'era Andreas Marmann con la sua arma a tracolla e, accanto a lui, con un sorriso a trentadue denti, Üsker. Quello che hanno torturato a morte! Quello lì, accanto a Marmann.»

Vera cercò di ragionare: per quale motivo Bathge l'aveva tagliata?

Per impedirle di riconoscere Üsker. E per quale motivo non voleva che lo riconoscesse? Perché sapeva che era morto. Perché lei avrebbe potuto stabilire un collegamento tra lui e Üsker, o tra Üsker e Marmann.

Accanto a lei, qualcuno suonò il clacson. Lei quasi si spaventò, e poi si accorse che la Porsche era quasi ferma sulla corsia di sinistra.

«Vera?»

«Ci sono, ci sono. Tutto okay.»

«No, niente è okay. Il tuo cliente ti ha mentito, meno male che doveva essere un caso non pericoloso!»

«Un attimo, però, nessuno ci dice che sia stato proprio Marmann ad ammazzare Üsker...»

«No, ovvio che no. Ma rifletti: a Colonia viene torturato e ucciso un tipo, una cosa terribile; il giorno dopo, questo Bathge t'incarica di cercare un uomo, e viene fuori che quest'uomo conosceva la vittima. Vera, è impossibile che non ci sia un collegamento, dev'esserci per forza!»

Roth aveva ragione. Bathge conosceva Üsker. Perché le aveva mentito? «Hanno già qualche indizio?» domandò.

«No, credo che non sappiano dove andare a sbattere la testa. Insomma, non sono cose che succedono tutti i giorni.»

«E quella storia del PKK?»

«Quella è una palla dei giornali. Se fosse vero, allora il problema sarebbe un altro, e forse potrebbe davvero essere un caso, quello di Marmann. Ma adesso dimmi: tu ci credi?»

Lei non rispose.

«Vera, dovresti mollare, lo sai. E andare alla polizia.»

«E tu dovresti tenere la bocca chiusa.»

«Lo farò, ho promesso di non dire nulla e manterrò la

parola. Ma quest'omicidio ha a che fare col tuo caso, e il tuo cliente sta giocando con te. Quindi... rifletti bene.»

«Tom?»

«Sì.»

«Potresti descrivermi meglio la foto che hai visto da Krantz?»

«Mah... non è che ci sia molto da descrivere. Due uomini nel deserto; Üsker è a torso nudo come Marmann, ha le mani sui fianchi. Nient'altro.»

«Ha un'arma?»

«No, Üsker no.»

Con specialisti s'intende anche chi sa sparare bene? «Altri dettagli?»

«Un paio di persone sullo sfondo, una jeep, delle tende. Era tutto nella metà tagliata. Una tipica foto ricordo, di quelle che si fanno i soldati in guerra o durante un'esercitazione.»

O i legionari.

O gli ZERO.

Quindi anche Üsker era stato della partita!

Perché vuole trovare Marmann?

In modo che lui non trovi me.

Davanti a lei spuntò un cartello con la scritta FRANKENFORST. «Tom, ci devo pensare un po'.»

«Fallo. Vai alla polizia. Forse dovremmo mettere sotto torchio il tuo Simon Bathge.»

«Sì, ci penserò.»

Roth sospirò. «Invece non lo farai, già so come andrà a finire.»

«Tom... mi faresti un ultimissimo piacere?»

«No. La questione è chiusa. Ti avevo avvertita, ti avrei aiutato solo fin quando non avesse intralciato le nostre indagini. Ed è proprio quello che è successo. E, se non fossi l'idiota che sono, dovrei convocarti in centrale, perché tu possiedi informazioni che potrebbero essere importanti, lo sai benissimo.»

«È il mio caso.»

«Allora fai in modo che resti tale.»

«Tom, starò attenta, te lo prometto.»

«No, non lo sei mai stata. Tu sei una di quelle che devono sbatterci il muso contro. Adesso devo chiudere, pensaci e fammi sapere cosa hai deciso.»

«Okay.» Imboccò l'uscita per la Frankenforst quasi sgommando. La Porsche, infatti, viaggiava ancora intorno ai cento.

Palestra

Ore 20.02

Tornando in città, Vera decise di andare in palestra, invece che a correre. Tanto le cose se le portava sempre dietro, in macchina. La palestra in cui si allenava tre volte alla settimana veniva frequentata soprattutto da gay, quindi non c'erano rischi che qualcuno ci provasse o cercasse d'infastidirla.

Vera si sentiva arrabbiata. E anche impotente e delusa. Si era fidata di Bathge, anche se lo conosceva appena e lui aveva fatto ben poco per guadagnarsi la sua fiducia. Ma aveva preso il suo autoritratto e aveva notato un particolare importante. Che lo volesse o no, il loro rapporto era passato subito su un piano piuttosto personale, e quindi lei gli aveva dato confidenza.

Ma non lo avrebbe fatto mai più, decise, furiosa.

Svolse il suo programma di allenamento con espressione impietrita, poi si sedette al bar e ordinò una Coca light. Era un po' meno tesa.

Un tempo l'impotenza e la rabbia la facevano piombare nel caos emotivo. Le veniva voglia di prendere a pugni il mondo, di spaccare qualcosa, in modo da allentare la pressione che sentiva nella testa e riacquistare lucidità. Poi ci si metteva la paura di perdersi e diventare come le persone mediocri che tanto odiava, e così si rintanava in un angolo, si lasciava cadere nel buco nero della depressione, fino a quando non decideva di rimettere fuori la testa e tornare a vivere come se non fosse successo nulla.

Seduta al bancone, ripercorse nella mente quello che le aveva detto Roth, parola per parola.

Tutto ruotava intorno a un'unica domanda: che collegamento c'era tra Simon Bathge e Mehmet Üsker?

Üsker era morto prima che spuntasse Bathge. I giornali ne avevano parlato lunedì.

Sì, Bathge non poteva non aver sentito dell'omicidio. Perché aveva tagliato la foto? Non per lei. Non c'era nulla che potesse collegarla a Üsker.

A meno che Bathge non temesse di essere tirato in ballo nell'omicidio.

Era l'unica possibilità.

Aveva detto che Marmann non era pericoloso: un uomo con una mitragliatrice a tracolla, con cui probabilmente aveva già ucciso varie persone, accanto a un altro che pochi giorni prima aveva fatto una fine atroce.

Però non era pericoloso, certo.

Se era stato Marmann a uccidere Üsker, Dio solo sapeva quanto potesse essere pericoloso. E Bathge aveva tutti i motivi di questo mondo per volerlo trovare, prima che uccidesse altre persone. E fino a quando non fosse spuntato fuori non voleva esporsi, ovvio.

Quindi Bathge era una specie d'investigatore?

Un cacciatore?

Vera scosse la testa e si portò le mani sugli occhi. Tutto quel casino per una foto.

Lei il caso lo avrebbe accettato lo stesso, se avesse visto anche l'altra metà dell'immagine?

Pensando in maniera lucida, in fondo poteva quasi capirlo: Bathge non aveva nemmeno mentito, solo taciuto alcuni dettagli.

ZERO...

All'improvviso ripensò all'annuncio che aveva diramato nel pomeriggio. In realtà con l'unico scopo di sapere se a Colonia ci fosse qualcun altro che conosceva l'organizzazione e che magari si sarebbe incuriosito, senza però farsi troppe illusioni.

In quel momento, invece, il suo colpo di testa assunse tutt'altro significato. Non sapeva, infatti, se la foto risalisse ai tempi della Legione straniera o, appunto, al periodo degli ZERO. Ma era probabile che Üsker e Marmann si fossero conosciuti prima, a Colonia. Forse Marmann aveva pensato alla Legione straniera solo dopo la fuga, ma Vera ne dubitava. Magari lo aveva preso in considerazione già prima, e ne aveva parlato con Üsker. Due ragazzi di Colonia che avevano deciso di diventare mercenari.

Solo due?

Un gruppo? Ed era anche probabile che non fosse stato solo Üsker, dopo che gli ZERO si erano sciolti, o meglio erano «entrati in letargo», come aveva detto il generale, a riprendere la strada di casa.

Adesso Üsker era morto, ed era uscito su tutti i giornali. Chiunque avesse letto l'annuncio, e avesse conosciuto gli ZERO, senz'altro conosceva anche Üsker. Quell'annuncio lo avrebbe spaventato. Sì, qualcuno si sarebbe fatto vivo, presto, e piuttosto agitato.

Sempre che esistesse, quel qualcuno.

Bathge la stava mandando in avanscoperta, era quella l'unica cosa certa. Voleva trovare Marmann, a tutti i costi.

Cos'era disposto a sacrificare pur di stanarlo?

Lei?

Voleva trovarlo per fare qualcosa? Cosa, di preciso?

Vera sospirò e scivolò giù dallo sgabello del bar per andarsi a infilare sotto la doccia.

Cane, non farti domande. Parti e cerca. Oppure molla.

MERCOLEDÌ 25 AGOSTO

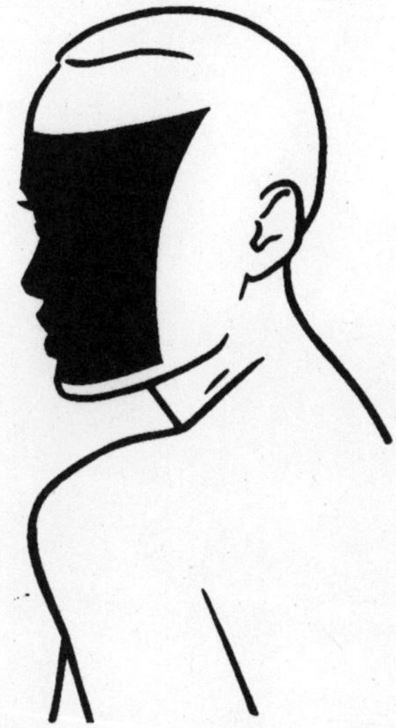

Decksteiner Weiher

Ore 8.07

Nella notte, su Colonia si era scatenato un altro temporale, e l'aria si era ulteriormente rinfrescata. Imboccando la strada verso il lago, Vera vide il sole nascosto dietro un velo grigio.

Non aveva ancora raggiunto la riva, quando le squillò il cellulare. Bathge.

«Se vuole parlare con Mehmet Üsker», esordì Vera in tono asciutto, «al momento è impossibilitato a rispondere. Devo riferirgli qualcosa?»

L'altro capo della linea restò muto. Bathge doveva essere rimasto a bocca aperta, ne era certa, come se ce l'avesse davanti.

«Ehi? È ancora lì?»

«Sì… ci sono.»

«Cos'ha da raccontarmi di bello oggi? Che Marmann è Babbo Natale?»

Bathge si schiarì la voce. «Dove vuole arrivare?»

«Be', diciamo che, nel corso delle mie ricerche, mi sono imbattuta nel cadavere di un fruttivendolo turco. Ha aperto gli occhi, solo un attimo, e mi ha detto di mandarvi tanti cari saluti, a lei e a Marmann.»

«Stamattina parla per enigmi.»

«Mi ha capito benissimo. Bathge… Sì, dobbiamo parlare. Non posso continuare a lavorare per lei se ho la sensazione che si diverta mentre io rischio di restarci secca.»

«Forse il suo giudizio è un po' affrettato, non trova? L'unico dato di fatto è che…»

«Non ne voglio parlare al telefono», lo interruppe Vera. «Venga nel mio ufficio. Verso le undici... Può?»

«Non proprio, ma okay.»

«Bene, allora inizi a pensare alle risposte che dovrà darmi.»

Lo sentì fare un respiro profondo, per prendere tempo.

«Sì, inizi a pensarci da adesso», aggiunse lei.

Lui continuava a tacere.

«Va bene», disse. «La mia fiducia contro la sua.»

«Ci sto, a dopo.»

Troppo bello per essere vero.

Vera corse per un altro pezzetto, poi digitò il numero privato di Roth e lo beccò al volo. Stava per uscire.

«Com'è che mi chiami così presto? Cos'è che ti turba, ragazzina?»

Lei gli raccontò gli ultimi sviluppi.

«Toglitelo dalla testa!» la rimproverò lui.

«Dai, Tom, entri quando questo Krantz esce a bere il caffè, prendi la foto e fai una fotocopia. Lo so che avete una fotocopiatrice a colori. Ce l'avevamo già ai miei tempi.»

«Vera, così m'immischierei nelle indagini. No, non posso farlo.»

«Devi. Cioè dovresti, o meglio potresti. Per me. Merda, la verità è che sto seriamente pensando di mollare il caso.» Bugia, ovvio. «Se vedessi la foto, forse la decisione mi tornerebbe più facile.»

«Vera, rischieresti di mettermi in casini seri...» rispose lui con un sospiro.

«Tom, ti prego.»

«Ti prego, ti prego... sei peggio di una bambina! Santo dio, potrebbe costarmi il posto! Perché riesci sempre ad averla vinta?»

«Vuol dire che lo farai?»

Roth borbottò una risposta incomprensibile.

«Grazie, Tom. Sei sempre il migliore.»

«No, devo essere pazzo, che è diverso.»

«E di' a Marga che verrò a trovarvi presto», aggiunse prima che lui riattaccasse.

«Sì, certo certo.» Roth mise giù.

Vera si fermò e guardò davanti a sé, verso il lago nero.

Poi allungò le braccia, si fece scrocchiare le spalle e riprese a correre più veloce di prima.

Centrale

Ore 9.55

Non erano neanche le dieci, e Krantz aveva già bevuto almeno un litro di caffè, eppure si sentiva distrutto. Col fascicolo Üsker incollato sotto il braccio, accelerò il passo verso il suo ufficio. Aveva un milione di cose da fare. In pratica non restava seduto alla scrivania per più di cinque minuti di seguito. Sette casi da seguire, e Üsker era la ciliegina sulla torta. L'ultima ora, l'aveva trascorsa in biblioteca, sfogliando libri sui precedenti di serial killer specializzati in sevizie.

Ma non c'era nulla che assomigliasse neanche lontanamente a quanto accaduto in Lindenstraße.

Entrò nel suo ufficio, buttò il fascicolo sulla scrivania e si girò verso la lavagna con le foto. Era diventata una specie di mania. Vedere che aspetto avesse Üsker prima, quand'era ancora intatto, un uomo che un tempo era stato un bambino come tutti gli altri. E poi era cresciuto, aveva amato e riposto fiducia nel prossimo, fino a quando qualcuno non lo aveva ridotto in polpette.

Krantz se ne accorse subito, che mancava qualcosa.

Si avvicinò e cercò di ricordarsi di che foto si trattasse.

Ah, sì, Üsker nel deserto insieme con un altro uomo con un mitra a tracolla. Probabilmente dei tempi in cui aveva militato nella Legione straniera. Qualcosa, della vita del fruttivendolo, ormai erano riusciti a ricostruire, più o meno.

In fondo quella non era così fondamentale, pensò Krantz.

Forse l'aveva presa Menemenci, ritenendola invece importante.

Certo, doveva essere stato il commissario. Chi altri?

Mentre stava andando nel suo ufficio a chiederglielo, Krantz decise di fargli una scenata. Quel ciccione sarà pure stato un bravo poliziotto, ma voleva fare sempre tutto da solo, e di testa sua. Perlomeno avrebbe potuto chiedergliela, o lasciargli un biglietto, no? Non è che uno poteva entrare negli uffici altrui e portarsi via le cose senza battere ciglio.

Il commissario era al telefono, davanti a una scrivania invasa dalle scartoffie. Gli fece cenno di entrare e di sedersi.

Krantz aspettò che finisse di parlare e si sforzò di assumere un'espressione cordiale.

«Cos'ha?» brontolò Menemenci. «Perché questa faccia da funerale?»

«In che senso?»

«Sembra che abbia passato la notte sotto un ponte...»

«Volevo solo pregarla di...»

Menemenci ricevette un'altra telefonata. Si strinse nelle spalle, rispose e rimase in ascolto per un po'. Poi sbatté giù la cornetta e guardò Krantz negli occhi. «Ecco, adesso abbiamo fatto bingo.»

«Perché?»

«È appena uscito un comunicato ufficiale del PKK in cui negano qualunque coinvolgimento nel caso Üsker.»

«Be', meglio, no?»

«Meglio un cavolo! Stamattina è arrivato questo.» Menemenci gli passò un plico di fogli.

Krantz diede un'occhiata veloce. Una lettera del PKK in cui rivendicavano la responsabilità dell'omicidio di Lindenstraße e annunciavano altre vittime imminenti. «Be', più per meno fa più», commentò in tono asciutto. Gli restituì i fogli.

«Secondo lei sono autentici?»

«E io che ne so?»

«Mmm.» Menemenci scosse la testa, pensieroso. «Io credo di no, secondo me questa lettera è opera di sciacalli. I curdi non c'entrano niente con Üsker.»

«E lei come fa a esserne sicuro? Üsker aveva preso posizione contro di loro.»

«Sì, può essere, forse lo avrebbero impiccato volentieri, con un bello show, molto teatrale. Ma non sono i tipi da andare lì, torturarlo e mollarlo in quelle condizioni senza rivendicare nulla.» Menemenci pescò un paio di occhiali da lettura dalla tasca, aprì una cartellina e iniziò a sfogliare. «A proposito, per caso ha scoperto qualcosa sui nomi che abbiamo trovato scritti su quel blocchetto?» domandò *en passant*.

Abbiamo... Non era stato Menemenci a trovare quel blocchetto, pensò Krantz arrabbiato, ma la Scientifica. Lui era arrivato, era rimasto imbambolato davanti al cadavere e la sua faccia aveva cambiato colore. «Ancora non siamo riusciti a esaminare tutto», rispose.

«Riceverete dei rinforzi», disse Menemenci. «Ho chiesto due uomini in più.» Si sistemò meglio gli occhiali sul naso. «E che mi dice di questa Ina Heinrich?»

«Roba di lavoro, credo. Pare che lo andasse a trovare spesso, anche se la vecchia dice che erano fidanzati.»

«Oh, che tenerezza. Maria Bremer, intende?»

«Sì, la vecchia del piano di sopra, la proprietaria dell'appartamento.»

«Paul Wasserscheidt?»

«Idraulico. Ha fatto vari lavori nel bagno. Lo escluderei.»

«E questi altri? Saranno almeno una ventina!»

«È mercoledì, stiamo facendo del nostro meglio.»

«Mmm... e il pacco di lettere nella scatola a parte?»

Ma non la smetteva mai, di fare domande? Sì, le avrebbe lette tutte, una per una, per quello che fosse stato in grado di capire. Il suo turco, infatti, era piuttosto arrugginito. «Amici, familiari.» Krantz alzò gli occhi con aria disinteressata. «Turchia in tutte le salse, la maggior parte delle cose è ancora in traduzione.»

«Altro?»

«Sì», rispose Krantz, irritato. «La lettera di una donna, da Lubecca. Un flirt estivo, credo. E una cosa da Aubagne, in Francia. Del 1985.»

«Aubagne?»

«Sì, non ho la più pallida idea di dove si trovi di preciso. Nella lettera c'era anche una foto, incollata sul foglio, con una specie di ceppo, un monumento immagino, forse è per questo che Üsker l'ha conservata. Da parte di un tizio che si era arruolato nella Legione straniera e voleva che lui lo seguisse. Tizio e Caio erano già della partita.»

«Tizio e Caio? Certo, chiarissimo...»

Krantz si sporse in avanti. «Sappiamo che è stato nella Legione, e allora? Si parla di decenni fa! Dobbiamo prendere in considerazione anche i compagni di asilo? Üsker ha conservato di tutto. Comunque i nomi dei legionari sono sulla lista, se non ricordo male uno si chiamava Jens Lubold, l'altro... aspetti un secondo.»

«Va bene, va bene, non si preoccupi. Altre cose degne di nota, tra gli scritti?»

«Una corrispondenza con una specie di associazione che si chiama Ferenc Bilac. Sembra interessante, anche questo è in traduzione.»

«La Ferenc Bilac è solo un covo di vecchi attaccabrighe che fanno finta di essere estremisti ma non farebbero del male a una mosca. E infatti nessuno li prende sul serio.»

Krantz si tirò indietro grattandosi il mento. Si sentiva a disagio, avevano scoperto troppo poco. Dal ritrovamento di Üsker era passata quasi una settimana e lui aveva la sensazione di muoversi, ogni giorno, dentro un'enorme bocca che fagocitava il suo tempo a grandi morsi senza nessun risultato.

Sette casi da seguire...

«Interroghi la gente del palazzo», disse Menemenci mettendo via la cartellina.

«Già fatto.»

«Lo faccia di nuovo.»

Krantz si strinse nelle spalle. «È lei il capo. Cosa dobbiamo dire alla stampa?»

«Niente. In realtà il fatto che credano alla storia del PKK non è così male, perlomeno non ci daranno altre grane.» Menemenci fece un sorriso amaro. «Come ci hanno insegnato all'accademia...»

«A me nessuno ha insegnato a trovare psicopatici.»

«Non fa niente», disse Menemenci. «Tanto il nostro uomo non è uno psicopatico.»

Krantz lo guardò e decise d'ignorare l'ultima cosa che aveva detto, trovandola sciocca e presuntuosa. Poi gli tornò in mente che era andato dal commissario per un motivo ben preciso.

Ma il telefono di Menemenci squillò di nuovo. Krantz aspettò ancora un po', poi rinunciò e tornò nel suo ufficio.

In corridoio, vide Roth che usciva dalla porta, come se avesse fretta.

Si fermò.

Cosa stava cercando, Roth, nel suo ufficio?

«Aveva bisogno di qualcosa?» gli chiese.

Roth proseguì, come se non lo avesse sentito.

Probabilmente voleva bere un caffè e sentire gli ultimi aggiornamenti sul caso Üsker, pensò. Be', amico, toglitelo dalla testa, non c'è nessun aggiornamento. Non abbiamo nulla in mano. Non abbiamo nemmeno finito di controllare tutti i nomi di quelle maledette lettere.

Demoralizzato, si sedette alla scrivania e si mise al lavoro.

DeTechtei

Ore 11.00

«Così ha braccato gli ZERO», disse Bathge. Un fruscio tra le mani, che stavano tirando fuori la solita sigaretta.

Era arrivato in anticipo. Con una faccia contrita. E un gran bisogno di fumare, ovvio. Vera non lo aveva mai visto senza sigaretta in bocca.

«Come li ha stanati?»

«Be'...» Lei si morse un labbro. Stava per dirgli che aveva visto il resto della foto. Ma non doveva saperlo per forza. Invece, come per magia, tirò fuori un accendino – con la scritta azzurra DETECHTEI GEMINI e sotto il numero di telefono – e gli piazzò la fiamma davanti al viso.

Bathge avvicinò la sigaretta e iniziò a sbuffare. «Grazie.»

«Lo tenga pure, ne ho un sacco.»

Lui lo prese. «Ah, piccoli regali per fidelizzare i clienti...»

«Be', sempre meglio che mettersi a distribuire volantini, non trova?» Vera si tirò indietro e posò i gomiti sugli unici punti del tavolo che erano semplicemente un tavolo e non un database. I riflessi di entrambi sul piano nero. I monitor erano spenti, sembrava una semplice scrivania. «Quanto agli ZERO, potrei farle la stessa domanda...»

Bathge sospirò. «Va bene, ma la avverto, è una storia così semplice da essere quasi noiosa. Marmann mi ha scritto, all'epoca, dopo aver lasciato la Legione ed essere passato agli ZERO. Una cosa breve, il suo ultimo segno di vita, prima che perdessimo i contatti. È stato in questa lettera che ho saputo dell'esistenza di Üsker. Marmann lo descriveva come un vecchio amico di Colonia...»

«Che lei non conosceva», lo schernì Vera. «Pensavo che foste pappa e ciccia, lei e Marmann...»

«Üsker non lo conoscevo, davvero», insistette Bathge. «L'ho solo visto un paio di volte. Una volta nella foto, un'altra sui giornali.»

«Bene, ma parliamone, della foto che mi ha dato...»

«Me l'ha mandata Marmann, era nella famosa lettera.»

«E secondo lei dovrei crederle?»

«Sì.»

«Invece io penso che lei mi abbia mentito.»

«Su cosa?»

«Quando mi ha detto che Marmann non era pericoloso.»

«Santo cielo, non posso crederci!»

«Mi ha mentito, non è vero?»

«No, glielo giuro!» esclamò Bathge. All'improvviso parve arrabbiato. «Le ho detto la verità. Lei voleva sapere se era un lavoro pericoloso, e io le ho risposto 'non proprio', anzi 'non per lei', ricorda? Maledizione, mi riferivo al lavoro! Era di quello che stavamo parlando!»

Era vero. Vera si chiese se, in effetti, ci fosse differenza. «Ma allora perché ha tagliato la foto?»

Bathge alzò gli occhi al soffitto. «Ma è ovvio! Quando sono venuto da lei, Üsker era appena stato trovato morto ammazzato, i giornali non parlavano d'altro. Lei avrebbe accettato di cercare Marmann, se avesse visto Üsker accanto a lui?»

«Non lo so.»

«Invece lo sa eccome!»

Vera rifletté. «Marmann è un killer?» domandò quindi a bruciapelo.

La risposta di Bathge si fece attendere. «Sì.»

«È stato lui ad ammazzare Üsker?»

«No.» Una pausa. «Cioè, non lo so. Perché avrebbe dovuto? Certo che è un killer, è stato nella Legione e poi negli ZERO...»

«Cosa faceva, Üsker, nella Legione, o negli ZERO?»

«Non ne ho idea... e comunque è un dettaglio irrilevante.»

«Col cavolo! Le ripeto la domanda: è un lavoro pericoloso? E adesso, santodio, voglio la verità!»

«Non per lei.»

«E per chi, allora?»

«Senta. Io ho i miei buoni motivi per trovarlo, ma Üsker non c'entra nulla. È solo un caso.»

«Certo, come no.»

«Santo cielo, ma secondo lei cosa avrei dovuto fare? Se Üsker fosse ancora vivo, non avrei tagliato la foto ma, dopo quello che era successo, se non lo avessi fatto avrebbe potuto metterle in testa strane idee. Non so minimamente se sia implicato Marmann, ma perché dovrebbe esserlo, in fondo? Quante foto ci sono di loro due insieme? Quante foto ha lei con gente che non vede mai? Niente fa pensare che debba essere stato per forza Marmann.»

«Be', per esempio il fatto che lei abbia tagliato la foto...»

«L'ho fatto *per proteggermi*, è così difficile da capire? Era l'unica foto che avevo di Marmann, e all'improvviso il turco che c'era sopra è stato ammazzato. Magari sono stato *io*, a questo non ha pensato?»

Vera si passò una mano sul mento. Bathge aveva ragione. Eccome se ci aveva pensato, era un'idea che l'aveva svegliata di soprassalto nel cuore della notte. «Perché vuole trovarlo?»

«Me l'ha chiesto mille volte... basta, finiamola qui.»

Per un po' nessuno disse nulla.

«Credevo che avrei potuto evitarlo», disse Bathge alla fine. «Ma non fa niente. Lo vuole ancora, il lavoro, o preferisce mollare?»

Più che arrabbiato, sembrava triste, deluso.

Vera rifletté. «Tanto per chiarire le regole del gioco: io le troverò Marmann, ma esigo che lei mi dica la verità. Ovvero, per essere chiara, tutto quello che devo sapere per non svegliarmi un giorno e ritrovarmi nella merda fino al collo. Intesi?»

Lui annuì. «Chiaro come il sole.»

«Basta giochetti.»

«Okay.»

«E appena avrò l'impressione che lei non stia giocando a carte scoperte mollo tutto... intesi?»

«Okay.»

Lei fece un respiro prolungato. «Bene. Voleva dirmi altro?»

Bathge sorrise. «Non molto, in realtà. O forse sì. Ha ancora la foto? L'autoritratto?»

Esitò. «Sì.»

«Ne ha altri?»

All'improvviso lei sentì annodarsi qualcosa dentro. «No, cioè, sì. Perché vuole saperlo?»

«Non ha niente a che fare col lavoro. Pensavo solo... che peccato, probabilmente non li ha mai mostrati a nessuno.»

«Be', li ho visti io, mi basta.»

«E si è riconosciuta?»

«Adesso fa anche lo psicologo?»

Bathge scosse la testa. «No, è che m'interessa, sul serio.»

Si alzò. «La richiamo domani. Perlomeno sono riuscito a convincerla di aver agito in buonafede?»

Vera annuì piano. «Sì, credo di sì.»

«Okay.»

«Non dimentichi il suo accendino.»

«Oh!» Lo prese e se lo infilò in tasca. «La mia nuova fiamma, come potrei...» Sorrise. «Sto scherzando, a domani.»

Vera aspettò che se ne fosse andato.

Poi toccò un punto della scrivania e a sinistra comparve un piccolo schermo, inclinato con un angolo di quarantacinque gradi, illuminato di verde. Una griglia. No, era una cartina...

... con un puntino rosso che si muoveva.

Nel frattempo, sotto, comparvero alcune righe di testo, e una via, Schaafenstraße. Il puntino continuò a muoversi e dopo un minuto fece una curva a gomito. Schaafenstraße diventò Habsburgerring.

La cimice nell'accendino funzionava alla perfezione.

Vera si alzò, si avvicinò alla libreria colorata e tirò fuori un apparecchio nero piatto della grandezza di una lavagnetta per bambini, due terzi della quale in realtà erano un altro schermo. Vera premette il tasto ON e la *portable station* emise una specie di ronzio, basso e monotono; poi sul monitor comparve la stessa cartina col puntino rosso dello schermo della scrivania.

Il puntino continuava a muoversi.

Senza perderlo di vista, Vera uscì dall'ufficio, si chiuse la porta alle spalle e si avviò verso la sua Porsche.

Menemenci

Ore 11.20

Aveva cercato di sognare il caso, ma stranamente Üsker non era mai spuntato: quell'orrore era troppo perfino per le rielaborazioni notturne. Menemenci sognava altre cose, di certo non più piacevoli, ma avevano a che fare solo con lui. Spesso visioni d'impotenza e rassegnazione.

Le soluzioni dovevano arrivare di giorno, sotto la luce del sole. Quel giorno, tuttavia, non era iniziato meglio degli altri, anzi.

Inquietudine, soprattutto.

Menemenci si avvicinò alla finestra e guardò il traffico sotto di lui. Era salito all'ultimo piano per riflettere meglio. Lì c'erano le sale conferenze, e almeno una era sempre vuota. Stanze anonime con tavoli di formica, sedie tubolari e luci strane e fluorescenti che gli permettevano di cambiare identità e calarsi nei panni dell'assassino.

E in quelli della vittima.

Menemenci sospirò.

Sapeva che Krantz era arrabbiato. Relegato da anni nel ruolo di eterno secondo che si precipitava sulla scena del crimine, tirava conclusioni, avviava procedure e poi sul più bello si ritrovava sempre qualcuno davanti, tipo Menemenci... be', sì, ti faceva passare la voglia.

Ma era così, Krantz era il secondo violino. Semplicemente perché non sarebbe mai stato capace di suonare il primo. Era come se il suo cervello si rifiutasse di farsi un'opinione, di distinguere, per esempio, un soggetto psicotico da uno psicopatico. Non dava credito a nessuna ipotesi fino a quando non diventava certezza. Delle due tipologie di poliziotto che lavoravano alla Kripo, lui incarnava quella dell'uomo dei fatti, in tutto e per tutto.

Menemenci invece era l'incarnazione dell'uomo delle opinioni. Sapeva che il suo grande talento era la creatività, senza la quale non sarebbe mai riuscito a mettere le mani sui criminali più scaltri. Lui si muoveva sempre nel territorio dell'ipotetico, degli scenari possibili e delle probabilità, per quanto fossero vaghe e azzardate. Fin quando non scopriva cosa avesse spinto una persona a compiere un determinato crimine, non poteva fare altrimenti: doveva inventare la verità.

Cosa che richiedeva coraggio, perché ogni ipotesi sfociava

sempre nella previsione del passo successivo di un assassino, e quindi ogni misura per impedirgli ulteriori delitti si basava su supposizioni, supposizioni di cui qualcuno doveva prendersi la responsabilità. Se si rivelavano infondate, uno si ritrovava ad aspettare nel posto sbagliato o ad arrestare la persona sbagliata, con conseguenze disastrose. E poi non si faceva altro che pensare a cosa si sarebbe potuto evitare.

Era quella prospettiva che non gli dava pace, una paura che a volte sentiva annidata nelle viscere come un'ulcera, se non peggio. Non era la vittima a togliergli il sonno, indipendentemente da quanto avesse sofferto, ma il terrore di non riuscire a impedire il delitto successivo, o addirittura di provocarlo. Il terrore di farsi trascinare dalle congetture per poi rendersi conto di aver commesso un errore fatale.

Soprattutto gli psicopatici, infatti, spesso si distinguevano per un comportamento complesso, imprevedibile. Quindi avvicinarsi a loro per vie psicologiche poteva avere senso, ma anche causare danni irreparabili.

Pensò ai casi di stupro in cui la psicologia aveva quasi smentito se stessa.

Donne che avevano avuto la possibilità di difendersi, strillare e lottare contro chi stava abusando di loro... o di collaborare. Gli psicologi a un certo punto avevano consigliato la seconda opzione. Una scelta comprensibile, che arrivava addirittura a ridurre l'indulgenza e la presunzione maschile a un comune denominatore. Davvero, poteva avere senso andare incontro al criminale, collaborare, perfino fingere piacere.

Poteva funzionare.

Se, però, lo stupratore era fissato con l'idea che tutte le donne fossero puttane che scopavano con chiunque tranne che con lui? In una vittima compiacente non avrebbe trovato la conferma delle proprie teorie? Uno le poteva rapire, torturare e costringere a fare sesso, e loro ci trovavano comunque piacere! Quindi erano *davvero* tutte puttane. E il presunto atteggiamento saggio rischiava di aizzare la rabbia e portare dritto all'epilogo peggiore, ovvero l'omicidio.

Stranamente, giudici e avvocati erano ancora dell'idea che le vittime dovessero mantenere la calma e comportarsi in maniera assennata, anche quando una veniva sbattuta a terra da un uomo di una tonnellata, picchiata e violentata. Ma cos'era la giustizia, in fondo? Di fronte alle estreme differenze riscontrate nella psiche dei criminali c'erano davvero un modo sbagliato e uno giusto di reagire?

Alcuni giuristi fondavano le loro riflessioni sui casi di stupro solo sui precedenti. Era da quelli che deducevano la loro interpretazione dei fatti, li valutavano e pronunciavano i loro giudizi. Non in base a cosa fosse passato per la testa alla donna X nel momento in cui era stata presa e gettata a terra, quando le avevano strappato i vestiti di dosso e le avevano puntato un coltello alla gola. I fatti dicevano che la donna aveva strillato e allora le avevano tappato la bocca fino a soffocarla? Non avrebbe dovuto strillare. I fatti dicevano che la donna non aveva strillato? Non aveva fatto tutto il possibile per evitare lo stupro. E così via.

Tantomeno si chiedevano cosa fosse passato per la testa al criminale. Perché lo avesse fatto. Perché la sua violenza avesse subito quell'escalation, perché avesse lasciato andare la vittima, perché l'avesse ammazzata. Cos'era successo, cos'era successo dopo, e dopo ancora, e cos'era successo prima, e prima del prima, cosa aveva scatenato quella serie di eventi. Sembravano scambiare vittime e carnefici con modelli di vittime e carnefici, come se entrambi dovessero per forza seguire uno schema prestabilito. Per poi quasi rinfacciargli di non essersi attenuti a esso. Solo perché non riuscivano a immaginarsi altro. Presuntuosi e bramosi d'impressionare giurie e giornalisti, scandagliavano il passato delle persone coinvolte senza rendersi conto che col solo, famoso trauma – lo trovavano sempre, un trauma, l'infanzia difficile e altri cliché del genere – erano rimasti alla favola della bambina innocente e della bestia. Seguivano ragionamenti di rito, le cui presunte argomentazioni psicologiche erano solo surrogati di retorica e vinceva sempre chi riusciva a tirare fuori più conigli dal cilindro.

E a rimetterci erano sempre le vittime. A volte anche i carnefici. Ma, soprattutto nei casi di stupro, quello che dovevano patire le donne nelle aule di tribunale era molto peggio di quanto non avessero sofferto prima. Non perché avvocati e giudici trovassero un perfido piacere nel torturarle, ma perché la loro fantasia limitata non gli permetteva di calarsi nei panni delle vittime. Di vedere la vittima con gli occhi del carnefice e viceversa. Capire cosa fosse successo veramente. Trovare delle motivazioni. Non si rendevano conto che il loro compito, più che punire i criminali per quello che avevano fatto, era impedire che lo facessero di nuovo. E ciò richiedeva una piena comprensione dell'accaduto. Loro invece schematizzavano i casi e riducevano vittime e carnefici a cliché di se stessi. Condannavano o assolvevano, ma il processo non terminava con una spiegazione, solo con un risultato.

Era più facile, certo, attenersi a fatti, modelli e cliché.

Semplificava l'applicazione della legge, e sotto molti aspetti velocizzava il lavoro della polizia. E alleggeriva la coscienza. Perché l'uomo dei fatti, incapace d'immaginarsi le persone come individui, non prendeva mai decisioni individuali, ma sempre in base a schemi, e non tollerava colpe. Non era stata una sua opinione a determinare il fatto X o il fatto Y, né la sua fantasia a causare una sentenza ingiusta. Lui si atteneva sempre e soltanto ai fatti, che liberavano investigatori e rappresentanti della legge da qualunque colpa personale.

Svolgendo sempre il suo incarico con la massima obiettività, l'uomo dei fatti era anche incorruttibile. Krantz, per esempio, sarebbe stato un ottimo anatomopatologo, se avesse studiato medicina. Sotto certi aspetti, gli uomini dei fatti erano un aiuto impagabile, perché oggettivavano e chiarivano le cose che uno già sapeva.

Tuttavia erano inutili per spiegare le cose che uno non sapeva.

Un tempo, quando la psicologia criminale ancora non aveva tutto quel peso e qualunque ipotesi veniva considerata folle, la polizia vinceva sempre. Con una filosofia semplicissima: eliminare le ingiustizie. La domanda se un assassino ci fosse nato, assassino, o lo fosse diventato nemmeno si poneva. La pena di morte, per esempio, era stata un'invenzione degli uomini dei fatti. Perché la definitività era un fatto. Cercare di far capire a quella gente che gli assassini erano delle persone, con una storia alle spalle, la cui comprensione avrebbe potuto spiegare il crimine commesso e impedirne altri, era vano, come insegnare a un computer a mentire.

Eppure a volte Menemenci si chiedeva se non avessero fatto bene, gli uomini dei fatti, a inventare la pena di morte.

E poi, puntualmente, si odiava per quello, ma era il prezzo da pagare quando uno sfruttava l'emotività come strategia. Farsi un'opinione significava dare libero sfogo ai sentimenti e quindi soffrire.

Per niente al mondo Menemenci avrebbe voluto cambiare metodo. Continuava a preferire la colpa per le conseguenze di una decisione sbagliata, per essere stato troppo fantasioso, piuttosto che diventare un tecnocrate. E per spiegare i casi come quello di Üsker servivano, appunto, fantasia e immaginazione, bisognava trovare nuove risposte all'eterna domanda del perché un mostro fosse diventato un mostro.

Di come si potessero sconfiggere, o meglio prevedere, ulteriori atrocità. Perché era avvenuto un determinato crimine? Cosa aveva fatto la vittima perché quel crimine avesse luogo?

Cosa aveva fatto Mehmet Üsker?

Vera

Ore 11.31

La Porsche era davanti alla DeTechtei, dall'altra parte della strada. Vera attraversò. L'aveva lasciata lì apposta, per seguire Bathge non appena fosse uscito dallo studio con l'accendino. Ormai lui aveva accumulato un tale vantaggio che Vera poteva pedinarlo senza destare sospetti.

Come aveva temuto, sotto il tergicristallo trovò una multa. Vera la appallottolò, salì in macchina e inserì la *portable station* nell'apposito sostegno. Un *clic*, e l'apparecchio si accese.

Il puntino rosso continuava a muoversi sullo schermo diretto verso Rudolfplatz.

Vera fece scivolare le dita della mano destra su un piano di vetro nero dietro la radio. Con un ronzio si azionò anche il computer di bordo, che nel giro di pochi secondi trasformò la Porsche in una succursale della DeTechtei.

La cabrio, infatti, era anche una centrale di controllo e di comunicazioni. Era dotata di un altro PC, un laptop che Vera poteva portarsi appresso come la *portable station*. Anche quello era opera dei suoi clienti dell'IBM. Il computer riceveva i dati direttamente dalla scrivania, via satellite se necessario. Vera sapeva che non glielo avevano dato solo per essere gentili, che lei fungeva anche da beta tester. I suoi amici del reparto AI davano per scontato che avrebbe riferito qualsiasi problema dell'apparecchio. Ma le andava bene così. In circolazione non c'era nessun dispositivo nemmeno lontanamente paragonabile al suo, soprattutto per uso privato.

Lentamente la Porsche percorse Schaafenstraße. Nonostante l'afa, Vera decise di non aprire il tettuccio. Non voleva correre rischi. La *portable station* le indicava dove fosse Bathge, ma non se lui potesse vederla. Quindi era meglio guidare al chiuso.

«Rudolfplatz. Zoom 2.8. Freeze», disse.

A brevi comandi vocali, il programma reagiva senza fare una piega. Sul monitor si aprì una nuova finestra: un'immagine ingrandita di Rudolfplatz, in modo che lei potesse vedere bene il puntino. Un'immagine piuttosto sinistra, in realtà, in cui l'Holiday Inn, l'Hahnentor e gli edifici circostanti erano solo delle linee verdi ben illuminate. Una città virtuale, che ogni tanto sembrava vera.

Purtroppo, però, il programma non era così evoluto da

mostrare anche la dimensione verticale, quindi il puntino si muoveva solo in profondità.

La metropolitana, per esempio, non era segnata, perché era al di sotto del livello della strada. Bathge comunque stava andando nella direzione opposta. Forse stava entrando nell'Holiday Inn...

«Zoom 3.5!»

Sì, era l'Holiday Inn, il parcheggio.

Vera accelerò e riuscì ad arrivare all'uscita proprio quando il puntino rosso sul monitor si stava muovendo verso di lei.

Uscirono quattro veicoli, Vera aguzzò la vista.

Qual era quello di Bathge?

Non era riuscita a capirlo, quindi doveva restare incollata a tutti e quattro.

«Move», ordinò.

L'immagine fissa di Rudolfplatz svanì, lo zoom si disattivò e ricomparve la cartina della città. All'incrocio col Ring, due veicoli svoltarono, mentre il puntino proseguì dritto.

La scelta, quindi, era tra una BMW scura e una Mitsubishi con pneumatici da rally e un grande specchietto. Tra loro e Vera c'erano tre auto, la distanza giusta per non rischiare di essere vista.

Presto avrebbe scoperto a bordo di quale mezzo stesse viaggiando Bathge.

Fece una scommessa con se stessa e puntò sulla BMW; non era tipo da Mitsubishi. Entrambi i mezzi, comunque, proseguirono verso il Reno.

Cercò di concentrarsi anche sul traffico, con gli occhi che continuavano a spostarsi dai veicoli al puntino sul monitor.

Accanto a lei, il rombo di un motore.

Un camion. Le stava addosso, Vera accelerò. Il camion diede un colpo di clacson e accelerò a sua volta, fino a quando non raggiunse la Mitsubishi: un'ulteriore strombazzata e poi la freccia per passare sulla corsia di sinistra.

La Mitsubishi frenò e lo lasciò superare.

Un attimo dopo il traffico si fermò. Il camion non aveva trovato spazio e stava bloccando due corsie. Vera imprecò e controllò il monitor. Il puntino rosso stava scappando via rapidamente, mentre la Mitsubishi procedeva a passo d'uomo dietro il camion. Scattò il rosso, la BMW era riuscita a passare.

«Merda!»

Sullo schermo comparve ERROR poi di nuovo la cartina. «Merda» era un'indicazione che il programma non aveva riconosciuto.

Vera guardò a destra, ma era impossibile muoversi. Anche le corsie laterali erano piene di auto imbottigliate in attesa del verde. Il camion c'impiegò una vita per rimettere in moto le sue quaranta tonnellate. Così, quando Vera riuscì a fare qualche metro, il semaforo era già ridiventato rosso.

Espirò, lentamente, e si tirò indietro. Pace, mica poteva volare.

Tanto Bathge l'avrebbe ribeccato comunque. Il monitor continuava a indicare la sua posizione in maniera abbastanza precisa. Semplicemente, non riusciva a vedere in quale edificio fosse entrato. La funzione zoom, infatti, era limitata alle piazze e alle vie principali, il programma non era abbastanza evoluto per coprire ogni angolo della città e ammetteva imprecisioni dai dieci ai venti metri.

Vera avrebbe potuto inserire il programma di localizzazione normale, quello che la Kripo usava da decenni, ma avrebbe perso la cartina. E per quel tipo d'inseguimento la visione d'insieme era fondamentale. Vera sapeva che l'IBM stava già mettendo a punto un dispositivo più evoluto, con molte più funzioni. Non una *portable station*, ma un apparecchio che s'infilava negli occhiali da sole e permetteva di vedere il mondo in sfumature di colore diverse o come struttura trasparente, dove l'oggetto desiderato era individuabile anche attraverso diversi palazzi. Il computer digitalizzava tutta la zona e la trasmetteva sulle lenti.

Al momento, però, ne erano provvisti solo alcuni caccia. Tra l'occhio e il mondo c'era quella superficie virtuale, perché il computer arrivava dove l'uomo non poteva arrivare, anzi vedeva quello che era importante vedere.

Il passo successivo sarebbe stato la guida attraverso la forza del pensiero. Esistevano già delle macchine che volavano con *brain boxes*, in prova. E un'azienda aveva iniziato a vendere automobili con quell'equipaggiamento speciale. Il volante sarebbe diventato un cimelio del passato. Sarebbe bastato mettersi comodi sul sedile con gli occhiali sul naso e concentrarsi, fine della storia.

In vista della valanga tecnologica che presto si sarebbe abbattuta sul mondo, Vera aveva deciso di accettare l'invito a cena del responsabile del reparto AI dell'IBM. Sapeva benissimo cosa voleva da lei, ma poteva fare in modo che credesse di ottenerlo, mentre lei si beccava qualcos'altro.

Quando la situazione si sbloccò, Bathge era già su Rheinuferstraße. Vera non impazzì per raggiungerlo, ma tenne d'occhio il puntino, lo vide superare il Museo del cioccolato e poi l'Hafenamt, lo svincolo per l'Ubierring e la vecchia università. Poi, poco dopo il Südbrücke, all'improvviso svoltò e si fermò.

Vera proseguì e imboccò anche lei Rheinuferstraße. Accostò sulle strisce vicino al museo e guardò il monitor.

Il puntino si stava muovendo lungo il fiume, ma molto più lentamente: a quanto pareva Bathge era sceso dalla macchina e stava proseguendo a piedi.

Da quello che si ricordava Vera, lì c'erano solo fabbriche dismesse e edifici abbandonati. Un paio di chiatte arrugginite all'ancora, forse. Erano in corso dei lavori, ma l'area era ancora in attesa di una quanto mai necessaria opera di risanamento totale.

Aspettò due minuti, fino a quando il puntino non si fermò, poi riprese l'inseguimento. La Porsche si mosse sulla corsia di destra sotto il Severinsbrücke, superò l'Hafenamt, l'Ubierring e la vecchia università. E parcheggiò proprio sotto il Südbrücke. Aprì il cruscotto e tirò fuori una parrucca, diventando una brunetta coi capelli ricci. Si truccò le labbra di scuro, si tolse la giacca, che sistemò ben piegata sul sedile accanto al suo. Essendo nera, Bathge l'avrebbe notata, invece con la maglietta bianca senza maniche e i capelli diversi neanche sua madre l'avrebbe riconosciuta.

Del resto, sua madre non avrebbe riconosciuto nessuno, a parte se stessa.

Ma in quel momento non era importante.

Vera si guardò nello specchietto retrovisore.

La maggior parte degli investigatori considerava i travestimenti ridicoli e complicati, invece lei li trovava pratici e semplici. Un trucco preistorico, sì, ma la gente continuava a caderci.

A ogni modo, era da un bel pezzo che non si metteva quella parrucca... si guardò intorno, e piano piano sentì tornare a galla il passato.

Vera vicino a Karl, in macchina, con la sua criniera riccia al vento...

Le dita cercarono un paio di occhiali da sole e li sistemarono sul naso. Poi Vera scese dalla Porsche, di slancio, e iniziò a camminare. In un attimo si ritrovò vicino al fiume. La *portable station*, l'aveva lasciata in macchina, tanto quella era una zona non coperta dallo zoom. A dir la verità, era una zona in cui non c'era nulla, a parte topi, sporcizia e disagio.

Il vecchio cantiere navale.

Un complesso di edifici che si estendeva lungo il Reno per circa duecento metri, tutt'altro che invitante. Parallelepipedi marrone scuro coi vetri sfondati, ciò che non era in frantumi spuntava dalle finestre come un dente imputridito. Dietro, un buco nero.

Vera entrò nel cortile da un cancello arrugginito e si guardò intorno. Ovunque, ferraglia. Un paio di macchine parcheggiate oltre la recinzione, in strada. Ma la BMW non c'era. L'area sembrava deserta.

Tirò indietro la testa e diede un'occhiata alle facciate. Se fosse stata un tipo pauroso, le sarebbe preso un colpo, invece provò solo disagio, anzi ribrezzo. Ed era pieno giorno, fosse stato dopo il tramonto non sarebbe stata una buona idea per una donna riccia in canottiera andarsene in giro lì da sola, anche se non era un tipo pauroso. Certo, Vera era una campionessa di arti marziali…

Con passi lunghi, da poliziotta, proseguì e si guardò di nuovo intorno. Tra gli edifici c'erano delle stradine, simili a gole, che conducevano al fiume. Si avvicinò all'imbocco di una e guardò dentro. Nonostante l'afa, sentì un'aria gelida e puzza di marcio. Poi il suo sguardo si perse, forse alla fine della viuzza c'era un pezzo di cielo bianco e qualcosa di simile a una barca. Vera rifletté qualche secondo, poi s'infilò nella stradina.

Probabilmente era il modo più rapido, e inosservato, per raggiungere la riva. Ma di sicuro anche il più disgustoso.

Vera trattenne il respiro e accelerò il passo. Quando, finalmente, sbucò dall'altra parte, prese una grande boccata d'aria. Avrebbe tanto voluto trovare il sole, ma stava ancora lottando contro le nuvole, ombra ovunque.

Si rigirò verso gli edifici del vecchio cantiere.

La situazione non era migliorata rispetto a prima, ma se non altro c'erano meno rottami in giro. A destra due gru scure stagliate contro il cielo, in acqua una nave da carico all'ancora, senza merci, abbandonata.

Guardò dall'altro lato. Dall'edificio principale partiva una serie di altre costruzioni che occupavano il lungofiume, interrotte da una via di transito. In fondo, una zona aperta e una stradina in acciottolato che si piegava a gomito dietro l'edificio più grande. Probabilmente riportava alla Rheinuferstraße, pensò Vera.

All'ingresso della stradina, vide la BMW.

Rifletté.

Bathge doveva essere lì dentro, da qualche parte. Cosa diavolo stava facendo? Che stesse incontrando qualcuno… in quel posto dimenticato da Dio, e quindi di nascosto?

A Colonia non era registrato da nessuna parte. Probabilmente non aveva nemmeno una casa.

E non voleva essere trovato.

Sì, il vecchio cantiere navale era il posto ideale.

Per un momento prese in considerazione l'idea di entrare nell'edificio a dare un'occhiata. Ma Bathge non doveva sentire subito il fiato sul collo. E poi Vera ebbe la sensazione che, no, non sarebbe stato saggio. E nemmeno giusto.

Bathge l'aveva pregata di fidarsi di lui. Era un cliente, aveva il diritto di restare anonimo, se voleva.

Ma aveva anche mentito.

No, non proprio.

Diciamo che non le aveva detto tutto.

Perché all'improvviso le erano venuti quegli scrupoli? Cosa doveva pensare della foto di Marmann e Üsker? Doveva fidarsi di lui solo per quel mazzetto di banconote?

Cosa c'era nella testa di Simon Bathge?

Non sono affari tuoi, si disse Vera.

Aveva promesso di continuare a lavorare al caso. Da quel momento in poi avrebbe sempre saputo dov'era, grazie all'accendino. Con tutte le sigarette che fumava...

No, era arrivato il momento di rimettersi a cercare Marmann.

Che poi, si disse, puoi mollare quando vuoi.

Così fece dietro front e tornò alla macchina. Ogni tanto si guardava intorno: nessuno. Il pensiero che qualcuno la stesse spiando da una finestra le fece venire i brividi, ma non accelerò. Bathge non poteva sapere che l'aveva seguito, e comunque non l'avrebbe mai riconosciuta.

Quando si lasciò cadere sul sedile della Porsche, per prima cosa si tolse la parrucca e si guardò allo specchio. Che sollievo, levarsela. Che sollievo riavere i suoi corti capelli biondi.

Poi gli occhi le caddero sulla cicatrice.

S'infilò la giacca e chiamò Roth.

«Ecco, proprio a te stavo pensando!» rispose lui quasi ringhiando.

«Lo so che sei arrabbiato con me», disse Vera. «Avresti potuto dire di no.»

«Guarda che io ci ho provato, ma tu mi hai implorato.

Poi ho detto di nuovo no, e tu mi hai detto 'ti prego', per ben tre volte. Sei un mostro!»

«E?»

«E... cosa?»

«Ce l'hai?»

«Sì, ce l'ho. Ma, ti avverto, è l'ultimo piacere che ti faccio.»

«Grazie, Tom. Quando pensi di...»

«E ho anche un paio d'indiscrezioni da raccontarti...»

«Quando ci vediamo, così mi dai la foto?»

«Oh, ma mi ascolti, quando parlo? La storia non è così semplice come credevi.»

«Sì», rispose Vera. «In questo ti do ragione.»

«Okay. Oggi a pranzo?»

«Cioè ora...»

«Mezzogiorno e mezzo?»

«Okay.»

Menemenci

Ore 11.40

L'assassino di Üsker non era un soggetto psicotico.

Perché c'era differenza tra soggetti psicotici e psicopatici, ed era il fatto che i primi non erano capaci d'intendere e di volere, mentre i secondi sì. Menemenci ripensò a un detto che gli avevano insegnato all'accademia.

Il soggetto psicotico è colpevole.

Cioè lo sarebbe... se solo si rendesse conto di quello che ha fatto.

Qualunque cosa fosse passata per la testa all'assassino di Üsker, si era preparato e aveva agito con scrupolo e lucidità.

Menemenci scostò una sedia e prese posto al grande tavolo della sala conferenze. Tirò fuori una specie di libretto, lo sfogliò fino alla prima pagina bianca e, in alto, scrisse: *maschio*.

Per un motivo molto semplice.

Le donne non facevano cose del genere.

Picchiavano, pugnalavano, sparavano... contro mariti o amanti. Strangolavano i figli e nascondevano i cadaveri nella spazzatura. A volte era capitato che avessero evirato la vittima con le forbici. Ma spesso si trattava di gesti impulsivi. Un omicidio a sangue freddo, lungo e complicato come quello di Üsker poteva essere opera di una donna, sì, ma era talmente improbabile che, almeno per il momento, lui si sentiva di escluderlo.

A sangue freddo...

Menemenci si prese la testa tra le mani e rifletté. I killer più estremi in realtà non agivano mai a sangue freddo. Erano spesso individui molto controllati, la maggior parte dei quali uccideva per ossessioni sessuali. Preparavano il tutto con la massima cura, e poi ne distruggevano ogni traccia, ma durante la fase di esecuzione provavano piacere e una grande eccitazione. Perché si trattava di soddisfare un istinto.

Ma ciò valeva per gli uomini che uccidevano le donne. Üsker invece era un uomo.

Il suo assassino aveva agito per soddisfare un istinto?

Non c'erano molti indizi a riguardo. Anzi in pratica gli aveva fatto di tutto, a parte abusare di lui. Avevano trovato dello sperma, ma solo perché, nel momento della massima tortura, e quindi della morte imminente, aveva eiaculato. C'erano segni di tortura nella zona genitale, ma nessuno di stupro.

Era ancora da vedere se l'assassinio di Üsker sarebbe stato il primo di una serie o sarebbe rimasto un caso isolato. Per vari motivi, Menemenci non credeva all'ipotesi del serial killer in senso classico. Non credeva che l'uomo avesse agito spinto da un istinto che non poteva contrastare. Non era una violenza carnale, però era di sicuro opera di un sadico. Un malato di mente, anche se i fatti dimostravano pure un'inquietante dose di realismo.

Per quanto potesse sembrare strano, era un omicidio che aveva un senso.

E Menemenci aggiunse: *psicopatico. Sadico.*

Ma perché? Provava gusto nel torturare?

Cancellò *sadico* e scrisse *sadofilo*.

Sì, era più corretto. L'assassino doveva avere una propensione al sadismo, certo, altrimenti non avrebbe mai fatto quello che aveva fatto. Ma non era il crimine di un sadico in senso puro, che di solito uccideva per obiettivi diversi.

C'era dell'altro...

L'autopsia aveva in parte confermato l'ipotesi del medico accorso sulla scena del delitto, in parte però anche smentito. Durante le torture, a Üsker erano stati iniettati medicinali a effetto immediato perché restasse cosciente. Aveva sofferto pene atroci, e l'entità delle torture era cresciuta in maniera esponenziale.

Eppure, per tutto il tempo, Üsker era stato in grado di sentire e di parlare. Il suo assassino, quindi, voleva che la vittima potesse comunicare.

Perché?

Strillare poteva farlo anche senza lingua. L'assassino si era esaltato vedendolo implorare pietà? Perché di sicuro Üsker lo aveva fatto. Lo sapeva, che le sue ferite non erano letali. Sino alla fine, doveva aver visto una possibilità di cavarsela, qualora l'aguzzino avesse smesso.

Certo, sarebbe stata una vita da mutilato e con dolori indicibili, ma pur sempre una vita.

Per quanto terribile, per certi versi, il modo in cui aveva avuto luogo il tutto a Menemenci tornava familiare.

E all'improvviso capì cosa gli ricordava.

Tempo e luogo non tornavano, avrebbe dovuto esserci una guerra o perlomeno un regime totalitario. A quel punto, l'omicidio di Üsker sarebbe stato un tipico caso di torture professionali con l'ufficioso beneplacito dei piani alti.

E Menemenci capì pure perché non fosse stato un gesto passionale, seppur così perfido nella sua lucidità, perché era il tipo di tortura, ancora in uso in diversi Paesi, usato per strappare confessioni o segreti alla gente. Insomma, il mezzo preferito dei tiranni.

Üsker doveva rivelare qualcosa.

Ecco il perché di quell'impressione che il tutto avesse un senso, e uno scopo. Il torturatore di Üsker era un professionista, un aguzzino consapevole delle conseguenze di ogni singolo abuso e che padroneggiava alla perfezione quell'arte raccapricciante. Era un procedimento troppo ingegnoso per essere stato improvvisato da un dilettante. Sembrava preso da un manuale. Eseguito a sangue freddo. Con un obiettivo ben preciso. Come ai tempi dell'Inquisizione. Un lavoro.

Menemenci si tirò indietro e si passò una mano tra i capelli. Aveva le mani sudate.

Se ci aveva visto giusto, c'era anche un'altra cosa da tenere presente. L'assassino doveva aver collezionato esperienze al servizio di una qualche istituzione che non rispettava i diritti umani. Ovvero, aveva passato un lungo periodo all'estero, in una zona di guerra o in uno Stato totalitario. Aveva già torturato, più volte, spesso.

E probabilmente anche ucciso.

Più volte.

Spesso.

In quanti Paesi si usava ancora la tortura? Stando all'ultimo resoconto di Amnesty International, Menemenci ricordava una cifra intorno alla cinquantina... di più?

Torturatore di professione, scrisse. *Periodo all'estero in zona/e di guerra.*

Età: 30-40 anni.

I maniaci sessuali di solito erano più giovani. E l'esperienza dimostrava che dopo i quaranta il numero dei serial killer si abbassava in maniera drastica. E comunque i tempi in cui si usava la tortura ormai erano superati, nel senso che nell'ultimo decennio, perlomeno nei Paesi industrializzati, era entrata in vigore una specie di tregua, di armistizio. Più giovane di trenta no, non poteva essere, perché doveva aver collezionato esperienze, ma neanche più vecchio di quaranta. Di rado, inoltre, i torturatori erano idealisti: o avevano idee politiche semplicistiche e un'intelligenza elementare, o erano incredibilmente creativi e facevano quelle cose per soldi, per qualcun altro, che non voleva sporcarsi le mani.

Di solito succedeva quando nella vita normale avevano fallito, cosa che diventava chiara qualche anno dopo la maturità. Erano sadici dei soldi, e proprio per quello agivano quasi sempre con uno scopo, raramente d'impulso.

Per certi versi erano un po' come le persone che cercano lavoro, che vorrebbero guadagnare divertendosi.

Riassumendo, se l'assassino di Üsker, come supponeva Menemenci, era un torturatore di professione, doveva avere fra i trenta e i quarant'anni.

E comunque era tutt'altro che stupido. Non aveva avuto bisogno di troppe indicazioni, era spuntato dal nulla e scomparso alla stessa maniera. Ogni sua mossa faceva pensare a una persona molto ben organizzata; un pianificatore, che sapeva valutare tutti i possibili sviluppi del proprio operato. Non una testa calda, ma un individuo controllato, pragmatico e in grado di reggere lo stress. Non era entrato nel panico, altrimenti avrebbero trovato impronte, oggetti rotti o segni di esitazione. Né aveva sentito rimorsi di coscienza. Molti assassini, per esempio, prima di andarsene si vergognavano e coprivano la vittima con un telo o un vestito. Era il loro modo assurdo di mostrare compassione.

Lui non aveva fatto nulla di simile.

Solo torturato, ascoltato e proseguito con le torture.

Quindi nel suo passato dovevano per forza esserci dei precedenti, delle tracce. Torture e mutilazioni di animali, per esempio. Gesti particolarmente violenti contro i compagni, a scuola. Famiglie allo sbando, come in molti casi di omicidi a opera di psicopatici. Rifiuti, derisione, abbandoni, carenze di affetto, maltrattamenti emotivi, maltrattamenti fisici. Forse era iniziato tutto dalla rabbia, dalla voglia di vendicarsi di una società che lo aveva umiliato, aveva sminuito le sue capacità. Lui aveva deciso di ripagarla con la stessa moneta, torturando la gente. Le tre principali caratteristiche di uno psicopatico erano prepotenza, manipolazione e autocontrollo. In quel senso, l'omicidio di Üsker rientrava nel profilo del serial killer DOC elaborato dall'FBI all'inizio degli anni '80. Sì, tornava. Di sicuro si trattava di una persona che aveva già ucciso.

Ma per dei motivi precisi.

Strappare a qualcuno una confessione su incarico di un mandante che pagava bene, mettendo in conto che quel qualcuno sarebbe anche potuto morire: sì, aveva senso.

Ma che senso poteva avere in una città come Colonia?

Cosa aveva fatto Üsker per scatenare un simile diavolo?

La risposta arrivò quasi subito. Üsker aveva militato nella Legione straniera. Fino a quel momento, Menemenci non aveva dato molto peso a quell'informazione, visto che risaliva a quasi dieci anni prima. Si era fatto pagare per combattere per altri, e poi era tornato e si era messo a fare il fruttivendolo.

E se avesse conosciuto il suo assassino in quel periodo?

Dopo magari si erano persi di vista. Adesso, dopo anni, l'altro era rispuntato e voleva sapere qualcosa da Üsker. Per strappargli quell'informazione, era ricorso a mezzi estremi, quindi doveva essere molto preziosa.

Che tipo d'informazione?

Formulata in un altro modo: Üsker gli aveva raccontato quello che l'altro voleva sapere?

Evidentemente no.

Se Üsker avesse saputo rispondere alle sue domande, l'aguzzino non avrebbe avuto bisogno di ridurlo in quello stato. Üsker avrebbe parlato. Il carnefice le aveva provate tutte fino a quando non era stato certo che il turco non aveva la risposta che cercava. Certo al cento per cento.

E poi, un'unica volta, aveva perso il controllo.

Menemenci guardò di nuovo fuori dalla finestra.

Perché un dettaglio che non quadrava con l'ipotesi dell'omicidio a sangue freddo, opera di un professionista, c'era. Durante le torture, l'aguzzino doveva aver considerato Üsker un oggetto, lo aveva privato di un'identità, un naturale meccanismo di difesa usato da molti psicotici e psicopatici.

Ma Üsker non era morto, come si era pensato all'inizio, per la somma delle ferite. In quello, il primo referto medico si era sbagliato. Le ferite non sarebbero bastate.

Si era beccato tre pallottole in pancia, da una pistola calibro 22.

Dopo aver appurato che non poteva dirgli quello che voleva, l'assassino avrebbe potuto seccarlo con un colpo alla testa. Invece no, gli aveva sparato.

Che era come un marchio di fabbrica, una specie di firma.

La chiave.

Forse.

Vera

Ore 12.32

S'incontrarono a Lichthof, un bel posticino dietro la basilica di Santa Maria in Campidoglio, dov'era rimasto un angolo di quella che doveva essere stata la vecchia Colonia. Casette geometriche, quasi incastonate l'una nell'altra, con piani sporgenti, portoni in pietra, grandi alberi, panchine e vista sull'ingresso della chiesa.

Le panchine erano tre, e Roth aveva scelto quella al centro. Quando Vera lo vide, lui aveva tirato la testa all'indietro e chiuso gli occhi. Sembrava pallido, esausto. Vera si sedette accanto a lui e gli tirò un orecchio.

«Marga non sta bene», disse, senza aprire gli occhi.

Vera restò in silenzio.

«Stamattina non voleva alzarsi. Non so più che fare. A volte passa un'intera settimana senza dire una sola parola, che insomma ancora si sopporta, ma al momento credo che la sua paura della vita abbia ormai superato quella della morte.»

«No. Non ci credo.»

Roth tirò su la testa e la guardò. «Io non posso capire quello che prova. È questa la cosa peggiore per me, se almeno potessi aiutarla… Il medico dice che la depressione è una malattia, come il raffreddore o i reumatismi. Ma io sono sicuro che un motivo dev'esserci.»

«Non ha più niente da fare, è questo il motivo.»

«Prima era una persona così esuberante, piena di vita. Davvero, non so che fare.»

«Venite a vivere in città», disse Vera.

Roth si tirò un pelo del pizzetto. «Se solo tu trovassi il tempo di venire a farle una visita...» disse, esitante.

«Certo che verrò.»

«Quando?»

«Magari stasera, se ci riesco.»

«Be', stasera sarebbe bello.» Alzò gli occhi al cielo. «Ogni sera andrebbe bene, l'una vale l'altra, non importa quale, tanto... Perdonami, ragazzina, ma davvero non ce la faccio più.»

Vera annuì in silenzio.

Nessuno capirà mai nessuno, pensò. Quello che abbiamo dentro è una specie di fortezza da cui non fuggiremo mai, perché non ci sono vie di uscita.

Poi Roth emise un leggero brontolio e le passò una busta formato A4. «Ecco, qui c'è la tua foto. Sono entrato nell'ufficio di Krantz come un ladro, l'ho staccata dalla parete e ho fatto la fotocopia. Poi ho rimesso a posto l'originale e me ne sono andato.»

«Grazie, Tom.»

«Se ti può aiutare...» Scosse la testa e le rivolse un'occhiata impietosa. «Ma dovresti collaborare con noi, perché secondo me sai più cose tu della polizia.»

«Invece non so niente, come potrei sapere cose che nemmeno voi sapete?»

«Per esempio quello che mi hai *già* raccontato, Vera. Che quel tizio col mitra si chiama Andreas Marmann. Che qualcuno lo sta cercando, proprio mentre ammazzano Üsker. Non lo trovi strano? O sei ancora convinta che si tratti di una coincidenza?»

«Se non lo avessi trovato strano, non ti avrei chiesto di fare quella fotocopia. Ma non ti aspettare che vi aiuti, non ho nessun motivo di farlo.»

«In nome di Dio, ma come fai a dire che non ne hai nessun motivo?»

«Non ancora! Ascoltami, Tom, Bathge è ancora un mio cliente. E io devo rispettare il segreto professionale, che come tu ben sai esiste anche per noi investigatori privati.»

Lui scosse la testa. «No, mi dispiace, ma non sono d'accordo.»

«Ah, problemi tuoi.»

«Collabora con noi, altrimenti non potrò fare più niente per te.»

«Hai già fatto abbastanza.»

«Nel tuo interesse.»

«Be', io lavoro nel mio interesse, no?»

«Lo dico anche per proteggerti.»

«Io sono in grado di proteggermi da sola, anzi da sola ci riesco molto meglio.»

«Santodio, Vera, allora nell'interesse degli altri!»

Vera sospirò e iniziò ad aprire la busta. «Senti, ci ho messo una vita a buttarmi alle spalle il capitolo 'Polizia'. Io non ho più bisogno di lei, e tantomeno lei di me.»

«Tu non ne hai più bisogno? Però hai bisogno di me...»

«Sì, come amico.»

«Bene», annuì Roth con espressione impietrita. «Allora adesso ascolta un amico. Collabora con la polizia.»

«Collaborerò se lo riterrò giusto. E non lo ritengo, non ancora.»

«La Kripo non è Karl», disse Roth a bruciapelo.

A quel nome, fu Vera a restare impietrita. Lo guardò. «Per me sì.»

Si squadrarono per alcuni secondi. Poi Roth si strinse nelle spalle e guardò davanti a sé. Vera invece si concentrò sulla busta mezza aperta che aveva in mano. Se la rigirò tra le dita, poi si avvicinò a Roth e gli diede un bacio sulla guancia rugosa. Sapeva di dopobarba scadente. «Lo sai come sono fatta», disse piano.

«No», rispose lui in tono stanco. «No, lo sei diventata. Non puoi, una volta per tutte, dimenticare il passato?»

«E come?»

«Be', per esempio... Ma io che ne so!» Incrociò le braccia

e indicò la busta. «Allora? Che fai, non la apri? Ma insomma, per cosa ho rischiato il mio posto di lavoro?»

Vera tirò fuori la foto. E capì perché Roth aveva insistito perché la aprisse lì. L'aveva ingrandita. Gli occhi le caddero su Marmann. Accanto a lui, l'uomo che aveva visto sui giornali, sorrideva verso l'obiettivo. Mehmet Üsker.

Ma finalmente ebbe anche una visione d'insieme della scena. Un accampamento, come quello dei film di guerra. Sullo sfondo, una jeep e una specie di mezzo corazzato con tanto di torretta. C'erano altri uomini, che trasportavano oggetti di vario tipo, casse, borse, armi. Uno di loro, quello più vicino a Üsker e Marmann, guardava anche lui verso la macchina con un sorriso.

Non le capitava spesso, ma successe: Vera sgranò gli occhi.

Era Simon Bathge.

DeTechtei

Ore 14.15

In realtà se l'aspettava.

Il suo primo istinto fu di mollare il lavoro. Lui le aveva mentito, e lei ne aveva abbastanza di sentirsi raccontare cazzate.

Poi alla rabbia si unì un senso d'inquietudine. Bathge era stato nella Legione e probabilmente anche negli ZERO, come Marmann e Üsker. Tutti loro avevano combattuto per soldi, forse anche ucciso.

E ora Üsker era morto.

Un'incredibile coincidenza, come aveva provato a convincerla Bathge?

No, era ridicolo. Perché il suo cliente non le aveva detto di conoscere bene Üsker e di aver militato anche lui nella Legione? Lei lo aveva messo con le spalle al muro, perché mentirle ancora?

Poi pensò di chiamare Roth. Era tornata in ufficio senza dirgli nulla. Ma lui aveva ragione, ragione da vendere. A quanto pareva, la chiave per risolvere il caso l'aveva lei. Il fatto che Bathge fosse spuntato per cercare Marmann pochi giorni dopo che Üsker era stato assassinato non poteva essere un caso. In sostanza, si poneva solo la domanda di chi dei due lo avesse sulla coscienza, se Bathge o Marmann. E perché.

Sei pazza, si disse quindi. Cosa ti stai inventando solo per aver visto tre persone nella stessa foto?

Bathge era un suo cliente. Era quella l'unica cosa che contava. L'aveva pagata per due settimane. Lei aveva il diritto di fargli domande, ovvio, ma di certo non quello di consegnarlo alla Kripo senza uno straccio di prova. Bathge non voleva essere coinvolto nel caso, e anche quello era comprensibile. E lei non avrebbe accettato il lavoro, se avesse visto quella foto con lui, Üsker e Marmann. O quantomeno gli avrebbe chiesto una montagna di spiegazioni, e lui non aveva intenzione di spiegare nulla. Lei, in fondo, era una sua dipendente. Era lui a cacciare fuori i soldi.

Quindi non le doveva nessuna spiegazione.

Ed era pure logico che le avesse mentito quando lei gli aveva domandato se conosceva Üsker. Perché fidarsi, del resto? La verità non faceva altro che renderlo più sospetto. Più diventava evidente il suo collegamento con quell'omicidio, più lei avrebbe temuto che fosse coinvolto. Che era proprio quello che lui aveva cercato d'impedire. Bathge voleva che lei facesse un lavoro per lui, non che gli creasse problemi.

Era plausibile?

Per niente.

Allora, da capo: Bathge stava cercando Marmann per impedirgli di compiere altri omicidi? O per toglierlo di mezzo, come aveva fatto con Üsker? Aveva paura di Marmann, quello Vera lo aveva già intuito. Oppure era Marmann ad avere motivo di temere Bathge…

Oppure entrambi si stavano nascondendo a causa della morte di Üsker, dietro la quale c'era qualcun altro...

Oltre non andò. Nessuna di quelle riflessioni le faceva fare passi avanti. Era in un vicolo cieco.

Chiunque altro, pensò, a quel punto sarebbe andato alla polizia o avrebbe mollato il caso. Perché tu no, testarda che non sei altro? Cos'ha quel tipo che t'impedisce di chiamare Roth? Anche se non era lui il colpevole, Bathge avrebbe comunque potuto fornire indizi utili. Cercò d'immaginarsi cosa stesse succedendo, in quei giorni, alla centrale di Waidmarkt. Si sarebbero attaccati a tutto. Una telefonata, e Bathge sarebbe finito dentro, detenzione preventiva.

Vera si tirò indietro sulla poltrona di pelle nera e si guardò le unghie.

No, non avrebbe mollato.

Era eccitata. Era la sua chance di mettere a segno un colpaccio.

Di risolvere un caso finito su tutti i giornali. Lei, non la Kripo.

La Kripo non è Karl, le aveva detto Roth.

Sbuffò. Cosa c'entrava, adesso, Karl? Vera ebbe l'impressione di essere davanti a una porta socchiusa, incerta se entrare o darsela a gambe. Erano l'esaltazione e la prospettiva di fare pubblicità alla sua DeTechtei. Era quello il punto. Cosa c'entrava Karl?

La Kripo doveva capire che poteva cavarsela da sola.

Loro avevano carte migliori. Ma lei aveva Bathge. La foto era già un piccolo trionfo, lui non sapeva che Vera l'avesse.

E che lo stesse tenendo d'occhio.

Avrebbe dovuto spiegarle molte cose, quello era certo. Presto, molto presto. Ma ancora Vera non vedeva motivi per mollare il lavoro. In un certo senso, aveva quasi l'impressione che lui volesse che Vera scoprisse il suo segreto.

E anche lei lo voleva.

Sospirò.

Al momento, quindi, era sulle tracce di due sconosciuti misteriosi: il suo cliente, e la persona che le aveva chiesto di cercare.

Bene. Una partita doppia.

Per prima cosa controllò la targa della BMW.

Una macchina a noleggio, chiaro.

Poi si dedicò al vecchio cantiere navale.

Trenta minuti dopo, e una serie di telefonate a uffici informazioni e al catasto, Vera si era fatta una vaga idea su chi fossero i proprietari di quell'area in disuso. Non era sicura che l'avrebbe aiutata. Forse in quel momento erano informazioni superflue, ma di certo non avrebbero inficiato il lavoro.

Come aveva immaginato, molti edifici erano di proprietà del comune di Colonia. Alcuni erano stati rilevati, all'inizio degli anni '90, da una cordata riunita sotto la sigla BKA, che non c'entrava nulla col Bundeskriminalamt, la polizia federale tedesca. BKA stava per Bund der Kölner Architekten, ovvero «associazione architetti di Colonia». Altre parti erano state date in affitto, per esempio a una palestra che non aveva mai aperto e a varie altre attività, fra cui tre compagnie armatrici e una ditta di commercio all'ingrosso di articoli da sub e pesca in acque profonde, che non era che avesse molto senso sulle rive del Reno.

Poi Vera digitò il numero di una specie di segreteria che, le avevano detto, si occupava della gestione dell'area. Disse di essere un'agente immobiliare, ma non ottenne nulla. Probabilmente non c'era un solo agente immobiliare a Colonia che non avesse già cercato di mettere le mani su un pezzo dell'ex cantiere e, per riuscirci, sarebbe stato disposto a vendere perfino la propria madre. Invano. A quanto pareva, era tutto in mano a un'agenzia che operava per conto della BKA. Sembrava che volessero acquisire la proprietà dell'intera zona per trasformare quel complesso in rovina in un quartiere di appartamenti costosissimi. Alla lunga, la maggior parte delle imprese commerciali aveva rinunciato. Quindi l'area veniva inghiottita pezzo dopo pezzo da quegli pseudo architetti della BKA, che erano come i coccodrilli, che tengono le prede sott'acqua per ammorbidirle, per poi farle a pezzi quando riemergono. Molti piccoli proprietari avevano perso la voglia e già venduto la propria parte. A eccezione dei dipendenti di due compagnie armatrici, le dissero, lì non c'era anima viva. Nessuna persona normale, del resto, avrebbe trovato divertente passare le sue giornate in un posto dimenticato da Dio.

L'area era morta, o meglio addormentata come la principessa della favola, in attesa dell'esoso bacio del suo salvatore.

Vera chiamò una delle compagnie armatrici e chiese se organizzavano escursioni turistiche. Le risposero che aveva sbagliato numero, ovvio, ma la segretaria la coinvolse comunque in una lunga conversazione. Grazie alla quale Vera scoprì pure che quella compagnia stava per essere venduta, che la palestra era solo un deposito per attrezzi, caricati e scaricati con cadenza settimanale, e che il proprietario della ditta di commercio all'ingrosso di articoli da sub era irreperibile da almeno otto anni, per quello non era stata ancora venduta. Tuttavia una clausola diceva che, se fosse risultato latitante ancora per molto, sarebbe scattata la cessione forzata, ma nel frattempo i locali erano deserti, come il resto dell'area. La donna concluse dando a Vera il numero di un'agenzia che organizzava escursioni a Königswinter, rammaricandosi di non esserle stata di aiuto.

Forse, invece, l'aveva aiutata.

L'unica cosa certa era che il vecchio cantiere navale costituiva il nascondiglio ideale per qualunque tipo di attività, soprattutto se sottobanco, appunto. Locali abbandonati, palestre vuote e una ditta di commercio all'ingrosso di articoli da sub... Bathge aveva solo l'imbarazzo della scelta.

Sempre che abitasse lì, e non da qualche altra parte.

A proposito di Bathge, Vera accese il monitor.

Il suo uomo aveva lasciato il cantiere.

Il puntino rosso aveva attraversato il Reno, era nei pressi dell'Hyatt.

Lei, anzi Strunk a dir la verità, aveva controllato gli hotel. All'Hyatt non c'era nessun Simon Bathge, ma non voleva dire nulla. Poteva esser registrato con qualunque altro nome.

L'Hyatt, quindi.

Buono a sapersi.

Vera trascorse il resto del pomeriggio lavorando al caso dell'azienda di metal detector. Era quasi certa che Bathge si sarebbe fatto vivo prima di sera. Dopo che lei aveva scoperto il collegamento tra Marmann e Üsker, avrebbe voluto conoscere i nuovi aggiornamenti. L'avrebbe chiamata per informarsi degli ulteriori sviluppi delle indagini e per scusarsi, l'ennesima volta, di non averle detto tutta la verità.

E lei lo avrebbe rimesso con le spalle al muro.

Dopo aver ribollito nella rabbia, Vera quasi non vedeva l'ora.

Bathge chiamò alle 17.10.

E tutto cambiò.

«Dobbiamo incontrarci», disse. «Le ho mentito.»

Lì per lì lei restò troppo stupita per rispondere. «Su cosa?» chiese quindi dopo un po'.

Bathge si schiarì la voce. «Su tutto.»

Rheinpark

Ore 18.02

«Con tutte queste storie, mi sta esaurendo...» disse Vera sedendosi accanto a Bathge, ma a una certa distanza. «Cos'altro c'è che non mi ha detto, adesso?»

Lui fece un tiro dalla sigaretta. «Innanzitutto la ringrazio per essere venuta», replicò, ignorando la domanda.

«Non ha motivo di ringraziarmi», disse lei in tono gelido. «Sono pagata anche per questo.»

Bathge annuì. «Sì, ha ragione.»

Vera sentì le stecche della panchina nella schiena. Odiava le panchine. Era un'altra di quelle situazioni in cui aveva l'impressione che le persone lì sedute aspettassero il patibolo. Come gli scolari sui banchi di scuola, condannati alla tortura. O le persone sui banchi di tribunale, condannate alla gogna. O sulle panche del pronto soccorso, in attesa di essere rattoppate, condannate al silenzio.

Guardò in basso, verso il fiume. In quel tardo pomeriggio, i contorni della città in lontananza le sembrarono fatti di cartone.

All'improvviso temette che lui stesse per confessarle l'omicidio di Üsker.

Era quello che voleva dirle?

E lei cosa avrebbe fatto?

Lo guardò di sottecchi. Bathge si voltò. Tra loro il fumo della sigaretta. In quel momento fu certa di avere di fronte una maschera. Sotto la quale percepiva segni d'inquietudine, che smentivano la sua apparente disinvoltura. Il modo in cui teneva la sigaretta, gli scatti dei muscoli della mandibola, i suoi movimenti in generale... tutto faceva pensare a un uomo teso come una corda di violino. Anche lui la guardò, guardò quegli occhi che fremevano, che lei conosceva fin troppo bene per le innumerevoli volte in cui si era guardata allo specchio, cercando invano uno scampolo di dignità e di senso, mentre dentro di sé sentiva crescere il terrore di essere fuori luogo, e la voglia di scomparire dal mondo. Di punto in bianco, senza dare nell'occhio. Come se fosse scaduta. O non fosse mai esistita. Spersonalizzata, oggettivata, dilaniata in mille pezzi e spazzata via con un soffio di vento.

Il terrore del terrore.

Sentiva tutto ancora così vicino, così recente. Quell'improvviso impulso disumano di non volersi lasciar paralizzare, di non mollare. Finalmente la trasformazione dell'impotenza in un inferno di rabbia distruttiva, in un odio esplosivo, proprio quando le pareti di una stanza sembravano circondarla per inghiottirla, senza possibilità di fuga. La mutazione da preda a mostro. Il capovolgimento di ruoli.

Morte o liberazione.

Vera non era sicura di aver visto tutto ciò balenare negli occhi di Bathge, prima che il volto dell'uomo si oscurasse di nuovo. Non sapeva se lui le avesse concesso di guardare oltre la maschera o l'avesse respinta, ricacciata dentro la propria. Aveva gli occhi scuri, neri come la lava. Era possibile che lui si fosse aperto, ma pure che lei avesse visto semplicemente se stessa.

Aspettò.

«Sa qual è la cosa divertente?» disse lui dopo alcuni minuti di silenzio. «I posti come questo parco, dopo che uno è stato via così a lungo... Nel senso, quando l'infanzia ormai è lontana, questi posti nel ricordo conservano qualcosa di magico, come se potessero guarire qualunque pena. Rimettere il mondo al suo posto, indipendentemente da quanto sia uscito dai cardini. Basta tornarci...» Si passò una mano sul mento, e lei sentì il rumore della pelle che sfregava sulla barba. «Rivedevo spesso questo posto, nella mente, io che correvo sul prato, e mi sembrava di sentire l'odore dei colori. Ha mai provato a sentire l'odore del rosso? Non ci crederà, ma ha un odore, dico sul serio. Poi uno ci torna davvero, come oggi, dopo una mezza eternità, e capisce che non è quel posto magico che ti aveva stregato da bambino. Perché sono i bambini a liberare la magia, non i posti. Quando l'incantesimo si rompe, ti accorgi che nel mondo non ci sono più maghi, solo diavoli... è lì che uno diventa adulto.» Osservò il mozzicone di sigaretta e lo buttò via. «Ecco, io mi sono appena reso conto che questo parco è solo un parco, nient'altro.»

Vera esitò. Poi disse: «Ma lei cosa vuole che le trovi... Marmann o la pace interiore?»

Bathge proruppe in una risata leggera. «La mia pace interiore? Bella idea, certo, ma per trovare quella dovrebbe andare molto lontano. Diciamo che se intanto mi trova Marmann siamo già un bel pezzo avanti.» Tirò fuori un'altra sigaretta e l'accese con un accendino diverso, non il suo.

Vera sentì montare la soddisfazione. La cimice doveva essere rimasta nella giacca della mattina, che lui in quel momento non indossava. Probabilmente l'aveva lasciata in hotel, che secondo il puntino rosso era ancora l'Hyatt.

E così anche la questione di dove alloggiasse era archiviata.

«Bene», disse dopo un tiro prolungato. «Allora siamo al momento della verità. Torniamo al... mondo reale. A meno che non decidiamo di rifiutare ogni percezione e di considerarlo solo uno show. Sa, dopo il Kuwait, io non ne sono più così sicuro.»

«Quindi lei ci è stato, in Kuwait...»

«Sì, ero un legionario come Üsker. Fouk ci ha ingaggiato come team, e siamo passati agli ZERO.»

Vera non pensava che sarebbe arrivato al punto con quella velocità, con quella franchezza. Parlava con noncuranza, come se si trattasse della vita di qualcun altro. Erano in molti a circondare il vero di un'aura di casualità, per potercisi avvicinare con meno rischi.

«E Marmann?»

«È una vecchia storia, tra me e Marmann. Sa, io ero un pessimo alunno, terribilmente pigro, e la mia pigrizia è stata la colpa di tutto.» Rise, ma fu una risata breve, che scomparve quasi subito, come se non avesse mai avuto luogo. «Poco prima del terzo anno di liceo, a sedici anni, ne ho combinate un paio piuttosto gravi, due di seguito. Così mi hanno buttato fuori dal ginnasio e sono finito alla Realschule, la stessa di Andreas Marmann.» Sbuffò del fumo dalle narici. «È lì che ci siamo conosciuti. Che personaggio, ancora più scansafatiche di me. Ma forse proprio per questo mi è sembrato più furbo, più libero di quanto io non fossi mai stato. Nonostante le bravate, è riuscito a diplomarsi, anche se io so che non ha mai studiato, nemmeno un minuto! Poi ci siamo persi di vista. Io sono tornato al liceo e ho preso la maturità vera, poi ho fatto il servizio militare, mi piaceva fare ritratti dei sottufficiali. A un certo punto mi hanno dato una bella stretta di mano e rispedito nel mondo dei civili, e io ho cercato di realizzarmi, di fare qualcosa di grande. Tipo l'accademia d'arte, o il conservatorio, mai avrei immaginato che il pupillo della mensa ufficiali potesse fallire...» Si fermò e scosse la testa, come se quell'ingenuità lo divertisse. «Ma non è che allora si desse molta importanza alle persone che volevano studiare queste cose. Così ho perso tempo, ho aspettato, scervellandomi su scritti filosofici e leggendo pagine e pagine di classici, sperando in questo modo di prepararmi, qualificarmi per qualcosa di diverso da una facoltà di economia aziendale.»

«E alla fine cosa ha studiato?» domandò Vera, già temendo la risposta.

Lui la guardò. «Sa, poi arriva il momento in cui ti siedi intorno a un tavolo con gente dalla faccia seria e loro ti dicono: 'Ragazzo mio, cerchiamo di essere ragionevoli, non sei più così giovane e la vita non è una passeggiata'.

«Allora tu riconsideri tutte le possibilità, nella speranza di averne tralasciata qualcuna, qualcuna di buona, anche se piccola. E, ironia della sorte, finisce che provi a entrare proprio alla facoltà di economia aziendale, e ti prendono pure. E tu dici: Okay, fino a quando non mi offrono qualcosa di meglio lo faccio; concludi il primo semestre, tanto poi vediamo; concludi anche il secondo e, senza nemmeno rendertene conto, ti ritrovi in mano una laurea in una cosa che ti fa schifo.» Fece un altro tiro e sbuffò fuori una specie di scultura di fumo. «Ottimo, penserà lei... e invece io cosa ho fatto? Grazie al cielo non m'interessava solo la musica, ma anche la tecnologia, abbastanza, così sono andato alla Ford e ho fatto domanda per un posto nel reparto ricerca e sviluppo. Mi hanno preso, non dico che pagassero bene, ma era un lavoro interessante, con buone possibilità di carriera. E così è iniziata la mia vita diligente e noiosa, che farei ancora adesso, se potessi...»

«Ma poi ha rincontrato Marmann...»

«Esatto.»

«E lui nel frattempo che aveva combinato?»

«Tutto e niente. Ha iniziato a parlarmi di tutta una serie di grandi progetti. Quando ha saputo della mia carriera alla Ford mi ha preso in giro, ovvio. Mi ha detto che sarei diventato un borghese con la puzza sotto il naso e ha parlato dei suoi piani come di una manna dal cielo... Sembrava ci provasse gusto a vivere sempre sul filo del rasoio. Io continuavo a pensare alla pensione e ai corsi di aggiornamento, ma dovevo ammettere che era lui a girare con l'auto più fica, a portarsi a casa le donne più attraenti e a mangiare in ristoranti cui io non potevo nemmeno avvicinarmi. Più cose facevamo insieme, più l'idea di passare tutta la vita a fare l'economista aziendale mi metteva ansia.»

Continuava a parlare con freddezza, come se stesse descrivendo i personaggi di uno spettacolo teatrale. Autodifesa, pensò Vera. Trattare i propri ricordi come se fossero quelli di qualcun altro. Niente male come trucco per tenerli a distanza... trucco in cui lei, per tutta una serie di motivi, era maestra.

Ma lui? Lui perché doveva farlo?

«Be', sarebbe potuto rientrare nell'esercito, no?» disse lei tirando a indovinare. «Sarebbe stato semplice, e più redditizio, o sbaglio?»

Lui le rivolse un'occhiata compassionevole. «Ma io non volevo una vita semplice. L'esercito è solo un ufficio con scrivanie scadenti e pavimenti in linoleum. Ancora più noioso della Ford. No, all'improvviso anch'io ho sentito la stessa frenesia di Marmann, la stessa voglia di sfidare i miei limiti. Non ero in pace col mio cervello. Perché, sì, Marmann era pazzo, ma io preferivo impazzire che fare la muffa. Volevo una vita completamente nuova. L'unico problema è che non sapevo quale. Poi, verso la metà degli anni '80, lui si è imbarcato in un affare più grande di lui e da un giorno all'altro si è ritrovato completamente al verde. Una cosa che ci si poteva aspettare, lui ha cercato di reagire col solito sorriso di sufficienza, ma io per la prima volta l'ho visto perso, disperato. E poi, altro colpo di scena, è sembrato che il cielo avesse ascoltato le sue preghiere.»

«La Legione straniera...»

«Conoscevamo un ufficiale che era stato espulso dall'esercito con disonore nel 1983. Un tipo carismatico di una gentilezza quasi perfida, che riusciva a fregare chiunque. Io l'ho trovato sospetto fin da subito, ma è stato lui a proporci la Legione. Purtroppo ai tempi in Francia erano un po' selettivi, e all'inizio ci han dato picche.»

«Pensavo che prendessero tutti, anche i peggio dei peggio», osservò Vera, stupita.

«Di peggio dei peggio nella Legione ce ne sono a bizzeffe, ma bisogna comunque presentarsi con dei requisiti. Molti che a prima vista sembrerebbero stupidi e violenti in realtà sono persone qualificate. Nel mercato libero anche gli eserciti sono sottoposti a una concorrenza incredibile. Non viviamo più all'epoca della Guerra dei Trent'anni, con venti morti non arrivi da nessuna parte. La guerra è business, strategia, logistica, efficienza, e la merce più ambita è senz'altro l'intelligenza. Molti soldati fanno affari d'oro usando la testa. E alla Legione avevano bisogno anche di tecnici, soprattutto artificieri. Per farla breve, ho deciso di provarci sul serio. Di fare il soldato senziente, insomma di un certo livello...»

«Però...» disse Vera senza nascondere lo scherno.

Bathge si strinse nelle spalle. «Nell'esercito ci sono entrambe le tipologie, i cani e i filosofi, perché, che ci creda o no, anche la violenza è una filosofia, niente che non si possa giustificare con un paio di frasi ben formulate.»

«Non vorrei sembrarle indiscreta, ma anche lei lo avrà giustificato con un paio di frasi ben formulate, no?»

Lui inarcò un sopracciglio. «Be', nel suo caso immagino sia lo stesso...»

«Io però sono dalla parte dei buoni.»

«Ecco, questa per esempio è una bella frase, complimenti... va in giro armata?»

«No, di solito no.»

Bathge sembrò riflettere, lo sguardo che vagò per un frammento di secondo. «Perché è lei, l'arma.»

«Esatto.»

«Avrebbe combattuto contro Saddam Hussein?»

«Non lo so.»

«Contro Karadžić?»

«Forse.»

«Sa, la Legione è un gruppo strano. Asociali, accademici... gente che maneggia armi con lo stesso talento con cui usa le parole. Non dico che fosse il mondo delle favole, a posteriori gli ideali per cui combattevamo mi sembrano alquanto discutibili, ma allora ero convinto di essere qualcosa di meglio di un soldato comune. E infatti guadagnavo di più.»

Vera non disse nulla. Si chiese se lei, in quanto detective privata, fosse qualcosa di meglio di una poliziotta comune.

O era il contrario?

«Okay, veniamo a Üsker», tagliò corto alla fine.

«Già, Üsker... un ragazzo semplice, simpatico. Collaudatore alla Ford. Nato in Turchia, ma parlava tedesco benissimo. Sapeva tutto sulle macchine, tutto! Lo hanno licenziato, di certo non per colpa sua, e si è ritrovato in mezzo a una strada. Io gli ho raccontato i miei piani. Lui mi ha chiesto se avessero bisogno anche di autisti militari, e loro ne avevano bisogno eccome, ovvio.»

«E così è nato il trio delle meraviglie.»

«Adesso non faccia l'adulatrice. Noi due, autista militare e artificiere, così fichi non eravamo, il pezzo grosso era Marmann. Lui è come sbocciato e ha acquisito capacità inimmaginabili. Sapevo che era un tiratore eccellente, ma non che sarebbe diventato capace di rendersi invisibile, per esempio. Una bella testa che non sbagliava un colpo. Quel genere di soldato senziente che uno non vorrebbe mai avere come nemico.»

«Lei però adesso ce l'ha, o sbaglio?»

Bathge ignorò la domanda. «Dopo che ci hanno preso nella Legione, Marmann ha deciso di tentare il colpaccio, prima della partenza. È stato un errore. L'hanno sbattuto dentro, e noi chiaramente non avevamo voglia di aspettare quattro, cinque anni fino al suo rilascio. Così ci siamo arruolati senza di lui. Ma lui è riuscito a scappare, e ci ha raggiunto molto prima del previsto. Ecco, in quel momento direi che eravamo... amici?» Aggrottò la fronte. «Non lo so, non sono sicuro che fosse proprio amicizia, forse solo una complicità interessata, che infatti a un certo punto si è persa ed è diventata il contrario... Per rispondere alla sua domanda di prima, la risposta è sì: se è ancora vivo, adesso siamo nemici.»

«Se è ancora vivo?» domandò Vera, stupita. «Non mi ha mai detto che potrebbe essere morto.»

Bathge si concesse una specie di sorriso. «Sono molte le cose che non le ho detto.» Una pausa. «All'inizio degli anni '90, Fouk – un nome che ormai dovrebbe esserle piuttosto familiare – ha deciso di mettere su gli ZERO. Un'unità speciale, ipertecnologica, dove si potevano guadagnare soldi *a palate*... E su cui sono iniziate a circolare quasi subito storie decisamente migliori di quelle riguardanti la Legione. E infatti nel giro di poco Fouk si è portato via gli uomini migliori.»

«Tra cui lei, Üsker e Marmann.»

«Be', anche perché le zone delle missioni erano estremamente allettanti. Bush aveva sguainato la spada, e tutti noi agli ZERO speravamo che l'Iraq non rispettasse l'ultimatum degli americani e restasse in Kuwait. Fouk aveva puntato tutto sulla testardaggine di Saddam, e ha vinto. Dalla sera alla mattina siamo scesi di nuovo in campo, lo stesso team: Üsker, Marmann e io.» Si morse un labbro. «Le risparmio i dettagli. L'ultimo giorno di questa missione farsa, stavamo tornando a un deposito di rifornimenti degli alleati vicino al confine iracheno. In sostanza, era già tutto finito. Nessuno di noi era diventato ricco, ma avevamo guadagnato abbastanza per ricominciare una vita normale. Marmann voleva continuare a combattere, in Jugoslavia, dove le prospettive erano molto rosee. Io e Üsker volevamo tornare a

Colonia. Comunque, stavamo attraversando una zona quasi deserta, le possibilità d'incontrare truppe nemiche erano bassissime. E invece...»

«Invece cosa?»

«Un convoglio... cioè, ne abbiamo trovato i resti. Vittime di un attacco aereo, o almeno così sembrava. Siamo scesi dalla jeep per dare un'occhiata. Poi ci siamo resi conto che non era successo da molto, e ci siamo messi paura. Siamo tornati di corsa alla macchina e abbiamo levato le tende, ma stavolta la fortuna non è stata dalla nostra parte. Chissà come, c'erano ancora caccia iracheni in giro, anche se dicevano che l'aeronautica di Saddam era stata ridotta in cenere. Invece è arrivato un caccia iracheno, appunto, che ha aperto il fuoco senza fare troppi complimenti.» Tirò fuori l'ennesima sigaretta dal pacchetto, ma se la rigirò tra le dita senza accenderla. Lo sguardo perso nel vuoto. «Üsker è entrato nel panico. Ha sbagliato tutto quello che poteva sbagliare. Io non ero armato, mentre Marmann ha iniziato a rispondere al fuoco... e, cazzo, con la sua mitragliatrice è riuscito ad abbattere quel coso. Capisce? È riuscito a mandare KO un caccia con un mitra.»

Vera vide la sigaretta tra le dita di Bathge iniziare a spezzettarsi.

«All'improvviso era tutto finito. Noi eravamo in piedi, mentre Marmann a terra, nella sabbia, un po' più in là, non si muoveva. Üsker era sull'orlo di un esaurimento nervoso e io non stavo granché meglio. Lui si è messo a gridare che dovevamo andarcene, che magari ce n'erano in giro altri e saremmo morti tutti. Solo l'idea ci ha fatto perdere la testa. Io mi sono avvicinato a Marmann, volevo aiutarlo. Poi ho visto la pozza di sangue; Üsker continuava a girarci intorno, terrorizzato, imprecava e piangeva. Poi abbiamo sentito rumore di caccia, in lontananza, eravamo fuori di testa per la paura.»

La sigaretta si ruppe. La mandibola di Bathge tremava.

Vera taceva.

«E così ce ne siamo andati.»

Vera sentì un dolore lancinante al petto e capì che aveva trattenuto il respiro. Lentamente, riprese aria e si rilassò. «Lo avete lasciato lì», disse quindi, cercando di non farlo sembrare un rimprovero.

«Sì, lo abbiamo mollato», confermò lui in un sussurro.

Vera sentì montare l'indignazione. «Sta dicendo che...»

«Non so, pensavo che fosse morto, sul serio. Avremmo dovuto portarlo con noi comunque, però volevamo solo scappare, entrambi. Il panico ci ha impedito di pensare in maniera lucida. Poi abbiamo fatto un pezzo, tranquillo, non è successo niente, e dentro di noi ha rifatto capolino la ragione. Siamo riusciti a raggiungere il deposito di rifornimenti e abbiamo raccontato che Marmann era morto.»

«Mentre lui invece potrebbe...»

Bathge annuì. «Sì, forse era ancora vivo. E secondo me Üsker lo sapeva, se era morto o no. Si era inginocchiato vicino a lui quando io ero già in macchina. Sì, io sono quasi sicuro che quando ce ne siamo andati respirava ancora.»

Per un po' ci fu silenzio.

«Che storia di merda», disse Vera con un sospiro.

Bathge annuì. Le spalle insaccate, all'improvviso si tirò su e la guardò negli occhi. Il volto imperturbabile. «Üsker era facile da trovare», disse quindi, in tono gelido. «Per quanto riguarda me, forse è un po' più difficile. Ma non mi faccio illusioni. Se vuole, Marmann ci riuscirà. E, se ripenso a quello che ha fatto a Üsker, credo sia poco plausibile credere che *non* voglia.»

«Quindi lei è convinto che sia tornato a Colonia?»

«Tutto fa pensare che sia così.»

A quel punto fu Vera a guardarlo dritto negli occhi. «E questa è tutta la storia?»

Bathge aspettò qualche secondo, e poi disse: «No. Però è tutta la storia che volevo raccontarle. Le ho appena dato la più grande prova di fiducia di cui sia capace».

Sembrava semplice, e sincero.

«Ma perché non me lo ha raccontato subito?» domandò lei scuotendo la testa.

«Volevo che sapesse il meno possibile sul mio conto. Perché avrebbe potuto farsi strane idee.»

«Quelle, me le faccio comunque, su tutti.»

«E lasciare indizi su di me.»

«Quello invece non sarebbe successo.»

«In maniera involontaria... gli errori peggiori sono sempre involontari.»

«Quindi lei è convinto che sia stato Marmann a uccidere Üsker?»

«Be', i giornali hanno descritto com'è morto. E noi ne abbiamo viste tante di torture, e insomma molto di quello che ho letto... mi torna maledettamente familiare.»

«Marmann era un torturatore?»

«Be', sapeva come si faceva.»

«Ma è terribile, cioè lei crede che lui abbia...»

«Be', è terribile anche mollare una persona così, in mezzo al deserto.»

Vera rimase in silenzio. «Quindi lei si sente in colpa», disse dopo un po'.

«È un fardello che mi trascino dietro da anni. Era una situazione di emergenza, che non è una giustificazione, ma qualcosa spiega... Qualunque cosa gli sia successa dopo che ce ne siamo andati, chiunque l'abbia salvato, sarà stato un inferno, che non può non aver scatenato in lui la follia. Üsker non è stato vittima di un uomo in cerca di vendetta, ma di un pazzo.»

«E adesso lei lo vuole trovare...»

«Prima che lui trovi me. Sì, proprio così.»

Vera appoggiò il mento sulle mani e fissò il duomo, illuminato da una strana luce giallo-grigiognola, quasi itterica, le guglie quasi liquefatte in quel cielo ancora terso. «E io cosa devo fare per lei?» chiese alla fine, senza troppi fronzoli.

Bathge rimase zitto.

Lei chiuse gli occhi, cercando di mettere a tacere i tuoni che le rombavano nella testa. «Lei ha fegato», disse in un sussurro.

Lui fece un ghigno storcendo la bocca. «Un po' spappolato, temo.»

Menemenci

Ore 22.30

Era un appartamento piccolo, buio e dominato da tonalità marroncine. Ogni tanto, Arik Menemenci sperava di avere un motivo per cambiarlo. Ma quel motivo non arrivava mai.

Era come se, in mezzo a quell'ambiente così familiare, si ergesse una torre slanciata e luccicante, lasciata lì da una forza superiore e sconosciuta, come il monolite di *2001. Odissea nello spazio*, per indicare alla gente la via della conoscenza. Però la musica che emetteva non era György Ligeti, come nel film, ma la *Prima Sinfonia* di Gustav Mahler eseguita dalla Chicago Symphony Orchestra, diretta da Leonard Bernstein.

Menemenci era seduto in poltrona con gli occhi chiusi, proprio nel punto in cui s'incontravano i suoni provenienti dalle due casse. Le dita della mano destra posate su un libro intitolato *Legione straniera. Formazione, armamenti, missioni*. Le stringeva sul volume come se quello sforzo potesse alleviare i dolori che avvertiva nel basso ventre, al di sotto della sua pancia gigante.

Mi starà venendo un tumore, pensò. È solo questione di tempo, poi morirò, perché tutti i soggetti perfidi e irrecuperabili che ho sbattuto dietro le sbarre a Colonia e dintorni mi stanno corrodendo le cellule coi loro pensieri malvagi. Alla fine vinceranno loro, e io non potrò farci nulla.

Il suo medico, tuttavia, era di un'opinione diversa e gli aveva consigliato di andare da uno psicologo.

Ma cosa poteva saperne, quello!

Menemenci si tirò su e prese la sua bottiglia di Les Terrasses del '94, che sapeva così tanto di more che non riuscì a resistere alla tentazione di versarsi un secondo bicchiere. Negli ultimi tempi stava bevendo quasi esclusivamente acqua e succhi di frutta. Bere alcol con regolarità lo annoiava. Ma quel vino era speciale almeno quanto Bernstein, con le sue grandi orecchie e lo sguardo sofferente e divertito insieme sotto le sopracciglia nere e folte.

Quanto al mangiare, si faceva meno problemi. Il punto era che il suo corpo sembrava non conoscere il concetto di sazietà. Era come se abbuffarsi lo distraesse dall'elementare consapevolezza che la sua vita, se avesse voluto, sarebbe potuta cambiare.

E poi si chiedeva perché, visto che ormai aveva cinquantadue anni.

Anche per quello non arrivava mai un motivo valido.

I suoni di Mahler invasero la camera. Menemenci aprì il libro e iniziò a sfogliarlo. Fino a quel momento, aveva avuto un'idea molto vaga della Legione. Uomini dall'aspetto agguerrito con cappelli bianchi in testa, innamorati di Marlene Dietrich e costretti a spostarsi di continuo. La feccia della società. Disertori, criminali e altri rifiuti umani. Senza patria e senza radici, nella Legione venivano accolti in una nuova famiglia. S'inebriavano di una specie d'istinto assassino e, ingordi di esperienze, cercavano di trovare sempre il giusto mezzo tra l'avventura e la miseria. Tutto ciò, tuttavia, nel rispetto di un codice d'onore ferreo, finché morte non li separava, condannati e allo stesso tempo esaltati all'idea di essere sradicati dal mondo, la peggiore delle maledizioni.

Nel corso degli anni, però, la Legione aveva lavorato alla sua immagine. Al momento, i legionari attivi in Europa, Africa, Sudamerica, India e oceano Pacifico erano cinquantamila, rappresentavano gli interessi della Francia e venivano impiegati perfino durante le missioni di pace. Un nuovo campo di azione per un esercito che, dalla sua fondazione, nel 1831, era considerato il massimo potenziale di aggressività collettiva sfoderabile su un campo di battaglia. Non che i lupi si fossero trasformati in agnellini, ma avevano cambiato pelo. La Legione, insomma, era stata riabilitata, senza però uscire dall'ombra, che poi restava il suo fascino più grande.

Un esercito, nonostante la sua durezza e la sua morale, era sempre e comunque un male?

Oppure lo diventava?

Menemenci bevve un sorso. Un'altra questione che impegnava i criminologi da tempo immemore, che riconduceva al quesito-cardine, ovvero se gli assassini, soprattutto i serial killer, nascessero tali o lo diventassero. La maggior parte lo *diventava*, era la società a renderli tali, ad allevare i mostri, fino a quando non trovavano uno sfogo per la loro rabbia. Bill Tafoya, agente dell'FBI nonché uno dei pionieri del *profiling*, dopo anni di militanza nelle unità speciali aveva concluso che la società non aveva bisogno di più polizia, ma di un esercito di assistenti sociali, per un budget pari almeno a quello che Bush aveva speso nella Guerra del Golfo. «Abbiamo bisogno di più amore, nient'altro», aveva concluso sulla stessa lunghezza d'onda John Douglas, il quale a sua volta, grazie alla psicologia, aveva stanato più serial killer di chiunque altro.

Un punto di vista comprensibile, soprattutto considerato ciò che spesso muoveva quelle anime oscure. Nel caso dei sadici, poi, che si divertivano a torturare a morte donne in furgoncini appositi, come per esempio Lawrence Bittaker o Roy Norris all'inizio degli anni '80, Menemenci si chiese se colui che aveva messo al mondo quegli esseri immondi che vagavano per il globo con sembianze umane non fosse altro che il Male in persona.

A ogni modo, nessuno stato di confusione mentale, per quanto drammatica e prolungata, liberava un killer dalle sue colpe. A meno che non fosse del tutto pazzo e incapace di comprendere l'effetto delle sue azioni nel mondo reale, restava comunque in grado di scegliere.

I pazzi, quelli veri, si acciuffavano in fretta.

Gli psicopatici no.

L'assassino di Üsker non era un pazzo, ma un diavolo, non fosse stato per quei colpi alla pancia. I criminali sparavano alla testa, al petto o alla schiena, non alla pancia.

Perché alla pancia?

Così si faceva in guerra, pensò Menemenci.

Ma certo!

E la Legione straniera faceva le guerre.

Ci ripensò meglio. Üsker e il suo assassino avevano militato insieme nella Legione straniera. Sì, tornava. C'era anche quella lettera nella scatola di ricordi... Qualcuno che voleva che si arruolasse, qualcuno che conosceva da prima della Legione, forse di Colonia. Se ripercorrevano la vita di Üsker all'indietro fino al giorno del reclutamento, quindi, quel qualcuno sarebbe saltato fuori. E dovevano anche indagare se Üsker si fosse fatto degli amici nella Legione, fare dei confronti...

E qui si poneva il problema.

Non abbiamo niente da nascondere, aveva detto un generale all'autore del libro che stava sfogliando Menemenci, *se non il passato dei nostri uomini*. Belle parole, non c'è che dire. La verità era che la Legione nascondeva i suoi adepti, li proteggeva, se loro lo volevano. Nel giro di una notte, un londinese doc di nome Trevor Brown poteva diventare un Karl Schwan di Monaco di Baviera. La Legione assicurava il completo anonimato a tutti coloro che non volevano essere trovati. L'assassino di Üsker, quindi, poteva chiamarsi in qualunque modo, che non c'entrava nulla col suo nome di battesimo.

Menemenci si morse il labbro.

Üsker era entrato nella Legione nella primavera del 1985. Dovevano assolutamente scoprire chi altro, dei suoi vecchi ambienti di Colonia, si fosse arruolato nello stesso periodo. La lettera era un indizio, ma forse non quello decisivo.

Una ricerca senza speranze, o quasi. Molti, infatti, si univano alla Legione proprio per far perdere le proprie tracce. E comunque poteva essere che Üsker avesse conosciuto il suo assassino in Francia o in chissà quale missione in giro per il mondo.

A chi doveva chiedere di fare queste ricerche?

Krantz.

Tizio e Caio erano già della partita...

La maggior parte dei nomi che comparivano nelle lettere e negli appunti di Üsker non era ancora stata verificata. Almeno due, però, avevano a che fare con la Legione.

Krantz lo avrebbe mandato al diavolo.

Menemenci si godette un altro bicchiere del suo meraviglioso Les Terrasses. Mahler e Bernstein ormai avevano abbandonato la torre in mezzo alla stanza, che in quel momento era una specie di monumento al silenzio. Il commissario si alzò dalla poltrona cercando d'ignorare i dolori e rifletté su chi potesse chiamare per chiacchierare un po' del più e del meno.

Rimuginò grattandosi il mento.

Poi tolse Bernstein dalla torre, infilò un altro CD nel lettore e si affidò al potere consolatorio di Čajkovskij.

Appartamento

Ore 23.50

Vera tese le orecchie.

Col blocco da disegno sulle ginocchia, rimase in ascolto, in cerca di qualche segno di vita. In strada o per le scale. Negli ultimi tempi aveva sentito raramente i passi strascicati dell'anziano che viveva sotto di lei, il quale aveva l'abitudine di uscire per andare a dare un'occhiata alla strana mescolanza umana in giro a quell'ora sulla Promenade. A mezzanotte in punto. Talmente puntuale che lei regolava il suo orologio in base a quei rumori. Una volta era uscita sul pianerottolo e, sporgendosi nella tromba delle scale, aveva visto la sua ombra sugli scalini, trascinato dalle zampe di un cane impaziente. Era stata lì lì per chiedergli cosa andasse a fare, in giro, di notte. A parte il cane, che veniva portato a fare i suoi bisogni già prima. Cosa cercava quell'uomo che di giorno non riusciva a trovare?

Quali incubi, o sogni, aveva in testa?

Qualunque cosa lo spingesse a muoversi, negli ultimi tempi aveva perso il suo ascendente, visto che le escursioni notturne erano diventate sempre meno frequenti. Per un po' Vera aveva temuto che fosse morto o avesse traslocato, stupendosi per il fatto di provare paura per una persona con cui aveva scambiato a malapena quattro parole in vita sua. Perché quei rumori di passi strascicati ormai le erano diventati familiari. E perché, quando il silenzio ti toglie il respiro, uno inizia a farsi amici anche i suoni più assurdi.

Ma andava bene così. Per lei non era un problema svegliarsi da sola. Se si portava a casa qualcuno per qualche ora, doveva scomparire prima che le mani, la bocca e i genitali potessero ricomporsi in persone capaci di portare avanti una discussione.

Il sesso faceva bene, ma anche la pace.

Solo il silenzio a volte era raccapricciante e rumoroso come colpi di tamburo.

Vera diede un'occhiata allo specchio e guardò il nuovo autoritratto che aveva appena disegnato. Si chiese se il sorriso si accordasse con gli occhi. Sì, era venuto meglio di quello che aveva visto Bathge. Per un attimo non vide l'ora di mostrarglielo, ma subito le sembrò un'idea assurda. Era un suo cliente. Anche se le piaceva, non doveva permettere che acquistasse potere su di lei. Non spettava a lui emettere un giudizio su Vera Gemini, né come persona né sul suo passato. Era solo affar suo.

Davvero le piaceva?

Staccò il foglio e si alzò dallo sgabello girevole su cui aveva trascorso l'ultima ora. Attraversando l'appartamento, le venne in mente che doveva ricordarsi di comprare le candele. I suoi lumini, che spuntavano ovunque in apposite nicchie nel parquet, ormai erano solo dei mozziconi. Le piaceva stare in mezzo a quel mare di lucine che guizzavano, respiravano. Nel suo ufficio non le accendeva mai. Nemmeno quando passava la notte con qualcuno. Le candele erano solo sue. Rivelavano cose che nessun altro doveva sapere.

La luce di Vera era potente e indivisibile.

Quella sera dovette accontentarsi delle lampade alogene e del bagliore dei tre schermi dei computer nella stanza a fianco. Un'altra succursale della DeTechtei, per i giorni in cui preferiva restare a lavorare a casa.

Con aria trasognata, si avvicinò alla libreria, aprì il cassetto in alto e posò il disegno sopra gli altri.

Dopo la conversazione al Rheinpark, e quell'infinito monologo sul suo passato, Bathge non le aveva chiesto di continuare a lavorare per lui. E nemmeno di credergli. Quand'era stato chiaro che non avrebbe preteso nulla, Vera aveva detto che avrebbe continuato a cercare Marmann; così, di sua spontanea volontà, spinta da un'improvvisa fiducia, la cui intensità lì per lì l'aveva irritata e di cui invece in quel momento non era più così sicura. Non era sicura, in generale, di essere ancora in grado di concepirla, tutta quella fiducia. E non capiva se la causa di quella fiducia derivasse da un'analisi obiettiva o da qualcosa di più profondo, che aveva a che fare coi sentimenti.

Se era la seconda, lo sapeva, le sarebbe stato fatale. Ma ormai era un dato di fatto. Lo aveva sentito, quel principio di calore, e si era agitata. Bathge si era ricomposto in una persona, lo era sempre di più, e lei voleva che lo fosse. Era consapevole del rischio di non mantenere oggettività e distanze, quando la causa appunto era qualcosa che la ragione non era in grado di spiegare.

E in lei era scattato un meccanismo di autodifesa più forte.

Così non gli aveva detto né della foto né della cimice nell'accendino.

Ma lo aveva ascoltato, sentito la voce della paura, una voce autentica, che non ha bisogno né di tremare né d'implorare. Che si annida dietro la disinvoltura e le risate. Che all'improvviso può prendere possesso dei tuoi pensieri e sentimenti mentre guardi il mondo e reciti per non farle capire cosa sta succedendo.

Passo dopo passo, ti ritiri. Le pareti alla tua destra e alla tua sinistra si avvicinano, si uniscono in un angolo. Tu cerchi di scivolare di lato, di svanire, il panico è tale che vorresti solo chiudere gli occhi e scomparire, come da bambino.

Ma il mostro che divora la tua paura, e si nutre con essa, ti vede.

Cresce, ti oscura, ti travolge. Ti entra dentro e si espande, ti brucia col suo respiro infuocato in quell'angolino, anche se tu avresti tutto lo spazio dell'universo, ti trasforma, ti rende suo complice.

Nessuno che ti aiuti.

Nessuno che ti veda.

Ed è questa la cosa peggiore: il fatto che gli altri non possano più vederla.

Piano piano, senza accorgertene, diventi ciò che più odi.

E ti ritrovi nel lato oscuro.

Sì, nel lato oscuro.

GIOVEDÌ 26 AGOSTO

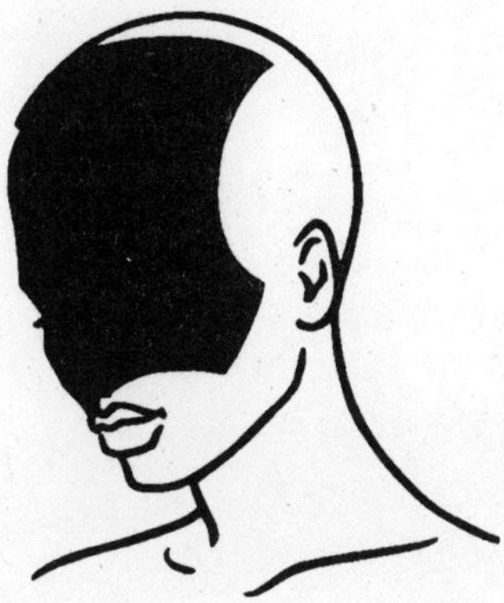

Centrale

Ore 8.22

Sid Sonnenfeld, del laboratorio analisi, entrò nell'ufficio di Krantz con una scatola piena, ma non sapeva dove appoggiarla.

«Qui, guardi», disse Krantz.

Il ragazzo si guardò intorno, sorpreso. Sembrava che in quella stanza fosse appena scoppiata una bomba. E il proprietario di quella voce non si vedeva da nessuna parte. Ovunque fogli sparsi, foto, quaderni, blocchetti e oggetti di uso quotidiano, perlopiù attaccati a una lavagna di metallo. Anche fare un passo, uno solo, era complicato, c'era sempre qualcosa di mezzo. Gli unici buchi liberi probabilmente erano i posti occupati dalla roba che Krantz gli aveva dato da analizzare.

«'Qui' dove?» domandò Sonnenfeld, timido.

«In che senso 'dove'? Be', davanti ai suoi piedi! È l'unico spazio libero, santodio, è così difficile?»

La testa quasi calva di Krantz spuntò da dietro la scrivania. E lui la trapassò col suo sguardo infuriato, incorniciato dai soliti occhiali senza montatura.

«Ma dove... non c'è posto da nessuna parte», si permise di osservare Sonnenfeld.

Krantz emerse del tutto, fece il giro del tavolo e gli prese il cartone dalle mani. Il ragazzo notò delle macchie scure sui pantaloni, sempre più grandi, e girò la testa di lato, imbarazzato. Krantz posò il cartone sull'unica sedia libera e iniziò a rovistarci dentro.

«Mi sono rovesciato il caffè addosso», disse, ancora più inviperito. «Sette casi, sto seguendo, l'uno più urgente dell'altro. Mi è caduto mentre ero al telefono, perché con questa montagna di lavoro devo anche bere il caffè mentre parlo al telefono, cazzo.»

Ah, ecco perché quelle macchie, pensò Sonnenfeld, sollevato.

«Caffè al cioccolato», precisò. «Che è più buono, ma anche più caro, ovvio. Quindi in pratica ho appena buttato nel cesso due marchi e cinquanta, fantastico!» Tirò fuori un fascicolo e lo gettò impaziente sulla scrivania. «Santo cielo, e lei cosa fa lì impalato, deve dirmi ancora qualcosa?»

Il ragazzo si schiarì la voce. «Be', lei mi aveva chiesto informazioni su un sacco di gente...»

«Mi sembra il minimo, con sette casi tra le mani.»

«Sì, sì, lo so... È proprio una montagna di lavoro, ha ragione.» Si guardò intorno. «Ma forse ho qualcosa che potrebbe aiutarla. La rapina al parco comunale, per esempio, lì abbiamo tre fascicoli personali, insomma siamo messi bene. L'uomo al volante dell'Alfa rossa è stato identificato e...»

«L'Alfa rossa?»

«Sì, l'incidente all'angolo con la Luxemburgerstraße, dove c'era l'Alfa. Poi...»

«E Üsker?»

Sonnenfeld scosse la testa. «Su di lui, quello che abbiamo scoperto finora non è granché. Conoscenti, puttane, l'idraulico, i tizi del gruppo Ferenc Bilac, ma tutti con un alibi di ferro.»

«Ovvio, infatti nessuno di loro aveva un movente.»

Ma allora perché ci hai fatto fare tutte quelle ricerche? Che bastardo... pensò Sonnenfeld. Poi invece disse: «Sono rimasti da controllare Jens Lubold, Andreas Marmann e gli altri nomi della lettera, quella in cui si parla della Legione straniera. Ma non c'è mittente, la parte sotto è strappata».

«Sì, anche questo lo immaginavo. Quindi in pratica non

avete un tubo», disse Krantz con un sospiro, appoggiandosi allo schienale.

Sonnenfeld si strinse nelle spalle. «Mi spiace... In compenso, però, io so dov'è Aubagne e il monumento della foto.»

«Il ceppo?»

«Non è un ceppo», replicò Sonnenfeld, orgoglioso, perché quella cosa l'aveva scoperta tutta da solo. «Sono legionari. Intorno a una specie di palla, ovvero il mondo... che sta per le colonie francesi, immagino. Se guarda bene...»

«Grazie, l'ho già guardata bene...»

«... c'è un'incisione, l'ha notata anche lei?» aggiunse il ragazzo.

Krantz scosse la testa, esausto. «Scusi. No, non l'avevo notata, vada avanti...»

«L'iscrizione dice: LA LÉGION À SES MORTS. Insomma, è un monumento ai caduti della Legione. Fino agli anni '60 il quartier generale era a Sidi Bel Abbes, in Algeria, che è stata la loro sede per centocinquant'anni. Poi, dopo la guerra d'indipendenza con la madrepatria francese e un sacco di morti... la Legione è tornata a casa, in Francia appunto, decimata di migliaia di uomini, e quindi hanno fatto il ceppo, come lo chiama lei. Lo chiamano Le Monument aux Morts.»

«Meglio così, già temevo che dovessimo andare fino in Algeria.»

«No, no, è a Aubagne, vicino a Marsiglia, e ora sono lì. Il monumento è a place de l'Armée, è la prima cosa che vedono i nuovi arrivati quando entrano nel quartier generale. Credo che sia abbastanza impressionante, ecco.»

«Be', anch'io sono impressionato», disse Krantz, sinceramente stupito. «Come ha fatto a scoprire tutte queste cose?»

Sonnenfeld sorrise, un po' confuso. «Be', insomma, ogni tanto diventa noioso controllare solo nomi e indirizzi...»

«Si ritenga fortunato», replicò Krantz.

«Sì, lo sono, ma insomma secondo me dev'essere interessante, e molto, anche chiarire un crimine, invece che stare sempre ad analizzare dati... voglio dire, svolgere la parte finale del lavoro.»

«Quindi le piacerebbe fare il segugio?»

«Sì, moltissimo», rispose Sonnenfeld, entusiasta.

Krantz annuì con aria trasognata. «Allora faccia una cosa, vada subito da Menemenci, veda un po' cos'ha da mostrarle. Vedrà un sacco di foto. Poi si mangi una bistecca, bella al sangue. Se non vomita perché le tornano su anche le unghie dei piedi, torni qui che ne riparliamo.»

Sonnenfeld lo guardò e si grattò il naso. «È così terribile?»

«No, peggio.»

«Perché...»

«Perché succedono queste cose? Ecco, tanto per cominciare queste domande non deve proprio porsele. Bisogna solo cercare di risolvere i casi, se uno prende sul piano personale il fatto che un pazzo tagli i capezzoli a qualcuno mentre è ancora vivo è finita... io non avrei più nemmeno un minuto di pace.» Krantz fece una pausa. «Menemenci direbbe che mi rendo le cose troppo facili, ma insomma ognuno è fatto a modo suo, e io non posso vederla in maniera più complicata, altrimenti non reggerei.»

«Oh.»

«Ecco, appunto... oh! C'è altro?»

«Io...» Sonnenfeld indicò la scatola. «No, è tutto lì dentro. Quindi adesso passiamo a Lubold e Marmann, giusto?»

«Non c'era anche un altro tizio, un certo Ümir o Imir...»

«Ymir Solwegyn, sì, sugli appunti. Certo, anche lui.»

«Sid?»

«Sì?»

«Mi ascolti, lei lavora bene, insomma non bisogna essere per forza degli Sherlock Holmes, forse nemmeno Sherlock sarebbe arrivato a risolvere alcuni casi se non gli avessero dato l'imbeccata giusta... capisce cosa intendo?»

Sonnenfeld rifletté. «Sì», rispose quindi senza far emergere la sua delusione. «Credo di sì.»

Vera

Ore 8.30

Quel mattino Vera non fece caso al tempo che rimase sotto la doccia. Si lasciò scorrere l'acqua bollente sul corpo, nella speranza che potesse lavar via la crescente diffidenza che continuava a provare pensando a Simon Bathge.

Doveva dirgli che lo stava pedinando?

Se gli credo, sarebbe coerente che anch'io gli dicessi la verità, pensò. La fiducia incoerente non esiste, o l'uno o l'altro.

Quello che le aveva raccontato, in tono gelido e senza battere ciglio, nascondeva una tale quantità di sofferenze che lei non poteva fare a meno di credergli. E aveva anche ammesso di non averle detto ancora tutto. Eppure lei, stranamente, non sentiva nessuna urgenza di conoscere il resto. In fondo anche ammettere di avere dei segreti era una forma di rivelazione.

Era lei che doveva entrare nei particolari.

All'improvviso, Vera temette che la sua riservatezza e diffidenza potessero essere un ostacolo.

Dai, si disse. Digli dell'accendino. Che sei stata al cantiere e hai visto la BMW.

No!

E se fosse stato un errore?

Lo shampoo le bruciò gli occhi. Vera si sciacquò la faccia; se ne versava sempre troppo per i suoi capelli lunghi appena sei millimetri. Cercò un asciugamano, con le palpebre strizzate e col naso che le colava.

Il grande specchio di fronte alla doccia, da cui era uscita l'acqua perché Vera non voleva tendine che la dividessero dal mondo esterno, le mostrò un essere dal pelo chiaro di rara bellezza.

Si avvicinò e si guardò meglio. Sì, era ancora convinta che la sua faccia fosse troppo grande, e anche le labbra e le narici, e che il naso fosse troppo a patata. E il fatto che la natura l'avesse creata così bionda, dalla testa ai piedi, era un po' strano, quasi fastidioso.

Ma, per la prima volta dopo molto tempo, si piacque.

Quasi intimidita, si girò di lato e tirò dentro la pancia. Contemplò i muscoli e seguì i loro movimenti: non c'era un solo punto del corpo che non fosse allenato. Gambe e braccia magre, sedere sodo, pancia piatta, seno piccolo ma alto.

Perfetta.

Si avvicinò ancora fino a toccare lo specchio con la punta del naso, e si guardò gli occhi.

Quell'azzurro ghiaccio bordato di scuro.

Affascinanti...

Ma cosa diavolo mi sta succedendo? pensò.

Ehi, faccia da bulldog, sei diventata pazza?

Si girò di profilo. Okay, il naso era troppo piccolo, la bocca troppo grande, come una pianta carnivora.

Però...

Un attimo, c'era ancora la cicatrice.

E che sarà mai, una cicatrice? Adesso aveva anche una cicatrice, pace. Anzi ce l'aveva da anni. E allora? C'erano popoli che si facevano male apposta e infilavano sporcizia dentro le ferite perché s'infettassero e lasciassero sulla pelle segni più evidenti, per corrispondere al loro ideale di bellezza. Lei, invece, una cicatrice in bella mostra l'aveva già.

Quel pensiero, di colpo, la riscosse. Se adesso inizio a trovare bella perfino la cicatrice, pensò, vuol dire che sono proprio irrecuperabile.

Si allontanò dallo specchio, quasi in punta di piedi, si avvolse nella vestaglia, andò nello studio e controllò la segreteria.

Una chiamata, di notte.

All'inizio non capì il messaggio, quindi premette il tasto REPLAY e ascoltò con più attenzione. La persona che aveva chiamato aveva un accento slavo. «Giovedì 26 agosto, ore 3.15. Mi chiamo Ymir Solwegyn, telefono 9319921. Lei ha messo un annuncio. Mi richiami. Grazie.»

Krantz

Ore 9.35

Dopo che Sonnenfeld se ne fu andato, Krantz iniziò a guardare dentro la scatola di cartone.

Ed ebbe la conferma che il ragazzo aveva lavorato bene. In un certo senso gli faceva pena. Era arrivato da poco e aveva idee piuttosto romantiche sul loro mestiere, che presto gli sarebbero passate. Al momento, tuttavia, s'indignava ancora per mostruosità come l'omicidio di Üsker.

Lui, invece, la vedeva in maniera diversa, ovvio.

Resterà stregato da Menemenci, pensò Krantz con un ghigno. Anche se il commissario di certo non aveva il fascino di un Pierce Brosnan o di una Jodie Foster.

Ma, per motivi a lui imperscrutabili, quel turco, che non era nemmeno turco, godeva di un'ottima fama. I loro superiori credevano che avesse uno spirito di osservazione straordinario, fuori dal comune. Dicevano che arrivava al punto più velocemente della maggior parte degli altri colleghi. Che avesse un'immaginazione più prolifica, quindi migliore. Insomma, che ragionava più rapidamente. Cose del genere.

Ma, cavolo, bastava guardarlo. Si muoveva a rallentatore, peggio di un bradipo.

Krantz sbuffò. Quel ciccione sembrava passare intere giornate a crogiolarsi nell'ozio, saliva all'ultimo piano e si metteva a guardare il traffico di Colonia, le macchine che cercavano di farsi strada verso il Deutzer Brücke.

Per riflettere, diceva.

E non era in grado di riflettere mentre faceva qualcos'altro? C'erano così tante cose da esaminare: fatti, referti, interrogatori, atti di processi, di tutto di più. Krantz era lì che rischiava di morire soffocato dalle carte, e Menemenci rifletteva. Su Colonia si scatenava l'ira divina, e Menemenci rifletteva.

Sentì montare la rabbia. Dove aveva sbagliato?

Continuando a borbottare, iniziò a dividere il materiale preso dalla casa di Üsker che gli aveva appena riportato Sonnenfeld. Si avvicinò alla lavagna di metallo, per rimetterlo a posto.

Quel deserto sullo sfondo...

Un attimo... la foto era tornata!

Krantz rifletté. Ma era scomparsa davvero?

Certo che era scomparsa, era per quello che era andato da Menemenci, il giorno prima.

Chiamò il commissario, all'istante. «Ho visto che ha risistemato la mia lavagna. C'è qualcosa che dovrei sapere, riguardo alla foto?»

«Ma che sta dicendo? A cosa si riferisce?» domandò Menemenci, evidentemente confuso.

«Mi riferisco alla foto di Üsker nel deserto», spiegò Krantz. «Quella che si è preso in prestito per un po'.»

«Quella che io cosa?»

Krantz si bloccò. «Sta dicendo che non è stato lei a entrare nel mio ufficio... a portarsi via una prova?»

«Aspetti cos'è che avrei portato via, dio santo?»

«La foto, la foto di cui le ho appena parlato.»

«No.»

«Ah... allora mi scusi.»

«Cos'è questa storia della foto?»

«Niente», disse Krantz. «Non fa niente, devo essermi sbagliato. Tutto a posto.»

«Ha fatto progressi con la lista dei nomi?»

«Non molti.»

«Faccia pressione, che si diano una mossa. Non è che abbiamo tempo sino alla fine dell'anno.»

«E lei che mi dice?»

«Mah, niente di che», rispose Menemenci. «Sto cercando di mettermi pressione da solo, ma insomma... Venga qui che le racconto.»

Krantz riattaccò e fissò la lavagna aggrottando la fronte.

Chi diavolo era entrato nel suo ufficio mentre lui non c'era e aveva preso quella foto dalla parete per poi rimetterla a posto, sempre di soppiatto?

Cercò di ricapitolare quello che era successo il giorno precedente.

Mancava, quella foto, sicuro come la morte. L'aveva notato ed era subito andato da Menemenci per chiedere, ma poi per chissà quale motivo si era dimenticato di dirglielo.

Era già lì quand'era tornato dall'ufficio del commissario?

Quando aveva visto Roth...

Un momento. Lui gli aveva offerto un caffè il giorno ancora prima. Altrimenti di solito non avevano quasi nessun contatto. Krantz l'aveva visto uscire dall'ufficio... Lo aveva chiamato, ma lui non lo aveva sentito e aveva proseguito per la sua strada.

Oppure aveva solo fatto finta di non sentirlo?

Cosa poteva farsene Roth, di quella foto? Era un caso che non lo riguardava, lui non aveva nulla a che fare con Üsker.

Per un po', Krantz restò immobile davanti alla lavagna. Poi uscì a passo svelto per andare da Menemenci.

DeTechtei

Ore 9.55

Per prima cosa cercò di contattare Solwegyn. Ma era sempre occupato. Poi finalmente rispose una voce maschile, senza dire il nome.

«Potrei parlare con Ymir Solwegyn?» domandò Vera.

«Non c'è.»

«Mi ha lasciato un messaggio in segreteria. Ha chiamato qui in ufficio poco dopo le tre del mattino e mi ha pregato di richiamarlo.»

«Ma lei chi è?»

«Davvero non c'è? È una cosa urgente...»

«Ho bisogno di sapere il suo nome.»

Vera rifletté. «Gli dica che c'è ZERO al telefono.»

All'altro capo della linea ci fu silenzio.

«Un attimo», disse quindi l'uomo.

Ci fu un rumore, la cornetta venne appoggiata da qualche parte. Vera sentì passi che si allontanavano, voci ovattate.

Poi i passi tornarono. «È ancora lì?»

«Sì.»

«Glielo passo, attenda in linea.»

Lei aspettò con una musica da orchestra nelle orecchie, che dopo neanche un minuto s'interruppe in maniera brusca.

«Solwegyn», disse una voce uguale a quella della segreteria. Profonda e morbida, quasi come un gatto che fa le fusa.

«Vera Gemini, mi ha lasciato un messaggio...»

«Gemini», ripeté lui pensieroso. «Sì, stamattina presto, anzi stanotte, mi scusi per l'orario poco ortodosso... Ci conosciamo, signora Gemini?»

«No», rispose lei. «Ma lei conosce gli ZERO, non è vero?»

«Non lo so», rispose lui cauto. «Dipende da cosa vuole sapere.»

«Vorrei fare due chiacchiere con lei, se non ha niente in contrario.»

«E perché?»

«Sono una detective privata.»

«Ah, una detective privata.» Solwegyn scoppiò a ridere, a dir la verità era più un sibilo che una vera risata, ma lui sembrava divertito. «Perché ha messo quell'annuncio?»

«Per conoscere ex soldati della Legione straniera o degli ZERO, appunto. Gente che conosceva Mehmet Üsker e Andreas Marmann.»

Di nuovo silenzio.

«Be', mia cara signorina, allora sta parlando con la persona sbagliata.» Un tono strascicato, quasi lascivo, cui a quel punto si aggiunse anche una sfumatura brusca, poco affidabile. «Ho letto di Üsker sui giornali, ma purtroppo non sono in grado di aiutarla.»

«In realtà m'importa più di Marmann che di Üsker», cercò di rassicurarlo Vera. «Il nome le dice qualcosa?»

«Marmann? Forse.»

«Ho bisogno solo di qualche informazione, un paio di minuti del suo tempo. La passo a trovare... posso?»

«Che tipo d'informazioni?»

«Sulla Legione straniera, forse anche sugli ZERO.»

«E cosa le fa pensare che potrei aiutarla?» insistette Solwegyn.

«La sua chiamata.»

Lui sembrò riflettere. «Va bene», disse infine. «Venga pure, verso l'ora di pranzo ci sono sempre. Possiamo incontrarci nei miei... nei miei uffici.»

«Dove?»

«A Porz. Ha una macchina?»

«Sì.»

«Le spiegherò come arrivarci, non è facilissimo da trovare. Deve suonare al Red Lion.»

«Okay.»

Solwegyn le spiegò la strada. Non pareva così complicato, in fondo, ma lui insistette che si sarebbe persa almeno una volta. E rise di nuovo, in quel suo modo gutturale, quasi fastidioso.

Vera posò una mano sull'angolo sinistro della scrivania. Comparve il monitor grande, quello che preferiva per i documenti più voluminosi. Cliccò sull'elenco telefonico, una versione ampliata e non ufficiale, ottenuta anch'essa grazie a contatti speciali. In sostanza, conteneva tutte le persone registrate al comune di Colonia, ma anche vari numeri segreti e illegali. Pure il fatto che lei avesse quella versione era illegale, chiaro.

Ma chi lo avrebbe mai saputo?

Ci aveva cercato anche Marmann, era stata la prima cosa che aveva fatto. Ma non aveva trovato nulla.

Lo stesso accadde con Ymir Solwegyn. Visto che non era sicura di come si scrivesse, provò Solwegyn anche con Sul, Sjol e Zol. Pure in provincia, ma sempre con lo stesso risultato: niente. Nessuna traccia.

Inserì anche il numero da cui l'aveva chiamata quella

notte, ed ebbe più fortuna. Il programma trovò un indirizzo di Porz: RED LION. CLUB PRIVATO.

Ah, quindi il Red Lion era un club privato. Una specie di Irish pub in cui milionari stanchi della carriera e della vita matrimoniale risolvevano i cruciverba della *Die Zeit*?

Mmm... difficile.

A ogni modo, il numero personale di Solwegyn sembrava essere un segreto, sempre che ne avesse uno.

Bathge lo conosceva?

Non si era ancora fatto vivo. Quanti ex legionari o ex mercenari vivevano a Colonia? Il suo annuncio aveva già portato più risultati di quanto avesse sperato. Solwegyn aveva accettato di parlarle, quindi le avrebbe dato delle spiegazioni. Era la sua prima vera pista su Marmann.

Vera azionò un altro monitor e attivò il programma di sorveglianza.

Bathge era dall'altra parte del Reno, all'Hyatt. O perlomeno l'accendino.

Adesso che sapeva dove alloggiava sarebbe stato più facile controllare la lista degli ospiti dell'hotel, con la data di check-in, la durata della prenotazione eccetera.

Come passava la giornata? Cosa faceva, a parte aspettare?

Non gliel'aveva mai chiesto. E comunque fino al giorno prima non le era nemmeno interessato.

Perché era una cosa che non la riguardava, proprio per niente.

Ma in fondo lo stesso si sarebbe potuto dire di quanto era successo in Kuwait. Eppure lui gliel'aveva raccontato, in un certo senso le aveva dato fiducia, come se cercasse una vicinanza. Non sapendo che non c'era niente che lei odiasse di più della vicinanza.

Oppure anche in quello era cambiata?

D'un tratto il fatto che lo stesse tenendo d'occhio le parve una cosa meschina. E spense il monitor.

Non avrebbe fatto ulteriori ricerche sul suo conto.

Per il momento, almeno.

Centrale

Ore 10.02

Roth stava valutando una serie di risultati quando si aprì la porta ed entrò un uomo molto in carne con indosso un completo sformato. Sorrise. I tratti del viso erano morbidi e amichevoli, i capelli ingrigiti avrebbero avuto bisogno di un bello shampoo. Sotto il doppio mento, una cravatta annodata male.

Dagli occhi, però, si capiva che l'aspetto trasandato era solo una farsa. Gli occhi, infatti, luccicavano argentini come le lame di un coltello per dissezioni.

Uno sguardo cui non sfuggiva nulla.

«Buongiorno», disse l'uomo.

Roth rabbrividì.

Sapeva chi era... Arik Menemenci. Anche se non aveva mai avuto a che fare con lui. E capì pure a cosa fosse dovuta quella visita.

Ricambiò il sorriso e sperò con tutto se stesso di essersi sbagliato. «Buongiorno. Cosa posso fare per lei?»

Menemenci indicò una sedia libera alla destra di Roth. Erano soli. «Le dispiace se mi siedo?»

«Prego», rispose subito Roth con un cenno della mano.

«Grazie, molto gentile.» Il commissario si sedette con prudenza, come temendo che la sedia potesse cedere. «Spero di non averla interrotta in qualcosa d'importante.»

«No, non si preoccupi.»

«Bene.» Si morse un labbro e guardò Roth con aria pensierosa. «Non so bene come cominciare. Diciamo che ho un certo sospetto, ma per averne conferma deve aiutarmi, quindi deve promettermi di dirmi la verità, bastano dei semplici sì o no.»

Roth sospirò. «Certo», rispose.

Menemenci annuì soddisfatto. «Benissimo. Vede, stiamo lavorando al caso Üsker, immagino ne avrà sentito parlare. E di certo non siamo sepolti dagli indizi, ecco. Anzi, in tutta franchezza, in mano non abbiamo quasi nulla. Forse stiamo solo girando a vuoto e nemmeno ce ne rendiamo conto. Se, per esempio, qualcuno di questo distretto entrasse nell'ufficio di un mio collaboratore e prendesse una foto dalla parete, per poi riportarla indietro poco dopo, io non lo troverei così strano. Potrebbe essere che questo qualcuno ha notato qualcosa d'interessante, ma voleva esserne certo prima di avvertire i colleghi che indagano sul caso. Comprensibile, secondo me. Lei cosa ne pensa, potrebbe essere andata così?»

Roth lo guardò e cercò una risposta diplomatica. Ma quegli occhi argentini già escludevano diverse possibilità. Si sentì confuso, a disagio.

«Bene, vedo che la pensiamo allo stesso modo», disse il commissario, conciliante. «Cosa che mi tranquillizza, ma aumenta la mia curiosità. Perché, anche se la conclusione cui è giunto questo qualcuno fosse sbagliata, mi piacerebbe sentirla comunque. Perché sa, sto facendo una fatica bestiale, con questo caso, quindi qualunque contributo è benaccetto.»

Roth fece un respiro profondo e ributtò fuori l'aria tutta d'un fiato. «Io... io avevo visto la foto nell'ufficio di Krantz.»

«Sì, era appesa alla bacheca», rispose Menemenci. «Anzi lo è ancora. Krantz all'inizio ha pensato che l'avessi presa io. Perché lo ha fatto?»

«Volevo controllare una cosa.»

«Giusto, del resto è il nostro lavoro, no? Quello che mi stupisce è che lei non ha niente a che fare con questo caso. Quindi perché tutto questo interesse per quella foto? Ce n'erano un sacco, perché proprio quella?»

«Perché forse sopra c'era una persona che...» Roth si fermò.

Che casino, cazzo!

Se lui fosse stato nei panni di Menemenci, avrebbe voluto saperlo. *Per favore, Tom, per favore!* Risentì la voce di Vera. E adesso? Cosa doveva fare? Si sarebbe beccato un'enorme lavata di testa, e avrebbe tradito la sua ex collega, la sua amica.

«Allora?» disse Menemenci, pieno di aspettativa.

Roth restò zitto.

«Sa cosa penso io?» disse quindi il commissario dopo un po'. «Se lei in quella foto avesse riconosciuto qualcuno, sarebbe venuto da noi subito. La cosa strana è che in realtà mi sembra che a lei non interessi più di tanto, questa benedetta foto. Ma purtroppo non ha risposto alla mia domanda.» Aggrottò la fronte. «Io, però, che mi sono un po' documentato, so che lei è una brava persona, affidabile, quindi non vorrei crearle problemi. Tendo sempre a crederci, alle persone. Insomma, lei avrà i suoi buoni motivi per tacere, ma io da parte mia devo beccare il pazzo che ha fatto a pezzi quel poveraccio. Quindi capirà che mi è proprio impossibile accettare questo suo silenzio, anche se lo farei volentieri. Spero che capisca la mia posizione difficile...»

Roth annuì.

«Quello che posso fare», proseguì Menemenci, «è ascoltare i suoi motivi e decidere se la cosa può restare tra queste quattro mura.»

Gli aveva gettato un ponte, e Roth sapeva che sarebbe stata una proposta che non gli si sarebbe ripresentata. Se avesse continuato a non parlare sarebbe venuto fuori tutto e a quel punto sì che sarebbe scoppiato un bel casino.

«Ho fatto una fotocopia della foto», disse in tono piatto.

«Ah, okay. E perché?»

«Perché una persona che conosco ha ricevuto un incarico in cui... quella foto ha un certo peso. È stato un puro caso che io l'abbia vista nell'ufficio di Krantz. L'ho raccontato alla persona in questione e questa persona mi ha pregato di fare una fotocopia.»

Menemenci dondolò la testa. «Lei lo sa, sì, che quello che ha fatto potrebbe procurarle dei guai seri, vero?»

«Sì, lo so», rispose Roth, triste.

«Chi è questa persona?»

«Si chiama Vera Gemini. Detective privata. Molto capace e onesta. Prima lavorava qui con me, la conosco molto bene.» Guardò Menemenci. «Io l'ho implorata di tenermi fuori da questa storia, ma per me è come una figlia, capisce? Insomma, ha passato un gran brutto periodo e adesso finalmente si sta riprendendo. Io non volevo intralciare le indagini, glielo giuro, solo farle un favore personale in modo che lei potesse fare progressi nel suo incarico.»

«Vera Gemini», rimuginò Menemenci.

«È la verità.»

«Allora adesso mi racconti tutto quello che sa.»

Mortificato, Roth sputò fuori quello che gli aveva detto Vera. Si savrebbe tanto voluto schiaffeggiare da solo, invece in qualche modo riuscì a tenere fuori il cliente. Alla domanda del commissario se conoscesse il mandante, lui rispose di no, che era la verità.

Era l'unica cosa che ancora poteva fare per lei. Ma Vera avrebbe dovuto parlare con Menemenci, era inevitabile.

Dopo che Roth ebbe concluso il racconto, per un po' Menemenci rimase in silenzio, guardando davanti a sé. Poi prese la giacca, tirò fuori la foto e indicò l'uomo con la mitragliatrice. «Quindi questo è Andreas Marmann?»

Roth rifletté. «Sì, secondo Vera, sì.»

«Ci sono altre persone, sulla foto, che la signora Gemini ha riconosciuto?»

«No, non che io sappia.»

«Bene. Senta, Roth, lei ha la mia comprensione come uomo, ma non come poliziotto. Le è chiaro, questo?»

Roth s'incupì ancora di più.

Menemenci lo squadrò con aria severa. Poi si alzò e mise via la foto. «Grazie per il suo tempo. Le farò sapere, ci devo pensare.»

Allora è andata, sono fuori, pensò Roth. Ma bravo, complimenti.

Il commissario si avvicinò alla porta, ma all'ultimo momento si girò. «Forse, pensavo, potrebbe tenersi aggiornato su quello che scopre la signora Gemini. Se la detective non vuole collaborare, potrebbe farlo lei, Roth... come una specie di agente segreto. Insomma, la signora Gemini ha approfittato delle nostre informazioni, da adesso lei m'informerà su quello che sa *lei*. Cerchi di scoprire qualcosa. Come le ho già detto... non ho intenzione di crearle problemi, se sarà possibile evitarlo.» E, con lo stesso sorriso con cui era entrato, uscì dall'ufficio.

Red Lion

Ore 12.45

Solwegyn aveva ragione. Per due volte Vera passò davanti all'ingresso del Red Lion senza notarlo: era una porta dipinta di verde che costituiva quasi un tutt'uno con la siepe lungo la strada. Poco più avanti, Vera trovò un parcheggio. Mollò la macchina, chiuse il tettuccio e tornò indietro a piedi. A sinistra dell'ingresso c'era una stradina un po' nascosta, dietro la quale s'intravedeva una villa.

Vicino all'unico campanello, una scritta: RED LION. CLUB PRIVATO.

Anche lì nessun Ymir Solwegyn, quindi, ma Vera lo aveva immaginato.

Suonò.

Per un po' non successe nulla. Forse la stavano osservando. Lasciò vagare lo sguardo con aria distratta e ispezionò l'ingresso e gli alberi imponenti. Tra due rami, fuori dal campo visivo ma abbastanza in alto da notare eventuali visitatori, vide due occhi elettronici. Sì, controllavano una buona fetta di strada.

Un ronzio. Vera spinse la porticina ed entrò. Davanti a lei un prato che saliva verso una terrazza. Sulla destra, una strada che dall'ingresso conduceva a un garage. Tra la villa e il garage un arco, oltre il quale il terreno sembrava proseguire.

Era una villa costruita in stile anni '60: piano terra, primo piano rientrato, terrazza, grandi finestre sul davanti con le tende tirate.

Il tutto dava l'impressione di un posto curato, ma poco ricercato.

Che fosse davvero un ufficio?

Vera proseguì e si guardò intorno. La porta era aperta, ma non comparve nessuno. Lei spiò dentro ed entrò, ma continuò a non vedere anima viva.

I suoi occhi ci misero un po' per abituarsi alla luce bassa. Poi, con sua grande sorpresa, notò che il piano terra era un'unica grande sala. Le pareti divisorie erano state buttate giù, al loro posto erano rimaste delle colonne.

In mezzo a esse, su un tappeto scuro, erano sparpagliati i pezzi d'arredo più assurdi, un po' in ombra. Sculture di donne e uomini inginocchiati, che si guardavano sotto tavoli in vetro. Candelabri di coppie attorcigliate. Due corpi enormi con le braccia allargate che fluttuavano sotto il soffitto e tenevano tra le dita sfere di vetro con una strana luce pulsante, rossa. Nei punti in cui le pareti non erano coperte da specchi erano appesi quadri, arazzi e teli di seta con scene erotiche. C'era anche una specie di parete dorata con divani e altri candelabri.

E piante, ovunque.

Si arrampicavano sui fianchi dei divani, intorno alle statue e alle colonne, salivano fino al soffitto con curiosi germogli. Probabilmente la maggior parte era finta, ma nell'oscurità sembravano vere, come se stessero continuando ad attorcigliarsi anche in quel momento.

Divertita e allo stesso tempo un po' spaventata, Vera s'inoltrò ancora cercando d'immaginarsi cosa potesse succedere, lì, di sera. Era uno spazio infinito. Al centro di quell'orgia kitsch c'era una fontana con figure in pietra che copulavano. Non era accesa, ma c'era una luce da sotto che la illuminava di rosso. Di fronte alle finestre affacciate sul giardino, quasi tutte coperte da tende, un bar, nero come la pece. Dietro il bancone, un Bafometto gigante con le corna rotonde che agitava le braccia e gli artigli. Come se stesse per allungare le sue grinfie sul bancone, appunto. Anche i suoi occhi erano illuminati di rosso, ed era abbastanza in alto perché Vera potesse vedere l'enorme fallo. Il muso era simile a quello di un caprone, con la mandibola leggermente aperta a mostrare una dentatura da felino. Però in un certo senso sorrideva.

Vera si chiese per quale motivo Solwegyn avesse scelto quel simbolo di libidine diabolica. Lei ne aveva visti, di nightclub, perlopiù trasandati e pacchiani, nessuno che fosse stato ristrutturato dopo il miracolo economico. Alcuni sguazzavano nell'esotico, altri in luci al neon, acciaio e vetro. Nessuno, però, raggiungeva l'eccentricità di quell'antro incantato, un incrocio tra una chiesa satanica, un orto botanico e il magazzino di un teatro.

Vera fece il giro della fontana e si sedette al bar.

«C'è qualcuno?» domandò.

L'aria era appesantita da un odore dolciastro. Vera tese le orecchie per cogliere rumori di passi o voci. «Signor Solwegyn?»

Ma niente, ancora silenzio assoluto. Si guardò intorno. A pochi metri da lei vide un arco in muratura con delle scale che scendevano. Da lì spuntava una luce.

Si avvicinò e diede un'occhiata di sotto. La scala sembrava terminare in una piccola anticamera, ma non si vedeva bene. Iniziò a scendere, esitando. Lo spazio si restrinse in un corridoio, con buchi rotondi su entrambe le pareti, tipo oblò. Vera diede una sbirciatina: pavimenti, pareti e soffitto imbottiti e pieni di lucine. Nessun mobile o pezzo d'arredo, a parte qualche cuscino. Puzza di muffa.

Ecco, cose così le aveva già viste anni prima, durante una retata. Spazi come quelli, pieni di microfoni e sensori: più aumentavano i rumori, più s'illuminavano. Un'orgia elettrica in cui vinceva chi strillava e sospirava più forte. Vera si tirò indietro e proseguì. Il corridoio si riallargò fino a una sala con anelli e catene che pendevano dal soffitto. Strani macchinari che lasciavano spazio a varie ipotesi, nessuna delle quali piacevole.

Vera osservò pensierosa quello strumentario del terrore e fu tentata di tornare di sopra.

Ma all'improvviso sentì un rumore.

Davanti a lei si aprì una tenda rossa, Vera la scostò ed entrò.

La prima impressione fu quella di un tempio. La parete opposta era dominata dalla statua di una donna ancora più grande del Bafometto al piano terra. Era seduta a gambe divaricate, dal centro delle quali usciva dell'acqua, che finiva dentro una vasca rotonda illuminata. Un seno importante, un viso dai tratti egizi adornato da un diadema luccicante. Tra lei e la vasca ancora cuscini. Vera aveva visto abbastanza. Si girò e si trovò di fronte un uomo con gli occhiali scuri e la barba piena.

Era più basso di lei e portava un completo color crema con un risvolto sproporzionato. I capelli tirati indietro e legati in una coda. Camicia aperta, innumerevoli catene e ciondoli.

«La signora Gemini?»

«Sì.»

«Mi scusi se l'ho fatta aspettare», disse con quella sua voce strascicata. «Ma vedo che non si è annoiata.» Le porse la mano destra.

Vera la prese, e fu come infilare una mano in un cassetto di posate. Aveva almeno dieci anelli. Ma la strinse, con forza. «Ymir Solwegyn, immagino.»

«A sua disposizione.» L'uomo inclinò leggermente la testa, la barba si aprì e mostrò due file di denti gialli. «Ha fatto un giretto? Bello, no? Le piace, il mio piccolo paradiso degli incontri?»

«Accogliente, non c'è che dire.»

«Sì, accogliente è l'aggettivo più corretto. Ha uno stile molto particolare. Prego.» Scostò la tenda di lato per farla uscire.

Di nuovo in corridoio, Vera vide una donna con una tuta attillata da Catwoman. Era appoggiata a una delle pareti con l'oblò e guardò Vera con un sorriso imperscrutabile. Dietro di lei, due uomini in completo scuro.

«Loro sono Katya, la regina della notte», spiegò Solwegyn quasi in tono di scuse, «e due amici che vengono dallo stesso, bellissimo Paese. Insomma, capirà che non potevo sapere chi dovevo aspettarmi, in visita. È armata?»

«No, sostanzialmente no.»

«Le crediamo, ci mancherebbe, ma, sa, l'esperienza ci ha insegnato che fidarsi a volte è un errore. Quindi non le dispiacerà se Katya la perquisisce, vero?»

Catwoman si scostò dalla parete e le sorrise. Era bella, anche se con un trucco troppo pesante. Si avvicinò facendo oscillare i fianchi e guardò Vera negli occhi. Poi le mani si posarono sulle sue spalle.

«Una cosa breve», disse in tono gelido.

Katya inarcò un sopracciglio, divertita. Quindi la perquisì con movimenti veloci, da professionista. Annuì e si fece da parte.

Solwegyn si passò una mano sulla barba e fece un cenno ai due uomini. Che se ne andarono senza dire una parola.

«La sincerità è mezza bellezza», disse Solwegyn. «Ma non avevo dubbi. Prego, mi segua. Ci mettiamo nel mio ufficio.»

«Pensavo fosse questo, il suo ufficio», replicò Vera, ironica.

Solwegyn esplose nella sua inconfondibile risata. «No, non mi piace lavorare nelle camere degli ospiti. Qui sotto è un inferno, una babele del peccato. In quanto cattolico, io mi sento più vicino al regno dei cieli. Ma la villa purtroppo non va oltre il primo piano.»

Tornarono di sopra e continuarono a salire, prima Solwegyn, poi Vera, quindi Katya. Il primo piano era diviso dalle immancabili tende rosse. Dietro le quali si aprì una grande sala con mobili barocchi e parquet.

Solwegyn si avviò verso due poltrone. «Per essere chiari...» esordì dopo che si fu accomodato, «ho detto sì a quest'incontro perché sono un po' agitato. Prima che le dia le mie informazioni, forse dovrebbe parlare lei. Vuole bere qualcosa?»

«Grazie, al momento no.»

Solwegyn si abbandonò sulla poltrona e fece un gesto abbastanza cortese da non essere scambiato per un ordine. Vera si sedette di fronte a lui. Katya si piazzò con le braccia incrociate alle spalle di Solwegyn e continuò a fissarla con le palpebre semichiuse. La bocca attraversata da un leggero guizzo, ogni tanto.

«Allora?»

«Non c'è molto da raccontare», disse Vera. «Sto cercando Andreas Marmann.»

«Sì, questo già lo so. Perché?»

«Per trovarlo.»

«Se non le dispiace, le chiederei di essere un po' più precisa.»

«Per riportarlo dai suoi genitori, è stata la sua famiglia a darmi l'incarico.»

Solwegyn si passò una mano sulla barba e inclinò la testa. Con quegli occhiali scuri, sembrava inespressivo. Probabilmente stava riflettendo se crederle o no; da quello che aveva capito, quell'uomo viveva in un clima di allerta e diffidenza costanti. «Il vecchio Marmann?»

«Sì, lui e la moglie.»

«Strano. Che vogliono quelli dal figlio?»

«La risposta è nella domanda», disse Vera. «Vogliono il figlio.»

«Ma non ha senso», replicò Solwegyn, improvvisamente aggressivo. «Per anni non glien'è fregato un cazzo di dove fosse. E adesso lo rivogliono indietro?»

«Il pentimento della maturità, forse. E comunque io che ne so? Avevano già ingaggiato investigatori anni fa.»

«E adesso lei?»

«E adesso io.»

«Mah... è proprio sicura che dietro non ci sia la sorella?»

«La conosce anche lei?» replicò Vera, stupita. «Santi numi, e come?»

Solwegyn accennò un sorriso. «*Madame*, i protocolli vanno rispettati, e al momento sono io quello che pone le domande. Il suo incarico ha qualcosa a cha fare con la morte di Üsker?»

Era una trappola?

I pensieri di Vera si accavallarono, stava per dire sì, sarebbe stato semplice far derivare le preoccupazioni dei genitori dalla morte dell'ex compagno di Legione.

Troppo.

«No», rispose invece. «Secondo me, i Marmann non sanno nemmeno bene chi fosse, Üsker.»

«Infatti non sanno nulla», confermò Solwegyn con un ghigno. «Il padre di Andi è così pieno di sé, ha un tale orgoglio che gli impedisce, da anni, anche solo di nominare il figlio. Non potrebbe mai sopportare la verità. Ma, okay, adesso tocca a lei fare le domande.»

A quanto pareva, aveva deciso di crederle.

Katya le fece un cenno d'incoraggiamento.

«La domanda è una sola: dov'è Andreas Marmann?»

«È morto.»

Vera non disse nulla.

Solwegyn annuì. «È morto perché l'ha voluto lui, o meglio ha voluto far morire la sua identità... Andreas Marmann è finito in una macchina tritadocumenti.»

«Ah, quindi non è morto...»

«A seconda di come uno la vede...»

«Ha cambiato nome, cioè vive sotto un nome falso?»

Solwegyn inclinò la testa e aprì le braccia con un gesto fatalistico. «Ma che cos'è, in fondo, il falso? Quando uno è in un avamposto della Legione straniera, in attesa del reclutamento, ha già deciso di rinnegare tutta la sua vita precedente. Quindi si potrebbe anche dire che falso è tutto quello che c'è stato fino a quel momento, e che è lì che finalmente si alza il velo dell'inganno... non trova?»

«Ah, quindi alla Legione funziona così.»

«Volendo, sì. Bisogna solo mettersi nelle mani del Padreterno e pregare. I tuoi genitori non sono più i tuoi genitori, perché la tua nuova famiglia è la Legione. Il tuo nome di battesimo non vale più, il prete era un truffatore. La vita precedente diventa una tragica catena di errori, equivoci e bugie. E Andreas Marmann, per citarlo come caso esemplare, è una persona che è esistita solo nella sua fantasia.»

«Sembra un lavaggio del cervello, no?»

«La Legione? Ma per favore... La maggior parte dei cervelli che ci finiscono è troppo piccola per essere 'lavata'...

La Legione può fare a pezzi un uomo, ucciderlo, ma in sostanza non ti obbliga a fare niente.»

«A me hanno raccontato cose diverse.»

Solwegyn iniziò a tremare dalle risate. «Ah, sì? E cosa?»

«Che i disertori, se li beccano, vengono picchiati fino a essere spediti in ospedale... e non è nemmeno la parte peggiore.»

Katya guardò Vera fingendosi spaventata. Poi fece un ghigno, come dopo una battuta riuscita male.

«Ascolti», disse Solwegyn con disprezzo. Si sporse in avanti e si posò i gomiti sulle ginocchia. «Quando un uomo decide di entrare nella Legione straniera, prende una decisione individuale. Anche se finisce in mezzo a un'orda di esaltati, l'ultimo passo spetta a lui. Passano settimane prima dei test di ammissione, settimane in cui si ha l'impressione che la Legione faccia di tutto per *impedire* il reclutamento. E lo fa veramente. Crea ostacoli, seleziona, non prende chiunque, solo i migliori. Nessuna costrizione... non le sembra?»

Vera non disse nulla.

«Poi uno viene spedito a Castelnaudary per l'addestramento. Quattro mesi che non dimenticherà mai. Gli portano via le sue cose e gli dicono che le rivenderanno. Lo scopo è eliminare la sua identità precedente, non la personalità. E anche lì lui ha di nuovo la possibilità di scegliere. Per favore, cerchi di capire cosa sto cercando di dirle... Se vuole parlare dei legionari, deve esserle chiaro che si tratta di uomini che decidono in maniera spontanea, e con la massima lucidità, di tagliare tutti i ponti col passato. Di non avere più radici. Rinnegano mogli, figli, genitori, Paese di origine... Hanno solo se stessi, ed è per questo che saranno disposti anche a morire, per la Legione.» Annuì. «In nessun altro esercito del mondo si dà tanto peso alla scelta volontaria. Certo, è richiesto il massimo delle prestazioni fisiche e mentali, ti forniscono una serie di conoscenze militari di base, ci si allena nei combattimenti corpo a corpo e in varie altre tecniche e si canta l'inno fino a non avere più fiato. Ogni missione può portare alla morte. Si conoscono le storie dei caduti in

Indocina, come li hanno ridotti i Việt Minh... E poi, se uno ancora lo vuole, si prende il képi bianco. È di gente del genere che stiamo parlando. Gente come Andreas Marmann, che non aveva più voglia di farsi dare del fallito dal padre. Come Üsker, che in Germania non trovava più lavoro. E come gli altri che erano con loro.»

«Quali altri?» insistette Vera.

Solwegyn si passò una mano sulla barba e tacque. Poi si tolse gli occhiali. L'occhio sinistro era una massa color latte, il destro sembrava calmo, la stava scrutando. «È una mia impressione, o sta ponendo le domande sbagliate?»

«Io voglio solo sapere chi ha accompagnato Marmann quand'è entrato nella Legione», rispose lei. «Insomma, chi lo conosceva già. Se non mi può aiutare, chiederò a qualcun altro, ma almeno una possibilità deve darmela.»

Solwegyn aggrottò la fronte. Poi si girò verso Katya e le parlò in una lingua che Vera non conosceva. Lei annuì e si avvicinò a un vecchio armadio, da cui prese una bottiglia di cristallo.

«Porto del 1954», disse Solwegyn. «Ne beve un bicchiere anche lei? Non dica di no, è molto raro.»

«Allora dico di sì.»

Katya andò a prendere due calici, anch'essi di cristallo. Stappò la bottiglia e riempì un bicchiere a metà, per poi passarlo a Solwegyn. Riempì l'altro e lo porse a Vera. Si muoveva con una grazia incredibile, come una creatura magica. Da quand'era arrivata, non aveva perso di vista Vera nemmeno un minuto. In quel momento, Catwoman richiuse la bottiglia, la rimise a posto e riprese posizione.

Vera cercò di farsi un'idea della ragazza. Aveva stampato in faccia un sorriso un po' lascivo, ma anche assorto. Nel complesso, aveva un'aria impenetrabile.

Una sfinge.

Era lì per proteggere Solwegyn?

Vera prese il calice e fece schioccare la lingua. «Che gentile, grazie. In quanta gentilezza posso sperare, invece, riguardo a Marmann?»

Solwegyn scosse la testa. «Io non sono gentile. Mi faccia un'offerta.»

Lei ebbe quasi un sussulto. Si era immaginata di tutto, tranne quella schiettezza. «Io non posso fare nessuna proposta senza prima parlarne coi miei... clienti», rispose, cercando di non far trasparire la sua sorpresa.

«Allora lo faccia. Diciamo che trentamila potrebbero bastare.»

Trentamila!

Bathge avrebbe fatto salti di gioia.

Vera mise giù il bicchiere. «Ma è tantissimo. Perché non mi vuole aiutare?»

«Perché penso che lei mi stia mentendo», rispose lui, calmo. «Sa, ci metto un secondo a scoprire se sono stati i genitori di Marmann a darle l'incarico. Basta una telefonata. Crede che la sua versione reggerebbe?»

Vera lo fissò. «È così importante, per lei, sapere chi mi ha dato quest'incarico?»

«Mah, si metta nei miei panni... Leggo sui giornali che Üsker è morto. Qualcuno sembra divertirsi a far fuori ex legionari, e ho come la sensazione di conoscere l'aguzzino. O perlomeno il suo background. Poi spunta lei, in cerca di Marmann, o perlomeno di ex legionari. Dice di essere una detective privata. Come faccio a essere certo che non mi stia mentendo? Cosa vuole da Marmann? E, soprattutto, da me? E cosa sta cercando quel killer spietato?»

«Cosa potrebbe volere, quel killer spietato, da lei?»

«Ma come fa a non capire?!» La voce di Solwegyn si alzò. «Il modo con cui è stato ucciso Üsker mi è stramaledettamente familiare. Quel poco che hanno scritto i giornali basta per riconoscere la mano di un professionista. Mi ricorda i Việt Minh, cosa che certo non mi fa stare tranquillo. Atrocità che sono entrate nella leggenda, che tutt'oggi si raccontano con la pelle d'oca.»

«Un attimo... sta dicendo che la Legione non rispettava la Convenzione di Ginevra? No, non ci credo.»

«Infatti non è così», rispose Solwegyn. «Ma non si può dire degli altri gruppi di legionari nati da essa.»

«Gli ZERO...»

«Per esempio. Chiunque abbia ucciso Üsker viene da quegli ambienti, dalla Legione oppure dagli ZERO, appunto. E adesso arriva lei e mi chiede di Marmann. Questa cosa m'innervosisce, perché lei è venuta da me, che sono un altro ex legionario. Come posso fidarmi?»

«Controlli, sono sull'elenco.»

Solwegyn la squadrò a lungo, in silenzio.

«E, anche se ci fosse un qualche collegamento», continuò Vera, decisa, «Marmann dovrebbe essere avvisato e...»

Stai dicendo un sacco di cazzate, pensò Vera. Ma tanto lui ha già capito.

Anche se forse, invece, aveva appena detto la prima cosa giusta...

«Io potrei aiutarla a cercare l'assassino di Üsker», aggiunse. «In modo che persone come lei dormano sonni più tranquilli. Non crede che questo dovrebbe far abbassare un po' il prezzo della sua ricompensa?»

Solwegyn sembrò riflettere. «Trentamila. È la mia ultima offerta.»

Vera sospirò. «Trentamila, e lei mi dirà dove si trova Marmann?»

«No, le darò una serie di contatti alla fine dei quali una persona deciderà se dirle o no dove si trova.»

«Se posso permettermi, ha un tariffario piuttosto caro...»

«Ha ragione.» Solwegyn inarcò un sopracciglio. L'occhio sano sembrava esprimere un moderato rammarico. «Ma, sa, i tempi sono cambiati, prima questo era un normale locale per coppiette. Adesso celebriamo messe nere, con spiriti, demoni, concubine di Satana... La dea che ha visto di sotto pretende dei sacrifici. E, ogni volta, costa un occhio della testa rimettere su da capo l'intero spettacolino, a cominciare dai costumi. Eppure apriamo solo nei weekend. Le persone ormai preferiscono il sesso sullo schermo.» Bevve un sorso, e poi fece l'ennesimo ghigno. «Anzi perché non mi aiuta a rimpinguare gli incassi? Non sarebbe male, come vampira. Tu che ne pensi, Katya? O forse una dea... o la sua vittima sacrificale?»

Il sorriso di Catwoman si allargò di qualche millimetro.

Vera scosse la testa. «Lasci perdere, le manderei a monte gli affari. Io agli uomini spezzo le corna sempre alla stessa maniera.»

«Guardi, questo non sarebbe un problema, ma una benedizione.» Solwegyn vuotò il bicchiere e si leccò le labbra. «Peccato, ma va bene, parliamo di altri affari.»

«Quindi lei vorrebbe trentamila marchi.»

«Esatto.»

«Bene, vedrò cosa posso fare. Ha detto che c'erano altre persone, alla Legione, con Üsker e Marmann...»

Solwegyn si tirò indietro e accavallò le gambe. «Erano in quattro», rispose.

«Quattro?»

«All'inizio degli anni '80, facevo affari con un ufficiale dell'esercito che smerciava attrezzi per sport estremi. Un giorno lo hanno buttato fuori, dicevano che torturasse le reclute; non avevano prove, ma quello che avevano era bastato per l'espulsione con disonore. Io ero stato cinque anni nella Legione straniera e sapevo di che uomini avevano bisogno. Così gli ho detto di tentare la fortuna lì.» Solwegyn chiuse gli occhi per un attimo, come se ricordare gli costasse fatica. «Ci aveva già pensato da solo, due ragazzini volevano seguirlo, due che si annoiavano ed erano in cerca di avventure. A loro se n'è unito un quarto. L'ufficiale mi ha pregato di smuovere un contatto per farli entrare nella Legione con un certo grado. Ma a loro queste cose non piacciono. Io ci ho provato, e non ho ottenuto nulla, ovvio. Passano due anni, e me li sono ritrovati di nuovo davanti alla porta.»

«Il quarto uomo era Mehmet Üsker, vero?» disse Vera.

Solwegyn annuì.

«E gli altri?»

«Andreas Marmann e un Simon... Bartel, credo.»

«Bathge?»

«Sì, Bathge.»

Vera sentì accelerare i battiti. «Ha ancora contatti con lui?»

«No, ma non li avevo neanche allora. Lui e Marmann si erano conosciuti a scuola. Il caso ha voluto che io proprio in quel periodo stessi meditando se farmi un altro paio di annetti nella Legione, così ci siamo presentati tutti insieme.»

«Marmann però vi ha raggiunto dopo...»

«Sì, che idiota!» scappò a Solwegyn. «Ma il fatto che fosse riuscito a evadere era stato comunque una bella prova.»

«Come si chiamava l'ufficiale?»

«Lubold.» Solwegyn fece una smorfia. «Jens Lubold. Ha superato tutte le prove col massimo dei punti. In Francia ho avuto poco a che fare con lui, ma gli addestratori e anche il suo superiore in Guyana mi hanno detto che lo ritenevano molto pericoloso. Dicevano che aveva qualcosa di... di diabolico. Un agente del male...»

«Oh, ma che tenerezza... Non pensavo fosse così facile spaventare dei legionari...»

«Spavento non è la parola giusta. Credo che lo ammirassero, ma erano preoccupati perché... perché in lui c'era qualcosa che non capivano.»

«Mmm... e Marmann?»

«Io non lo trovavo così male. Era uno cui piaceva sfidare la sorte, lo si vedeva spesso in giro con Üsker. Hanno iniziato in Gibuti, molti nuovi legionari come prima missione ricevono il Gibuti. Un postaccio, un caldo infernale, che ti riduce a un dattero rinsecchito. Insomma, il posto ideale per prepararsi a una guerra nel deserto.»

«Il Kuwait.»

«Già. La Legione non ha preso per niente bene il fatto di perdere tanti uomini per colpa di un rinnegato...»

«Intende Fouk...»

«Said-Asghar Fouk. Lo aveva detto, nel 1989, Fouk, che Saddam avrebbe cercato di mettere le mani sui milioni che gli sceicchi kuwaitiani gli avevano prestato per la sua zuffa con Khomeini. E già all'inizio degli anni '90 Baghdad aveva iniziato a fare tuoni e fulmini, Tāriq 'Azīz non si è nemmeno preoccupato di tenerlo segreto, il pericolo di un'imminente occupazione del Kuwait era chiarissimo, quasi citofonato. E cosa ha fatto Bush? È andato a pesca fingendo di non sapere nulla. Fouk si è fatto una bella risata pensando che quel cowboy non vedeva l'ora che scoppiasse, quella guerra. E aveva ragione. Il primo agosto, come ricorderà, i carri armati iracheni sono entrati a Kuwait City, e pochi giorni dopo Fouk ha iniziato a reclutare la *sua* legione. Solo specialisti, i sabotatori e i tiratori scelti delle Compagnies de Combat, le unità antiterrorismo dei parà, tecnici dell'aeronautica e dei computer, soldati-sub, logistici eccetera... Mentre Bush diceva di escludere qualunque intervento, Fouk si stava già preparando per la Guerra del Golfo.»

«Ma cosa aveva da offrire che la Legione non fosse in grado di dare?»

«Soldi e immoralità.»

«Immoralità?» domandò Vera, stupita.

«Le sembrerà strano, ma la Legione ha una sua morale. *Crede* a delle cose. Sì, i legionari guadagnano più della maggioranza dei soldati comuni, ma non abbastanza da non rispettare determinati ideali. Gli ZERO, invece, pagavano meglio e non avevano rispetto di nulla e di nessuno. Lubold ha accettato subito, seguito da Marmann e Üsker, poi da Bathge. L'ultimo mio contatto con loro è stato quando Lubold ha cercato di convincere anche me.»

«Lei invece è rimasto?»

«Sì, io sono rimasto.»

«Perché?»

Solwegyn guardò per terra e fece un sorriso storto. «*Madame*, io sono un legionario vecchio stile. Ho cinquantadue anni e anche delle idee su cosa dovrebbe essere una vita. Sono, in generale, un uomo all'antica. Ho una morale. Faccio affari col sesso e con gli istinti più gretti, ma sono troppo sentimentale per truppe senza cuore come gli ZERO, lo ero già allora. Così, poco dopo la fine della Guerra del Golfo, sono tornato a Colonia.» Un'alzata di spalle. «Sa, ero un po'... stanco.»

Vera lo squadrò. Poi alzò gli occhi verso Katya. Il suo sorriso era scomparso. Stava guardando Solwegyn. Vera percepì un moto di tenerezza. Poi distolse subito gli occhi e bevve un sorso di porto.

«Allora, ammesso che tiriamo fuori i trentamila, lei è davvero in grado di fare i nomi di quei contatti?»

«A chi devo darli?» domandò Solwegyn.

Vera rifletté. «Tanto per cominciare a me. Poi a un amico che, credo, abbia interessi simili ai suoi.»

«Ovvero?»

«Sopravvivere.»

Solwegyn non replicò. All'improvviso ci fu silenzio assoluto.

«Ci penserò», disse quindi.

«Fino a quando?» insistette Vera, vedendo Katya agitare un dito, minacciosa, come per prenderla in giro.

Solwegyn guardò di lato e poi alzò una mano. «Presto, le farò sapere presto. Va bene?»

«Okay.»

Solwegyn borbottò qualcosa e poi annuì.

Vera si alzò e restò un po' indecisa davanti alla strana coppia. «Permette un'ultima domanda?»

«Prego.»

«Lei dice che il background dell'assassino le è tornato familiare. Secondo lei... secondo lei chi è stato a uccidere Üsker?»

Solwegyn si era rimesso gli occhiali scuri. Alzò la testa. All'improvviso a Vera sembrò un insetto vecchio e ciccione. Un ragno al centro della sua delicata ragnatela, grande e spaventevole, ma troppo stanco per tesserne una nuova. «Non lo so», rispose quindi in tono piatto.

«E secondo lei Marmann lo sa?»

«Continua a porre le domande sbagliate. Vuole sapere se Marmann ne sarebbe stato capace? Se è stato lui? Non lo so.»

«Ma è stato ferito e...»

«Basta!» Solwegyn scacciò via le parole di Vera come

mosche. «Sì, è stato ferito. Ma abbia pazienza, le ho detto che le farò sapere presto, adesso basta.»

«Ne sarebbe stato capace?» insistette.

Solwegyn rimase impassibile. Poi, calmo, disse: «La tortura non è un lavoro per idioti. I Việt Minh crocifiggevano i prigionieri. I piedi non dovevano toccare il terreno; le mani venivano legate dietro la croce, in modo che le vittime restassero ferme e non scivolassero giù. Poi gli incidevano la schiena e la inchiodavano a una panca traversa. Quei poveracci scivolavano giù comunque, stremati, e a ogni centimetro la loro pelle si staccava dalla schiena di un altro pezzetto. Insomma, si scuoiavano da soli, ancora vivi, e ci volevano giorni prima che morissero. La tortura è una scienza. Capisce? Intendo torturare in modo che le vittime muoiano quando lo decidi tu. È un inferno. Bisogna essere degli artisti, e anche dei diavoli. Io conosco una sola persona che, in determinate circostanze, sarebbe in grado di fare una cosa simile».

Vera trattenne il fiato. Non ebbe il coraggio di chiedere il nome.

«Lubold», disse da solo Solwegyn. «Lui ne sarebbe capace, ma non può essere stato lui.»

«Perché?»

Solwegyn si alzò. «Dicono che sia morto. Alcuni si sono dispiaciuti, ma io credo che sia meglio così. Era una persona cattiva, non ha fatto del bene a nessuno.» Abbassò la testa. «Per favore, adesso mi scusi. Katya l'accompagnerà alla porta. Le farò sapere.»

Vera tirò fuori un biglietto da visita e lo poggiò sul tavolo. «Mi trova sempre, quando vuole.»

Catwoman entrò nel campo visivo di Vera e la scrutò da sotto le sue lunghissime ciglia nere. Sorrideva, ma i suoi occhi speravano che andasse al diavolo.

Vera ricambiò lo sguardo e le mandò un bacio.

Cosa che Katya non si aspettava. Fece un passo indietro e storse la bocca, schifata.

«Grazie.» Adesso fu Vera a sorridere. «Il mondo è così bello e pieno di amore… non vi pare? L'uscita la trovo da sola.»

DeTechtei

Ore 15.32

Uscì dall'ascensore al secondo piano per aprire la DeTechtei e vide un uomo davanti alla porta. Grasso e piuttosto alto, i capelli unti, sudato.

«Era me che voleva?» domandò superandolo per aprire.

Lui sorrise. «Se lei è Vera Gemini, sì, era lei che volevo.»

«È fortunato. Prego, entri.» Gli fece strada, aprì l'armadio a muro dell'anticamera e tirò fuori caffè, filtri, latte e zucchero e li sistemò vicino alla macchina. «Aveva un appuntamento?» Sapeva che non ce l'aveva, ma era sempre meglio di: Ma lei chi è? O: Cosa vuole?

Il ciccione si guardò intorno e poi indicò la porta. «Che cos'è una DeTechtei?» domandò, amichevole.

«Un'agenzia d'investigazione privata... tecnologizzata.» Riempì d'acqua il serbatoio della macchina. «Insomma, non è che mi metto a spiare la gente in camera da letto nascosta dentro un armadio. La DeTechtei Gemini fa tutto con la tecnologia e con apparecchiature di sorveglianza a distanza. Un lavoro pulito.»

L'uomo inarcò un sopracciglio. «Però...»

Vera si voltò verso di lui e gli fece un sorriso d'affari. «Cosa posso fare per lei, a parte offrirle un caffè?»

«Grazie, ma il caffè non mi fa bene. Però potrebbe dedicarmi un paio di minuti del suo prezioso tempo. Se non sono arrivato nel momento sbagliato...»

Vera scosse la testa. «No, affatto. Prego, si accomodi nel mio ufficio.»

«Ah, quindi questa è l'anticamera», osservò l'uomo mentre cambiavano stanza. «La sua segretaria ha la giornata libera?»

«Sarebbe un segretario, ma, no, non ha la giornata libera, si è licenziato.» Sbuffò, rassegnata. «Sa com'è, agli uomini non piace avere un capo donna. Iniziano a pensare di avere dei problemi, tutti insistono perché mi decida a prendere una donna pensando che in questo modo la maledizione finirà.»

«Sarebbe troppo facile», commentò l'ospite. Poi gettò un'occhiata diffidente alle poltroncine Le Corbusier e si accomodò su una di esse con la solita cautela. La sua massa corporea come un blocco nero di elegante concretezza. «Comode», disse quindi, con aria non particolarmente entusiasta.

Vera prese posto dietro la scrivania e con alcuni rapidi movimenti delle dita attivò un paio di funzioni. I suoi occhi scorrevano rapidi sul piano-database. Un piccolo display le segnalò che la Frankenforst l'aveva cercata due volte. Imprecò. Non andava bene non essere sempre raggiungibile. Ma neanche essere interrotti dallo squillo di un cellulare in conversazioni come quella che aveva appena avuto con Solwegyn.

Aveva bisogno di rinforzi: che fossero uomini, donne o extraterrestri.

Poi il display segnalò un'altra chiamata. Nessun messaggio. Da un telefono satellitare, specificò il computer. Bathge? Disattivò il programma e si dedicò all'uomo che aveva di fronte, le cui imponenti dimensioni sembravano ormai essersi fuse con la poltrona. «Allora», disse, gentile. «Che sassolino ha nella scarpa?»

«Mi chiamo Arik Menemenci, della Kripo.» Si chinò in avanti e le porse un biglietto da visita. «Abbiamo un amico in comune, credo, con cui stamattina ho avuto un'interessante conversazione. Lui mi ha tessuto le sue lodi di detective e ha detto che avrebbe potuto essermi di aiuto passare a trovarla.»

Vera restò pietrificata. Aveva già capito tutto.

«Sa, al momento da noi è tutto un po' sottosopra», proseguì Menemenci, come se stesse parlando della sua ultima vacanza. «Mancano pochi mesi all'inizio del nuovo secolo e Colonia è all'ottavo posto nella classifica delle dieci città più pericolose d'Europa. Ciò che mi preoccupa di più è il genere di delitti che viene commesso, è come se ormai non ci fosse più nessuna soglia d'inibizione. Ha sentito dell'omicidio Üsker?»

«Il turco torturato, certo. Ne hanno parlato tutti i giornali.»

«Già, proprio quello. È mio», disse Menemenci con un sospiro. «Ecco, quindi ho pensato che lei magari potrebbe aiutarmi, o forse uno dei suoi clienti... Su alcuni punti, il nostro amico comune è stato poco chiaro, ma sembra che lei sappia cose di cui la polizia non è a conoscenza.»

«Ho come l'impressione che la stia prendendo un po' alla larga. Può essere?»

Menemenci strinse le palpebre. All'improvviso scomparve ogni traccia di cordialità. «Non lo faccio mai. È solo che mi piace chiacchierare, proprio come al nostro amico Roth, il quale mi ha detto che lei possiede una copia di una certa foto...»

«Le cose che possiedo sono fatti miei», rispose Vera, brusca. Maledizione, cosa diavolo è successo? Perché Roth si è fatto beccare?

Menemenci scosse la testa, piano. «Il suo cliente cerca un uomo che conosceva bene Üsker. E Üsker è morto una settimana fa. Io non credo alle coincidenze. Lei?»

«Forse in questo caso sì.» Vera si sporse in avanti e si sforzò di assumere un'espressione conciliante. «Senta, mi dispiace di aver creato problemi a Tom, ma...»

«Tom?»

«Thomas Roth.»

«Ah, sì, certo.»

«Ma *è* una coincidenza. Non avevo idea che il mio incarico si sarebbe sovrapposto a un caso così grosso. Lo stesso Roth non ci poteva credere. Infatti poi non gli ho chiesto più nulla, perché lui non avrebbe fatto più nulla per me. È una persona d'onore, mi deve credere. Non se la prenda con lui, è stato solo un grosso equivoco.»

Menemenci si grattò la testa, perplesso. «Sì, forse ha ragione, e sono io che ho le traveggole. Ma sa, normalmente non la prendo mai bene quando qualcuno cerca di sabotare le mie indagini, ed è quello che ha fatto Roth... Se per questo motivo si dovesse arrivare a un secondo omicidio, che non si è potuto evitare per colpa di uno stronzo che non è stato disposto a collaborare, diventerei proprio una bestia. Mi scusi se mi esprimo in questo modo, ma per farla breve, signora Gemini, io sono convinto che il suo cliente sarebbe in grado di far luce sulla morte di Üsker, se solo potessimo fargli qualche domanda.»

«Posso fargliele io per voi.»

Gli angoli della bocca di Menemenci s'incurvarono verso l'alto. Come se stesse per tossire. «Preferirei di gran lunga che mi facesse il suo nome.»

«Non posso.»

«E perché? Se mi è lecito saperlo...»

«È un mio cliente. I clienti pretendono discrezione.»

Menemenci sembrò riflettere sulla risposta, poi aggrottò la fronte e allargò le labbra. «Signora Gemini», disse dopo un po'. «Io sono stato chiamato a Lindenstraße alcuni giorni fa, che non è poi tanto lontano da questo bell'ufficio. Lì ho visto un morto ammuffito, su una sedia. Ho girato più volte intorno a quella sedia e ho visto cose inimmaginabili, che mai avrei pensato un essere umano potesse infliggere a un suo simile. Adesso so che invece è possibile, eppure sull'omicidio sono a un punto morto. Forse, se anche lei avesse visto quel cadavere, si comporterebbe in maniera diversa. Ma non glielo auguro, davvero. Però non capisco come possa non essere d'accordo con me.»

«Infatti nessuno ha detto che non lo sia.»

«Invece, evidentemente, sì.»

Vera sentì un accesso di rabbia, ma anche d'insicurezza. Bathge si fidava di lei, se avesse rivelato il suo nome a Menemenci, il commissario lo avrebbe spremuto come un limone. No, non aveva nessun diritto di tradirlo.

Ma allo stesso tempo aveva il dovere di rivelare informazioni che avrebbero potuto essere utili per catturare l'assassino di Üsker.

Menemenci la squadrò. «Lei prima lavorava in polizia, vero?»

«Sì, fino ad alcuni anni fa.»

«Bene, allora sa di cosa parlo. Cosa farebbe, se fosse al mio posto, proprio qui, seduta su questa poltrona?»

«Esattamente quello che sta facendo lei», rispose Vera con un sospiro. «Lo so benissimo che tutta questa storia deve sembrarle piuttosto strana, ma io non voglio, e non posso, dirle il nome del mio cliente... Deve capire anche questo. Però posso dirle che l'uomo accanto a Üsker, nella foto, si chiama Andreas Marmann.»

«Grazie, questo lo sapevo anch'io», disse Menemenci. «Da Roth, che lo ha scoperto da lei, ovvio. Il suo cliente lo conosceva, Üsker?»

«La domanda verrà cancellata dal sistema.»

«Le ha parlato del caso?»

«La domanda verrà cancellata dal sistema.»

Menemenci si diede un colpetto sulla fronte. «Dal suo, non dal mio. Sa com'è morto Üsker?»

«Certo che lo so», rispose Vera, stupita dalla domanda. Chiunque leggesse i giornali lo sapeva. «Lo hanno torturato.»

«E secondo lei chi potrebbe fare una cosa del genere?»

Vera rifletté. «Un folle», rispose.

Menemenci annuì. «E secondo lei che movente potrebbe esserci dietro? Perversione?»

«Possibile.»

«Cos'altro?»

«Vendetta... forse.» Vera fece finta di riflettere. «Direi più vendetta.» Se non una mano, perlomeno un dito a Menemenci poteva darlo. La fece sentire un po' meglio. La Kripo non era stupida. Quel commissario avrebbe scoperto da solo chi doveva cercare.

Lui fece una smorfia. «Sapeva che Üsker e Marmann sono stati insieme nella Legione straniera?»

«Sì», disse Vera. «I miei complimenti, è intelligente almeno quanto me.»

«Ma io non so quanto sia intelligente lei, e nemmeno cosa le abbiano raccontato.» La voce dell'uomo si fece più bassa, più penetrante. «Ma ora le racconto qualcosa io, e mi ascolti bene. Anch'io all'inizio pensavo che avessimo a che fare con un folle, con un omicidio a sfondo sessuale. E continuo a pensare che il nostro uomo debba aver trovato un certo... piacere, in quello che ha fatto. Ma ora so pure che non c'è stato nessun abuso. Quindi? Quali sono le alternative? Vendetta? Possibile, ha ragione. Però adesso mi dica: perché l'assassino l'ha tirata tanto per le lunghe?»

«Non saprei, forse per prolungare il gusto della vendetta, appunto?»

«Quindi secondo lei si è goduto la sua rivincita torturandolo e permettendogli, ogni tanto, di riprendersi e recuperare le forze... e poi gli spara tre colpi alla pancia?»

Vera chiuse gli occhi, confusa. «È morto per dei colpi alla pancia?»

«Le ferite di Üsker erano terribili, sì, ma sarebbe sopravvissuto. Invece l'assassino ha chiuso la faccenda, ma in un modo piuttosto inusuale. Avrebbe potuto piantargli una pallottola in testa, come un'esecuzione. Perché spararagli alla pancia?»

«Be', avrà sparato un po' dove capitava...»

«Un maestro dell'arte della tortura che spara dove capita? E se invece gli assassini fossero stati due?»

Due assassini...

«Con due modi di fare completamente diversi», disse Menemenci. «Di due persone completamente diverse, appunto. Una si vendica con torture studiate a tavolino, l'altra preferisce sparare a caso.»

No, pensò Vera, non ha senso.

«Oppure... la terza possibilità è che era uno solo, che di fatto si è vendicato, e quei colpi alla pancia... sono un rimando a qualcosa, magari al passato. Come una specie di citazione.»

Avevano mollato Marmann nella sabbia e se n'erano andati. Lui era stato colpito dal caccia.

Alla pancia, forse?

«Ma allora perché torturarlo?» domandò Vera.

Menemenci la guardò. Con occhi freddi e analitici. «Per avere informazioni. Üsker è stato torturato perché, ripensandoci con lucidità, era la cosa più ragionevole. L'assassino doveva farlo cantare, ma poi è venuto fuori che non sapeva nulla, altrimenti di certo non avrebbe tirato tanto per le lunghe quelle pene infernali. Invece, quando si è reso conto che lui non aveva niente da dirgli, ha preso la pistola e ha concluso la sua opera. Ha spento il cervello e lasciato agire l'odio.»

Vera ascoltava, ipnotizzata.

«Quando sapremo cosa significano quei tre colpi alla pancia, avremo in mano l'assassino», concluse Menemenci. «Facile, in fondo.»

«Perché mi sta raccontando queste cose?»

Menemenci si alzò a fatica dalla sedia. «Per farla riflettere. Al momento non vuole aiutarmi, e io non posso costringerla. Però posso metterla in guardia.»

«Da cosa?»

«Dalle sciocchezze che farà.» La guardò, come se stesse per aggiungere qualcosa di fondamentale. Poi si limitò a un'alzata di spalle. «Ci pensi. Se ha bisogno di me, sa dove trovarmi. Grazie per il suo tempo.»

Red Lion

Ore 15.45

Poche ore dopo che Vera se ne fu andata, Solwegyn era seduto al piano terra, al bancone del bar, davanti a un'altra bottiglia di porto del 1954 quasi vuota. Gli innumerevoli bicchieri ormai avevano quasi anestetizzato le sue papille gustative, avrebbe potuto bere anche vino da discount. Sapeva che era uno spreco, ma se lo poteva permettere. Aveva comprato tutte le bottiglie rimaste sul commercio.

Aveva il sacrosanto diritto di berlo, perfino di buttarlo dalla finestra!

Solwegyn appoggiò la testa sulla mano sinistra, sopraffatto da pensieri tetri. Gli faceva male l'occhio distrutto.

Avrebbe preferito restare cieco del tutto, al fronte. In Ciad o nella retata per liberare i prigionieri di Loyada. O ancora meglio a Kolwezi, quando Mobutu aveva chiesto aiuto alla Legione per liberare tremila europei dalle carceri dei katanga. Quelle sì che erano state delle missioni.

Ma ormai nella Legione non si moriva più come in Indocina, dove la guerra contro i Việt Minh era costata più di diecimila uomini. L'ultima vera battaglia era stata in Algeria, all'inizio degli anni '80. Da quel momento in poi, i resoconti con le cifre delle vittime sembravano errori di battitura: otto in Gibuti, cinque in Zaire, uno in Ciad, zero in Gabon, zero nella Guerra del Golfo.

Non che Solwegyn provasse una sorta di brivido romantico al pensiero di grandi perdite, come quello che si provava, per esempio, davanti al Monument aux Morts di Aubagne. Semplicemente, la sua concezione di cosa fosse una guerra e di come andasse combattuta non funzionava senza morti. Anche il fatto che morissero sempre meno legionari in fondo era un bene, il sospetto era che la Legione ormai avesse fatto il suo tempo. Al giorno d'oggi – era quello, probabilmente, a sconvolgerlo di più – nel mondo erano in corso guerre che lui non riusciva a capire. In Zaire c'era stato bisogno della Legione, nel Golfo avevano avuto più l'impressione che li avessero chiamati come veterani su una sedia a rotelle che guardano con un cannocchiale l'orizzonte infuocato del fronte. Ma quell'orizzonte ormai compariva su uno schermo, e il campo di battaglia era un paesaggio fatto di numeri e dati. Se c'erano dei morti, e quanti, non era più misurabile. Gli americani erano amichevoli e collaborativi, e il motivo per cui tornavano sempre a casa tutti sani e salvi restava un mistero. In Indocina c'erano state montagne di cadaveri.

Che tipo di guerra era, invece, quella che rendeva dolorosamente consapevoli uomini come Solwegyn che il loro unico campo di battaglia ormai poteva essere solo uno scalcagnato club privato di Porz? Solo pochi decenni prima la sua esperienza era stata considerata indispensabile. Ora invece la gente come lui veniva spedita al centro anziani della Legione a Puyloubier, con le sue vigne e le sale per attività di gruppo che si riempivano di odore stantio e di vecchie storie.

Solwegyn aveva preferito fondarne uno tutto suo, di regno stantio. Tutto era meglio dell'umiliazione.

Poi, due anni prima, qualcuno era arrivato al club con un coltello in mano, cercava sua moglie. Nella zuffa, aveva cavato un occhio a Solwegyn. I suoi uomini lo avevano ridotto in poltiglia e poi erano spariti, per non mettere in pericolo la sopravvivenza del locale. Ma da quel giorno Solwegyn non faceva altro che imprecare. Il club era rimasto chiuso per alcune settimane, e poi molti non erano tornati, gli affari erano entrati in crisi.

Solwegyn alzò il bicchiere verso il Bafometto e lo riempì di nuovo. Ancora due giorni e poi gli sarebbe toccato rinfilarsi il costume da prete e celebrare messe nere.

Che schifo.

Per un po' guardò davanti a sé, malinconico. Katya era andata da un'amica, non le piaceva vederlo bere, e lui infatti lo faceva di rado. Ma quella detective aveva sfruculiato troppo.

Nemmeno Üsker, comunque, era morto per la Legione o in nome di qualche fine superiore. Era stato macellato dopo essersi trasformato in un innocuo fruttivendolo. Era come se tutti loro stessero diventando delle caricature di se stessi.

Le possibilità su chi potesse averlo ucciso erano infinite, ovvio. Il mondo pullulava di gente fuori di testa. Ma il suo istinto gli diceva che Üsker era stato riacciuffato dal suo passato. L'assassino doveva provenire dagli ambienti della Legione. Oppure, più probabile, dai tempi della Guerra del Golfo, quando lui si era arruolato tra le ben poco trasparenti file degli ZERO. Anche se ormai non era più di moda fidarsi dell'istinto, quello di Solwegyn ci aveva sempre visto giusto.

Spostò il calice di lato e salì di sopra, dove si mise a rovistare tra i suoi pacchi di appunti e documenti. Ci volle una decina di squilli prima che qualcuno rispondesse.

«Come stai?» domandò Solwegyn.

La persona all'altro capo della linea sospirò, sorpresa. «Ymir?»

«E chi se no?»

«*Merde!* Cavolo, che sorpresa! A cominciare dal fatto che tu abbia ancora il mio numero!»

«Dai, come se me ne fossi sempre fregato», disse Solwegyn, la lingua attorcigliata come un fil di ferro contro il palato. «Ascolta, ti devo parlare. È importante, altrimenti non ti avrei chiamato.»

L'altro parve riflettere. «È successo qualcosa a mia sorella?»

Solwegyn proruppe nella sua risata metallica. «No, non ti preoccupare, lei sta bene, tutto a posto.»

«Ah, okay.» L'altro fece una pausa. «E tu come stai?»

«Considerate le circostanze, non male. Ti devo chiedere una cosa.»

«*Eh, bien*, spara.»

«Sei ancora in grado di parlare tedesco?»

«Cosa? Ma certo, idiota. *Un petit peu, un tout petit peu.* Dai, dimmi.»

Solwegyn ansimò, il respiro mozzato dall'alcol. «Ti ricordi di Jens Lubold?»

Silenzio.

«Lubold», ripeté Solwegyn, deciso.

«Certo che mi ricordo di Lubold», sibilò l'altro con voce tremante. «Che razza di domanda è? Sai benissimo che non me lo dimenticherò mai.»

«E? È morto?»

«Senti, ma stai bene? Sei impazzito? Davvero, che è successo?»

Solwegyn aggrottò la fronte. «Sì», rispose.

«Non fraintendermi, sono contento che tu mi abbia chiamato, ma che sono tutte queste domande assurde?»

«Sono altri a farle. Sei proprio sicuro che sia morto?»

Di nuovo silenzio. «*Pourquoi me le demandes-tu?*»

«*Parce que des choses se sont passées ici, qui me laissent dubitatif. Puisque Lubold est mort, tu devrais me dire le nom de quelqu'un d'autre qui serait capable de torturer à mort un homme.*»

«Quoi? De qui parles-tu?»
«De Mehmet Üsker.»
«Üsker? Üsker est mort?»
«Hai sentito benissimo.»
*«Mais c'est épouvantable!** Cosa cavolo dici? Torturato a morte? Che storie atroci mi vieni a raccontare?»
«Eh, già, amico mio. Per questo ho pensato che Lubold fosse resuscitato, altrimenti davvero non mi viene in mente nessuno che... comunque, chissà! Io so solo che Üsker è morto. Ma c'è un'altra cosa che devo chiederti.»
«Cosa?»
Solwegyn gliela spiegò.
A ogni parola, diventò più lucido, la voce più chiara e articolata. In fondo, in gioco c'erano trentamila marchi.

Frankenforst

Ore 16.03

«Questa cosa che non posso contattarla non è molto pratica», disse Vera quando Bathge, finalmente, la richiamò.
«Lo so», disse lui. Il minuscolo auricolare che lei aveva nell'orecchio trasmetteva la voce in maniera forte e chiara. «Dobbiamo organizzarci diversamente. Ci sono novità?»
«Eccome se ci sono.»
Mentre parlava nel microfono che le arrivava alla bocca da dietro l'orecchio, le dita stavano aprendo un altro minuscolo marchingegno. Una specie di ragno trasparente, con un occhio nero sopra.

*«Perché me lo domandi?» – «Perché qui sono successe delle cose che mi hanno fatto venire il dubbio. Perché se Lubold è morto, allora fammi il nome di un'altra persona in grado di torturare qualcuno a morte.» – «Cosa? Ma di cosa stai parlando?» – «Di Mehmet Üsker.» – Üsker? Üsker è morto?» [...] «Ma è terribile!» In francese nell'originale. (*N.d.T.*)

«Dov'è?» chiese Bathge.

«Mi sto guadagnando la pagnotta. Non ho solo lei, come cliente.»

«Non sarebbe meglio che c'incontrassimo per parlare delle ultime novità, invece che discuterne al telefono?»

Vera non rispose. Poi installò l'ultima delle minuscole *spider-cams* sulla porta dell'ufficio del direttore della Frankenforst. Il ragnetto ora se ne stava lì, sopra l'intelaiatura, invisibile.

«Signora Gemini, è ancora lì?»

«Scusi, dovevo concentrarmi un attimo su un'altra cosa. Insomma, ci siamo visti ieri...»

«Be', allora?»

«Che problemi ha? Ha paura che possano intercettarci?»

«No...» Bathge fece una pausa. «È solo che mi piacerebbe vederla.»

Vera trattenne il fiato. «Sì», disse quindi, spaesata. «In fondo, perché no.»

«Sta bene?»

Scese dalla sedia su cui era salita per piazzare le telecamere. «Sì, credo di sì.»

«E se stasera la portassi fuori a cena?»

«Ci sta provando?»

«Sto provando a portarla fuori a cena.»

«Perché?»

«Perché devo mangiare tutte le sere, come la maggior parte della gente che conosco. Quindi ho pensato che avrei avuto altissime probabilità di ottenere una risposta positiva.»

«Ah.»

Bathge si schiarì la voce. «Ma non dobbiamo farlo per forza. Per me possiamo anche parlarne al telefono, di quello che ha scoperto.»

«È impazzito?» Vera si grattò il naso, uscì dall'ufficio e si ritrovò nel magazzino. «Da quando getta la spugna così in fretta?»

Bathge rise.

«Ma non dobbiamo farlo per forza», gli fece il verso lei.

«No, però sarebbe una telefonata così lunga che entrebbe nel Guinness dei Primati. Allora, a che ora e dove? Io non sono tanto pratico di ristoranti, qui a Colonia, quindi proponga qualcosa lei.»

«Preferisce un posto un po' fuori mano?»

«A dir la verità di cose fuori mano ne ho fin sopra i capelli», replicò Bathge, amareggiato. «Mi corregga se sbaglio, ma a volte non sono i riflettori il miglior nascondiglio?»

«Sì, lo ha detto Arsenio Lupin, e aveva ragione. Che ne dice di un russo?»

«Perfetto.»

«A Rathenau... la conosce, Rathenauplatz?»

«Ma certo!»

«C'è una specie di trattoria, l'Hotelux.» Esitò, e poi aggiunse: «Io abito proprio dietro l'angolo».

Sai cosa gliene importa, cretina.

«Bene», disse Bathge.

«Facciamo alle nove?»

«Okay.»

«Allora alle nove all'Hotelux.»

«Ottimo, non vedo l'ora.»

Anch'io, pensò lei. Ma perché? Quell'uomo le stava creando solo un sacco di problemi.

Poi arrivò il principale, il tizio che l'aveva incaricata di far luce sulle fughe d'informazioni e sui sabotaggi che negli ultimi tempi avevano colpito l'azienda con sempre maggior frequenza. «Continuiamo ad aver problemi col vicino», disse, sospirando.

«Quello che vuole farle causa?»

«Sì, quel bastardo. Merda! Proprio non capisce perché dobbiamo tenere in magazzino anche materiale radioattivo... Io ho spiegato al coglione che sono quantità irrisorie, per degli stupidi test. È pure sigillato nel piombo. Meno pericoloso di un currywurst, cazzo.»

«Vedremo», disse Vera. Per il suo cliente, il caso era già risolto, e la colpa di tutto quello che era andato storto, nel mondo e in particolare alla Frankenforst negli ultimi tempi, era di quel vicino impertinente, appunto.

«Quello stronzo sta alzando un polverone, come se domani potesse saltare tutto in aria! Io gli ho detto che non siamo a Černobyl', che qui facciamo metal detector, ovvero i cosi per controllare le sue stupide valigie in aeroporto. E lui attacca col cancro e coi bambini deformi. Che pezzo di merda. Non sa nulla, ripete solo a pappagallo quello che gli propina la TV, peggio di un cerebroleso.»

Vera lo guardò. Un aspetto curato. Ben rasato, completo scuro.

Ma quando apriva bocca sembrava un dizionario di parolacce. Perché?

Ogni volta gli vedeva scintille negli occhi, accendeva quelli invece di menare le mani. Tuttavia, se lei gli avesse confermato i suoi sospetti, il vicino si sarebbe ritrovato in una pozza di sangue in meno di dieci minuti.

Un piccolo psicopatico, pensò Vera. La società ne era piena. E tutti con un aspetto curato. Ben rasati e in completo scuro. «Ho appena installato tre *spider-cams*», disse Vera con calma. «Dovrebbero bastare.»

L'uomo fece una smorfia. «Tre spider-che?»

«Telecamere digitali. I dati mi arriveranno attraverso un satellite. Non appena qualcuno metterà piede qui dentro dopo la chiusura delle sette, io lo saprò, in tempo reale. Se vuole, posso chiamare la polizia. Oppure chiamo lei e ci pensa da solo. L'altra possibilità è che domani controlli le registrazioni.»

«Secondo lei cos'è meglio?»

«Be', se il suo incursore notturno si sente così sicuro, non dobbiamo per forza arrestarlo subito, con le mani in pasta. Bastano le registrazioni.»

«Ma sarebbero più di dodici ore di nastri... una cosa disumana... come farà?»

«Me la caverò in dieci minuti. Vuole un pieper?»

«Un cosa?»

Gli porse un oggetto piccolo e nero.

«Un pieper, una specie di cercapersone. Che la informa quando qualcuno entra senza autorizzazione. Collegato a un sensore di movimento da installare qui dentro.»

«Nel senso che, quando questo coso fa *pip*, io salto in macchina, vengo qui e... vedo se... oh, non lo so. È proprio necessario?»

«Be', ci sono dei clienti che lo vogliono.»

«Io in realtà preferirei di no.»

«Okay, nessun problema.» Vera si riprese il pieper e cercò di mettere su la sua espressione più affidabile. «Anch'io preferisco, tanto lo prenderemo comunque.»

«Tutti questi aggeggi...» disse l'uomo con una risata nervosa. «I detective, un tempo, non si appostavano dietro le tende?»

«Be', prima si diceva anche: 'Mani in alto o sparo'.»

«In che senso, scusi?» Il principale parve confuso. «Oggi invece?»

«Niente, oggi è la telecamera a sparare.»

Nicole

Ore 19.00

Nicole Wüllenrath, Marmann da ragazza, abitava vicino al Volksgarten, in un edificio moderno che spiccava per la sua semplicità e bruttezza sul resto dei palazzi, vecchie costruzioni dall'aspetto molto più dignitoso.

Vera era andata a piedi ma se n'era pentita. Ormai quella zona era pattugliata da schiere di poveracci che elemosinavano soldi e sigarette. Dietro Eifelplatz, per esempio, s'imbatté in un tizio che dimostrava quarant'anni, anche se non doveva averne avuti più di venti. «Sono un disastro socioeconomico», disse sbattendo le palpebre.

Vera proseguì senza nemmeno dargli retta.

Lui le si attaccò alle calcagna. «Solo ottanta centesimi, non chiedo altro», disse col respiro affannato. «Per favore, non può tirare dritto e far finta di nulla per ottanta centesimi. E poi io sono uno che sa parlare. Apocrifo! Criptico! Epistemologia! Vede? Conosco anche parole ricercate... Gentile signora, potrei insegnarle delle cose! Ottanta centesimi...»

«Sparisci», gli ringhiò contro Vera.

«Noi abbiamo un televisore», continuò. «Uno di noi, uno del gruppo, ha una casa, e siamo andati a vivere lì. E dalla TV s'imparano un sacco di cose, per questo sono così colto. Ci faccio attenzione, non sono mica stupido. Non è curiosa di sapere cos'è un disastro socio-economico?»

«Per ottanta centesimi?»

«No, a lei lo spiego gratis. Volentieri. Non sono mica come quei bastardi di Ehrenstraße, che alla gente che non gli dà nulla dicono buona giornata ma dentro di loro gli augurano che la peste li colga in quello stesso istante. Io sono diverso, e adesso le spiegherò cos'è un disastro socio-economico.»

«Non sto nella pelle.»

«Un disastro socio-economico è quando uno ha i soldi per una birra, ma non abbastanza per una doppio malto.»

«Perché proprio una doppio malto?»

Lui la guardò con aria innocente. «Be', io fumo le Marlboro rosse, e per quelle ci vuole una doppio malto.»

«Ah, ecco.»

«Anche se insomma ci sono quasi rimasto secco, per le sigarette... Ho i polmoni a pezzi, in realtà dentro di me è un po' tutto rotto...»

«Sai cosa? Perché non smetti di fumare, così stai meglio e hai anche i soldi per la tua doppio malto?»

«Impossibile.»

«Perché?»

«Perché la doppio malto è buona solo quando uno ci fuma sopra.» Così si era chiuso il cerchio delle sue argomentazioni. Il ragazzo alzò gli occhi, soddisfatto.

Vera non poté fare a meno di tirare fuori una banconota da cinque marchi. Era un errore, e lo sapeva, ma finiva sempre così: o non dava nulla, o dava troppo.

Lui guardò la banconota. Poi le sputò sui piedi e scappò via.

Lei cercò di dimenticare la scena all'istante e proseguì per la sua strada.

Sì, era messo male, ma era uno di quelli che rischiavano di mandare a monte gli affari ai veri senzatetto. Da un anno circa, a Frisenplatz era stazionato un gruppo di gente simile, pretendeva una specie di dazio per il passaggio. Non gli sfuggiva nessuno. Vera li aveva ignorati più volte, fino a quando non ne aveva preso uno per il collo e...

Sorrise. Poteva sentire ancora le sue grida. Disperarsi per le sue ginocchia, visto che lei lo aveva privato della facoltà di camminare.

Vera accelerò. Nicole Wüllenrath l'aspettava per le sette.

Stavolta aveva avvertito. A differenza dei genitori, lei si era mostrata collaborativa. Poco dopo la visita di Vera, infatti, la signora Marmann aveva chiamato la figlia per pregarla di parlare con la detective. Nicole era parsa amichevole, al telefono, anche se a Vera era sembrato di cogliere un accenno d'isteria nella sua voce.

La madre di Nicole ci teneva che parlassero, e il motivo era più che ovvio. Lei non se l'era sentita di far entrare Vera in casa, il marito non glielo aveva permesso, ma la signora Marmann davvero confidava in un ritorno del figlio. A quanto pareva, Vera aveva riacceso le sue speranze. Quindi adesso le persone per cui doveva trovarlo erano due.

Per adesso.

Suonò. Le aprirono e lei attraversò il corridoio a passo svelto. Gli interni del palazzo erano semplici e brutti come la facciata. Gradini di marmo scadente che conducevano ai piani superiori.

Nicole Wüllenrath l'aspettava sulla porta. Aveva i capelli neri arruffati e gli stessi occhi del fratello. Non aveva nemmeno trent'anni. Somigliava così tanto ad Andreas che Vera ebbe quasi paura che da un momento all'altro la ragazza potesse tirare fuori un mitra e metterselo a tracolla.

«Quindi tu saresti la famosa detective», disse Nicole.

«Sì.»

«Entra.» La guidò lungo un corridoio con le pareti piene di poster fino a una stanza grande e luminosa. Con mobili più che spartani. Al centro, un unico divano in stile rococò. Diversi computer si dividevano la parete in fondo. Ovunque pile di riviste e fogli volanti, lattine di Coca-Cola vuote e bicchieri. Alcuni schermi mostravano tabelle, altri grafici. Su uno c'era uno strano simbolo che continuava a ruotare intorno al proprio asse.

«Purtroppo non ho niente da offrirti», disse Nicole con un sorriso imbarazzato. «Presto morirò di fame, qui dentro, ma non ho nemmeno un secondo per uscire a comprare qualcosa.»

«A cosa sta lavorando?» domandò Vera, curiosa, avvicinandosi ai monitor. In quell'istante, lo strano simbolo scomparve.

E apparve l'immagine di un salone, con varie persone sedute.

Nicole fece una smorfia. «In realtà dovrei finire il sito di due tizi, ma non mi viene, in sostanza non ho il tempo di lavorarci. Tu...?»

«Cosa, se ho tempo?»

«No, se hai un sito.»

«No.» Vera rifletté per qualche secondo, poi decise di ricambiare la confidenza della ragazza e di darle del tu. «Va bene, se sei di fretta la facciamo breve, okay?»

«Ma no, non ti preoccupare, resta pure. Perché...» Si fermò. «È che ci sono ospiti e, insomma, è terribile quando uno non ha niente da offrirgli.»

«Santo cielo», disse Vera. «Non farti tutti questi problemi, non per me.»

Nicole la guardò senza capire. «Ma no, non per te. Nicole, l'altra Nicole, ha appena ricevuto visite.» Indicò il salone sul monitor. «Amici, un'improvvisata.»

«Amici?»

«Sì, fa parte del gioco... Lo hanno inventato due geni e ormai è diventato molto popolare. Guarda!»

Si chinò sulla tastiera e inserì una serie di comandi in rapida successione. All'improvviso si aprì una finestra separata in alto, con la testa di una donna. E, nello stesso istante, la scena del salone iniziò a cambiare, le persone presero vita, giravano le teste l'una verso l'altra.

Vera osservò il volto della donna nel computer e inarcò un sopracciglio. «Ma quella sei tu», disse, sgranando gli occhi.

Poi guardò meglio.

Sì, era proprio Nicole, o forse no. La Nicole sullo schermo era più carina, più proporzionata. Una specie di versione ideale dell'originale.

«Questa sarebbe l'altra Nicole, giusto?» domandò. «Quella che ha ricevuto visite.»

«Esatto», rispose la Nicole in carne e ossa. «Davvero un'improvvisata, mi spiace. Adesso però questa Nicole deve occuparsi dei suoi ospiti, altrimenti si arrabbiano e se ne vanno. Vedi, ho cambiato prospettiva. Vedo tutto attraverso gli occhi di Nicole, anche gli amici, appunto.»

«Come qui sopra, nella finestra separata?»

«Sì.»

«Di chi è il salone?»

«Mio, di chi sennò? Insomma, è il salone di Nicole. Adesso è arrivata gente e lei deve accoglierla, dire ciao e cose del genere. Insomma, se uno ignora gli amici finisce col perderli, e non è facile trovarne di nuovi.»

«Ma che razza di gioco è? Una cosa tipo tamagotchi?»

«Macché!» esclamò Nicole, indignata. «Molto meglio! I tamagotchi in confronto sono una merda, non sanno fare niente.»

Be', insomma. La prima generazione di Tamagotchi ormai era acqua passata. Vera si ricordava quand'erano usciti sul mercato, nel '96, computerini con minuscoli schermi che la gente si attaccava alla cintura e si portava ovunque. Non appena uno accendeva lo schermo, spuntava una creaturina con tanto di occhi e bocca. Bisognava darle da mangiare, farle le coccole, giocarci e portare via la sua cacca, che lei lasciava sotto forma di montagnette di cristalli fluidi. I Tamagotchi avevano poche pretese, si addormentavano nel bel mezzo della giornata e lo schermo a quel punto mostrava solo zzz... zzz... zzz... Ma potevano esprimere anche gioia e dispiacere, ammalarsi, se uno non si prendeva cura di loro... e morire.

Era diventata una mania, nessuno andava più in giro senza, sia i bambini sia gli adulti. A far scalpore non era tanto l'esserino in sé, che infatti aveva un aspetto molto semplice, quasi irreale, o il programma, piuttosto monotono, visto che in sostanza la strana creatura non faceva altro che dormire, mangiare, cacare, saltellare e mettere il muso. Il punto era che quell'esserino era in grado di scegliere da solo il momento in cui svolgere le sue limitate attività. Il generatore di casualità non ammetteva nessun tipo di previsioni. Era impossibile sapere in che momento si sarebbe addormentato o risvegliato. Quando dormiva, dormiva. Quando aveva fame faceva *pip* e dovevi dargli da mangiare.

Poteva fare *pip* anche alle tre di mattina.

Di conseguenza, spesso era successo che toccasse ai genitori alzarsi nel cuore della notte e subentrare nella cura di quello snervante esserino, in modo che i figli non si presentassero a scuola stravolti. Ma i bambini arrivavano comunque stanchi morti e pensavano più a soddisfare i desideri del loro minuscolo aguzzino che a seguire la lezione. Il Tamagotchi, quindi, a dispetto del suo aspetto innocuo, esercitava un certo potere e in un certo senso era riuscito a capovolgere i ruoli: il programma aveva assunto quello di *user*, dando per scontata la reperibilità incondizionata del proprietario. In sostanza, era come un neonato o un animale domestico. Le sue moine, tuttavia, avevano segnato una svolta epocale: era il computer a sfruttare l'uomo, ogni volta che ne aveva bisogno. Lo attivava e lo disattivava, e lui obbediva, interrompendo qualunque altra attività e, come un soldatino, premeva i pulsanti necessari per soddisfare i desideri del piccolo mostro. I Tamagotchi non si potevano spegnere, ma loro accendevano e spegnevano il loro proprietario quando e come desiderava il generatore della casualità, appunto.

Poi erano passati di moda, perché al loro posto erano subentrati programmi più sofisticati. La generazione successiva assomigliava ancora di più agli animali domestici, se si sentivano trascurati erano addirittura in grado di scappare. E così si era reso ancora più necessario ciò che già i primi esemplari avevano richiesto: un nuovo tipo di psichiatri. Specializzati nella cura di bambini traumatizzati dai Tamagotchi, che per esempio non riuscivano a superare i sensi di colpa per la loro morte, incapaci di comprendere la natura artificiale di quegli esserini.

Quei bambini avevano infranto la legge, anzi un comandamento divino.

Non uccidere.

Vera fissò il salotto virtuale e aggrottò la fronte. Era iniziata la lenta occupazione della libera volontà umana, prima attraverso i giocattoli, adesso con Internet.

Vera indicò il gruppo di visitatori.

«Quindi cos'è che succede se non gli dai retta?»

«Eh, non va bene.» Nicole diede una nervosa occhiata allo schermo. «Loro mi taglieranno fuori, non m'inviteranno più. Davvero, sei arrivata proprio nel momento sbagliato, anche se in realtà non c'è mai un buon momento.»

«Ma chi sono, di preciso, loro? Programmi?»

Nicole scosse la testa con forza. «Persone!» rispose come se non esistesse nulla di più ovvio. «È proprio questo il punto. Ci sono sempre più persone che arrivano ed entrano nel gioco. Tutto ha luogo a Intertown, una metropoli, come Hong Kong o New York. Si può affittare o comprare un appartamento, trovare un lavoro... insomma viverci veramente. La sera puoi scegliere se uscire o restare a casa. Si guadagnano anche dei soldi, e ci sono un sacco di negozi fighi in cui spenderli.» Indicò un ragazzo seduto rigido, con lo sguardo vacuo, a un angolo del divano. Sorrise. «Quello è Jochen. Carino, vero? Non trovi anche tu che sia carino?»

«Sì, sì», rispose Vera. «Carino.»

«Oh, merda!» E il volto di Nicole fu di nuovo in preda alla disperazione. «Probabilmente stanno già parlando, ma devo andare da loro per poter partecipare. Se non mi siedo, si arrabbieranno e se ne andranno.»

«E se fai finta di non essere in casa?»

«No, appena ti vedono tu risulti a casa. E ormai mi sono loggata, quindi mi possono vedere.»

«Be', tu di' che sei malata.»

«Ma c'è anche Jochen... come faccio a darmi malata? Sai... scusa, com'è che ti chiami?»

«Vera.»

«Vera... secondo me tu proprio non ci arrivi, non riesci a entrarci.»

«Forse.»

«Forse hai dei problemi col pensiero astratto... Sì, è per questo.»

Ma senti questa!

«In effetti, c'è una cosa che ancora proprio non ho capito», disse Vera, che in teoria era andata lì per parlare di Marmann. «Qual è il senso... lo scopo del gioco?»

Nicole la guardò con gli occhi sgranati. «In che senso... il senso?»

«Perché ci giochi? Cioè, sarà divertente... ma tu cosa ci guadagni?»

«Be', è come un secondo mondo, una seconda vita», rispose Nicole in tono melodrammatico. «Sette giorni alla settimana, ventiquattr'ore su ventiquattro. Capisci? È come se uno vivesse il doppio. Sì, al momento le possibilità sono ancora un po' limitate, i tempi sono troppo lunghi e la risoluzione troppo sgranata, per non dire una merda, ma in sostanza è come se uno avesse una seconda vita su Internet. Qui e ora tu sei... per esempio, tu, tu sei una detective privata, ma a Intertown potresti essere una cosa diversa, una cosa che non c'entra niente. Che ne so, un'attrice, un'agente di borsa... Puoi fare un sacco di soldi e poi perderli di nuovo, puoi contrarre debiti, indebitarti pure il culo. Ops! Scusa... Puoi perfino finire in prigione, pensa un po'!»

«Quindi anche lì a Intertown si commettono crimini?»

«In teoria, sì. Cioè, non proprio, ma ci arriveremo. Insomma, c'è tutto! Hai colleghi, amici, puoi innamorarti, sposarti. Tutto. Per esempio, Jochen si potrebbe innamorare di me...» concluse, un po' seccata.

«Aspetta un attimo... ma Jochen è una persona reale?»

«Sì.»

«E tu sei innamorata di lui?»

«Un po', è così carino...»

«Sì, è carino, ma lo sai che aspetto ha... lo hai mai visto?»

«Certo! Eccolo, è lì!»

Vera scosse la testa. «Ma no, chiedevo se lo avevi già visto in carne e ossa...»

Tra le sopracciglia di Nicole si scavò una ruga. «E a che scopo? Tanto su Internet ha lo stesso aspetto che nella vita reale...»

Vera si chiese se Nicole ancora sapesse qual era, la vita reale.

«Anch'io sono uguale, non vedi?» disse. «Ci sono dei programmi che ti aiutano a crearti come ti vorresti. Guarda, non è fantastico? Per esempio, se uno è brutto e ciccione, una di quelle persone che non escono mai perché si vergognano ma in realtà hanno un cuore d'oro, ecco, quello può diventare bello e magro e veder soddisfatto ogni suo desiderio.»

«Capisco. E il sesso?»

Nicole si strinse nelle spalle. «Be', si può fare anche sesso, ma in questo hai ragione, è un problema. C'è una specie di orgasmometro che misura le energie, però... Nella versione più evoluta dovremo indossare delle mute con un milione di sensori. Cioè in realtà esiste già, la muta, ma costa troppo.»

«Be', ma due potrebbero conoscersi su Internet e poi incontrarsi davvero», la stuzzicò Vera. «T'immagini? Un sacco di ciccioni col garofano all'occhiello!»

«Ma no, prima bisogna mettere su un'infrastruttura che funzioni, creare degli interstate... chissà...»

Intertown. Interstate.

Prima o poi, pensò Vera, spunteranno degli altri pazzi che fonderanno un'altra Intercittà in un altro Interstato. E scoppierà una guerra per gli spazi di memoria?

Una guerra virtuale?

«Bene», disse, «tutto questo è davvero molto affascinante, ma adesso potresti dedicarmi cinque minuti del tuo tempo?»

«Certo.» Nicole distolse lo sguardo dallo schermo e la scrutò. «Tu starai pensando che sono completamente fuori, vero? Non credere... io so quali sono le priorità. Mio fratello, per esempio. Mia madre dice che stai cercando Andreas... perché?»

Vera si avviò lentamente verso il divano, si sedette e accavallò le gambe. «Me l'ha chiesto un suo amico, mi ha dato quest'incarico.»

«Mio padre pensa che non sia una buona cosa. Lui li odia, i detective come te.» Parlava in tono piuttosto compiaciuto, mentre con le dita si attorcigliava i capelli. «Perché non gli hai raccontato una cavolata, tipo che eri una vecchia amica o cose del genere?»

«Pensavo fosse meglio dirgli la verità. Una detective privata forse potrebbe trovarlo davvero, no?»

«Sì, lo ha detto anche la mamma. E cosa vuole questo amico da Andreas?»

«Niente di male. Di più al momento non posso dirti. I miei clienti pretendono discrezione. Ma non sarei qui se si trattasse di fargli del male. Prima di tutto è per impedire che abbia grane con la polizia.»

«Ma quelle le ha già.»

«Le aveva, forse anche lì qualcosa si può fare.»

Nicole annuì. Alle sue spalle, Vera vide le persone del salotto virtuale che se ne andavano. La sorella di Marmann aveva appena perso degli amici.

«Ma ai tuoi genitori pare non importare nulla di dove sia Andreas», disse. «Perlomeno a tuo padre.»

«Quello stronzo!»

«Be', sì, un tipo pacifico non mi è sembrato. Perché tua madre mi ha detto che tu avresti potuto dirmi qualcosa di più?»

«Ha detto così?»

«Non proprio, ma una cosa simile.»

Nicole si sporse in avanti. «E, sentiamo, *tu* cosa sai, cara la mia detective?»

«Troppo poco, è proprio questo il problema.»

«Mmm.» Nicole sembrò delusa. «Io in realtà speravo che tu lo avessi già trovato. O quantomeno una traccia, mia madre ne era convinta.»

«No.» Vera scosse la testa. «Forse mi sono un po' avvicinata, ma in realtà la pensavo come te, cioè speravo che fossi *tu* ad aiutare me.»

«Ah, be', io...» Nicole si morse un labbro.

Vera aspettò.

«Non so, forse. Un paio di anni fa è venuto un uomo, da me. Anzi da noi. Io allora ero ancora sposata. Mi ha detto che lo mandava Andreas e che io non dovevo preoccuparmi, che lui stava bene. Io chiaramente volevo sapere dov'era, ma lui ha risposto che non poteva dirmelo. Andi vive in... tipo all'ombra di se stesso, una cosa del genere, ha detto. Insomma credo volesse dire che non può tornare in Germania a causa della storia della rapina. Poi mi ha messo in mano una busta e mi ha detto che mio fratello coi miei genitori aveva chiuso, e che loro non dovevano aspettarsi più niente da lui, che dovevo dirgli così.»

«Quand'è successo questo?»

«Mmm... oddio, un sacco di tempo fa. Sei o sette anni.»

«E poi?»

Nicole serrò gli occhi come se dovesse ripescare i pensieri giusti. «Nella busta c'erano dei soldi», disse. «Un pacco di soldi. L'uomo ha detto che erano per me e che dovevo decidere io se darne o no una parte ai miei. Mi ha chiesto il numero di conto, quella roba lì, e detto che mi sarebbero arrivati bonifici regolari. Che era una figata. Il mio stupido matrimonio era ai ferri corti, allora, i miei genitori erano comunque al verde e quindi io dovevo cavarmela da sola. Da quel giorno, in fondo, me la passo benone. Insomma, niente di che, ma basta per non dovermi mangiare le unghie dalla fame.»

«Hai mai cercato di capire da dove ti arrivano i soldi?»

«Una volta, e ho scoperto che arrivano da un conto in Svizzera. Non so se sia proprio di Andi, ma ha fatto in modo che nessuno lo trovi.» Sorrise. «Nemmeno tu. Perché Andi non è uno stupido, capisci? E, se non vuole farsi trovare, tu non lo troverai.»

Vera rifletté. Poi disse: «L'uomo che ti ha cercato, allora... ti ricordi che aspetto aveva?»

Nicole si morse un labbro. «Non so, malvagio... cioè, è stato gentile, però...»

«Parlava tedesco?»

«Sì, ma un tedesco strano.»

«In che senso strano?»

«Eh, strano. Come se strascicasse le parole.»

«Un accento slavo, forse?»

«Mmm... sì, forse.»

«Capelli neri, barba nera?»

«Unti, sì, e credo che avesse la barba. E un sacco di gioielli, però non fighi.»

«Ti ha detto come si chiamava?»

«No, e comunque l'ho visto solo quella volta.»

Vera annuì. Era molto probabile che il misterioso ospite di Nicole fosse lo stesso uomo con cui Vera aveva parlato quel pomeriggio. Ovvero il proprietario monocolo della babele del peccato in rovina di Porz.

Quindi all'epoca Ymir Solwegyn sapeva dov'era Andreas Marmann.

E lo sapeva anche quel pomeriggio.

Squadrò Nicole e si chiese se quell'eterna bambina fosse in grado di mentire. «Sai dov'è andato tuo fratello dopo la fuga?»

«No.»

«Non sai che si è arruolato nella Legione straniera?»

Nicole saltò su. Gli occhi indiavolati. «Perché me lo dici soltanto ora?» strillò, in un improvviso accesso di rabbia. «Tu lo sai, dov'è, lo sai! Che stronza!»

«Io non so niente», disse Vera mantenendo la calma. «Siediti e ascoltami.»

«Col cazzo che mi siedo!»

Allora Vera si alzò e fece un passo verso la ragazza. «Adesso smettila e rimettiti seduta… subito!»

Nicole, quella bambina con l'aspetto di un'adulta, si zittì e fece un respiro profondo. Poi si lasciò cadere di nuovo nella poltrona girevole. Il lato infantile della sua personalità aveva reagito al tono autoritario di Vera obbedendo, proprio come lei aveva immaginato.

Vera conosceva quel genere di persone, la cui personalità non era cresciuta insieme con l'aspetto esteriore. Quei bambini dentro un corpo adulto, la loro rabbia impotente, indomabile. La loro remissività quando qualcuno alzava la voce, tanto che mancava solo un ciuccio per consolarli.

«Mi spiace», disse.

Un'alzata di spalle. «Andreas ha lasciato la Legione un sacco di tempo fa», spiegò Vera. «All'inizio degli anni '90, è entrato in una truppa di mercenari, poi di lui si è persa ogni traccia. E io non ho la più pallida idea di dove si trovi.»

«Ah», disse Nicole in un sussurro. Guardò lo schermo del computer ed ebbe un sussulto. «Cazzo! Ecco, se ne sono andati.»

«Sì.»

«Merda, sei venuta proprio nel momento sbagliato, lo sai? Cioè tu non puoi farci niente ma è proprio un casino, un grosso casino. Così adesso sono di nuovo sola…»

Vera si sentì in colpa. Nicole si accasciò, era proprio una drogata. Vera pensò alla sua scrivania e all'unità mobile della Porsche. Per un attimo vide lei e Nicole precipitare in un mondo fatto solo di dati.

Scacciò via quel pensiero inquietante e cercò il tono più amichevole e dolce di cui fosse capace. «Nicole, ti devo chiedere una cosa.»

«Be', è un'ora che mi stai chiedendo cose», osservò la ragazza. Adesso più che arrabbiata sembrava offesa.

«Secondo te Andreas sarebbe capace di commettere un omicidio?»

Niente, né nel volto né nei gesti, diede l'impressione che

avesse capito la domanda. Continuò a fissare Vera. Poi scosse la testa, piano. «Tu non vuoi aiutarlo. Vuoi tendergli una trappola.»

«Te lo giuro, non è così.»

«Tu lo stai cercando perché uno ti paga, ma non te ne frega niente del motivo.»

Vera si piegò in avanti. «Ti ripeto, non è così.»

«Sì, invece!»

Era proprio come una bambina. Anzi due, pensò Vera. Nicole e Nicole, gemelle nell'apparenza e nell'essenza.

«E se lo trovo e te lo riporto?»

Nicole alzò gli occhi. «Andreas non sarebbe capace di uccidere nessuno. Hai capito? Mai!»

«Le persone cambiano.»

Il volto da bambina scomparve. Nicole guardò Vera. La Nicole adulta, di quasi trent'anni, sposata, divorziata, la programmatrice. «È mio fratello», disse in tono calmo. «Vuoi sapere se sarebbe capace di uccidere una persona?»

«Sì.»

«Be', la risposta è no.»

«Ma alla Legione gli hanno insegnato proprio questo.»

«Be', certo, forse potrebbe sparare, di fronte a una minaccia. In questo senso, dicevi?»

«Non proprio.»

«Allora, no, la risposta resta no.»

Vera tacque e si chiese se Bathge non fosse in errore.

«Vera?»

«Sì.»

«Davvero lo puoi trovare?»

«Non lo so, Nicole, davvero non lo so.»

«Ma non è in pericolo, vero?» Nicole la guardò coi suoi occhi grandi e infelici. E la sua voce cambiò di nuovo. Come tutte le persone che passano troppo tempo davanti a uno schermo e soffrono di deficit di sonno, pensò Vera. Diventano lunatiche, aggressive e melodrammatiche.

Vera ricambiò lo sguardo.

«Però tu me lo diresti, non è vero, se fosse in pericolo...

Insomma, è mio fratello, è scomparso da quindici anni, ma mi vuole bene. Mi manda dei soldi. Ti ho raccontato tutto quello che so. Me lo diresti se c'è qualcosa che non va, vero? Me lo diresti, vero? Vera!»

«Sì, Nicole, te lo direi.»

Hotelux

Ore 21.16

«Mi fa pena», disse Vera a Bathge.

Lui alzò gli occhi dal menu. «Be', dipende dai punti di vista... insomma, non tutti hanno la fortuna di vivere due vite! Comunque un po' pazza lo è sempre stata. L'ultima volta che l'ho vista aveva quindici anni... come ha detto che si chiama, adesso?»

«Wüllenrath. È stata sposata con un tizio che si chiamava così, ma non è durata molto.» Vera rifletté. «Forse non aveva voglia di farsi accendere e spegnere quando voleva lei...»

«Però si è sposata», disse Bathge, pensieroso. «Ecco perché non la trovavo sull'elenco.»

Vera fece una smorfia. «Certo, che stupida, perché lei ovviamente l'ha cercata... be', perlomeno avrebbe potuto dirmi che esisteva anche una sorella.»

«E perché? Tanto gliel'hanno detto i Marmann. E poi volevo che ci arrivasse da sola. Non sa quanti soldati ho visto mandare a monte una missione perché sapevano troppo, perché erano accecati dalle informazioni.»

«Grazie, ma non c'è bisogno che mi dica come fare il mio lavoro.»

«Certo», rispose lui conciliante. «Infatti... in realtà stavo cercando di spiegarle il mio, le interessa?»

«Non lo so. In tutta sincerità, non capisco perché gli ex soldati non abbiano nient'altro di cui parlare... a parte la guerra.»

«Forse perché non l'ha mai fatta.»

«Ognuno combatte la propria, di guerra», replicò lei, brusca.

«Comunque non fa niente, vuol dire che parleremo di qualcos'altro.»

«Adesso però non faccia l'offeso.»

«No, no, nessun problema.»

«Invece se l'è presa.»

«Ma che sta dicendo!»

«Mi dica del suo lavoro, davvero, m'interessa.»

Lui la scrutò. «Va bene, allora le faccio un esempio. Mettiamo che lei debba andare nella giungla. Per la prima volta in vita sua. Non le dicono nulla di cosa troverà, solo che è pericoloso. Lei che fa?»

Vera rifletté per qualche secondo. «Cercherei di prepararmi a tutti i possibili pericoli, credo.»

«E come?»

«Be', però ha detto che non so cosa troverò...»

«Infatti, quindi a cosa si prepara? Nel senso: quali pericoli s'immagina di trovare?»

«Mmm... se non so nulla, tutto potrebbe essere pericoloso.»

Bathge sorrise. Spense la sigaretta nel posacenere e chiuse il menu. «Vede, è proprio per questo che alcuni soldati hanno più successo di altri. Perché capiscono che una determinata situazione è pericolosa in sé. Non i serpenti, i cecchini, i ragni velenosi, le paludi... Tutta la giungla, in sé, è pericolosa. Il deserto, per esempio, diventa pericoloso nel momento in cui uno lo attraversa. I veri pericoli sono la lunghezza, la larghezza, l'altezza e le ore che uno passa in un determinato *continuum*. Quindi, in pratica, tutto. Agli ZERO, disponevano di una rete d'informazioni impeccabile. E non poteva essere altrimenti, visto che eravamo spie, sabotatori, e arrivavamo oltre le linee nemiche prima degli altri. Alcune cose, però, restavano comunque poco chiare. E dovevamo capirle da soli. E... anche se forse le sembrerà strano, era questo ad aiutarci a sopravvivere.»

«Ehm... forse dovremmo ordinare», propose Vera. «Anche questo ci aiuta a sopravvivere.»

«Ecco, lo sapevo che non le interessava.»

«Invece sì, ma come glielo devo dire! È solo che ho fame. Come faccio ad andare nel deserto senza viveri?»

«D'accordo.» Bathge rise piano. «Com'è, qui, il boršč... dopo la rottura del Patto di Varsavia?»

«Ancora rosso scuro.»

Fecero un cenno a un cameriere. Vera ordinò un'insalata e dell'acqua minerale. Praticare sport quotidianamente le faceva passare la voglia di bere alcol. Bathge prese un boršč e Krimsekt.

«Per i soldati americani, il Vietnam è stato un disastro anche perché i loro superiori avevano preteso di spiegargli cosa fosse una giungla», continuò Bathge. «Gli hanno detto: 'Fate attenzione ai serpenti'. E quei poveri ragazzi hanno strisciato tra gli arbusti concentrandosi tanto sui serpenti che i cecchini vietnamiti, appostati sugli alberi, non hanno dovuto far altro che premere il grilletto, più facile di aprire una porta scorrevole. I pochi che sono tornati hanno raccontato ognuno una storia diversa: tigri, franchi tiratori, trappole, mine... formiche, ragni, paludi. E ancora piante rampicanti, felci velenose, sanguisughe, zanzare, libellule, batteri... quei poveri diavoli si sarebbero dovuti preparare per tutto. E sta proprio lì l'errore: non uscirai mai vivo da una giungla, se ci entri terrorizzato. 'Voi calcolate che tutto, là fuori, non vede l'ora di farvi secchi', diceva sempre Fouk. 'Cosa, di preciso, non ha importanza. Tenete gli occhi aperti e ve ne renderete conto.'»

«Bello, ma, se non dice a un marine che i serpenti sono velenosi, si farà mordere.»

«No, penserà che possano esserlo e ne starà alla larga. Ma se gli dice che quelli neri sono velenosi, mentre i verdi no, di sicuro verrà morso... da un serpente rosso.»

«E lei da quale è stato morso?»

Bathge sorrise. «Diversi.»

T'interessa veramente? si chiese Vera. Ma perché? Il tuo

compito è trovare Marmann. Cosa aspetti a raccontargli di Solwegyn?

Mantieni le distanze.

«Cosa facevate, di preciso, lei e Marmann, agli ZERO?»

«Interventi chirurgici», rispose Bathge sbuffando. «Sa, la bomba atomica è stata costruita per sprigionare il *maggior* potenziale distruttivo possibile. Se cade in un punto X, o a un chilometro di distanza, non fa differenza, muoiono comunque milioni di civili. Gli Stealth che hanno bombardato Baghdad, invece, erano dotati del *minor* potenziale distruttivo possibile. Al giorno d'oggi sul campo di battaglia ci sono solo computer volanti. Anche l'attacco al quartier generale delle telecomunicazioni iracheno è stato così: precisissimo, con poco esplosivo, che però ha fatto quello che doveva fare. In una sola notte, gli F15 hanno distrutto la maggior parte delle postazioni Scud senza scaricargli addosso tonnellate di bombe, solo coi laser e con gli infrarossi. Tutti gli attacchi, nella Guerra del Golfo, erano finalizzati a evitare uno sterminio di massa e a risparmiare civili, proprio grazie a questi interventi chirurgici, appunto.»

«Se non ricordo male, però, un paio di volte le cose non sono andate come dovevano...»

«In realtà è successo solo col bunker di Amiriyah, a Baghdad, dove sono morti quattrocento civili. O almeno questa è la cifra che ci ha rinfacciato Saddam, e secondo me in questo caso non ha mentito, ma magari è stato lui a orchestrare tutto, per poi dare la colpa agli alleati. Ecco, gli ZERO facevano cose simili, con la differenza che prediligevamo gli obiettivi militari. Per esempio, siamo stati spediti in avanscoperta prima dell'offensiva di terra per svolgere missioni oltre le linee nemiche.»

«Sabotaggi, quindi.»

«Non solo, anche spionaggio, liberazione di ostaggi, interventi che le armi volanti ad altissima precisione degli alleati non potevano eseguire perché gli obiettivi non erano facili da localizzare. Dovevamo stanarli noi. Ma conoscevamo bene la zona, alcuni si sono inoltrati parecchio nel territorio nemico, quasi fino a Baghdad.»

«È vero che Bush aveva messo una taglia sulla testa di Saddam?»

«Certo.» Bathge fece una pausa. «Negli ZERO, la prima regola era la segretezza. A volte si partiva in dieci, ma solo uno conosceva la destinazione. Ogni tanto trapelava qualcosa, per esempio io so che alcuni di noi erano stati preparati per uccidere Saddam.»

«Una specie di combat-commando.»

«Sì.»

«E com'è finita?»

«Da quel che ne so, non se n'è fatto più nulla, pare che non siano nemmeno entrati in azione. Probabilmente Bush e Schwarzkopf ci avevano ripensato.» Bathge spense l'ennesima sigaretta, allungò una mano verso il pacchetto, ne tirò fuori un'altra e la accese con l'accendino di Vera. Lei se n'era accorta subito, che lo aveva di nuovo con sé, combattuta tra la soddisfazione e un senso di disagio.

Il suo cliente.

Perché però non riusciva ancora a fidarsi di lui completamente?

La cameriera arrivò con le bevande. Vera prese il suo bicchiere e seguì con lo sguardo le bollicine che salivano. Brindarono.

«Visto che siamo in vena di confidenze», disse. «Avrebbe voglia d'incontrare un suo vecchio compagno?»

A Bathge quasi cadde il bicchiere di mano. «Ha trovato Marmann?»

«Marmann? No.»

«Peccato, pensavo che...»

«Però ho trovato qualcuno che lo troverà per noi, se ne avrà voglia.» Si strinse nelle spalle e bevve. «Ma diciamo che questa sua voglia le costerà cara.»

«Quanto cara?» domandò Bathge, teso.

«Trentamila.»

«Mi sta prendendo in giro?»

«Ci mancherebbe...»

«Io sto già pagando *lei* per trovare Marmann. Trentamila marchi! Santo dio, ma chi è?»

«Ymir Solwegyn.»

Bathge la fissò. «Solwegyn è qui?»

«Già, vivo e vegeto.»

«Ma pensa, credevo che avesse giurato amore eterno alla Legione. E che ci fa, Solwegyn, a Colonia?»

Vera fece un sorriso sgradevole. «Adesso non vorrà farmi credere che non lo aveva cercato sull'elenco...»

«No, giuro che a lui non avevo pensato. Mai mi sarebbe venuto in mente che potesse essere qui. Quando siamo andati in Francia, lui aveva già cinque anni di esperienza nella Legione alle spalle e voleva tornarci a tutti i costi. Quel vecchio imbroglione non può stare senza la sua famiglia.»

«Con 'famiglia' intende la Legione?»

«Sì.»

«Be', a quanto pare adesso ne ha un'altra, di famiglia. C'è una donna che vive con lui... non lo contraddice mai, ma in realtà perché non apre mai bocca. Katya... le dice qualcosa?»

Bathge aggrottò la fronte. «No, allora viveva da solo. Ma non dimentichi che stiamo parlando di quindici anni fa.»

«Già, eppure, nonostante questi quindici anni, Solwegyn sembra sapere dove potremmo trovare Marmann. E sa pure che non si chiama più Marmann.»

«In che senso?»

«Nel senso che vuole i soldi per chiedere a Marmann se ha voglia di mettersi in contatto con noi.»

«Un attimo.» Un guizzo negli occhi. «Se è vero, vuol dire che lei ha trovato una buona pista. Se davvero Solwegyn potesse farci da intermediario... potrebbe dirgli che è stato un errore, che io non lo avrei mai mollato così nel deserto...»

«Bene, vedo che ha capito.»

«Ma certo!» Strinse le mani a pugno. «Marmann ha sempre ammirato Solwegyn, a lui crederà! Oh, Vera, questa sì che è una buona notizia! Fantastica! Potrebbe funzionare!»

Sentirlo pronunciare il suo nome fu come una scossa

elettrica. Cercò di non farci caso. Invano. Così, irritata, disse: «Be', funzionerà se tira fuori i trentamila. Davvero ha trentamila marchi che le avanzano?»

«Nessuno ha trentamila marchi che gli avanzano», replicò lui in tono asciutto, per poi allargare le braccia. «Ma li rimedierò. E l'idea di darli a Ymir Solwegyn non mi entusiasma affatto, ma se lui può davvero metter fine a questa follia... Secondo lei sono trattabili?»

Vera si strinse nelle spalle. «Magari sì, la sua baracca non è che vada granché bene.»

«Ma cos'è che fa? Ancora non me l'ha detto: che sta combinando quel vecchio figlio di buona donna?»

Vera gli raccontò del Red Lion.

«Sì, è da lui. È incorreggibile, trentamila marchi vuole, quel bastardo. Solwegyn in vita sua non ha mai mosso neanche un dito, gratis.»

«Quindi? Cosa devo rispondergli? Che ci pensa?»

«No, se per trentamila marchi mi salva il culo, li avrà. Come siete rimasti?»

«Che avrei parlato con lei del prezzo. Ma secondo me ha già avviato i contatti. Nel giro di un paio di giorni mi chiamerà per sincerarsi se lei è disposto a pagare.»

«Sì, pago. Basta che mi tolga dalle scatole Marmann. Deve parlare con lui, glielo dica.»

Vera annuì.

«Signora Gemini?»

Era tornato al cognome, e Vera restò delusa. «Sì?»

«Grazie.»

«Ma si figuri.» Accennò un leggero sorriso. «Il cane fa il suo lavoro, no?»

Bathge sorrise. «Eccome se lo fa. Senta, vorrei offrirle qualcosa da bere, qualcosa di serio. Tipo questo champagne... posso?»

«No, io...» Si morse un labbro, poi cedette. «Va bene, ma solo un bicchiere. E lei dovrà raccontarmi delle cose.»

«Cosa?» domandò Bathge, sempre con quel ghigno stampato in faccia, ma con un tono più prudente.

«Perché ha smesso di fare il suo lavoro? Cos'è che ha fatto passare al cane la voglia di cercare?»

Lui esitò. «Al cane...?»

«Sì, insomma, il suo lavoro agli ZERO. Perché se n'è andato?»

«Credevo non le piacessero le storie di guerra.»

«Be', per saperlo devo prima sentirne qualcuna, non crede?»

«No, aspetti.» Si alzò e si avvicinò al bancone, dove parlò coi camerieri per ordinare altri due bicchieri di Krimsekt.

Quando tornò, Vera si era rabbuiata.

«A esser sincero, non so nemmeno io bene perché ho smesso. Forse perché in quel deserto, in Kuwait, mi sono reso conto che i morti sono morti veri. Fino a un certo punto era sembrato solo un nuovo videogioco, chiamato 'battaglia aerea', uno show in cui non si parlava d'altro che di armi intelligenti e di velocità della luce. Su schermi belli puliti, luccicanti. La Guerra del Golfo è stata la guerra dell'high-tech per eccellenza, un'unica manovra studiata a tavolino. Ma i soldati restano esseri umani, che combattano o per soldi o per degli ideali.»

«D'accordo, ma perché all'improvviso tutte queste storie? Lei veniva pagato. Insomma, nessuno l'aveva obbligata ad andarci. Solwegyn dice che i mercenari sono il libero arbitrio fatto persona.»

«Be', certo che venivamo pagati. Ma le assicuro che i soldi non riescono a comprare la paura, e nemmeno a togliertela... neanche un miliardo. La paura dei carri armati nella sabbia, delle mine di Saddam, dei gas tossici e delle armi chimiche. Della guardia repubblicana. I soldi ti fanno solo continuare, continuare a combattere nonostante tutto. Ma morire per la madrepatria oggi non è più una cosa dolce e onorevole. Il sangue è rosso, e montagne di arti scompagnati rendono assurdo qualsiasi conflitto, anche il più umano e pulito. Le cose sono cambiate. Nell'epoca della sovrabbondanza di armamenti e del dominio della tecnologia, perfino i soldati di professione a volte non riescono a uccidere o a reggere il pericolo. Quando arriva il momento, vorresti essere ovunque, tranne che nel posto in cui ti trovi.»

«Per esempio al Rheinpark», disse Vera, sorridendo.

Lui la guardò sorpreso. Poi annuì. «Il primo giorno dell'offensiva, siamo arrivati in una piccola cittadina kuwaitiana. La fiera degli orrori. Poi ci siamo divisi in squadre più piccole per snidare i focolai della resistenza, ma i carri armati iracheni hanno iniziato a colpirci, e gli americani hanno risposto dai loro Abrams.»

«Abrams?»

«Carri armati. Macchine incredibili. Superiori sotto ogni aspetto. Li stavano distruggendo, mentre noi siamo rimasti bloccati tra i due schieramenti. E lì ho pensato: Ecco, ci siamo. Siamo in trappola. È finita. Ho pensato: Morirò. Ed è stata la sensazione più brutta della mia vita.» Fece una pausa. «Ma sono sopravvissuto. Nel giro di pochi minuti è passato tutto. Siamo corsi fuori dai nostri rifugi improvvisati e abbiamo capito che avevamo vinto. I carri armati si sono spaccati come le nocciole, era tutto in fiamme, un'unica nuvola di fumo. Se non ricordo male, mi sono inginocchiato e ho implorato il cielo di porre fine a quell'inferno, per sempre, ma sa com'è, il cielo era coperto da una nuvola nera lunga trecento chilometri, i pozzi che bruciavano, quindi Dio non poteva vederci. E infatti l'inferno non è finito.»

La cameriera portò il Krimsekt.

Vera prese il bicchiere e brindò, piano. «A volte finisce quando uno batte il nemico in crudeltà», disse poco dopo, con un filo di voce.

Lui la squadrò. «Lo dice per esperienza.»

«Sono i *suoi*, di segreti.» Lei sostenne il suo sguardo e all'improvviso si sentì una stupida. «Mi scusi, non ho nessun diritto di farle tutte queste domande.»

«Non si preoccupi. Comunque c'è stato un secondo motivo per cui all'improvviso ho avuto la sensazione di dover smettere. Ed era il senso.»

«Be', il senso erano i soldi, no?»

«Ne intendevo un altro, di senso. Per esempio il significato personale. Sì, ci pagavano bene, ma per cosa? La metà delle nostre missioni falliva.»

«Perché?»

«Non lo so. Mentre i signori dell'aria inauguravano le guerre del terzo millennio tra squilli di trombe, a terra era il caos totale. La Guerra del Golfo è stata chiamata anche 'guerra dei matematici', e un po' è vero. Niente analisi strategiche o psicologia del nemico, per carità, ma insomma Schwarzkopf come poteva non sapere che nel deserto c'erano molti meno iracheni di quanti avesse dichiarato Saddam? Che il cosiddetto 'Saddam Wall', ovvero il cordone di mine e le truppe d'élite armate fino ai denti, era una balla? Che, dopo settimane di bombardamenti senza sosta, i soldati iracheni si erano rintanati nei loro bunker in preda allo sconforto, ormai quasi incapaci di combattere?»

«E secondo lei come avrebbe dovuto saperlo?»

«Be', i nostri informatori avevano consigliato già da tempo di dare la priorità all'offensiva di terra, fin quando in Kuwait fosse rimasto qualcuno da liberare. Molti si erano dichiarati favorevoli. Ma gli americani non ne hanno voluto sapere, temevano che ognuno facesse di testa sua, che si creasse una situazione tipo Vietnam. Perché loro era questo che volevano, un'assoluzione da quello scempio, quindi hanno deciso di aspettare, mentre dal Kuwait continuavano ad arrivare notizie terribili d'impiccagioni, torture e saccheggi. E poi la minaccia del disastro ecologico. Eppure le forze alleate si sono ostinate a ritardare l'avanzata via terra, anche se chiunque guardasse la televisione, in qualunque angolo del pianeta, aveva capito che ormai gli iracheni erano a pezzi.»

«Forse, semplicemente, gli alleati non erano nelle condizioni di farlo, non erano preparati.»

Bathge guardò il bicchiere. «No, hanno mal giudicato Saddam, sopravvalutato la sua forza militare e sottovalutato la sua predisposizione al terrore. Quand'è iniziata l'operazione Desert Storm, in sostanza era già tutto finito. C'erano più di seicento pozzi in fiamme, il Paese era distrutto. E comunque da un giorno all'altro l'obiettivo bellico era cambiato, all'inizio Schwarzkopf voleva accerchiare l'esercito iracheno e annientarlo, poi all'improvviso hanno detto che erano stati aperti corridoi di fuga, intenzionalmente. Per cosa, per proteggere quell'esercito? Per quali, discutibili motivi si è permesso a Saddam di continuare a governare, invece di cacciarlo a calci nel sedere? Per cosa avevamo combattuto? Per riportare sul trono una famiglia di despoti kuwaitiani che voleva solo conservare il proprio potere, solo i soldi? Per salvare i pozzi? Troppo tardi, erano già in fiamme. Per uccidere Saddam? Ma lui era ancora vivo, cioè qualcuno aveva deciso di lasciarlo in vita. Un Islam senza Saddam che gli fa la guerra era troppo pericoloso... e se all'improvviso avessero trovato un accordo? Morire per il Kuwait? Ma che sacrificio del cavolo sarebbe stato?»

E lì il suo muro protettivo cadde. Già al Rheinpark, Vera aveva avuto l'impressione che lui si fosse tolto la maschera del reporter. Si chiese se, in fondo, lei e Bathge non fossero simili: entrambi cercavano di chiudere col passato. Bathge parlando, lei ritirandosi in se stessa, nel mutismo.

Era così da sempre?

Vera vicino a Karl, nella cabrio, i capelli al vento, che rideva e diceva stupidaggini...

Quand'è che aveva smesso di parlare?

All'improvviso si rese conto che stava continuando a fissarlo, anche se lui si era zittito da un pezzo. Il sangue le schizzò fino alle guance.

Lui sorrise e si accese l'ennesima sigaretta. «Lei voleva sentire i miei motivi. Un saggio una volta ha detto che il limite del vero non è il falso, ma l'insensato. È stato quando ho visto i risultati del terrore iracheno che ho capito che avevamo fallito. Mi sono chiesto cosa avrei fatto coi soldi che avevo guadagnato quando non sarebbe più sorto il sole, cancellato dall'imminente catastrofe ecologica. Capisce? Niente aveva più senso: l'invasione, la liberazione...»

Arrivò da mangiare, la cameriera li servì con una certa fretta. Il ristorante era pieno. Bathge sembrò apprezzare l'interruzione, disse che il boršč era buono e, con un paio di artifici retorici, la dirottò su un altro argomento. Non aveva più voglia di parlare del suo passato, era evidente. Vera avrebbe tanto voluto sapere cosa avesse fatto dopo, dopo la guerra, ma non glielo chiese. La conferenza ormai si era conclusa, come una sinfonia. Serrata, commovente, definitiva.

Lei odiava il silenzio alla fine di una conversazione. Era più facile far ripartire un motore in avaria che chiacchierare del più e del meno fino a riprendere un discorso interessante. Che argomento affrontare, che non fosse troppo personale?

D'un tratto iniziò a sentirsi a disagio e sperò che la serata si concludesse presto, per tornare al suo regno di candele e alla sua vasca da bagno. Anzi, la cosa migliore sarebbe stata che lui non dicesse più nulla.

Poi le venne in mente una cosa. «Tornando a Marmann...» Il terreno sicuro del discorso lavorativo. «Non potrebbe essere che... si sbagli?»

«Sbagliarmi? In che senso?» replicò lui, confuso.

«Be', ecco...» Vera allontanò il piatto d'insalata mangiato per metà. «Nel senso che non è stato Marmann a uccidere Üsker. Che in realtà non vuole farvi nulla. Insomma, che è sulla pista sbagliata.»

«Come le viene in mente?»

«È stato Solwegyn a dirmelo. Era agitato, aveva letto dell'omicidio di Üsker, ovvio, e ha tirato le sue stesse conclusioni. Un professionista, di certo non uno che torturava formiche in un parco giochi.»

«Lei non avrebbe dovuto dirgli il motivo per cui sto cercando Marmann.»

«Infatti non gliel'ho detto. Ripeto, lui ci è arrivato da solo. Però io gli ho chiesto che tipo di persona è Marmann, anche a Nicole l'ho chiesto.»

«E?»

«Be', è strano, nessuno crede che sia in grado di fare una cosa del genere. Cioè, non hanno detto che è un santo, ma un assassino...»

Bathge scosse la testa e soffiò sul suo boršč. «Anch'io la

pensavo allo stesso modo. Ma poi ho visto com'è diventato dopo essere rimasto mesi nel deserto, seduto, in attesa della prima missione. Una situazione come la Guerra del Golfo ti cambia, per sempre.»

«Sì, ma allora lo ha anche visto *fare* cose del genere?»

«Di certo delicato non era. Comunque la risposta è no, ma conosceva i metodi di tortura.»

Per un attimo, Vera lasciò vagare lo sguardo, poi disse: «E Jens Lubold le faceva, queste cose?»

«Per amor del cielo, e adesso che c'entra Lubold?»

«Mi sono informata. Bathge, Marmann, Üsker, Lubold, Solwegyn: era questa la cricca del 1985.»

Bathge fece una smorfia, ma era soprattutto ammirazione. «E, ovvio, lei non mi aveva detto nulla neanche di Lubold.»

«Invece sì, Lubold è l'ufficiale che allora ci ha messo la pulce nell'orecchio. Cosa avrei dovuto dirle, di più? Non ha altro ruolo nel resto della storia.»

«Okay, stavo solo riflettendo...»

Bathge smise di mangiare e la guardò. «Su cosa sta riflettendo, di preciso?»

«Solwegyn ha detto che, se dovesse fare il nome di una persona capace di uccidere Üsker in quel modo... be', sarebbe Lubold.»

«Forse», rispose Bathge. «Ma è da escludere, per due motivi.»

«Cioè?»

«Anche sforzandomi, non riesco a trovare nessun nesso tra lui e la nostra squadra. Lui si occupava di altre missioni, e quand'è successa quella cosa di Marmann lui era Dio solo sa dove.»

«E chi dice che l'omicidio di Üsker abbia per forza a che fare con la storia di Marmann?»

Bathge esitò. «Secondo... è morto.»

«Solwegyn si è espresso in maniera diversa. Ha detto che molto probabilmente lo è, ma non è sicuro.»

«D'accordo, anch'io l'ho solo sentito dire, ma ufficialmente è stato dato per morto.»

«Quando?»

«Nella fase conclusiva dell'offensiva di terra.»

«Ha visto il suo cadavere?»

Bathge si sporse in avanti. «Senta, se la mette così potrebbe essere stato chiunque.»

«Be', non proprio chiunque. Quante persone conosce in grado di torturare una persona a morte? O meglio che abbiano il sangue freddo per farlo?»

«Marmann.»

«A parte lui?»

«Mmm...»

«Anch'io non conosco nessuno. E, se chiediamo in giro, dubito che troveremo qualcuno che conosce qualcuno capace di una cosa simile. E io credo che Solwegyn ne abbia vista, di gente poco raccomandabile, nella sua vita, anzi ne ha vista più di me e lei messi insieme. Ma persino lui ha pensato a una sola persona, e lui conosceva Üsker, e venivano tutti da Colonia. Dico bene?»

Bathge annuì piano.

«D'accordo, allora mettiamo che Lubold non sia morto. Come ipotesi. Oltre a Marmann, chi riterrebbe capace di torturare un essere umano?»

«Lubold», rispose Bathge con un sussurro.

«Ecco. Adesso io non voglio creare allarmismi inutili, però ci pensi. Forse un collegamento tra Lubold e Üsker c'è, e lei non lo sa. E quindi non ha niente da temere. Quello che l'assassino voleva da Üsker non può cercarlo anche in Simon Bathge.»

«Tutto questo non ha senso», disse lui, improvvisamente pallido, abbassando il tono di voce. «Abbiamo avuto la conferma che Marmann è vivo, quando tutti lo credevano morto. In compenso è morto Üsker, che allora lo ha mollato nel deserto. Secondo lei è un caso?»

«Sì, ma da allora sono passati dieci anni», rispose Vera anche lei stranamente sussurrando. «Perché si vendica solo adesso?»

«Conosceva i metodi di tortura con cui...»

«Li conosceva anche lei?»

«... sì.»

«C'era qualcuno, agli ZERO, che non li conoscesse, almeno in teoria?»

«No, faceva parte dell'addestramento.»

«Allora non si tratta della conoscenza teorica, ma dell'applicazione... E quindi, in sostanza, del sangue freddo, del fegato per farlo.»

«Ma Lubold è morto.»

«Questo è quello che ha sentito dire.»

Bathge posò il cucchiaio e si prese il mento tra le mani. Lo sguardo della confusione allo stato puro.

«Se lei, o meglio se noi ricostruiamo un possibile collegamento tra Lubold e Üsker, forse capirà che le sue preoccupazioni sono vane.»

«Sarebbe troppo bello per essere vero», mormorò Bathge. «Anche se resterebbe comunque una storia terribile.»

«È ancora convinto al cento per cento che Marmann per lei costituisca una minaccia?»

Bathge si portò una mano sugli occhi. All'improvviso sembrò stanco, spossato. «Io non so più cosa pensare.»

«Ci rifletta.»

«Ma con Solwegyn ci dobbiamo parlare comunque.»

«Sarà lui a contattare noi.»

«È solo che non riesco ad abituarmi all'idea che adesso in giro ci sia anche il cadavere redivivo di Lubold.»

«È troppo presto. Ma, se Solwegyn parlerà con Marmann, capiremo cosa sanno l'uno dell'altro i due... redivivi.» Vera bevve l'ultimo sorso del suo champagne. «Ci dorma sopra. Domani mi chiami e mi dica cosa ne pensa. Io sono spiazzata quanto lei.»

«Spiazzata non è il termine giusto...»

Vera pensò a Menemenci. «Ah, c'è anche un'altra cosa. Dov'era rimasto ferito Marmann?»

Bathge si morse un labbro. «Sanguinava molto, non saprei...»

«Alla pancia?»

«Forse.»

«O altro?»

«Possibile anche questo.» La sua bocca diventò sottile come un taglio. «Perché me lo chiede?»

Vera esitò. «Così.» S'immaginò cosa gli stesse passando per la testa. Speranza contro paura. Una battaglia che richiedeva fegato.

Bathge, tuttavia, non aveva alternative: doveva scoprire se Lubold era vivo o se fosse solo un fantasma del passato. Doveva, altrimenti lui stesso sarebbe diventato un fantasma per sempre.

Lei all'improvviso cambiò discorso. «Resterà a Colonia, quando questa storia sarà finita?» domandò.

E adesso cosa c'entrava? Che cretina! Erano affari suoi?

«Sì», rispose lui. «Sicuro.»

Invece sì, lo *erano*.

«Bene.» Vera annuì in maniera quasi impercettibile. «Allora adesso mi accompagni a casa, sono solo un paio di metri, e dopo si faccia una bella passeggiata per riflettere sulle ultime novità.» Prima di riuscire a tenere a bada la lingua, aggiunse: «In modo che possa vedere altro, non solo il Reno».

Bathge sorrise.

Che avesse capito la sua allusione?

Lui prese l'accendino, che scomparve nella tasca della giacca.

Red Lion

Ore 0.42

Col calare della notte, gli effetti dell'alcol piano piano svanirono, lasciando spazio a un sobrio disagio.

Se Marmann non fosse stato così sentimentale, Solwegyn gli avrebbe procurato nuovi documenti con un cognome francese molto comune, per esempio Dupont. Ma lui aveva insistito per diventare André Mormon. E, visto che pure Solwegyn quanto a sentimentalismi non scherzava, lo aveva accontentato. In una metropoli di milioni di persone come Parigi, nessuno avrebbe pensato che André Mormon fosse Andreas Marmann.

Sempre che a qualcuno non venisse l'idea di cercarlo.

Quello che Solwegyn non aveva capito era come mai, sei anni prima, lui all'improvviso si fosse presentato a casa sua terrorizzato, non aveva capito cosa lo terrorizzasse di preciso.

«Ho due problemi», aveva detto Marmann dopo che avevano aperto una bottiglia di spumante per festeggiare il fatto di essersi ritrovati. «Il primo l'ho risolto. Sono tornato in Germania, e nessuno se n'è accorto.»

«Dubito che ti stessero ancora cercando», aveva risposto Solwegyn.

«Be', sai, non è come rubare una caramella, le rapine in banca non cadono in prescrizione così rapidamente. Ma adesso ho un altro problema, voglio che Andreas Marmann scompaia dalla faccia della Terra.»

Solwegyn non aveva detto nulla e aveva aperto una seconda bottiglia. In determinate cerchie, girava voce che lui fosse un mago dei cambiamenti d'identità. Quando una persona voleva cambiare volto in maniera discreta, e disponeva delle risorse adeguate, si rivolgeva a Solwegyn. E comunque, nel caso di Marmann, probabilmente Solwegyn era l'unica persona di cui si fidasse.

«Di cosa hai bisogno? Passaporto, patente, certificato di vaccinazione, attestati, CV?»

«Tutto, mi serve tutto.»

«Un nuovo naso?»

«Non per forza. Ma una nuova vita... pensavo a Parigi, Parigi è così bella...»

«A cosa ti serve una nuova identità? Puoi vivere a Parigi anche così, se pure scoprissero dove sei, non credo che la polizia tedesca chiederebbe l'estradizione...»

«Non si tratta di questo», aveva risposto Marmann dopo qualche minuto di silenzio. «È una storia un po' complicata, diciamo che ho qualcosa che anche altri vorrebbero. Forse non me lo chiederanno mai, ma, se uno di quelli mi dovesse trovare, per me le cose potrebbero mettersi male, molto male. Ti basta come risposta?»

Solwegyn aveva capito ed era passato al prezzo, sparando alto, tuttavia Marmann aveva detto di sì senza battere ciglio. E lì lui aveva capito che, in un modo o nell'altro, il suo vecchio amico aveva fatto i soldi.

A palate. Che era il presupposto ideale per fare affari.

Da allora, Solwegyn era l'unico a sapere che André Mormon e Andreas Marmann erano la stessa persona. Marmann era rimasto nascosto al Red Lion per alcuni giorni e poi, coi nuovi documenti falsi, era scappato in Francia. Qualche tempo dopo, Solwegyn aveva ricevuto una telefonata da Parigi in cui lo aveva pregato di riferire alla sorella che stava bene. Voleva che lei ricevesse bonifici, a intervalli regolari. Solwegyn le aveva consegnato la prima rata in contanti, di persona, e poi fatto in modo che le arrivassero attraverso un conto svizzero il cui titolare, Andreas, ovviamente, sarebbe rimasto segreto e introvabile.

Era anche l'unico che conoscesse l'indirizzo di André Mormon e che potesse contattarlo in caso di emergenze.

In quel momento, mentre attraversava il buio pianterreno del suo club per raggiungere le scale, all'improvviso sentì tutto il peso delle allusioni fatte da quella maledetta detective. Per esempio su un possibile collegamento tra la morte di Üsker e Marmann.

Un collegamento mortale.

Ma non aveva senso! Marmann non era il tipo da fare cose del genere.

Lubold?

Lubold sì.

Solwegyn sapeva che l'ex ufficiale della Bundeswehr aveva preso parte ad azioni discutibili in Iraq. Dicevano che ci fosse un bunker sotterraneo, ai confini del deserto saudita, con stanze per interrogatori speciali. Ufficialmente, nessuno sapeva nulla. Il comando supremo aveva altro cui pensare e chi ne era al corrente si girava dall'altra parte. Quegli interrogatori non avevano mai avuto luogo e si erano aggiunti, negli archivi del Pentagono, alle memorie già stracolme dei «casi *top secret*».

Lubold, però, era morto.

Solwegyn cercò l'interruttore del corridoio e iniziò a salire le scale avvolte da una luce soffusa. Mancavano due giorni alla ripresa delle attività al club. Proseguì e pensò all'intero seminterrato di nuovo immerso in una luce verde fosforescente, pieno di gemiti e grida.

Poteva quasi sentirli.

Anzi li *sentiva*.

Solwegyn si fermò e tese le orecchie. Silenzio.

Eccoli, di nuovo!

Gatti. Gatti che piagnucolavano, pensando solo a copulare.

Solwegyn rise e ricominciò a salire. Non aveva motivo di preoccuparsi per quei rumori.

O forse sì?

Pochi passi e si fermò un'altra volta.

Le sue orecchie avevano captato un rumore diverso, da fuori. Come di arbusti spezzati. Forse era Katya, era tornata? Ma aveva detto che sarebbe rimasta a dormire dalla sua amica, in modo che il giorno dopo potesse andare a procurarsi il necessario per la messa nera. E poi perché sarebbe dovuta sgattaiolare in casa attraverso il giardino?

Solwegyn sentì accelerare i battiti. Lentamente, facendo meno rumore possibile, tornò di sotto e raggiunse in punta di piedi le finestre sul cortile. Le sfere nelle mani delle sculture fluttuanti poco sotto il soffitto emanavano una luce troppo fioca, si vedeva solo il luccichio dei denti del Bafometto. Solwegyn scostò la tenda di un palmo, e diede un'occhiata fuori.

Silenzio assoluto, la luce della luna.

Non si vedeva nulla.

Pensieroso, fece marcia indietro e riprese a salire le scale. Entrò nella sala, proseguì verso l'altra stanza e controllò i monitor bluastri che mostravano l'ingresso sulla strada.

Premette una serie di pulsanti. Le telecamere iniziarono a girare e a riprendere il giardino a trecentosessanta gradi, poi tornarono a inquadrare la strada.

Niente. Niente di niente.

Fantasmi.

Certo che sei diventato proprio vecchio, si disse. A una certa età stare da soli non fa bene. Se solo ci fosse stata Katya con lui...

Ripensò a Vera Gemini.

Che storia strana: Üsker, Marmann e il mandante misterioso che non voleva essere scoperto... Chi stava cercando Marmann? E perché? Ma soprattutto: era una storia che riguardava anche Solwegyn?

Altre idiozie. Üsker era rimasto vittima di un pazzo. Cosa c'entrava Solwegyn?

Marmann, però, sapeva mentire.

Solwegyn si grattò la barba. Poi si avvicinò alla scrivania e tirò fuori una pistola con fondina ascellare. La indossò. Caricò l'arma, fece finta di sparare un paio di volte e poi la rinfilò dentro la custodia. Lo fece sentire meglio.

Era da tempo che non portava più armi, forse sarebbe stato saggio ricominciare.

Pensò al segreto che giaceva sotto la cantina, che ignorava perfino Katya. Agli affari che portava avanti di nascosto, oltre al club. Non era da escludere che a quella gente, ovvero i suoi acquirenti, prima o poi potesse venire in mente qualcosa di stupido. La mafia del suo Paese non aveva stile, non aveva onore. Solwegyn avrebbe preferito lavorare con gli italiani, ma non ne aveva mai avuto occasione.

Avere quell'arma addosso, comunque, era una bella sensazione.

Si abbottonò la giacca, scese, aprì la porta di casa e uscì nella notte afosa.

«C'è qualcuno?» domandò in tono minaccioso.

Nessuna risposta. Nemmeno il fruscio del vento.

VENERDÌ 27 AGOSTO

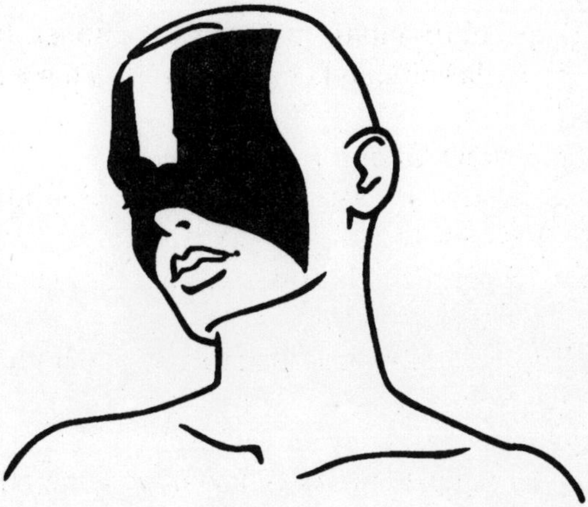

Vera

Ore 10.00

Uno studio di avvocati, che ormai aveva scelto Vera come detective di fiducia, le passò delle cose da fare. Niente di che. Lavoro ben pagato e poco impegnativo. A quanto pareva, Solwegyn stava ancora riflettendo, e lei decise di aspettare che fosse lui a chiamare e di dedicarsi ad altro. Fu felice di cambiare un po', anche perché, da quando Strunk si era licenziato, le cose da fare stavano rischiando di travolgerla come una valanga. L'IBM le aveva annunciato nuovi incarichi. E c'era anche la sorveglianza della ditta di metal detector.

Un collaboratore poteva permetterselo. Ma pure con quello avrebbe avuto pochi momenti di tregua. E non c'era miglior alleato dei cattivi consigli dell'insonnia.

Lei, comunque, era sola.

Colpa tua, pensò. Vuoi sempre fare tutto di persona. Chi non delega niente non riceve niente in cambio.

Fece uscire i monitor della parte posteriore della scrivania: cinque, abbastanza piccoli, che mostravano le riprese di cinque telecamere diverse, in contemporanea. In quel caso, le *spider-cams* che aveva piazzato il giorno precedente nella ditta di metal detector. Avevano continuato a filmare per tutta la notte.

«Spider 1, 2, 3», disse.

Due schermi rimasero oscurati, gli altri si accesero e mostrarono una tempesta di neve bluastra. Ah, pensò, oggi il programma ha voglia di divertirsi.

«Replay.»

E comparve il laboratorio, da tre angolazioni diverse e con zoom differenti. Sarebbe stato impossibile guardare dodici ore di filmati per intero. In passato si sarebbe dovuto o passare la notte seduti lì, tra mille sbadigli oppure, appunto, controllare le riprese complete il giorno successivo. Con le telecamere digitali, e il software a esse collegato, il problema non si poneva più. Il programma di replay selezionava le sequenze in cui c'era del movimento, che voleva dire che le immagini di una *spider-cam* fissa erano divise in segmenti statici e non statici. Il computer classificava le immagini e mostrava solo quelle in cui qualcuno si era mosso. Si poteva sintonizzare in modo che cogliesse anche cambiamenti impercettibili dall'occhio umano, oppure in modo che segnalasse solo l'entrata in scena di un branco di elefanti.

Vera scelse la soluzione meno dettagliata e lasciò scorrere le immagini delle tre *spider-cams* in simultanea per controllare che avessero funzionato a dovere. Poi, dopo un minuto, disse: «Selezione 3.3».

Era la più dettagliata. E i monitor mostrarono di nuovo la neve. Il programma stava cercando i punti in cui qualcosa, come minimo della grandezza di un bambino, fosse entrato nella stanza.

Non dovette aspettare a lungo.

«Merda!»

All'improvviso comparve un enorme muso, che iniziò ad annusare ogni angolo. Uno schnauzer.

«Cue!»

Il programma andò avanti, si fermò, riprese, si fermò di nuovo. Il cane si era messo giù, poi si rialzò, fece un giretto e finalmente trovò un posto di suo gradimento in cui accoccolarsi.

Di nuovo la neve, di nuovo lo Schnauzer.

Innervosita, Vera si sorbì tutti i bizzarri movimenti della bestia fino a quando non riuscì dal laboratorio. Dopodiché il computer non segnalò altro. Solo quello stupido cane, quindi.

Chiamò il principale della ditta. «Abbiamo un problema», disse.

«Ha capito chi è entrato? Ha le prove?»

«Sì.»

«Cazzo, che figata! Era lui, vero? Era quel bastardo...»

«Lei ha un cane, uno Schnauzer?»

«Ehm... sì.»

«Allora è stato il cane.»

Silenzio.

«Se stanotte decidiamo di ripetere la sorveglianza, la pregherei di portarselo a casa.»

«Ecco... sa, a volte lo lascio lì, così fa la guardia.»

«Allora. Primo: i rapinatori gli ridono in faccia, ai cani da guardia. Secondo: il suo cane disturba il mio software.»

«Mi spiace.»

«Non c'è problema, era per chiarire.»

Vera riagganciò e guardò i documenti di uno dei due avvocati.

Pochi minuti dopo rimise giù il fascicolo e scrutò oltre la scrivania, il corridoio vuoto verso l'anticamera. Era distratta. Nella sua testa c'erano ancora Solwegyn, Marmann, Üsker e quel nuovo personaggio misterioso di nome Jens Lubold.

E Bathge.

I suoi pensieri continuavano a vorticare intorno a loro, alla velocità della luce.

Da bravo gentiluomo, lui l'aveva accompagnata fino alla porta di casa e poi le aveva messo in mano un foglietto, piegato. Su di esso, le iniziali S.B. e un numero di cellulare. «Dovrei fidarmi di più di lei», aveva detto, con un sorriso.

Vera invece in quell'istante era giunta alla conclusione che c'era un solo uomo sulla faccia della Terra capace di sorridere come Simon Bathge mentre il fumo della sigaretta gli annebbiava il viso: Simon Bathge. «Perché... finora non lo aveva fatto?» aveva replicato dopo quel pensiero assurdo.

«A essere sincero, non ne ero ancora sicuro. Avrebbe potuto mollare il caso, o chiamare la polizia.»

«Vero», aveva risposto lei dopo una manciata di secondi. «Ma non l'ho fatto.»

«No.»

«E io? Io posso fidarmi?»

«Sì, ci sono un paio di cose che ancora non le ho detto», aveva risposto lui. «Non si aspetti troppo, ma nemmeno troppo poco. Ma... sì, si può fidare.»

«Okay.»

«E comunque quello che le ho raccontato del Kuwait fa parte di un altro fascicolo... quello della vita privata. Buonanotte.»

Lei lo aveva seguito con lo sguardo mentre si allontanava a passo svelto, fino a quando non era scomparso dietro l'angolo. Una sagoma di altezza media, senza particolari segni distintivi.

Eppure, per qualche secondo, aveva dominato la strada.

Era il modo in cui si muoveva. Deciso e aggraziato, come un gatto, ma allo stesso tempo una creatura senza peso, che fluttuava come il fumo di sigaretta. Ancora prima di vederlo svoltare, Vera aveva avuto la sensazione che si fosse dissolto nell'aria.

E all'improvviso aveva sperato che fosse rimasto. Come se in lei si fosse insinuata la disperazione della perdita.

Tuttavia aveva lasciato quella stupida sensazione fuori dalla porta di casa ed era entrata.

Squillò il telefono.

Quel rumore la riportò alla realtà. Era l'avvocato del nuovo caso. Lei gli promise di elaborare un piano entro il pomeriggio, poi ricominciò a pensare a Bathge.

La soluzione era Solwegyn. E costava trentamila marchi.

Ma c'era anche una seconda possibilità. Perché, infatti, fidarsi di quel maneggione? Restava l'opzione Marocco...

Digitò il numero di Fouk e aspettò. Agli squilli si aggiunse una specie di ronzio, fino a quando non risposero. La voce della donna era chiarissima, come se fosse nella stanza a fianco. Anche se la tecnologia ormai era il suo pane quotidiano, Vera continuava a meravigliarsi di come, a volte, i collegamenti con l'altro capo del mondo funzionassero meglio di quelli con un ufficio della strada parallela.

«*Gemini, bonjour*», disse. «*J'amerais parler avec Said-Ashgar Fouk.*»

«C'est à quel sujet, si je peux me permettre?»

La domanda fu formulata in un francese perfetto. Quindi non era la stessa donna con cui Vera aveva parlato due giorni prima.

«C'est au sujet d'amis communs de l'époque de ZERO. Des gens qu'il connaît.»

«Vous avez déjà appelé il y a quelques jours, n'est-ce-pas?»

«Oui.»

*«Attendez un istant, s'il vous plaît. Pouvez-vous me rappeler votre nom?»**

«Gemini. Vera Gemini.»

Attese, la sua bolletta del telefono sarebbe schizzata alle stelle. Poi arrivò qualcuno.

«*Ici Fouk*», disse una voce gradevole.

«Gemini. Bonjour, est-ce que je vous dérange ou vous avez quelques minutes?» Continuò a parlare francese, le sembrava la cosa più sensata.

«J'ai du temps. D'où appelez-vous?»

«De l'Allemagne.»

«Êst-ce que vous êtes allemande?»

*«Oui.»***

«Allora parliamo pure nella sua lingua», disse Fouk con un'inflessione araba e un accento austriaco. «Per lei è più facile, e io mi esercito.»

«Parla benissimo», disse subito Vera.

«Grazie, ho avuto il piacere di frequentare l'università a Vienna.» Era molto formale. «Cosa posso fare per lei?»

«Potrebbe aiutare una madre disperata a ritrovare il pro-

*«Buongiorno, vorrei parlare col signor Fouk.» – «Di cosa si tratta, se posso chiedere?» – «Di amici comuni dei tempi degli ZERO, gente che lui conosce.» – «Ha già chiamato qualche giorno fa, vero?» – «Sì.» – «Attenda un momento, per favore. Mi ripeterebbe il nome, per favore?» In francese nel testo. (*N.d.T.*)

**«Fouk.» – «Buongiorno. La disturbo o ha cinque minuti? – «Non si preoccupi, ho tempo. Da dove sta chiamando?» – «Dalla Germania.» – «Lei è tedesca?» – «Sì.» In francese nel testo. (*N.d.T.*)

prio figlio. Una persona che lei conosce. Ha lavorato per lei durante la Guerra del Golfo.»

Fouk si schiarì la voce. «Molti mi chiamano chiedendomi di aiutarli. Chi le ha dato il mio numero?»

Vera gli disse del generale francese, e quel nome parve infrangere la riservatezza dell'uomo.

«Ah, quel vecchio...» Lo disse con rispetto. «Come sta?»

«Parecchio solo, credo.»

«Peccato. Be', mi faccia la cortesia di portargli i miei saluti.»

«Volentieri. Se lei invece potesse farmi la cortesia di aiutarmi, gliene sarei eternamente grata.»

«Sì, per quanto la nebbia dell'oblio lasci intravedere l'aurora dei ricordi... Di chi si tratta?»

«Andreas Marmann. Il nome le dice qualcosa?»

Per un po' all'altro capo della linea ci fu silenzio. «Andreas Marmann...» ripeté Fouk. «Non ne sono sicuro.»

«Nove anni fa è passato agli ZERO dalla Legione straniera. Come tiratore scelto, credo.»

Fouk rise. Una risata garbata. «Sa, agli ZERO avevamo solo tiratori eccellenti. Forse alla Legione aveva ricevuto un addestramento specifico come tiratore, lì sì che c'erano queste differenze.»

«Possibile.»

«Tiratore scelto. A ogni modo, restringe il campo delle possibilità. Vediamo... Marmann, Marmann... è stato nel Golfo, diceva?»

«Sì, forse altri nomi le diranno qualcosa di più. Tipo Mehmet Üsker.»

«Üsker. Mmm. Aspetti, turco?»

«Sì!»

«Non ne sono sicuro, ma con noi c'erano dei turchi.»

«Simon Bathge.»

«Mmm... forse sì. Questo Marmann... lavorava con Bathge?»

«Erano una squadra.»

«Ah, no, allora mi sbaglio, intendevo un'altra persona.»

«Marmann è rimasto ferito.»

«Quando?»

«L'ultimo giorno dell'offensiva di terra. Hanno detto che era morto, ma non è vero. È ancora vivo, ma dopo la guerra è uscito di scena.»

«In che senso, quale scena?»

«Nel senso che è scomparso, di lui si è persa ogni traccia. Magari a lei ha detto dove volesse andare...»

«Difficile. Non chiedevamo mai del passato dei nostri uomini, c'importavano solo le qualifiche. E lo stesso valeva per il futuro. O meglio, gli davamo un futuro pagandoli bene per i loro servigi, ma non ponevamo domande. Chi voleva andarsene, se ne andava. Non trattenevamo nessuno.»

«Forse lo ha detto a qualche amico...»

«Marmann...» rimuginò Fouk. «Mi deve scusare, ma è passato tanto tempo. Il mio occhio interiore si è un po' annebbiato, e ci si accalcano davanti schiere di persone per essere riconosciute. E la mia memoria, glielo confesso, è più fotografica... insomma, dovrei vederlo, questo Marmann...»

«Io ho una foto», disse Vera.

«Me la può mandare?»

«Certo! La posso spedire oggi.»

«Abbiamo anche un ISDN, se può tornarle utile.»

«Molto, grazie.»

Ancora meglio.

«Bene, allora ci risentiremo presto. Faccia una scansione e me la mandi. Mi rammaricherebbe far attendere questo fiore dell'Occidente, rischiare di farlo appassire...»

C'era uno strano contrasto fra il modo di esprimersi di Fouk e la sua voce, dietro quell'apparenza ricercata e calma c'era qualcosa di freddo, di spietato: era come avere una lama di coltello infilata nell'orecchio.

Vera esitò, poi si fece coraggio e disse: «Ci sarebbe anche un'altra persona di cui forse potrebbe ricordarsi. Si chiama Lubold».

«Jens Lubold?»

Il cuore di Vera ebbe un sussulto. «Sì.»

«È morto», disse Fouk.

«La prego, non se la prenda se insisto... ma è morto veramente?»

«Be', è stato dichiarato morto, se è questo che intende. Erano in molti a non tornare, la loro anima è volata via col vento del deserto. Lubold era un uomo molto in gamba e mi è dispiaciuto perderlo.»

«Per caso aveva contatti con Üsker?»

«Per risponderle dovrei prima sapere chi è questo Üsker. Credo di conoscere anche lui, ma non sono sicuro.»

«Da quello che so, il primo requisito di Lubold era la mancanza di scrupoli.»

«Scrupoli?» Fouk rise di nuovo, sempre quella risata garbata, soffusa. «Era una parola che nemmeno conosceva, scrupoli.»

«Com'è morto Jens Lubold?»

«Mi vergogno un po', ma anche questo con esattezza non saprei dirglielo. La Guerra del Golfo è costata più vittime agli iracheni che a noi, ma pure dei miei uomini ne sono caduti parecchi. La madre di tutte le battaglie sa come riunire intorno a lei i suoi figli. Lo stesso è successo in Bosnia. Ho formato migliaia di uomini, uno per uno, ma purtroppo non custodisco nel mio cuore il destino di ognuno di loro. Se questi morti avessero annebbiato la mia vista sul futuro... be', sarebbe stato fatale. Sapevo che erano morti, i motivi li lasciavo ad altri, io mi preoccupo solo di quello che deve arrivare.»

«Posso chiederle cosa fanno, oggi, gli ZERO?»

«Gli ZERO sono in letargo. Quando il gran Dio della guerra tornerà a scuotere la Terra, forse sveglierà anche gli ZERO.»

Lo disse in un tono strano, che non lasciava presagire niente di buono.

«E comunque ha avuto fortuna», aggiunse. «Stavo per uscire di casa. Sto organizzando una missione piuttosto impegnativa, quindi mi scuso già adesso se non la richiamerò subito. Però le prometto di occuparmi della cosa il prima possibile, lei intanto lasci il suo numero alla mia segretaria.»

«Grazie», rispose Vera, sperando che gli ZERO restassero in letargo per sempre.

Finita la conversazione, si avvicinò a un armadio di acciaio argento opaco, tirò fuori un faldone e cercò la foto di Marmann, Bathge e Üsker. Per un attimo la riguardò. Bathge non era cambiato granché, forse i lineamenti del viso erano diventati più marcati, le rughe più profonde, e adesso portava i capelli più lunghi. Per il resto, guardava verso l'obiettivo come se stesse per sbuffare fumo e poi scomparire sorridendo dietro le volute.

Con un trattopen nero scrisse i nomi delle varie persone e poi iniziò a scannerizzare l'immagine.

Poi riprovò a dare un'occhiata al materiale dell'avvocato. Ma non passarono nemmeno tre minuti e il telefono squillò di nuovo.

«Il suo cliente ci ha pensato, riguardo ai trentamila?»

Una voce strascicata che Vera riconobbe all'istante.

«Sì, è disposto a pagare», rispose. «Ma a una condizione.»

«Che sarebbe?»

«Una condizione accettabile, che le dirà di persona.»

«Mi vuole incontrare?»

«Sì.»

Solwegyn fece passare qualche minuto. «Be', io non ho problemi. La persona che lei chiama Marmann è disposta ad ascoltare il suo cliente. Signora Gemini, io spero che il suo interesse sia sincero, insomma che non stia cercando d'incastrarmi. Sa, la morte di Üsker non è una buona referenza.»

Dentro di sé Vera esultò. Lo aveva trovato, aveva trovato Marmann! Aveva portato a termine il suo incarico! In fretta, molto più in fretta di quanto avesse osato sperare. «Sono felice che abbia deciso di aiutarci. Il mio cliente vorrebbe stabilire il contatto il prima possibile.»

«Difficile, in tempi brevi. Stiamo per mettere in scena un'orgia di tre giorni in onore della dea Mitra, Katya è fuori in cerca di un minotauro.»

«Scusi, ma il minotauro non era nella storia di Minosse? Che c'entra con Mitra?»

«E io che ne so», rispose Solwegyn svogliato. «Però nella storia di Mitra di sicuro c'erano delle corna... A ogni modo, non la faccia così scientifica, in fondo si tratta solo di scopare. Dica al suo cliente che stasera avrei un'ora di tempo. Altrimenti dovrà aspettare una settimana.»

«Alle sette?»

«Otto, venite alle otto.»

«Ci saremo.»

«Ah... signora Gemini...»

«Sì?»

«Sia gentile e porti anche i soldi. Quantomeno una parte.»

«Non so se il mio cliente riuscirà a procurarseli così in fretta.»

«Mmm... va bene, intanto venite, sul resto poi ci organizziamo.»

Vera riattaccò. Si sentiva in forma smagliante.

Solo la questione dei trentamila la disturbava un po'. Bathge aveva detto che quei soldi erano un investimento, ma le scocciava non aver trovato una via meno dispendiosa.

Forse Fouk avrebbe potuto aiutarli.

Prese il foglietto e digitò il numero di Bathge. Accese un monitor per capire dove fosse.

Il puntino si stava muovendo a velocità sostenuta verso il centro. Se non aveva lasciato l'auto da qualche parte, e non ne aveva presa un'altra, voleva dire che era di nuovo seduto nella sua BMW. Oppure in un taxi o in un tram.

Cos'era che faceva, tutto il santo giorno?

Bathge lasciò squillare un paio di volte, poi rispose.

Macchina, capì Vera ancora prima che aprisse bocca. E stava guidando lui. Con un certo esercizio, s'imparava a distinguere tra i rumori del sedile davanti e quelli del sedile dietro.

«Cosa ha da fare stasera?» domandò Vera.

«Oh.» Rise. «Vuole uscire di nuovo con me?»

«Ha chiamato Solwegyn.»

«Cavolo, ha fatto presto. E quindi?»

«Io non gliel'ho ancora detto, cosa vuole da lui. Ma è disposto a incontrarla.»

«Quando?»

«Stasera alle otto. Fossi in lei accetterei.»

«Ci mancherebbe! E dove?»

«Al suo club.» Rifletté. «Ah, un'altra cosa. Vuole vedere dei soldi.»

«Cosa? Così in fretta?» Bathge fece un fischio. «Però, il vecchio Ymir ha proprio il pepe al culo.»

«Be', gli affari sono affari.»

«Con me però dovrà avere pazienza. Pagherò solo dopo che avrà parlato con Marmann.»

«Possiamo provare. Lei intanto venga alla DeTechtei alle sette e mezzo.»

«Okay.»

Vera tacque. L'essenziale era stato detto, le informazioni erano arrivate a destinazione. «Sta bene?» gli domandò comunque.

«Sì, sì! A parte il fatto che sto grondando sudore come un maiale! Fa un caldo terribile! Quindi stavo pensando di andare a prendere un po' di fresco in qualche museo. Ha qualcosa da consigliarmi? Che diavolo è, per esempio, questo Museo del cioccolato?»

«Mah, pubblicità e carie, ovvero i prodotti di punta del XX secolo. Vada al cinema e si compri una barretta nel foyer, che è meglio.»

«Okay. Ah, bella serata, ieri.»

«Oh... davvero lo pensa?»

«Lei no?»

Bella? Lui un mucchio di storie di guerra e lei muta come un pesce?

«Sì, sì», rispose poi Vera, in fondo sincera. «Ma forse un po' unilaterale.»

«Dipende dai punti di vista... Sa, la sua allusione a Lubold mi ha sconvolto parecchio.»

«E... e adesso cosa ne pensa?»

«L'idea in sé mi sembra piuttosto improbabile, però non riesco a togliermela dalla testa. Vedremo cos'ha da dire Solwegyn a riguardo.»

«Certo, glielo chiederemo.»

«Okay.» Per alcuni secondi sulla linea ci furono solo fruscii. «È molto brava, nel suo lavoro.»

«Grazie.»

«Forse... forse davvero dovremmo cercare di capire se Lubold ha avuto qualcosa a che fare con Üsker.»

Vera sorrise. «Ci sto già lavorando.»

Red Lion

Ore 15.01

Cose da pazzi.

Qualcuno era disposto a pagare trentamila marchi perché lui parlasse con Marmann... quel qualcuno doveva essere pazzo. E anche la detective, comunque, se consigliava al suo cliente di spendere tanti soldi per un contatto così misero.

Solwegyn non vedeva l'ora di mettere le mani su quel malloppo. Anche se aveva passato una pessima nottata.

Pensando a Üsker.

La detective e il suo mandante, infatti, stavano cercando la persona sbagliata. Se credevano che dietro l'omicidio di quel turco ci fosse Marmann erano fuori strada, e di brutto. Ma era un problema loro. Che però sarebbe potuto diventare un problema anche suo, qualora fosse emerso che avevano ragione e che nella storia c'entrava anche Lubold. Il quale in teoria avrebbe dovuto essere morto. In Kuwait... o forse no?

Solwegyn imprecò, piano. Maledetto annuncio, non avrebbe mai dovuto rispondere. Doveva restarsene rintanato nel suo locale. A chi sarebbe mai potuto interessare un club privato di Porz?

O magari il pazzo era lui.

Üsker poteva essere morto per migliaia di motivi. Poteva essere stato anche un caso.

Tuttavia la sensazione che non lo fosse, e che in quella storia ci fosse la firma del Diavolo, come chiamavano Lubold agli ZERO, era troppo forte.

E il Diavolo non muore. Mai.

Quindi, immaginando che fosse ancora vivo...

Cosa gli aveva fatto Üsker? O meglio cosa credeva che gli avesse fatto? Lubold o qualcun altro?

E perché Marmann si era innervosito tanto sentendo il nome del vecchio ufficiale? Sì, si era innervosito, aveva avuto paura.

«Devi assolutamente scoprire cosa vuole questa detective da me», gli aveva detto.

Lubold.

Jens non aveva mai superato l'espulsione dall'esercito con disonore, anche se in realtà doveva ritenersi fortunato di non esser finito dietro le sbarre. «Ma qualcuno la pagherà...» Quante volte glielo aveva sentito ripetere?

E infatti qualcuno aveva pagato. Anzi molti. Alla Legione era stato nominato addestratore delle reclute, e quei poveri ragazzi avevano passato le pene dell'inferno. Il comando supremo lo aveva elogiato, dicendo che con la sua durezza avrebbe riportato l'esercito dei mercenari alle glorie del passato.

Ma c'era dell'altro.

Solwegyn aveva conosciuto anche l'altra faccia di Lubold, la parte colta. Premurosa, gentile, inappuntabile. Perché il fustigatore della Legione, che poi sarebbe diventato il cocco di Fouk, se voleva poteva essere diverso, cambiare completamente. Le sue prestazioni fisiche, e anche il modo in cui trattava i commilitoni, erano ai confini del disumano. Coi civili, però, era gentile, sensibile. Loro quasi si divertivano. Davvero.

Avevano anche fatto affari insieme. E lì Solwegyn si era accorto che Lubold non sapeva contare. E lo aveva un po' preso in giro, un paio di buffetti sull'orecchio. Niente di terribile, per ridere.

Abbastanza per meritarsi di essere ucciso?

Pazzo, stava diventando pazzo!

Cosa aveva fatto di male Üsker per scatenare contro di sé le ire di Lubold? Gli aveva venduto un chilo di fragole marce? E perché Marmann sembrava avere ancora un conto in sospeso con lui?

Per quanto la vera domanda da porsi era una sola: cosa diavolo stava succedendo, dopo tutti quegli anni?

Solwegyn constatò che stava sudando. Nell'afa dell'ora di pranzo, la villa diventava un forno. Andò in bagno e mise i polsi sotto l'acqua fredda.

I soldi. Trentamila marchi. Non ci avrebbe rinunciato. Era stato così facile. Marmann aveva acconsentito al contatto, a condizione che Solwegyn non rivelasse né il suo nuovo nome né il suo nuovo indirizzo. Doveva fungere da intermediario. Insomma, un gioco da ragazzi.

Per trentamila marchi.

Che gli avrebbero fatto comodo, eccome.

Üsker, Marmann... Lubold uccide Üsker, perché? Marmann è in pericolo. E in ballo c'era anche Bathge, dov'era finito Bathge? Se fosse riuscito a trovarlo, gli avrebbe saputo dire qualcosa? O anche lui era in pericolo? Era... era Bathge il cliente misterioso di quella Gemini?

Come diavolo gli era venuta in mente una cosa simile, così di punto in bianco?

Üsker, Marmann, Bathge, Solwegyn.

I quattro negretti... si pappano i loro manicaretti, uno si ammazza, e ne restano tre... come diceva la canzone.

Stai perdendo il senno, pensò. Immaginando follie ben oltre i confini dell'assurdo. Torna coi piedi per terra.

La mano destra andò a toccare la pistola nella fondina ascellare. Solwegyn si guardò allo specchio e pensò che, sì, aveva avuto un aspetto migliore. Eccome, nonostante l'occhio spappolato.

Se avesse chiamato la polizia... ci avrebbero pensato loro a cercare Lubold.

Lo avrebbero protetto.

Ma così sarebbe venuto a galla tutto.

Avrebbe dovuto raccontargli della detective. Loro avrebbero voluto sapere come gli fosse venuto in mente che un ex commilitone, che non vedeva da anni e che in teoria era dato per morto, fosse rientrato in scena per ammazzare persone con motivi imperscrutabili.

Lo avrebbero tempestato di domande. Solwegyn s'immaginò la situazione alla Kripo, il commissariato nel caos totale, dopo l'omicidio di Üsker. Avrebbe tradito Marmann.

Sarebbe stato così grave? Mah...

La detective, o meglio il suo cliente, gli avrebbe dato comunque i trentamila?

Avrebbe potuto prima incassarli, e poi chiamare la polizia.

La polizia!

Lui, un vecchio imbroglione, che chiama la polizia?

In fondo, però, non aveva commesso nessun crimine per cui potessero arrestarlo, lui non rischiava nulla. Era tutt'altro che pulito, ovvio, ma così pareva. Ed era quello che contava.

E la cantina, e quello che c'era sotto... Se avessero scoperto quello?

Sì, e come? Un saggio una volta aveva detto: non ha importanza chi sei, ma quello che pensano di te gli altri.

Immerse una spugna nell'acqua fredda e se la premette contro la fronte. Piano piano si calmò. Rifletté. Se avesse chiamato la Kripo subito, loro sarebbero arrivati al massimo entro un'ora, quindi verso le quattro. Non sarebbero rimasti più di due ore, quindi dopo avrebbe avuto tutto il tempo di concretizzare l'affare con la detective. Una volta che aveva i soldi in mano, nessuno avrebbe più potuto toglierglieli. Ci doveva solo provare... Poteva perfino stabilire il contatto con Marmann, quindi in fondo anche rispettare i patti. Sempre che gli accordi presi con la Gemini potessero essere definiti dei patti, un contratto. A ogni modo lui, Ymir Solwegyn, avrebbe fatto la sua parte. Sarebbe stato corretto. Poi ci avrebbe pensato la Kripo, ma quello non era più affar suo.

Si guardò di nuovo allo specchio. Uscì dal bagno e tornò nel salone, verso la scrivania, per chiamare in centrale. Poi all'improvviso sentì una specie di raschio.

Solwegyn si fermò e si spostò in corridoio. Si sporse oltre il corrimano e spiò verso il piano terra. «Katya? Sei tu?» disse.

Di sotto c'era qualcuno che fischiettava. Un motivo che a Solwegyn tornò familiare.

Katya aveva perso il dono della parola?

Scese le scale e sentì dei passi allontanarsi in direzione dell'accesso alla cantina. Come se la persona in questione lo stesse precedendo, con un distacco tale da non essere vista. Quando Solwegyn arrivò alla fine delle scale, da dove riuscì a vedere il paio di metri che lo separava dalla porta per scendere, il fischio era sotto di lui, meno forte.

«Katya?» disse in un sussurro.

Chiunque stesse canticchiando quell'allegra melodia era scomparso in cantina e stava invitando Solwegyn a seguirlo.

Centrale

Ore 15.05

«Bene! I nomi e i fatti, i fatti e i nomi.»

«Adesso non la faccia più grossa di quello che è», disse Menemenci.

Krantz diede un morso alla sua pizza e tirò fuori una serie di carte, come se volesse tappezzare il piano della scrivania. «Dunque... abbiamo rimesso insieme i pezzi su Marmann. Nato nel '57, maturità alla Realschule, ogni lavoro possibile e qualche colpo di testa... Debiti di gioco, contatti con... no, questo è irrilevante... fidanzamento... poi si sono lasciati... niente di che. Ecco, qui la cosa si fa interessante. Nel 1985, viene condannato per tentata rapina a mano armata, con tanto di ostaggi, a una pena di diversi anni. Durante un trasferimento scappa e si arruola nella Legione straniera, nella Francia del Sud, cinque anni, missioni in Gibuti e Guyana; poi passa agli ZERO, una sorta di unità speciale privata, una via di mezzo tra il nostro GSG 9, i Green Berets americani e la RAF. Nella Guerra del Golfo si sono messi in luce per un paio di buoni interventi sottobanco, ma poi in Jugoslavia esagerano e vengono accusati d'immoralità. Violazioni della Convenzione di Ginevra, rapimenti, omicidi, sabotaggi, l'intero repertorio. Il fondatore degli ZERO, Said-Ashgar Fouk, è costretto a sciogliere il gruppo e a ritirarsi dagli affari, ma a quel punto Marmann era già uscito di scena. L'ultimo segno di vita è un soggiorno in ospedale da campo in seguito all'operazione Desert Storm, il motivo non siamo riusciti a scoprirlo, nemmeno per quanto... Dopodiché Marmann esce di scena.»

«Morto?»

«No, proprio smette di esistere. Via. Puff... svanito.»

«Atti di violenza?»

«Be', durante la Guerra del Golfo qualcosa deve aver combinato. Gli impiegati della banca di Colonia hanno detto che era un tipo nervoso e su di giri, ma non ha fatto del male a nessuno.»

«Perché non ha ordinato una pizza anche per me?» domandò Menemenci di punto in bianco.

Krantz restò a bocca aperta.

«Va bene, va bene, non fa niente. Quindi Marmann si è arruolato nella Legione insieme con Üsker, giusto?»

«Sì, lo stesso anno, l'anno decisivo, il 1985. Abbiamo cercato se quell'anno si sono arruolate altre persone.» Lanciò uno sguardo di rimprovero a Menemenci. «Che per inciso non è stato facile, ecco.»

«E quando mai lo è stato? Tornando a Üsker. Mi faccia indovinare. C'erano altri nomi, sulla lista. Jens Lubold?»

«Sì, c'era anche lui. Ufficiale della Bundeswehr espulso con disonore. Legione, poi gli ZERO. Caduto nel Golfo, quindi da escludere. Nella lettera che ha conservato Üsker, si dice che Lubold è stato tra i primi ad arrivare in Francia. La lettera comunque è di un certo Simon Bathge, nato nello stesso anno di Marmann, per un periodo ha pure frequentato la sua stessa scuola, così almeno dice il CV, poi ha conseguito una maturità vera al liceo, facoltà di economia aziendale, lavoro alla Ford, nessun precedente, niente di rilevante fino alla Guerra del Golfo, dopo la quale si perde ogni traccia anche di lui.»

«Fantastico», disse Menemenci. «Üsker è morto, Lubold è morto, Marmann e questo Bathge svaniti nel nulla. Ma se non ricordo male nella lettera c'era anche un quinto nome...»

«Sì, Ymir Solwegyn», lo interruppe Krantz, determinato a non farsi rubare la sorpresa. «Può fargli visita, se vuole, vive qui a Colonia.»

«Ah!» esclamò Menemenci tutto pimpante.

«Sull'elenco non c'è, ma vive qui. Gestisce un club privato a Porz, il Red Lion. Viene dal Caucaso... È arrivato in Germania ed è entrato nella Legione già negli anni '70. Poi Colonia, affari, cose losche, che però non siamo mai riusciti a provare. Sospettato di contrabbando di armi. Nel 1985 rientra nella Legione, ma se ne va dopo il primo quinquennio. Da allora pare organizzi queste serate di sesso selvaggio. Riti occulti, invocazioni di Satana eccetera eccetera.»

Menemenci si allentò la cravatta. Stava sudando in maniera copiosa, mentre Krantz sembrava immune all'afa. Il suo completo era perfetto, come sempre, la cravatta impeccabile. «Se non è Solwegyn il nostro uomo, di sicuro se la sta facendo sotto.»

«Per Üsker?»

«Sì, lo avrà letto sui giornali. Mi sembra un buon momento per andare a fargli una visitina. Sa una cosa, Krantz? Ha fatto proprio un bel lavoro, ottimo.»

«Grazie», rispose Krantz, sorpreso.

«Cerchi di scoprire altre cose su Lubold e Bathge, insomma sulla nostra cricca. Io vado al Red Lion a fare una bella sorpresina a Solwegyn.»

«Davvero pensa che dobbiamo dare tutto questo peso al capitolo Legione?» domandò Krantz, dubbioso.

«Sì, ne sono convinto.»

«Nel senso... in tutti questi anni, Üsker avrà conosciuto un sacco di altra gente...»

«Non sono in grado di spiegarglielo razionalmente. Diciamo che è una sensazione.»

«Una sensazione...»

«Sì.»

«Allora lei segua le sue sensazioni, ma mi lasci indagare pure sulle altre piste.»

«Faccia come crede, ha carta bianca.» Menemenci si alzò e cercò di risistemarsi la cravatta. Con l'unico risultato di peggiorare le cose.

«Quando pensa di andare al Red Lion?» domandò Krantz. Aveva un brutto presentimento.

Menemenci prese la giacca dallo schienale della sedia, storse la bocca notando le pieghe del tessuto, e la indossò. «Adesso.»

Red Lion

Ore 15.07

Solwegyn era rimasto come impietrito sul gradino più alto delle scale, continuava a guardare giù.

La cantina era buia, quasi non c'erano finestre. Anche quando fuori c'era il sole, i sotterranei della villa restavano immersi nell'oscurità. Il motivetto fischiettato non si era zittito, fuoriusciva da quelle tenebre funesto, sarcastico.

Solwegyn prese in considerazione di darsela a gambe.

Poi s'immaginò Katya tornare a casa, e non trovarlo. Trovare solo uno sconosciuto che canticchiava in cantina. Avrebbe pensato che fosse lui, sarebbe scesa e...

Il fischio s'interruppe.

Solwegyn tirò fuori l'arma dalla fondina. La mano destra stava tremando. Alla Legione si erano esercitati nelle condizioni più dure, inimmaginabili, e la sua mano non aveva mai tremato, mai. Ma c'era differenza fra attraversare un campo insieme coi compagni con le armi spianate e ritrovarsi all'ingresso della propria cantina nei cui meandri c'era qualcuno che non avrebbe dovuto esserci.

Lentamente, allungò la mano sinistra e accese la luce. Il corridoio s'illuminò di rosso. Con prudenza, come se gli scalini fossero insaponati, Solwegyn iniziò a scendere. Attentissimo a non fare rumori: punta del piede, pianta, tallone, punta del piede, pianta, tallone...

Ci mise un'eternità ad arrivare in fondo. Davanti ai suoi occhi si aprì il corridoio, coi due oblò sui lati, come affacciati su due antri del piacere, le cui sorgenti di luce erano alimentate dai sospiri e dai gemiti degli amanti. Oltre i buchi, però, in quel momento c'era solo buio pesto. Poco più avanti, il corridoio proseguiva verso le camere della tortura, con le pareti chiodate e le panche per le frustate, poi la tenda, poi la dimora della dea.

Solwegyn sentì il cuore martellare contro la cassa toracica. Batteva fortissimo, fino a rimbombargli nelle orecchie... sarebbe bastato quello a tradirlo.

S'inoltrò nel corridoio e cercò di controllare dentro entrambi gli oblò quasi contemporaneamente. Davanti alle camere delle torture si fermò e di scatto si voltò.

Nessuno.

Riguardò davanti. L'arma, un peso e un conforto, sempre nella mano destra. Qualora fosse stato necessario, non avrebbe esitato a sparare, neanche un secondo. Per spedire quel cacciatore di topi e il suo maledetto fischiettio dritti all'inferno.

Proseguì, lento. A destra e a sinistra si aprivano le sale da gioco dei sadomasochisti. Le panche e i clisteri cui le persone venivano incatenate mentre su per il culo di un'anima gemella venivano pompati liquidi eccitanti. Catene con ganci per tirare capezzoli o testicoli o per appendere... Altalene, seggiolini che volavano sopra un fallo enorme. Vestiti di gomma, fruste e maschere, manette e dildo.

Solwegyn scrutò con maggiore attenzione.

Una delle catene... si stava muovendo!

Quel briciolo di sicurezza che gli era rimasto svanì, da quell'attimo in poi provò solo panico, panico allo stato puro. Si girò di nuovo, l'arma allungata in avanti.

Niente.

Indietro!

Nessuno.

Davanti a lui, la tenda rossa.

Solwegyn trattenne il fiato e cercò di farsi coraggio. Rimase immobile fino a quando non si creò un silenzio tale che si sarebbe sentito perfino lo zampettio di un topo.

Il fischiettio era oltre la tenda. Aveva controllato ovunque, era l'unico posto rimasto.

Aspettò.

Anche lo sconosciuto si sarebbe chiesto cosa stesse succedendo là fuori, nel silenzio. Se aveva creduto di metterlo KO con quattro fischi, be', si era sbagliato. Sarebbe stato Solwegyn a mettere KO lui. Sarebbe rimasto lì fin quando l'altro non fosse uscito, e poi...

Ricominciò a tremare. I suoi polmoni si rattrappirono, Solwegyn ansimò in cerca di aria e non poté fare a meno di tossire.

A quel punto, non aveva scelta. Fece un balzo in avanti, urlando, e aprì la tenda.

Il regno della dea.

Che troneggiava sublime e maestosa sopra la vasca d'acqua. I suoi occhi lo guardavano, ma guardavano anche oltre, verso un orizzonte imprecisato. La bocca accennava un sorriso, Solwegyn lo vide e all'improvviso quell'espressione gli sembrò la sintesi perfetta di crudeltà, disprezzo e voluttà, ovvero l'espressione che aveva sempre cercato di vederci.

Tutto successe nello stesso momento.

Il turbinio di un'ombra, e allora Solwegyn capì che quel misterioso motivetto era una canzone da legionari, cantata di rado, per rendere onore ai caduti. Qualcosa lo spinse in avanti, verso la dea. Cercò di fermarsi, di guardarsi alle spalle, poi gli arrivò un colpo alle scapole, micidiale, e cadde a faccia in giù nella vasca illuminata.

L'acqua gelata fu come un pugno in faccia. Con una mano cercò l'arma, ma l'aveva persa. Alzò la testa, tossendo, riuscì a rimettersi in piedi e balzò in avanti per schivare un altro attacco. Il bordo opposto della vasca gli sembrò crescere fino a diventare un muro altissimo. Poi riuscì a fare un salto e a raggiungerlo, si girò.

L'ombra arrivò rapidissima e lo afferrò. La testa di Solwegyn andò a sbattere tra i seni della dea. I suoi occhi iniziarono a vedere una marea di lucine colorate, come se gli antri del piacere fossero di nuovo pieni di coppie. Gli cedettero le gambe. Poi lo tirarono su, di nuovo, e venne risbattuto contro quel corpo enorme.

Un dolore lancinante alle tempie, come se qualcuno gli stesse comprimendo la testa tra due pezzi di ferro arroventati. I suoi arti si afflosciarono, più molli della gomma. Lui gemette e cadde in ginocchio, e due rivoli di sangue iniziarono a colare giù tra i seni della dea. Il sangue gli arrivò sugli occhi. Gli gocciolò davanti. Solwegyn cercò un sostegno e scivolò lentamente di lato.

Poi vide qualcosa, una cosa simile a un volto ma sfocata, china sopra di lui. Mani che gli piegarono le braccia all'indietro e gli legarono i polsi. Quindi venne alzato di nuovo e premuto contro una delle gambe incrociate della dea, mentre delle cinghie gli laceravano la carne. La testa crollò in avanti, si sentì mancare.

Un ceffone lo riportò alla realtà. Un secondo sull'altra guancia. Un terzo.

Solwegyn gemette e socchiuse gli occhi.

«Sveglia, Ymir, non ti addormentare.»

«No», piagnucolò. «No, no, no...»

«Ah, ti sei svegliato, bene.»

La vista di Solwegyn si schiarì.

La sua controparte fece un passo indietro, inclinò la testa e lo osservò con una certa soddisfazione.

«Ma io credevo...» ansimò. Sangue che gli scorreva sulle labbra, a fiotti. Il mento che rischiava di piegarsi di nuovo in avanti. Ma, no, Solwegyn si fece forza e alzò gli occhi verso l'uomo.

«Cos'è che credevi, sentiamo... Che fossi morto? Be', non eri l'unico.» L'aggressore si sedette sul bordo della vasca e si prese il mento tra le mani. «Povero, piccolo Ymir.» Poi iniziò a canticchiare: «*Quante belle paperelle, ia ia oh! Ymir è piccolo, ma loro sono belle, ia ia oh! Gioca gioca con le sue sorelle, ia ia oh!* Povero, piccolo Ymir. Sai, piccolo è anche il mondo...»

«Per favore...»

«... e grande il dolore.»

«Cosa vuoi?» gridò Solwegyn. «Io non ti ho fatto nulla.»

«No?»

«Aiuto, aiutooo!» Solwegyn cercò di muovere le mani, poi di piegarsi in avanti. Invano. Era un tutt'uno con la sua dea.

L'altro rise. «Chi stai chiamando? Lo sai che in casa non c'è nessuno.»

«Perché hai ammazzato Üsker?» riuscì a balbettare Solwegyn.

«Üsker, il piccolo Üsker?» L'aguzzino fece finta di riflettere. «Povero, piccolo Üsker. *Quante belle paperelle, ia ia oh! Üsker è piccolo, ma loro sono belle, ia ia oh!...*» Silenzio. «Üsker era un bastardo. Credo sia stato questo il motivo. *Gioca gioca con le sue sorelle, ia ia oh!*»

«Perché?»

«Perché, perché... cucù-settetè!!!» L'uomo inarcò un sopracciglio e mise su una maschera, come un clown. «Üsker era cattivo. Cattiiiiiivo Üsker. *Per fare un diavolo, ci vuole il fuoco. Per fare un fuoco, ci vuole fia-amma. Per far la fia-amma ci vuole il male...* Di' un po', Ymir, vecchio mio, sei veramente stupido o fai solo finta?»

Solwegyn scosse la testa senza dire nulla.

L'altro si alzò e si avvicinò. «Davvero vuoi sapere perché Üsker è morto? Be', è la domanda sbagliata. La domanda giusta è chi altro dovrà morire.»

Solwegyn lo guardò con occhi sgranati. La paura inghiottiva tutte le parole che gli venivano in mente prima ancora che riuscisse a pronunciarle. «Ma io non voglio», gracchiò.

«Cos'è che non vuoi... morire? Be', se è per questo nemmeno io lo volevo.»

«Ma cosa stai dicendo? Tu sei morto. Tu non puoi esser qui, sei morto, lo hanno detto tutti!»

«Sai, negli ultimi anni sono state dette un sacco di stronzate. Marmann, per esempio, su di lui girano storie incredibili.»

Solwegyn ansimò, ma non disse nulla.

«Sai, mi sono informato...» continuò l'altro. «Non è che per caso tu sai dov'è? Eh? Per caso lo sai?»

In una situazione così terribile, all'improvviso Solwegyn pensò ai suoi trentamila marchi. «N... no», rispose lui.

«Oh!» L'uomo fece un'espressione spaventata. «No? Cavolo, ma allora sono stato informato male. Mio Dio, scusami! Dev'esserci stato un equivoco. Se è così, Gesùùù, ti libero subito. Che stupido. Ymir, povero vecchio, vuoi che chiami un'ambulanza?» Lo disse in un tono così premuroso da sembrare quasi vero. Non fosse stato per l'evidente sarcasmo.

«Ma io non ti ho fatto nulla», ripeté Solwegyn, disperato.

«Amico, tu stai coprendo i miei nemici, basta questo.»

«Io non sto coprendo nessuno. Io non ho la più pallida idea di chi siano i tuoi nemici.»

«Be', per esempio Marmann... giusto per fare un nome.»

«Marmann? Ma, santo cielo, io non so nemmeno se è vivo!»

«Mmm...» L'altro lo guardò, perplesso. «Ed è vero, quello che hai appena detto?»

Solwegyn ebbe un sussulto, come animato da nuove speranze. «Certo che lo è! Io non so un tubo, te lo giuro!»

«Ah, Ymir.» L'uomo scosse la testa, triste. «Sai cosa penso, ogni tanto?»

«No.»

«Ai bei tempi, quand'eravamo convinti di poter conquistare il mondo...» Iniziò a camminare avanti e indietro davanti a Solwegyn, l'indice puntato contro il cielo. «Eravamo amici, camerati. Abbiamo giurato di aiutarci, sempre, a prescindere da quanto male si fossero messe le cose. Te lo ricordi, vero?»

«Sì.»

«Di starci vicino in ogni situazione, sino alla fine. Versare il nostro sangue per i compagni, il nostro sangue! Te lo ricordi?»

«Io... io non so cosa...»

«Davvero ti sei dimenticato il nostro giuramento di sangue? Allora vuoi proprio farmi arrabbiare, proprio adesso che il mio umore era diventato così affabile e misericordioso? Vuoi rovinarmelo vomitando luride bugie? Tu, brutto pezzo di merda...» All'improvviso si avvicinò e lo colpì in faccia, più volte. «Io ho sofferto...» Ceffone da destra. «Un mondo.» Ceffone da sinistra. «Ho sofferto, capisci?» Ceffone da destra. «Come un cane!»

«Per favore, smettila, io...»

«Come un cane!» gridò l'altro. «E la colpa è vostra, di tutti voi, ognuno a suo modo. E vi troverò, uno per uno, tutti voi che avete cercato d'ingannarmi, di prendermi in giro! Hai sentito cosa ho detto?»

Solwegyn si stava per accasciare.

«Riesci a sentirmi?»

«Sì... Sì», rispose con un filo di voce.

«Bene. Allora, quindi tu dici che non hai la più pallida idea di dove sia il mio amico Marmann. Giusto?»

«Te lo giuro, io...»

«Sì, ma hai anche giurato di versare il tuo stesso sangue per me. Lo hai fatto, io lo so.» Aveva smesso di strillare. Da un momento all'altro, la sua voce era tornata calma e rilassata, come se stesse chiacchierando con un conoscente. «Be', Ymir, amico mio... Cominciamo, va'.»

Solwegyn lo vide tirare fuori qualcosa dalla cintura, uno scalpello... e rabbrividì. Se lo sistemò tra l'indice e il pollice, nella giusta posizione, lo scalpello luccicò.

E nella cintura c'erano altre cose.

«Cosa... cos'hai in mente?» chiese Solwegyn piagnucolando.

«Ymir, io non ti voglio più bene. Perché tu mi hai mentito.» Un ghigno. «Quindi credo che ti tagliuzzerò un po'.»
Le grida di Solwegyn rimbombarono per tutta la casa.

Menemenci

Ore 15.45

Stava per tornare indietro, quando finalmente capì che il club poteva essere quella porta nascosta dalla siepe. Pochi metri più avanti, la siepe s'interrompeva lasciando spazio a un parcheggio. Menemenci fermò la macchina, si guardò nello specchietto, si scostò le ciocche di capelli dalla fronte e pensò che in fondo aveva un aspetto più che dignitoso. Nessuno doveva dire che la polizia era impresentabile, soprattutto quando arrivava a sorpresa.
Scese dalla macchina e si avvicinò alla porta. A sinistra un campanello col nome del club, un po' nascosto, nessuno avrebbe capito cosa succedeva là dentro. Menemenci guardò oltre l'ingresso, scrutò la villa e notò le telecamere nascoste tra i rami.
Ah, ecco.
Stava per suonare, quando si accorse che la porta era solo accostata.
Si chinò e controllò la serratura. Più per abitudine che perché gli fosse venuto qualche sospetto. Le porte aperte avevano sempre qualcosa di contro natura, per principio.
Ma non trovò nulla di particolare.
Così entrò e attraversò il giardino. Più arrivava a sorpresa, meglio era. La strada saliva. Anche la porta di casa era aperta. Spinse, e la porta si aprì senza fare rumore, lasciando emergere, dietro una specie di bancone, un mostro che digrignava i denti. L'interno era volutamente poco illuminato.
Menemenci proseguì e sgranò gli occhi davanti alla curiosa accozzaglia di sculture sospese nell'aria, in ginocchio

e copulanti, era come se il mostro del bancone le stesse sorvegliando. Krantz aveva detto che Solwegyn organizzava riti satanici, messe nere. A quella vista, Satana si sarebbe fatto una bella risata, ma, sì, nel complesso era un ambiente cui non avrebbe fatto male un bell'esorcismo, anzi.

Raggiunse il bar e si guardò intorno. Una scala che saliva, Menemenci si avvicinò al primo gradino e diede un'occhiata di sopra. Faceva una specie di curva e si concludeva con una tenda rossa.

Fuori non aveva visto anche un accesso verso una specie di sotterraneo?

I cadaveri si tengono in cantina, pensò con un ghigno. Fino a quando nessuno lo avesse pregato di mostrare il tesserino e spiegare perché fosse lì, poteva approfittarne per fare un giretto. Così superò le scale e si ritrovò davanti a un arco, oltre il quale c'era un'altra scala, a chiocciola, che scendeva verso una stanza con una luce rossa. Non si vedeva granché. Però se la cantina era grossa quanto il piano terra valeva senz'altro la pena di dare un'occhiata. E poi da sotto arrivava un bel frescolino.

Così scese i gradini e si ritrovò in un corridoio che a sua volta si riapriva verso destra e verso sinistra, per concludersi con l'ennesima tenda rossa. Vide degli oblò alle pareti, grandi abbastanza per infilarci tutta la testa dentro. Non aveva la più pallida idea di cosa ci fosse dietro. Diede un'occhiata e vide pavimenti in moquette, cuscini e centinaia di lucine. Si chiese perché le lucine, se doveva essere una specie di caverna. Le caverne non erano mica illuminate. La moquette era blu scuro. Che fosse arrivato al centro della Terra?

Proseguì. Stava osservando con occhi sgranati i ben poco incoraggianti macchinari delle stanze ai lati quando ebbe l'impressione di sentire un gemito, prolungato.

Restò impietrito, e tese le orecchie.

Un altro gemito.

Lentamente, tirò fuori la pistola. Era evidente che lì avesse luogo una serie di giochetti sadomaso… d'accordo, ma quel gemito? Faceva parte del programma?

Forse, dietro la tenda, Solwegyn stava soddisfacendo il suo piacere, in privato. Ma quei gemiti non gli erano parsi proprio di piacere. E aggiungendo le due porte aperte...

No, non faceva parte del programma.

Menemenci alzò la pistola, scostò la tenda ed entrò, rapido. Fece subito in modo di restare con la schiena attaccata al muro. Poi si girò a destra e a sinistra. In meno di due secondi capì che non c'era nessun altro, a parte lui e la figura accovacciata ai piedi di un'altra statua gigante.

Mise via la pistola e andò verso il corpo appallottolato. Avvicinandosi, si accorse che era un uomo legato a una coscia della figura gigante, che invece era una donna. Il petto dell'uomo si alzò e lui emise un altro gemito, che sembrò arrivare dal profondo delle sue viscere. Menemenci si guardò alle spalle, s'inginocchiò e gli tirò su il mento.

Per poi mollarlo, all'istante. Inorridito.

Che diavolo era successo alla sua faccia? La fronte e le guance erano piene di sangue, in alcuni punti sembrava che fosse stato...

In quello stesso istante l'uomo aprì gli occhi e fissò Menemenci. L'occhio sinistro bianco e indifferente, il destro sconvolto. «Nooo!» strillò.

Menemenci gli posò la mano destra sulla bocca e l'indice della sinistra sulle labbra. «Stia calmo», sussurrò. «Non le farò nulla.»

L'uomo continuava a piagnucolare.

«Zitto», sibilò Menemenci. «Adesso la libero, ma per favore la smetta di frignare.»

Nell'occhio destro dell'uomo tornò cognizione di causa, chiarezza. E il poveraccio annuì, deciso.

Il commissario allontanò la mano e cercò la corda con cui era stato legato alla donna. «Lei è Ymir Solwegyn?»

«Sì!» disse il prigioniero, sempre strillando. «Si sbrighi, non so dov'è. Madre di Dio! Ha detto che torna e continua. Ma io gli ho già detto tutto. Di più non so, lo giuro... Oh, mio dio, si sbrighi, per favore!»

Le mani di Menemenci scivolarono lungo la corda. «Chi è?»

domandò con calma. «La stessa persona che ha sulla coscienza Üsker?»

«Üsker! Maledetto me e quando ho risposto a quell'annuncio!» La voce di Solwegyn iniziò a tremare. «La detective ha detto… oh, mio dio, veloce, faccia veloce. Mi liberi, voglio uscire, santo dio…»

«La smetta di gridare», lo interruppe brusco Menemenci. Si alzò e fece il giro della statua il più rapidamente possibile. Era legato a una coscia, con dei nodi molto stretti. Menemenci si chinò per quanto gli fosse possibile considerato il suo pancione. Iniziò ad armeggiare.

«Adesso la tiro fuori di qui», disse. «Glielo prometto, okay? Chi le ha fatto questo?»

«Io… io non voglio fare la fine di Üsker», piagnucolò Solwegyn.

«Il nome, mi dica il nome.» Non era facile sbrogliare quei nodi. Menemenci cercò di districarli, e dopo un po' riuscì ad allentare il primo nodo piano. Si fermò, si pulì il sudore dalla fronte che gli stava gocciolando sugli occhi e continuò.

Dietro la figura vide dei vestiti.

E in quel momento capì di essere caduto in trappola. Mollò i nodi e cercò la pistola, ma le dita non arrivarono in tempo. Perché qualcuno lo colpì alla nuca.

Gli si annebbiò la vista.

Si accasciò e cadde.

Solwegyn

Ore 15.56

Ymir Solwegyn capì che il ciccione non ce l'aveva fatta.

E iniziò a pregare.

Rivide il suo aguzzino tornare in scena scuotendo la testa. «Sai cos'è che proprio non sopporto? Quando qualcuno infrange le regole e mi rovina il gioco.» Sospirò. «Meno male che avevi lasciato un po' di spazio dietro il tuo bel donnone. Uno la può prendere da dietro. Ha un culo di pietra, proprio niente male. Certo, il resto è uno schifo. Hai già provato a scopartela?»

«Per favore», piagnucolò Solwegyn.

«Ehi! Voglio solo sapere se te la sei scopata.»

«No, no… io…»

«Vecchio mio, che brutta risposta, non mi sono mai piaciuti i no. Dai, pensa positivo.»

«Sì, sì, sì!» strillò allora Solwegyn. «Me la sono scopata!»

«Ecco, vedi? E adesso che facciamo? Ora che il tuo ospite si è messo a dormire… Però, che modi, non trovi?»

«Ti prego!» lo implorò Solwegyn. «Ti ho detto tutto. Non voglio morire come Üsker, ti ho detto la verità, tutto quello che volevi sapere, te lo giuro!»

«Me lo giuri su chi, o cosa?»

«Sulla mia vita!»

«E cosa vale? Dai, su, fatti venire in mente qualcosa di più convincente.»

«Allora… allora te lo giuro… sulla vita di mia moglie!»

«Tu hai una moglie?» sbottò l'altro ridendo. «Ma è fantastico! E chi si è innamorato di un cieco con un occhio spappolato?»

«Te lo giuro… giuro, giuro, giuro, giuro!!!» disse Solwegyn facendo sempre più fatica a parlare. Non aveva più forze. Nemmeno un briciolo.

L'altro restò zitto. «Bene», disse poi. «Facciamo che ti credo.»

Solwegyn sentì quelle parole fin dentro il cuore, come fossero calore. Alzò la testa e vide il suo aguzzino avvicinarsi, come da dietro un velo di nebbiolina.

Gli credeva! Lo avrebbe lasciato andare!

«Ymir», disse poi tirando fuori una bottiglietta. «Sai cos'è questa?»

«No… no.»

«Sai, nel deserto può fare caldo, molto caldo. Tanto che uno preferirebbe morire, piuttosto che restare un minuto di più in quel forno. Mi segui?»

Solwegyn annuì con gli occhi sgranati.

«E uno è sul punto di mollare, capisci? Di mollare tutto... Io ho cercato di spiegarglielo, a Üsker, cosa si prova quando la vita sta per sgattaiolarti fuori dal corpo con la stessa dignità di una pozza di piscio. Sai, Üsker ha trovato le mie riflessioni estremamente interessanti, e alla fine era dell'opinione che a lui stesse capitando la stessa cosa. E aveva ragione.»

Solwegyn non disse nulla.

«Ecco, mi piacerebbe sentire anche dalla tua bocca un minimo di pentimento.»

«Ma io non ti ho fatto niente!»

«Niente? Hai aiutato il mio peggior nemico a scappare in Francia. Lo hai sottratto alle mie mani, alla mia sacrosanta vendetta.»

«Ma non era mia intenzione! Te lo giuro, io...»

«Non fa niente.» L'altro si strinse nelle spalle. «Però capisci che questo mi crea problemi, fossero anche solo di natura psicologica.»

«Certo», rispose subito Solwegyn.

«Anche perché le confessioni fanno bene a tutti. Confessando ci si guadagna il perdono, dicono così, no?»

«Sì, infatti... Quindi adesso ti prego, perdonami...»

«Perché tu hai qualcosa da farti perdonare, non è vero?»

«Sì, sì, certo!»

«Bene, questo mi rallegra e mi tranquillizza. Perché, se tu riconosci le tue colpe, vuol dire che la mia seconda lezione non è stata vana. La tua anima lascerà questa terra pura e senza macchie. Per me, quel caldo è stato un inferno, tu meriti un destino più clemente.» Rise piano. «Quindi ti manderò in purgatorio.» Aprì la bottiglietta e ne rovesciò il contenuto sopra Solwegyn.

«No!»

«Devi essere contento, Dio ti chiamerà a sé tra i buoni e i giusti.»

«Nooo!»

«Amen.»

«Nooo!» gridò Solwegyn. «No! No! No! » L'ultimo «no» si perse nella deflagrazione della palla di fuoco che ammutolì le sue grida e, nello stesso istante, zittì per sempre il suo cuore.

Vera

Ore 16.00

Ormai faceva così caldo che perfino Vera non trovava granché divertente fare jogging intorno allo stagno, ma doveva.

A volte si chiedeva se non esagerasse. A differenza di quanto si credesse in giro, gli investigatori privati correvano pochissimi pericoli, sparavano quasi solo con la telecamera. Il suo programma di allenamento, invece, avrebbe fatto invidia al GSG 9.

Ma era giusto così.

A metà strada si concesse una pausa e chiamò la centrale di Waidmarkt.

«Roth.»

«Ciao, Tom.»

«Ah, hai perfino il coraggio di chiamarmi...»

«Mi dispiace. Ma... Cos'è successo?»

«Cosa può essere successo, secondo te? Mi hanno beccato, ecco cos'è successo.»

«Mi spiace, davvero», replicò lei con un filo di voce. «Ti hanno fatto molte storie, per colpa mia?»

«Ancora non è chiaro. Menemenci, il tizio che si occupa del caso Üsker, mi ha fatto capire che potrebbe chiudere un occhio, prediligere la clemenza e il buonsenso al regolamento. Ma ancora non è chiaro. Almeno però dimmi se ne è valsa la pena... di alzare tutto questo casino.»

«Sì, credo di sì.»

«Non fare stupidaggini, capito?» borbottò Roth. «Stai attenta.»

Lei sorrise. Dentro di sé sentì propagarsi un'ondata di affetto. Aveva quasi dimenticato quanto fossero vicini, lei e Roth.

A lui poteva dirlo?

«Tom, devo dirti una cosa. L'uomo della foto che ti ho chiesto di...»

«No, no, risparmiami i dettagli», la interruppe lui. «Non voglio sapere nulla.»

«Pensavo t'interessasse», disse lei confusa.

«Infatti m'interessa. Ma non in questo momento. Facciamo finta che non ci siamo sentiti, in questi giorni, okay?»

Lei capì, all'istante: Menemenci aveva posto delle condizioni.

«Ragazzina, altro per te proprio non posso fare.»

«Grazie, Tom», rispose lei in un sussurro. «Ti prometto che mi farò perdonare.»

«Sì, lo so. E stai attenta.»

Lui riattaccò. Per un attimo Vera restò all'ombra e pensò se non fosse il caso di tornare alla macchina.

Roth stava rischiando il posto per coprirla. Un altro motivo per cui sentirsi in debito nei suoi confronti.

E riattaccò a correre.

Red Lion

Ore 16.06

Menemenci ebbe una visione.

Era seduto alla sua scrivania, ed entrava Krantz. Che però aveva un aspetto diverso dal solito. Aveva gli occhi pieni di scintille. Alzava le braccia, poi apriva la bocca e dai palmi e dalla gola uscivano fiamme, che iniziavano a circondarlo e a bruciacchiarlo. Lui si metteva le mani davanti al viso e cercava di alzarsi. Ma era come incollato alla sedia, anche se si sforzava...

Poi aprì gli occhi.

Davanti a sé vide riflessi di un giallo intensissimo. Il calore gli bruciò il volto. Nello stesso momento capì perché non fosse riuscito ad alzarsi. D'istinto rotolò di lato, via dal fuoco, e riuscì a rimettersi in piedi.

Il calore, tuttavia, gli toglieva il fiato. La manica destra stava già prendendo fuoco. Cercò di spegnerlo con un palmo e quasi inciampò vicino alla donna gigante, anch'essa in fiamme. I suoi occhi guardavano quell'inferno crepitante con indifferenza, come anche tutto quello che era successo prima.

Il fuoco si era impadronito dell'uomo ai suoi piedi. Che era morto, sicuro.

Con un sospiro, Menemenci cercò di portarsi le mani alla nuca dolorante.

Ebbe le vertigini, era accerchiato da un'unica fiamma, la tenda rossa era a brandelli, come se segnasse un confine.

Ma doveva passare in mezzo a quell'inferno e raggiungere la tenda, era la sua unica possibilità di uscire vivo dalla villa.

Rivolse un ultimo sguardo alla dea e alla vittima ai suoi piedi. Il fuoco sembrava strillargli contro che doveva darsi una mossa e uscire. Menemenci strinse le mani a pugno. Non era riuscito a salvare Solwegyn. Era colpa sua. Perché non aveva controllato ogni angolo prima di mettere via la pistola e inginocchiarsi come un pivello?

Gli arrivò addosso una pioggia di scintille. Con un tuono, la testa della dea si girò, i suoi occhi lanciarono un'ultima occhiata al commissario, e poi cadde.

Menemenci iniziò a saltellare. Dietro di lui, la testa della dea, ridotta ormai a una palla di fuoco, rotolò fino al bordo della vasca, la cui acqua continuava a emettere vapore e a bollire, si rovesciò di lato e poi venne schizzata fuori dal tempio sotterraneo come una specie di pallottola incandescente. Con le ultime forze il commissario corse su per le scale, si fermò un attimo e poi raggiunse il pianterreno. Subito dopo, nel punto esatto in cui si era trovato un minuto prima piombò la testa di fuoco e spaccò la ringhiera in mille pezzi.

Il piano terra era pieno di fumo. Menemenci si mise una manica sul viso e cercò l'uscita. Ebbe l'impressione che gli occhi del mostro del bancone lo stessero seguendo... Finalmente era fuori, e corse verso la siepe.

Un istante dopo la terra tremò, scossa da una terribile esplosione. Menemenci, tuttavia, non si guardò indietro, spalancò la porta e corse dall'altra parte della strada. Un'altra esplosione. Si voltò e vide il piano terra volare via. La facciata era diventata una nuvola arancione, che avvolse gli alberi e iniziò ad avanzare verso la siepe, verso di lui. Il primo piano per un attimo restò come sospeso nell'aria, poi la terrazza crollò e seppellì per sempre l'impero satanico di Solwegyn sotto tonnellate di pietre. A quel punto, come se il collasso della villa fosse stato un segnale di resa, la nuvola arancione si fermò e svanì.

Non poteva essere esploso solo il riscaldamento...

Menemenci guardò le macerie in fiamme, ugualmente impietrito. Poi raggiunse la macchina, spalancò la portiera e chiamò Krantz via radio.

«Meno male che ha chiamato», disse il collega. «Se è ancora da Solwegyn, potrebbe chiedergli se...»

«Non posso più chiedergli nulla», rispose Menemenci.

«Eh? In che senso?»

«Il diavolo se l'è portato via.»

Vera

Ore 19.25

Bathge arrivò puntuale. Bevvero un caffè alla DeTechtei e presero la seconda macchina di Vera, una Toyota familiare, meno appariscente. Non le piaceva mostrare la cabrio ai suoi clienti, perché non dovevano conoscere tutte le sue risorse, tantomeno sapere che poteva permettersi una Porsche.

E, soprattutto, non aveva voglia di spiegare che l'aveva comprata coi soldi ottenuti come risarcimento per danni morali.

La Toyota andava benissimo.

Durante il tragitto verso il Red Lion, a differenza del solito, Bathge sprofondò in un silenzio inquieto.

«Non può essere», disse a un certo punto.

«Cosa?» domandò Vera.

«Lubold è morto. Marmann quasi. Ma cos'è, la rivolta degli zombie?»

«Be', per quanto riguarda Marmann, ci dirà meglio Solwegyn.»

«Ma certo, per la modica cifra di trentamila marchi, che non ho nemmeno portato. È proprio sicura che ci aiuterà?»

«Ha mai avuto problemi con lui?»

«No.»

«Be', allora sarà stupito, contento di rivederla, no? Magari le farà uno sconto... Dopo la morte di Üsker, anche lui è preoccupato per la propria incolumità. Gli dia la sensazione che insieme potreste risolvere il problema.»

Bathge la guardò, perplesso. «Io non ho mai avuto molto a che fare con quel vecchio imbroglione, ma una cosa so per certa: che, prima di rinunciare a dei soldi, Solwegyn si farebbe ridurre in polpette.»

«Vedrà che ci aiuterà», rispose Vera, decisa.

Bathge sorrise. «Si può fumare, qui in macchina?»

Lei indicò il posacenere e imboccò l'uscita per il Severinsbrücke. Sarebbero arrivati in anticipo. Ma potevano sempre aspettare in macchina.

Lei sentì che Bathge continuava a fissarla, e poi guardava la strada. In generale, non le piaceva quando qualcuno la fissava. Ma in quel caso fu diverso: era come se le attenzioni di Bathge facessero vibrare qualcosa dentro di lei, una corda che pensava sarebbe rimasta muta per sempre. Un suono dolce.

Niente ammutolisce per sempre. Cambiano solo i toni.

«Sì, ci aiuterà!» ripeté, ancora più pimpante.

Un cliente, è solo un cliente, è solo un cliente.

Lui restò zitto.

Percorsero un breve tratto di autostrada verso sud-est, ma uscirono quasi subito. Al semaforo Vera riconobbe l'incrocio, poi a destra, verso il Red Lion.

«Tranquilla, come zona», commentò Bathge.

«Sì», replicò Vera. «Una favola.»

La strada era stata bloccata, stavano togliendo gli sbarramenti in quel momento. Vera ebbe un brutto presentimento, ma proseguì verso l'incrocio. Svoltò a destra e rallentò.

«Spero...» disse Bathge, evidentemente inquieto, indicando la scena che si ritrovarono di fronte. «Spero tanto che il Red Lion non sia... questo.»

«Invece sì», rispose Vera in tono piatto.

Dove un tempo era sorto il club privato di Solwegyn, in quel momento c'era solo un corridoio di terra bruciata. Era rimasto qualche albero in giardino, coi rami spezzati e con le cortecce annerite. La casa non si vedeva bene, ma qualcosa le diceva che in piedi fosse rimasto ben poco. La strada era piena di camionette dei pompieri, volanti e ambulanze che bloccavano il passaggio.

«Torni indietro», sibilò Bathge.

«Lentamente», rispose Vera. «Se faccio inversione di colpo...»

«Se mi becca la polizia, domani sarò su tutti i giornali! E l'assassino di Üsker li legge, i giornali, questo è poco ma sicuro... Torni indietro, subito!»

«Ma qui non ci sono agenti, a parte un miliardo di pompieri», cercò di tranquillizzarlo lei, anche se sapeva che non era vero. La strada, infatti, pullulava anche di poliziotti. Bathge aveva ragione. Fermò la macchina per tornare indietro. In quello stesso istante, vide un pompiere venire verso di loro.

«Insomma, se deve passare passi!»

«Adesso ce ne restiamo qui fermi, zitti e buoni», disse Vera sottovoce ma decisa. «Non si preoccupi, andrà tutto bene.»

Bathge sprofondò nel sedile e guardò disperato l'altro capo della strada. Vera capì cosa stava pensando, la sua unica speranza di contattare Marmann era svanita. Non avrebbe mai scoperto quale follia si fosse innescata tra gli ex legionari. O forse sì, ma l'avrebbe provata sulla propria pelle.

«Prima Üsker», sussurrò Bathge. «E adesso...»

«Potrebbe non avere nulla a che fare con Üsker», lo interruppe lei. Certo che sì, invece. Non farti illusioni, Solwegyn è stato messo a tacere, tolto di mezzo.

Oppure è ancora vivo. Chi dice che sia per forza...

Abbassò il finestrino e sorrise al pompiere con aria innocente. «Mi sono persa qualche cartello?»

«Abbiamo appena tolto il blocco», rispose lui. «Tra due minuti ce ne andiamo, ma è comunque meglio se fa un'altra strada.»

«Ma cos'è successo?»

«È saltata in aria una casa. È rimasto solo un mucchio di macerie. Torni indietro.»

Vera decise d'insistere. «Ma non il Red Lion, vero?» domandò sconvolta.

L'uomo la squadrò, e poi guardò Bathge. Vera guardò verso destra, nervosa, ma Bathge si sporse in avanti con aria rilassata e s'immedesimò benissimo nella parte dell'ignaro spettatore preoccupato. «Però non è morto nessuno...» disse.

«Aspetti un secondo», rispose l'uomo.

Il pompiere si allontanò per raggiungere una volante e poi un gruppo di persone che stava uscendo dal corridoio bruciato per tornare in strada.

«Mmm... non mi piace», mormorò Bathge.

Vera vide una persona staccarsi dal gruppo e andare verso il pompiere. Era lontano, ma lo riconobbe dalla stazza.

Menemenci.

«Neanche a me», disse. E, senza fretta, ma rapidamente, inserì la retromarcia, fece inversione e tornò all'incrocio. Il semaforo diventò verde. Diede un'occhiata allo specchietto: nessuno li stava inseguendo.

Un minuto dopo furono di nuovo in autostrada.

Bathge era accanto a lei, con un'espressione impietrita.

Durante tutto il tragitto fino a Schaafenstraße, non disse una sola parola. Vera parcheggiò davanti alla DeTechtei, ma restarono entrambi seduti, come se si fossero messi d'accordo.

Lo guardò.

Bathge era come avvolto da un'aura di paura. Paura di morire.

«Vedrà, troveremo un'altra strada», disse lei piano.

Lui si girò e sbuffò. «Che strada? Per quando l'avremo trovata, io sarò già morto. Le è chiaro cosa significhi quello che abbiamo appena visto? Perché Solwegyn è stato ammazzato?»

Vera conosceva la risposta. Per tutto il tempo aveva cercato di rimuovere quel dato di fatto, ma non c'erano dubbi.

Chiunque fosse responsabile della morte di Solwegyn doveva essere stato informato dei loro movimenti degli ultimi giorni. Era morto poche ore prima del loro incontro. L'assassino lo sapeva e aveva deciso d'impedirlo... tanto da far esplodere una villa.

Era alle loro calcagna. Sapeva di cosa parlavano, quello che pensavano.

«No!» esclamò all'improvviso Vera, decisa. «No, è impossibile!» Sferrò un pugno contro il volante. «Nessuno può averci intercettato o tenuto d'occhio...»

Poi le venne un'idea.

Non avevano sorvegliato loro, avevano sorvegliato Solwegyn.

E chi era l'unica persona a sapere della conversazione avvenuta tra lei e il re dei club notturni? Anzi vi aveva assistito, l'aveva ascoltata parola per parola...

«Katya», disse piano.

«Non capisco.»

«La ragazza che era da Solwegyn mentre io e lui abbiamo parlato.»

Bathge aggrottò la fronte. «Crede che Marmann abbia una complice?»

«Perché no? E comunque perché per forza Marmann? Davvero pensa che ce l'abbia ancora con lei?»

«Se Katya è una complice, l'assassino non si sarebbe avventato su Solwegyn, avrebbe fatto in modo di scoprire, attraverso di lei, dove Marmann...» Bathge si fermò.

«Esatto», disse Vera.

«Sta cercando Marmann, proprio come noi», sussurrò Bathge.

«Già, e ha iniziato con Üsker. Marmann non sta dando la caccia a nessuno, lui è la preda. Anzi qualcuno è stato capace di uccidere ben due persone pur di mettergli le mani addosso. In tutta sincerità, se io fossi Marmann adesso cercherei di diventare più piccolo di una formica.»

Per un attimo, a Bathge mancò il respiro.

«Probabilmente Katya non aveva idea che Solwegyn e Marmann fossero in contatto», continuò Vera. «Lo ha saputo solo quando lui lo ha detto a me. E non credo nemmeno che lo abbia tradito in maniera consapevole. Forse è stata sfruttata da qualcuno...»

«Perché dice così?»

«Perché lei... Perché lei lo ama, o lo amava.»

«Vera, queste però sono solo ipotesi. La verità è che non sappiamo nulla di nulla. Né perché il Red Lion è saltato in aria, né se Solwegyn e questa Katya siano ancora vivi. Chi può dirlo?»

«Già», mormorò Vera. «Chi?» Si voltò verso di lui. E pensò che era da mezz'ora buona che non fumava. Nessuna colonna di fumo a segnare la solita distanza di sicurezza.

Negli occhi di Bathge, Vera vide una tale disperazione che all'improvviso sentì il bisogno di abbracciarlo.

Il suo meccanismo di autodifesa scattò all'istante. Ma, per la prima volta, lei decise d'ignorare quelle voci che le consigliavano di tirarsi indietro e barricarsi in se stessa. Spedì quell'esercito di «no» e «mai-più» dritto verso l'abisso, sperando che scomparissero per sempre.

«E adesso cosa pensa di fare?» gli chiese dopo un po'.

Lui si strinse nelle spalle. «Non lo so. Non so più nulla.»

«Ha una casa?» Sperò che lui non la prendesse come una violazione degli accordi.

Bathge sorrise e scosse la testa. «Diciamo che c'è un posto in cui sto. Ma poi cambio. Vado avanti così da anni.»

Il cervello di Vera mobilitò le sue ultime riserve.

Un cliente, è solo un cliente...

Non permettere che prenda il controllo su di te...

Nessuno deve più...

Lo hai permesso già una volta...

Meglio sole che...

Poi accese la macchina, inserì la marcia e partì. «Che ne dice di un bel bicchiere di prosecco?»

Dopo due semafori, lui rispose: «Be', meglio non farlo invecchiare troppo, che poi diventa cattivo, no?»

Lei guidò verso la piazza, silenziosa e verdeggiante, della vecchia sinagoga, annoverata dagli abitanti di Colonia tra gli angoli più belli della città. Imboccò una strada laterale e parcheggiò di fronte alla Vecchia Signora, come chiamava la casa in cui si era appena trasferita.

La Vecchia Signora era sempre lì, gentile e un po' defilata, come si addiceva a una signora di una certa età, appunto.

«Bene», disse Vera. «Anche perché non ho altro, solo acqua e prosecco. Prendere o lasciare.»

Bathge la guardò sfilare le chiavi dall'accensione e poi girare il volante fino a quando non scattò il bloccasterzo. Poi lasciar cadere la chiave in una borsetta nera e aprire la portiera.

Si girò verso di lui.

«Cosa sta aspettando? Pensa che le porterò il bicchiere qui sotto?»

Bathge sorrise. E scese anche lui.

«Sono cinque piani senza ascensore», lo mise in guardia lei.

«Tanto sono abituato a soffrire.»

Salirono le scale, Bathge dietro, a una certa distanza. Una distanza di sicurezza? si chiese Vera. Ancora nessuna sigaretta in bocca... Quando raggiunsero il pianerottolo dell'ultimo piano, e lei aprì la porta, lui le stava dietro, vicino ma senza toccarla.

Lei però lo sentì. «Entri, prego.» Gli fece strada, poi andò dritta in bagno, dove si sciacquò la faccia con l'acqua fredda e si guardò allo specchio.

Tu sei pazza!

Che bella sensazione, essere pazzi.

«Il prosecco è nel frigo», disse. «Nell'armadio di fronte trova i bicchieri. Arrivo subito.» Era sempre davanti allo specchio, col cuore in tachicardia. L'idea di uscire e bere quel prosecco con lui le faceva paura, ma allo stesso tempo sentiva una fortissima fame di contatto, di uscire dal deserto che la forza della solitudine aveva ingrandito sempre di più.

Guardò la sua cicatrice, poi distolse gli occhi. La mano si allungò verso la boccetta di Escada, esitò, la mano si ritrasse.

«Adesso però non esagerare», mormorò allo specchio. Si fecero un paio di smorfie e poi ognuna tornò nel suo mondo, parimenti ipotetico.

Bathge la stava aspettando.

Con sua grande sorpresa, Vera vide che negli occhi di lui non era rimasta nessuna traccia di paura.

Era lì nel suo salone e osservava l'unico autoritratto che aveva fatto incorniciare, il più riuscito. Sul tavolo giapponese laccato scuro c'erano due calici pieni e una bottiglia aperta. Vera rifletté su quando fosse stata l'ultima volta che aveva visto una scena simile. In quell'appartamento, mai. Le sue botte-e-via potevano bere tutto quello che volevano, ma prima che entrassero in casa sua, con loro non beveva mai.

Prese il suo bicchiere, gli porse l'altro, si sedette accanto a lui e guardò anche lei il quadro, come se fosse la prima volta.

All'improvviso le venne il dubbio che non fosse il migliore. Quella donna era lei, ma in quale momento era stata inchiodata sulla carta?

Una persona poteva essere anche un momento?

Restarono così per un po'.

«Van Gogh faceva autoritratti per accettarsi di più, per vivere meglio», commentò Bathge. Non lo disse in tono da maestrino o per vantarsi. Lo disse in tono semplice, era la frase che in quella circostanza ci stava meglio.

C'erano sempre, all'inizio, quelle frasi che ci stavano così bene.

Prima o poi, ne arriva sempre una che ci sta meno bene,

pensò Vera. E poi sempre peggio, e alla fine non sono più frasi, ma solo argomentazioni, dure e perplesse.

Forse, a volte, è diverso.

Bathge distolse gli occhi dal disegno e guardò lei, poi di nuovo l'autoritratto.

Vera bevve un sorso.

«Quanti ne ha fatti, di questi disegni?»

«Non lo so. Decine, credo.»

«Sono belli.» Rise. «Perlomeno i due che ho visto io, ma gli altri non saranno molto diversi.»

«Li vuole vedere?»

Il suo meccanismo di autodifesa prese atto dell'ulteriore capitolazione senza dire nulla.

«Volentieri», rispose lui.

Così lei andò a prendere la sua collezione, nel cassetto, e gliela dispose davanti. Vera in decine e decine di versioni. Di solito una Vera distaccata, spesso con ghigno, nelle migliori più viva, dai tratti più decisi.

Negli ultimi, i tratti si erano ridotti, ma erano più marcati, appunto.

Bathge li osservò a lungo, in silenzio.

Lei si chiese se ce ne fosse uno che lo aveva colpito in particolare. Quale gli piacesse di più.

Quello lì, come sei su quello, avrebbe potuto dire, lì mi piaci in maniera particolare.

Sii così.

Sii come io ti vorrei.

Avrebbe giudicato, e lei, giudicata, li avrebbe messi via e si sarebbe pentita di averglieli fatti vedere.

«Perché così tanti?» domandò invece lui. Nessun giudizio, nessun apprezzamento, nessuna critica.

Vera si strinse nelle spalle. «Be', forse per lo stesso motivo di Van Gogh, per accettarmi di più», rispose quindi.

«Ha così tanta paura di scomparire?»

Lei tenne lo sguardo incollato al pavimento.

«Secondo me, Van Gogh aveva paura di dividersi in due persone, una sana e l'altra malata, una entusiasta della vita e l'altra folle, al limite dell'autodistruzione», disse Bathge. «I suoi disegni, invece, mi suggeriscono altro.»

«Cosa?»

«Non so come dirlo, per non farle dispiacere.»

«Lo dica e basta», disse Vera. «Non sono una che s'impressiona facilmente.»

«Ah, questo lo so.» Esitò. «Forse mi sbaglio, ma è come se la donna che ha realizzato questi disegni debba trovare continue conferme della sua... esistenza. Del fatto che essa abbia un senso. Che non sia fatta solo dei desideri e delle idee altrui, e che quindi lei possa scomparire quando queste idee non ci saranno più. Ecco, sì, sembra... che li abbia davvero dipinti per il timore di scomparire.»

Vera lo ascoltò senza battere ciglio. «Non potrebbe essere che li abbia fatti per ritrovarsi?»

Lui annuì. «Ma allora... cos'era rimasto, di lei, quando ha iniziato?»

Vera si voltò. Il sole del tramonto disegnava ombre inclinate attraverso la finestra. Qualcosa dentro di lei provò un dolore acuto, poi passò.

«Mi dispiace», disse Bathge. «Io non avevo nessun diritto di...»

«Invece sì.»

Poi si girò, lo prese con la mano libera, lo attirò verso di sé...

... e lo baciò.

Esplorò la regione intorno alle sue labbra, che si aprirono subito, infilò dentro la lingua per provocare quella di lui. Fu uno di quei baci in cui sembra che sia il Sole a girare intorno alla Terra e, quando lei, senza fiato, tirò indietro la testa e vide nei suoi occhi i riflessi del tardo pomeriggio, ebbe la conferma più incontrovertibile che Vera Gemini esisteva.

Si amarono su quel letto di facce disegnate a matita.

I fogli frusciavano sotto i loro corpi, si spiegazzavano, si rompevano, si sovrapponevano e all'improvviso volavano via per una raffica di vento entrata dalla finestra. I loro corpi fluttuavano al centro di quel vortice di passione; ogni atomo viaggiava a velocità vorticosa, parte di una sola energia che si allargava, come in un secondo Big Bang, creava punti di riferimento, isole nel caos, mondi inesplorati, un cosmo con un unico nome, inarrestabile, sovrano assoluto. In quel fuoco primigenio, i volti a matita si piegarono, diventarono prima ruote infuocate e poi cenere, per lasciare spazio e tempo al nuovo.

Le angolazioni delle ombre si moltiplicarono, fino a quando non scomparvero del tutto e il cielo si tinse di un rosa-bluastro color piombo. Stormi di rondini iniziarono a volteggiare intorno alla casa, si avventarono su sciami di zanzare con spericolate traiettorie. Si accesero i lampioni, noncuranti del chiarore persistente, ostinati nel loro ronzio, poi, da dietro un mare di nuvole, spuntò una luna bianca, che rubò loro la scena.

Vera guardò il soffitto con le palpebre socchiuse.

Buio.

Un bel calduccio.

No, pensò, del passato non ci si libera con tanta facilità. E a che scopo, in fondo? Il passato c'è, resta, come una parte del corpo. Negarlo significa negare la vita, il fatto che uno viva. E questa vita è indivisibile. Per cominciarne una nuova bisogna prima morire.

Tuttavia, se il passato guadagna potere su di noi, noi diventiamo involucri vuoti, che parlano e si muovono, ma sono vuoti. Moriamo due volte, e almeno una troppo presto.

Vera aveva spezzato il giogo del passato che l'attanagliava?

Girò la testa e guardò l'uomo cui aveva concesso di baciarla sulla bocca, di amarla, di prenderla in braccio, di accarezzarla e di restare.

Perché proprio Simon Bathge?

Era una scelta completamente sbagliata. Era un suo cliente. Le aveva mentito più volte. La sua vicinanza portava con sé anche la vicinanza di uno psicopatico, che li osservava entrambi, probabilmente anche in quel momento.

Perché lui e non qualcun altro?

Alcuni erano stati carini. Gentili, spiritosi e affascinanti. Attraenti. Non male come amanti. Vera, tuttavia, li aveva buttati fuori dalla sua vita prima ancora di averli guardati veramente. E loro se n'erano andati con la delusione scritta in faccia.

Molti si erano anche sforzati, a parole.

Terribile.

Quei bei discorsi, per creare legami, quelle smancerie per metterti le catene. Telefonate, fiori, «ti amo» pronunciati troppo presto. Piani per il futuro. Che mettevano paura, opprimevano, soffocavano. Quel bisogno che lei desse loro di più. Perché non posso baciarti sulla bocca? Abbiamo fatto l'amore, perché non posso baciarti sulla bocca? Tu mi dai qualcosa, io ti do qualcosa, tu mi dai qualcosa, io ti do qualcosa. Perché questa cosa no? Perché?

Oh, Vera, permettimi di essere il tuo partner comprensivo. Dimmi cosa ti opprime, come posso aiutarti.

Ehi, giocattolo rotto, ti riparo io...

Domande del cavolo.

Pretese!

La vedi, quella è la porta. Non dimenticare di portarti via anche il tuo odore.

Bathge non si era sforzato. Gli sforzi li aveva lasciati a lei.

Era per quello?

Si girò sulla pancia e vide la propria faccia, uno degli autoritratti. Ma questa non sono io, pensò. Solo linee e proporzioni. Un lavoro ben fatto, come la serratura di una porta.

Si chiese come fosse riuscito Van Gogh a metterci l'anima, nei suoi autoritratti, tanto analitici e distaccati quanto pieni di vita. Van Gogh però non cercava certezze della propria esistenza. No, lui coi colori a olio cercava di esprimere una fame di vita, un'energia strabordante e caotica, che era troppa per un'unica esistenza fisica. Il suo piano doveva essere scomparire dalla vita vera ed entrare nei quadri, che avrebbero vissuto per sempre. E ci era riuscito.

Oh, mio dio, che pensieri assurdi si fanno dopo una buona scopata. Che bello.

«Ehi», disse Bathge.

Il suo indice percorse la colonna vertebrale di Vera.

Caldo. Piacevole.

Lei si sentì fare le fusa, era un rumore che le veniva da dentro, uno di quelli che non si fanno di proposito, ma seguono le circostanze, come gli uccelli migratori.

Credeva che non lo avrebbe sentito mai più.

Lui sorrise e le diede un colpetto sul naso.

«Il naso a patata», disse Vera.

«Sì», fece lui. «Effettivamente un po' lo è.»

«Ma no, scusa, tu adesso dovevi dire: No, che dici, non è per niente...»

«È un bellissimo, meraviglioso... naso a patata. Secondo te...» disse lui girando la testa verso il tavolo.

«Secondo me...» Vera si tirò su. «Secondo me ormai sei tu l'addetto al prosecco. L'hai aperto, quindi ora devi anche alzarti e riempire di nuovo i bicchieri.»

Bathge rise, obbedì e tornò coi bicchieri pieni. «A cosa brindiamo?»

«Non lo so... Alla libertà di non dover sempre brindare a qualcosa. Okay?»

«Okay.»

Lei posò la testa sul bicipite di lui e lo guardò. La mano posata poco sopra i glutei di Vera emanava correnti di energia. Lei sperò che la lasciasse lì per sempre.

Ma all'improvviso le venne un'idea, saltò in piedi e andò a prendere un accendino in cucina. E accese le sue candele, l'una dopo l'altra, fino a quando il salotto non fu imbevuto di una luce calda. Iniziò a saltellare da un lumino all'altro, come una bambina, felice di aver condiviso con lui quella magia. «I tuoi segreti in cambio dei miei», disse.

Bathge rise, piano. «Cosa vuoi sapere?»

Vera scosse la testa e si distese davanti a lui, in modo che i loro volti fossero l'uno di fronte all'altro. «Niente.»

«Nessun segreto?»

«C'è qualcosa che vorrei sapere, ma senza ascoltare. C'è qualcosa che vorrei raccontare, ma senza parlare. Si può?»

Lui guardò il suo bicchiere. «Sì. Credo di sì.»

Le cose, a volte, seguono una logica strana. Strana e inquietante.

Dopo aver fatto l'amore, pensò Vera, in teoria uno dovrebbe dire: Adesso dammi la tua storia. Raccontami. Com'è la tua vita? Cosa fai? Chi sei? Il sesso ti dà il diritto di guardarti dentro, in tutti i sensi.

Sì, è un diritto.

Assurdo!

Come si poteva pensare che il fatto che un pene fosse entrato in una vagina desse alle persone coinvolte un qualche diritto? Per quanto il calore di un abbraccio e il desiderio di una complicità duratura avvicinassero le persone, chi diceva che le carte andassero scoperte subito? Ci siamo vestiti e svestiti a vicenda, perché adesso dobbiamo anche strapparci la carne dalle ossa e aprire ciò che si può aprire unicamente da solo?

Avrebbe potuto chiederglielo. Dimmi cosa hai fatto negli ultimi anni. Dammi la tua vita. So così poco di te.

Ma lei sapeva cosa facevano le sue mani.

Sapeva come la stavano guardando i suoi occhi.

Sapeva che stava stappando una bottiglia e riempiendo due bicchieri – fino a due terzi, pieni uguali – lentamente e con attenzione, senza tremare, e come stava osservando bene ogni gesto che faceva, quanto fosse importante per lui tenere d'occhio tutto.

Perché parlare?

Dispieghiamo parole come fotografie, per descrivere il paesaggio della nostra anima. E, come le foto, esse c'ingannano. La gola che sulla carta sembra quasi innocua in realtà è ripidissima, a picco. Il panorama non è mai impressionante come quando uno ci si ritrova davanti di persona. Strappata al suo contesto, ogni cosa si appiattisce, diventa più colorata, rumorosa e arbitraria. Portiamo avanti una sorta di battaglia delle rivelazioni, sempre con la maniacale attenzione che nessuno sveli più dell'altro, e la convinzione che questo ci avvicini al prossimo, noi a lui, non lui a noi. Parliamo e parliamo e a ogni parola ci allontaniamo un po' da quello che vorremmo esprimere veramente.

Bathge avrebbe potuto chiederglielo.

I tuoi segreti in cambio dei miei. La tua storia, Vera. Adesso tocca a te.

Lei lo ascoltò respirare e si stiracchiò, con la sensazione che i propri arti potessero allungarsi all'infinito.

I miei segreti.

A un certo punto mi sono sposata. Questo non è un segreto. Non avevo mai pensato che nella mia vita potessero esserci dei segreti. Un poliziotto. Ovviamente, ormai non vedevo altro che divise, visto che lavoravo giorno e notte, praticamente vivevo alla centrale, tra mobili sbeccati e luci al neon che rendono tutto più bello o più brutto, ma sempre diverso da com'è in realtà. E Karl era diventato sempre più bello. Lui andava in giro a raccattare pelucchi e capelli. Non analizzavamo tutto a Waidmarkt, la maggior parte dei referti la spedivamo fuori, ma la polizia di Colonia ha la sua Scientifica. Dopo che avevo imparato cosa potesse significare la famosa riga nera sotto le unghie in un cadavere, avevano permesso anche a me di andare sulle scene del crimine. Non è che gli uomini siano convinti che le donne sono meno capaci, è solo che, se venisse fuori che siamo brave quanto loro in tutto, ma proprio in tutto, loro poi non saprebbero più cosa fare. Per questo ci tengono al guinzaglio, e ogni traguardo per le donne è più difficile da raggiungere.

Ho detto a Roth che, senza Karl, io professionalmente non sarei niente. Ed è vero. Non ammetterlo sarebbe scorretto, lui è stato buono con me, davvero. Era anche il mio superiore, ed è stata una fortuna. Gli uomini accettano le donne forti e di successo, basta che tutti si rendano conto che queste donne devono ogni cosa a loro.

Così ho fatto carriera e sono uscita, mi hanno dato la licenza per il fronte. Dove metti le mani in cose non molto belle, cioè quel che resta delle persone. Capelli. Fibre. Brandelli di pelle, minuscoli. Per tutta la vita mi sono sentita impotente al pensiero che un'unica cellula di quel minuscolo brandello potesse contenere il DNA completo di un essere umano *x* che aveva appena violentato, strangolato o ucciso un essere umano *y*. O che un piccolissimo frammento di rifiuto, di qualsiasi genere, sotto il microscopio per un attimo potesse diventare un tesoro, un miracolo. O davanti alla struggente compassione nei confronti delle vittime, i cui capelli vengono raccolti da un tappeto o da un marciapiede, gli stessi capelli che fino a qualche ora prima erano appartenuti a un volto sorridente.

Col sangue, invece, non ho problemi. Strano. Forse perché un corpo umano da fuori sembra ancora intatto, anche senza sangue. La cosa che ci fa più paura è essere fatti a brandelli, spappolati, mutilati. Perdere un pezzo di noi e dover portare questa macchia per sempre. La perdita visibile. Quando lavoravo alla Scientifica mi sono chiesta spesso come reagirei se perdessi un braccio o una gamba. Secondo me, in un mondo basato sul canone della perfezione, non essere più completi è molto peggio di perdere sangue.

E comunque anche i poliziotti diventano strani a furia di confrontarsi con situazioni del genere. Cercano partner con cui condividere le esperienze. Avere a che fare con la violenza in un certo senso ti fa venire la scorza dura, per forza. Tipo che uno torna a casa, guarda il graffio sulla gamba del proprio figlio e lo liquida come un nonnulla, mentre lui piange disperato. Il punto di vista sull'orrore cambia, si sposta. O uno molla, o perde il contatto con le piccole sofferenze quotidiane, che però il novantanove per cento della popolazione considera sconvolgenti. Uno si ritrova nel mezzo, tra il mondo vero e i criminali, e alla fine non sa più da che parte stia.

E si sente solo.

A me non ne erano ancora capitate molte, di quelle cose che ti spingono a isolarti. A Karl di più. Ma non ne parlava mai. Gli altri lo rispettavano perché sapeva tenersi tutto dentro, e io lo invidiavo per il suo carisma. Una specie di calma di ferro. Quando ha iniziato a raccontarmi dei suoi fantasmi, io mi sono sentita onorata. Aveva capito che io lo capivo. Anche se io allora non sapevo nulla. Non sapevo che prendeva il Roipnol, ovvero benzodiazepine, ovvero un sonnifero che però a volte sortisce l'effetto contrario, fungendo da eccitante. Karl ha gestito male un sacco di cose, ma questa no, o almeno fino a quando l'ha tenuta sotto controllo, o almeno pensava.

Comunque era sensibile e affettuoso. Non sempre socievole, ma la cerchia di amici pensavo di procurargliela io. Non avevo dubbi che desiderasse degli amici. Lui era timido. Forza, padronanza di sé e timidezza... una combinazione eccitante. Uno crede di aver trovato un clone di Clint Eastwood, senza immaginare che la forza in realtà è stoicismo, la padronanza di sé disinteresse e la timidezza insicurezza.

Ci sono tante cose che uno non immagina.

Il matrimonio è stato celebrato un anno dopo la prima volta che ci eravamo chinati insieme sopra un microscopio. I primi mesi sono stati un sogno, funzionava tutto a meraviglia. Appena potevamo, andavamo via. Karl amava la solitudine, e anch'io avevo imparato ad amarla. Io volevo solo essere vicino a lui, quindi la solitudine mi stava bene. La prima vacanza è stata nelle Highlands, anche se io avrei preferito l'Italia, ma lui aveva promesso che ci saremmo andati l'anno successivo. Il tempo è stato da sogno, eravamo sempre in giro, abbiamo conosciuto almeno un milione di pecore, e neanche una persona. Sì, credo sia stata l'unica volta in cui tra noi ci sia stato equilibrio, armonia.

Una relazione non è un forno di fusione. Non si può condividere tutto, ne sono convinta. Ci sono posti e situazioni in cui ci si sente come attaccati a un rimorchio, o dentro un incastro forzato, o un pezzo di puzzle scompagnato. Bisogna essere molto sinceri con se stessi per godersi quei momenti. Se qualcuno ti vuole convincere che questa convinzione è falsa, è solo perché vuole essere lui la cosa più importante. Invece le cose importanti devono essere due. Ognuno deve restare la cosa più importante per sé, solo così una relazione può funzionare, solo così ci può essere rispetto. Ma proprio per questo penso pure che l'insieme delle esperienze comuni sia l'intersezione dei nostri mondi personali. Uno deve essere felice da solo, altrimenti non può essere felice con nessuno.

Ecco, questa cosa Karl proprio non la capiva.

Quando Roth mi ha offerto il posto di vice della nostra divisione, Karl c'è rimasto male. Ha cercato di convincermi a mollare. Strano, visto che fino a quel momento la mia indipendenza lo aveva sempre affascinato. Forse è il paradosso di ogni coppia: cerchiamo sempre di togliere al nostro partner le abitudini che amiamo di più, per la paura che potrebbero piacere anche ad altri. Karl in sostanza avrebbe voluto farmi fuori. Ha detto che era per i bambini, e io non ho capito. Gli ho chiesto di che bambini stesse parlando, e lui chiaramente c'è rimasto ancora peggio, e ha risposto: «Dei nostri, ovvio... di quali, sennò?»

Era la prima volta che mi guardava come un nemico, così io gli ho detto che, sì, anch'io volevo dei figli, ma non in quel momento, non ancora. Ma lui ha insistito affinché mi licenziassi. Ha trovato altri motivi. Che così avremmo avuto più tempo per noi, che il suo stipendio bastava per entrambi, che in fondo non avevo bisogno di lavorare. Cose del genere.

Sì, lui era la cosa più importante della mia vita. Quindi il mio lavoro poteva essere solo la seconda. Un altro pezzo della logica algebrica del matrimonio. A un certo punto c'è mancato poco che cedessi, ma poi qualcosa mi ha detto che era uno sbaglio.

E la questione è montata, si è ingigantita come uno tsunami. Onde giganti in un oceano, lunghe e profonde innumerevoli chilometri. In mare aperto sono di appena due centimetri, niente di più. Sotto invece si muovono verso la costa fino a quando la terra non le blocca e l'acqua sale e diventa come una torre. E, in pochi secondi, quella che al largo era un'onda di due centimetri diventa alta cinquanta metri e si riversa sulle persone e loro non fanno in tempo a sgranare gli occhi che sono già sommerse. L'onda le travolge, trascina navi per chilometri e chilometri all'interno della terraferma, sradica case, intere città, spappola strutture che uno credeva solide, le appiattisce, ci riporta tutti alla Preistoria.

Mai avrei immaginato che Karl potesse essere capace di picchiarmi. Come non avrei mai immaginato che il vulcano Krakatoa potesse risvegliarsi. Mai avrei immaginato che potesse capitare *a me*. Come non avrei mai immaginato che qualcuno potesse sparare al papa.

E non ci ho creduto fino a quando non ho sentito il sapore del mio sangue. C'è stata una causa scatenante, ovvio. Eravamo andati a una festa, io mi ero divertita un sacco e, non appena siamo usciti in strada, lui mi ha mollato un ceffone. Non l'ho nemmeno visto arrivare. E il punto non è il dolore. Nel momento in cui lui ti picchia quasi te lo dimentichi, di provare dolore. Io ero lì, noi eravamo lì. Io ero accanto a lui, guardavo quel disastro e cercavo di spiegarmi cosa fosse successo. Perché quello che era appena successo doveva esser destinato a qualcun altro, a un'altra coppia, non a noi. Io proprio non riuscivo a rendermi conto che una di quelle mani, che quell'uomo, mi avesse picchiata. No, non faceva parte del mio matrimonio.

All'inizio rimuovi in fretta. Così ho incassato il colpo e fatto finta di nulla. Negavo. Uno scivolone. Anzi no, un brutto sogno. Lui non farebbe mai una cosa del genere. Non è mai successo. Facciamo che andiamo a casa, facciamo finta che non è successo niente.

Il mattino successivo lui mi ha chiesto scusa. In un modo che mi ha fatto quasi pena. Lo fanno sempre, i mariti violenti. Chiedono scusa perché il loro mondo torni a posto. Il loro, non quello delle vittime.

E uno o se ne va dopo la prima volta, o non se ne va più. Ma nessuno può darti consigli, perché tu ti vergogni e taci. È quasi sempre così, coi consigli. Gli esperti di catastrofi vivono ovunque, tranne che nelle zone delle catastrofi, dove servirebbero davvero. Tu pensi: Cavolo, il vulcano Krakatoa si è risvegliato, adesso se ne starà calmo e tranquillo per un bel po', sicuro. Okay, questo tizio ha sparato al papa, non succederà una seconda volta. E tuo marito un giorno ripenserà a quell'unica volta che ha alzato le mani con te sentendosi un verme. Te la immagini così e cerchi di giustificarlo, fino a quando la seconda sorpresina quasi non ti spacca la mandibola.

Karl ha iniziato a tenermi d'occhio, a controllarmi. Io ho cercato di convincerlo a smettere di prendere il Roipnol, di cui lui aveva bisogno per sentirsi un minimo stabile. Lui piangeva e mi faceva di nuovo pena. Poi mi picchiava. Io non avrei dovuto vederlo piangere. Il padrone di casa non piange. Era tutta colpa mia, perché io avevo amici, progetti, obiettivi, desideri, idee… una testa, perché avevo fatto tutto questo contro di lui.

Si dice che gli uomini violenti siano il risultato di una spirale di eccessivo benessere. Segui questa spirale dall'alto verso il basso, e nel punto più basso c'è la casa. Io invece credo che alzare le mani sia un problema personale. In ogni società, arcaica, industrializzata, cristiana, musulmana o buddhista, esistono uomini che, nella parità tra i sessi, si sentono inferiori. La loro vita non ha più senso, se gli togli il posto di comando. Quello che sono agli occhi degli altri. Il benessere non c'entra, c'entrano i valori e le gerarchie dominanti di una determinata società, appunto. Perché, quando uno fa il servizio militare, gli cuciono addosso l'immagine dell'uomo consapevole e sicuro di sé, e quindi poi la donna deve dire signorsì. Persino l'ultimo dei bastardi ha qualcuno contro cui strillare. E l'ultimissimo lo fa a casa.

La cosa brutta è che a un certo punto proprio perdi la visione d'insieme. Lui ti picchia, ma ti convince a credere che ne abbia il diritto, che sia colpa tua, se il vostro matrimonio è una merda. Dice che se cambi si sistemerà tutto. Io mi ero convinta, pensavo di aver capito quale fosse il problema di Karl, e ho cercato di cambiare, veramente. Quindi ho smesso di vedere i miei amici, che lui odiava, di uscire da sola, di esprimere determinate opinioni, anzi addirittura mi ero persuasa che fossero sbagliate. Sono arrivata al punto che non osavo più nemmeno ordinare al ristorante, per il timore che il cameriere potesse sorridermi. Non mi truccavo più. Andavo in giro come una poveraccia.

Ma ribellarsi... no?

Sì, all'inizio ci avevo pensato. Avevo cercato di farlo ragionare, rischiando di prendere ancora più botte. Poi inizi a capire che te le beccherai comunque, ma ogni tanto, in via del tutto eccezionale, lui te le risparmia. E non ti parla più. Per giorni. E il silenzio coatto è una delle violenze peggiori che si possano infliggere a una persona. Con gli occhi pesti, verdi e blu, lo implori di parlarti di nuovo, di abbracciarti. Ammetti le tue colpe. Sì, la colpa è mia, solo mia! Hai ragione tu, su tutto! Cambierò, te lo giuro. Adesso però per favore di' qualcosa; cambierò, ma tu di' qualcosa, ti prego! Per esempio, sei disposta a tutto, a mollare qualsiasi cosa, a obbedirgli sempre e comunque, per non dover ammettere con gli altri che la tua vita è diventata un inferno.

Io pensavo di poterlo cambiare, se fossi cambiata io. Mi sono presa tutta la responsabilità e le colpe. Quando aveva una grana al lavoro. Quando si dimenticava di farmi gli auguri del compleanno. Quando mi gridava contro che scopavo con chiunque. Quando ho scoperto il Roipnol, che mi aveva giurato di non prendere più. Per la sua infanzia difficile. Mi prendevo la colpa io di tutto. Adamo era stato cacciato dal paradiso? Era colpa mia. E quindi era giusto che mi punissero.

Mi sono rattrappita fino a diventare un punto minuscolo, invisibile.

Il mio stimato e orgoglioso paladino della giustizia era un tale codardo che alla fine solo la mia esistenza per lui era diventata una minaccia. Una psicologa, che poi ha testimoniato al processo, mi ha detto che avrei dovuto ordinargli una sola volta, una sola, d'inginocchiarsi e leccarmi il tacco delle scarpe, e lui sarebbe crollato. Era una nullità, devota e incapace di dare ordini, perfino di pulirsi il culo da solo. Tutti gli uomini che picchiano le donne sono delle nullità.

Ma, quel momento, purtroppo me l'ero perso, me l'ero fatto sfuggire.

Il lavoro l'avevo mollato, da tempo. Ma non era servito a nulla. Ero finita più volte in ospedale a raccontare la favola della caduta dalle scale. Se fiati, diceva Karl, ti spezzo le ossa. Io non fiatavo, ma lui me le spezzava comunque. Prendeva il suo Roipnol e mi picchiava fino a farmi perdere i sensi. Poi si sedeva sopra di me, si accendeva una sigaretta e la spegneva sul mio sedere. In modo che imparassi a rispettarlo.

Eppure continuavo a essere convinta che il nostro fosse un matrimonio del tutto normale.

Un giorno però sono riuscita a sfuggirgli. Ho incontrato Roth e gli ho raccontato tutto. Lui mi ha fatto una predica di tre ore, perché sapeva che la prima cosa che avrei cercato di fare sarebbe stata uccidermi.

Poi...

Poi quel giorno torno a casa e Karl è già lì. Seduto sul tavolo della cucina, vuoto, e chiede dov'è la cena. Piano, con un tono di voce controllato. Io lo guardo e dico: «forse la vedi, da qualche parte?»

Un attimo dopo sono già schiantata contro la porta. Mi spinge a terra e mi sbatte la testa contro le mattonelle. Poi mi afferra e mi scaraventa contro il frigo, lo apre e mi ficca la testa dentro.

«*Tu* la vedi?» urla. «*Tu* la vedi?»

Mi sanguina la fronte. Cerco qualcosa cui aggrapparmi e non so cosa mi sia scattato dentro, dopo tutti quegli anni e le innumerevoli umiliazioni, fatto sta che afferro una bottiglia e gliela sbatto in faccia.

Lui è chiaramente sconvolto. Io di più. Sento un fortissimo istinto di chiedergli scusa, di rintanarmi nell'angolo più nascosto della casa e beccarmi le botte che mi spettano, accettare il fatto che mi ucciderà, che porrà fine alla mia minuscola e indegna vita di donna colpevole. Vedo crescere lo stupore sul suo viso. Poi la smorfia, la mano che si stringe a pugno, il pugno che parte come un proiettile...

No.

Sono io che lo colpisco di nuovo con la bottiglia. Che si rompe. Stavolta lui cade in ginocchio. Striscia sul pavimento della cucina, e sbava, e lo riempie di sangue. Io lo calpesto e lui si gira di lato.

Divento come lui.

Lui non si muove più. Giace faccia a terra, non respira, pare. Io mi siedo vicino a lui e bevo un bicchiere di latte. Poi chiamo Roth. Che mi viene a prendere. Ho voglia di piangere, invece guardo impietrita dal finestrino i paramedici che spingono dentro la barella e partono a tutta velocità.

Viene fuori che Karl è fatto di vetro. Gli ho rotto il cranio, la mascella e un paio di costole, ma lui sopravvive. Nell'animo, però, l'ho distrutto. Io l'ho trasformato in un piagnone, lui mi ha trasformato in una muta.

Per anni.

Per un periodo, resto a vivere da Tom e Marga Roth. Non sappiamo cosa farà Karl quando lo dimetteranno dall'ospedale. Se cercherà di uccidermi. Ma lui non fa nulla. Parte una denuncia per lesioni corporali e poi un processo, che vinco in tutto e per tutto. La giuria lo smonta, lo fa a pezzi, lo distrugge, tanto che io nelle pause devo uscire e andare in bagno a vomitare per l'ammasso di protoplasma che era mio marito.

Il mio avvocato, una donna, mi chiede se l'avrei ucciso. Io rispondo di sì. Lo penso ancora oggi, ma lei mi consiglia di non dirlo davanti al giudice.

Io obbedisco.

Mi promettono una barca di soldi. Risarcimento per danni morali. Io torno a chiamarmi Gemini, come mio padre, che fa il diplomatico a Roma, e sua moglie, una tedesca aristocratica i cui figli sono diventati tutti dottori. Li chiamo, si stupiscono che mi faccia viva e anche del processo. Non si erano resi conto di nulla. Del resto, le pecore nere, non le si ascolta mai volentieri belare.

Ho i soldi per la DeTechtei…

«Vera?»

Aprì gli occhi e vide Bathge chino su di lei.

«Mmm?»

«Niente.» Lui sorrise e la baciò.

Avrei dovuto raccontartelo, Simon? Ma perché abbellire il mondo di altre parole? Le parole possono far male, ma non possono descrivere il male.

Tu non me lo hai chiesto. Dopo quello che mi hai detto sui miei disegni, io ti sono grata che tu non me l'abbia chiesto, anche se sai che niente è a posto.

Un giorno, forse.

Conta solo quello che uno racconta spontaneamente. Non quello che uno racconta per rispondere a una domanda.

Lei sorrise, appuntì la bocca e disse: «Bù!»

Lui inarcò un sopracciglio.

Vera si raggomitolò.

Facciamo che restiamo sotto, sott'acqua, fino a quando non ci manca l'aria. Meglio non parlare restando in armonia che perderci in superficie.

SABATO 28 AGOSTO

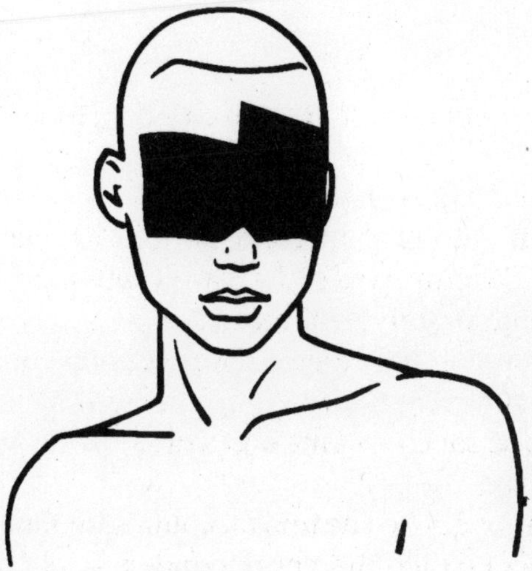

Vera

Ore 8.10

Era seduta in mezzo alle candele. Felice.

All'improvviso sentì qualcosa alla spalla. Le fece il solletico e poi la superò. Lei si spaventò e gli diede una manata.

Con sua enorme sorpresa, quel qualcosa era sabbia.

Veniva da sopra, in piccoli rivoli, e spense le sue lucine danzanti. Allora lei si alzò di scatto e cercò di riaccenderle, ma, più si sforzava, più la pioggia s'infittiva. Ormai era una tempesta, i granelli di sabbia le picchiettavano addosso e pungevano la pelle come aghi; tutto intorno a lei scomparve, fino a quando Vera non si portò le mani al volto, fu investita da un vortice e cadde a terra.

Qualcuno disse qualcosa, e da un momento all'altro la tempesta si placò. Lei si strofinò gli occhi e si sedette.

La sua camera. Il letto. Era stato un sogno.

Dovresti alzarti, si disse. È tardi, troppo tardi. Troppo tardi per cosa? Fuori era ancora buio, ma lei si alzò e andò verso la porta.

Sabbia sotto i piedi.

Socchiuse le palpebre, spaventata, davanti a una luce accecante. Oltre la porta c'era un deserto, un oceano fossilizzato che però si muoveva, in tutte le direzioni, uniforme. In mezzo a quel vuoto si formò una specie di colonna, che piano piano prese una forma conosciuta.

Sentì di nuovo la voce e all'improvviso capì cosa fosse quella forma. Decise di tornare nel calduccio della sua stanza nella penombra, ma quando girò la testa per guardarsi indietro vide che anche lì non c'era altro che sabbia, infinita, silenziosa, costellata di arbusti stopposi.

Un po' più avanti c'era Lubold, che la guardò, ma non aveva un volto.

Lei sapeva che era lui. Le fece una domanda, e la massa di sabbia di cui era fatto il suo corpo iniziò a muoversi, si spostò e poi si ricompose, ancora più solida.

Poi si avvicinò.

Impaurita, Vera si girò di lato, ma anche lì lo vide, bianco e senza volto. La sua voce le cadde addosso e la seppellì di misteri. In preda al panico, Vera cercò di liberarsi, di respirare, solo per essere di nuovo calpestata da una sabbia che riprendeva vita per travolgerla con le sue domande. L'unico modo per scacciarlo era sciogliere i suoi dilemmi, ma le masse di sabbia la spingevano sempre più giù, e lei capì che Lubold e il deserto erano un tutt'uno, che lei stava affondando e stava diventando parte di esso. Aprì la bocca per gridare. Ma si riempì di sabbia, finissima, bianca, che le otturò la trachea e si raccolse nei polmoni...

Con le sue ultime forze, riuscì ad aprire gli occhi.

Per un momento sentì ancora quella sensazione di soffocamento. Ma con lei nel letto c'era qualcuno. Che le rubava spazio e aria. Vera si allontanò, in fretta, e si tirò su.

Poi lo stordimento passò.

I sabbiosi dilemmi di Lubold volarono via dalla sua testa e lasciarono posto alla serata precedente.

Era strano svegliarsi con un uomo di fianco. Ci si doveva abituare. In quel momento, vedendo Bathge disteso, con gli occhi chiusi e le labbra leggermente aperte, per un attimo fu tentata di svegliarlo e mandarlo al diavolo nel suo deserto. Fuori da casa sua, e dalla sua vita. Iniziare una giornata da sola era più facile, senza nessuno che facesse venire incubi di soffocamento.

La terribile visione sfumò e si fecero avanti i bei ricordi. Una parte di lei cercò di rimettere a fuoco la persona che si era ritrovata di fronte nell'incubo. Alla fine ci rinunciò e quell'immagine fu ringhiottita dall'inconscio.

Meglio così. Le visioni dei sogni non avevano nessun valore.

Posò la testa sul petto di lui, ascoltò i suoi respiri regolari e rifletté. Pensò alla cimice nell'accendino che gli aveva regalato. Doveva dirglielo? Di chi doveva fidarsi, se non di lui?

Lui come avrebbe reagito?

All'improvviso ebbe un brivido, nonostante la giornata già afosa. No, troppa verità, no. Era prematuro. La storia dell'accendino poteva aspettare. Era una specie di compromesso con se stessa, ma ancora non voleva parlargliene. Non quella mattina in cui giacevano lì come su un letto di speranze, fragilissimo e quasi incapace di reggere il peso delle loro solitudini. Tanto, presto sarebbe tornata alla realtà, con gli Üsker e i Solwegyn, i Marmann e i Lubold, le paure di Bathge e le proprie.

Si alzò, piano, e attraversò il salone verso la cucina. La mezza bottiglia di prosecco era ancora lì, tra i disegni, coi due bicchieri vuoti di fianco.

Le candele avevano qualche stoppino piegato, ma nessuno era bruciato del tutto. Vera cercò di ripescare tra i ricordi il momento in cui le aveva spente. Lo aveva fatto di sicuro. Si era alzata, in dormiveglia, e aveva soffiato su tutte, una per una. O forse era stato Simon a fare in modo che non bruciassero insieme nel loro bozzolo.

Oppure il vento del deserto.

Quasi si era aspettata di trovare la casa coperta da uno strato di sabbia. Ma dell'incubo era rimasto soltanto un senso di disagio che la faceva ancora tremare, ogni tanto, come un mal di denti che passa dopo aver inghiottito un antidolorifico. Forse la luce del sole.

Simon.

All'improvviso Bathge era diventato Simon. Così, attraverso il semplice scambio di flussi corporei.

Vera entrò in cucina e accese la macchina del caffè. In frigo non c'era granché. Latte, succo di frutta. Un pochino di burro. Nel cassetto di sotto, duecento grammi di salmone affumicato, ancora nella confezione. Aprì il surgelatore e pescò un sacchetto di fette di pane. Ci voleva qualche minuto in più per abbrustolirle, ma almeno il pane non ammuffiva. Come i sentimenti, che non fanno danni se uno li congela. Amore e odio nelle giuste dosi. Sempre solo le scorte di cui uno ha bisogno, e una riserva in più cui nessuno può attingere.

Trovò due yogurt.

Addirittura due!

Non era male per una persona che non si aspettava visite a colazione.

Vera mise su un CD di Satie e iniziò a preparare, mentre l'appartamento veniva invaso da lievi note di pianoforte. Poi andò a svegliare il suo cliente, e la sveglia si protrasse, fino a quando i loro corpi non furono bollenti e le fette di toast gelate, e Vera dovette ricominciare da capo perché lei odiava il pane freddo.

Durante la colazione riuscì addirittura a ignorare l'incubo personale di Bathge, che ormai rischiava di diventare anche il suo.

Un idillio a tempo.

Vera lo sapeva, e sapeva pure che quel tempo stava per scadere. Mangiarono il salmone con le mani, direttamente dalla confezione, fino a quando non restò nulla, come se dovessero godere il più possibile di quegli attimi. Poi Vera mise piatti e tazze nella lavastoviglie e si vestirono, in silenzio.

«Adesso cosa pensi di fare?» domandò lei.

Qualcuno doveva pur cominciare.

Lui tirò fuori una sigaretta, la guardò pensieroso, poi la rimise via. «Non lo so. Per quanto riguarda Marmann, forse hai ragione.»

«Quindi ci concentriamo su Lubold?»

«Vera, io però non capisco, non capisco perché proprio lui. Insomma, non abbiamo un candidato migliore di una persona che, in teoria, è morta otto anni fa?»

«Lubold non è il candidato migliore, è semplicemente quello più vicino», disse lei. «E questo lo sai benissimo.»

«Però non riesco a trovare nessun movente, quindi non lo ritengo plausibile.»

«Dev'esserci. Dev'esserci un qualche collegamento tra lui e Marmann, per forza. Dimentica Üsker, e anche Solwegyn... perfino te, perché, insomma, finora non abbiamo davvero motivo di credere che ti stia cercando. Noi siamo ancora vivi, giusto? Quindi diamo per scontato che ci abbia usati per arrivare a Marmann. Come non lo so, ma anche questo per adesso lasciamolo da parte. Probabilmente non è noi che ha tenuto d'occhio, ma Solwegyn. Lubold e Marmann: è questa la chiave. Cosa c'è stato tra loro?»

Bathge alzò gli occhi. «Quante domande.»

«Tu mi paghi per farmi domande. L'hai dimenticato? Il cane deve fare il suo lavoro.»

Lui sorrise. «Hai un posacenere?»

«No, ma lo comprerò.»

«Io non so cosa abbiano combinato insieme Marmann e Lubold. Marmann lo seguiva come un cagnolino, quindi è possibile che sia successo qualcosa, ma al momento non ricordo niente di che.»

«Vuoi stare da solo, così ci rifletti meglio?»

«Sì, sarebbe meglio.» Esitò. «Ma mi piacerebbe...»

«Anche a me», disse lei. «Vorrei che questo fosse un inizio, non una fine.»

«Ci vediamo stasera?»

Lei rifletté. «Si può fare.»

«Bene. Allora nel frattempo io mi sforzerò di trovare una risposta alla tua domanda. E tu?»

«Io ficcherò il naso nel passato di Lubold, sperando che non puzzi troppo.»

«Stai attenta», le disse. Con occhi preoccupati.

Che tipo di preoccupazione era? si chiese lei. Perché c'era la preoccupazione per se stessi e quella per gli altri. E poi ci sarebbe anche quella per noi, pensò. Ammesso che una notte di sesso finisse automaticamente con un «noi». Con una vita doppia, in quanto condivisa. Ammesso.

Ma lei non lo aveva cacciato e le candele non si erano bruciate.

E avevano mangiato il salmone e fatto colazione insieme, seduti al tavolo.

«Sì, starò attenta», disse.

«Be', se non lo sarai mi renderai triste!»

«Guarda, farei solo un piacere al mondo, se togliessi il disturbo e non rompessi più le scatole a nessuno. Tu, piuttosto, stai attento.»

Lui annuì. «Io ci sono abituato.»

DeTechtei

Ore 9.22

Chiamò Fouk. Cioè, per la precisione chiamò la donna che parlava bene francese. Disse che Fouk non aveva ancora avuto il tempo di guardare la foto, ma l'aveva incaricata di trovare informazioni su un uomo di nome Andreas Marmann. Si scusò da parte del suo capo per il periodo un po' convulso, ma lui era impegnato nei preparativi per una missione importante, appunto. Che richiedeva tutte le forze disponibili, e subito. Al momento l'unica cosa che era in grado di dirle era che un Andreas Marmann aveva di fatto lavorato per gli ZERO e al termine dell'operazione Desert Storm era finito in un ospedale da campo.

Vera domandò per quanto tempo.

La donna la pregò di portare pazienza e aspettare che Fouk si occupasse della questione.

Cosa che non era affatto certa, anzi.

A parte la conferma che Marmann non fosse morto durante l'attacco del caccia iracheno, Fouk non l'aveva aiutata per niente. Era troppo occupato a preparare la sua missione. Del resto, che interesse poteva avere ad aiutarla? Il vecchio generale gliel'aveva detto, per Fouk esiste solo Fouk. A parte quello, come Vera aveva avuto modo di sperimentare sulla propria pelle, era solo una valanga di frasi fatte e infiorettate.

No, era una pista su cui non poteva contare.

Lei aveva bisogno di aiuto, un aiuto concreto!

Con un'urgenza tale che digitò subito un testo al computer e lo spedì alle redazioni dei giornali di Colonia. Non cercava più né uomini né donne: semplicemente degli investigatori.

Poi si appoggiò allo schienale della sedia e rifletté.

Il contatto con Marmann per ora era perso. Solwegyn era morto. Tutti i giornali parlavano della villa di Porz, che era letteralmente saltata in aria. Sotto la cantina, aggiungevano, era stato trovato un arsenale, armi, esplosivi... Niente di trascendente, ma quanto bastava per aumentare l'effetto-bomba. Del cadavere era rimasto un paio di brandelli di pelle, mentre il commissario addetto alle indagini, Arik Menemenci, era riuscito a uscire dalla villa appena in tempo. Come e perché fosse lì non veniva specificato. Nessun sospetto, ma girava voce che Solwegyn avesse osato sfidare la mafia russa, e avesse perso. Al momento stavano indagando su chi avesse incontrato l'uomo poco prima di morire. E si confidava anche sulla testimonianza di Katya Solwegyn, la moglie, che era tornata e al posto della propria casa aveva trovato un cumulo di macerie. A caldo non era stato possibile interrogarla.

Katya Solwegyn!

Vera capì cosa sarebbe successo. Verso l'ora di pranzo, stimò.

Menemenci invece arrivò prima.

Non aveva un bell'aspetto, anzi. La pelle arrossata e piena di bolle, le sopracciglia e le ciglia bruciacchiate. I capelli appiccicati sulla fronte. Il respiro affannato. Tuttavia si avvicinò alla sua scrivania quasi di corsa.

«So perché è venuto», disse Vera. «Vuole un caffè?»

«No.» Ignorò la poltrona e la guardò incattivito.

«Ah, già. Lei non lo beve. Qualcosa di fresco, magari?»

«Io non voglio caffè. E nemmeno belle parole o scuse. Sono stato chiaro?»

«Va bene, se vuole possiamo fare due chiacchiere in maniera ragionevole, se è questo che intende.»

Lui si sporse in avanti e piantò un pugno sul tavolo. «No, non è questo che intendo.»

«Per favore, faccia attenzione. È un tavolo molto caro, e adesso la sua mano è proprio sulla listella dei monitor posteriori.»

«Cosa? Ma che diavolo...» disse, ancora più incattivito, ma la mano la tolse.

«Perché non si siede?»

«Perché sono stanco di stare seduto. No, non saranno due chiacchiere ragionevoli. Voglio sapere il nome del suo cliente, subito.»

Vera scosse la testa. «Piano, commissario, così non va bene. Non può piombare qui su tutte le furie e chiedermi d'ignorare la mia etica professionale. Io...»

«Ma la smetta con questa cazzo di etica!» l'aggredì Mememenci. «Io me ne fotto della sua etica! Chieda a Solwegyn, cosa ne pensa della sua etica... La prima volta che l'ho visto era legato a una specie di donna di pietra gigante e aveva la faccia scuoiata... gliela stavano staccando! Quando l'ho visto la seconda volta, aveva talmente tante fiamme e tanta luce addosso che sarebbe bastato per illuminare tutto il Circo Massimo. Ma non l'ho visto bene, perché, sa, anch'io stavo andando a fuoco, qua e là. Capisce, signora Gemini? Non sono proprio dell'umore di fare una chiacchierata ragionevole.»

«Allora non andremo da nessuna parte.»

Mememenci continuò a fissarla, il respiro affannato e le sopracciglia inarcate, o meglio quel poco che ne restava. Poi, ormai quasi senza fiato, in tono di profonda delusione, disse: «Io pensavo che lei fosse dalla parte della Legge».

«Infatti lo sono», replicò Vera. Prima rabbia, poi frustrazione. Doveva solo aspettare la fine dello spettacolino. «Ma non sono un robot, che uno preme un bottone e lui sputa fuori informazioni. È venuto per Solwegyn, lo so benissimo. Quello che gli è successo è una tragedia. Ma la storia della mafia... è vera? Hanno detto che sotto la villa c'era una specie di arsenale...»

«Signora Gemini, lei si crede proprio un padreterno...»

«No.» Lo incenerì con lo sguardo. «Mi piacerebbe solo avere una spiegazione.»

«La spiegazione è...» Si fermò e proseguì in tono di voce più basso: «La spiegazione è che la moglie ha parlato. La moglie di Solwegyn. Ed è convinta che quello che è successo al marito sia colpa sua. Lei l'altro ieri ha incontrato Solwegyn, vero?»

«Sì.»

«Gli ha chiesto qualcosa.»

«Sì.»

«Cosa?»

«Be', glielo avrà detto Katya Solwegyn, no?»

«Mi piacerebbe sentirlo di nuovo da lei, se non le crea troppo disturbo», disse Menemenci con finta gentilezza.

«Abbiamo parlato di Andreas Marmann. Gli ho chiesto se poteva contattarlo per me. E lui ha detto che era possibile.»

«Per trentamila marchi.»

«Vede? Sa già tutto...»

«Doveva chiamarla. L'ha chiamata?»

«Sì.»

«E cos'ha detto? Santo dio, le devo tirare fuori tutto con le pinze?»

«Ha detto che aveva stabilito il contatto con Marmann», rispose Vera, controvoglia. «Avevamo appuntamento per ieri sera.»

«Lei ha una Toyota, vero?»

«Sì, anche.»

«Mmm... infatti.» Si passò una mano sulla fronte. «Adesso le dico una cosa io. Se qualcosa le dovesse risultare nuovo, faccia bene attenzione, perché non mi piace ripetermi. Tra le cose di Üsker, abbiamo trovato una lettera, da cui risulta che, a metà degli anni '80, cinque persone di Colonia si sono messe insieme per arruolarsi nella Legione straniera. Devo farle l'elenco o preferisce farlo lei?»

«Lei sopravvaluta le mie informazioni.»

«E lei la mia intelligenza. Ymir Solwegyn, Jens Lubold, Andreas Marmann, Simon Bathge, Mehmet Üsker. Qualche correzione?»

«No.»

«Sappiamo pure che Üsker e Solwegyn sono morti. Stessa firma, diverso modus operandi.»

Il concetto di modus operandi era stato canonizzato da John Douglas, come anche quello di firma. Si definiva modus l'insieme di azioni compiute da un serial killer durante i vari omicidi. Spesso le differenze erano eclatanti. David Carpenter, uno dei serial killer più leggendari nella storia degli Stati Uniti, a volte aveva sparato alla vittima, a volte l'aveva strangolata, in modo che sembrassero due mani diverse. Ma alla fine l'avevano catturato perché gli omicidi portavano la stessa firma. La firma era quello che il killer *doveva* fare per affermarsi e realizzarsi. Il fatto che Carpenter umiliasse le sue vittime prima di ucciderle, e il modo in cui lo faceva, era costante ed era riconducibile al suo problema di balbuzie e alla sua mancanza di autostima. La firma era qualcosa di fisso, proprio come quella che si pone sui documenti. Scoprirla era un'arte, perché spesso era nascosta dietro azioni che a prima vista sembravano del tutto scollegate.

«Quindi a Solwegyn non gli hanno sparato», suppose Vera.

«No», ringhiò Menemenci. «È stato torturato... non proprio quanto Üsker, ma abbastanza da aver detto qualcosa al suo aguzzino.»

«Queste sono speculazioni.»

«E invece no, mia cara detective. Io ci ho parlato, con Solwegyn. Non è riuscito a dirmi cosa avesse confessato a quel mostro, ma mi ha detto che gli aveva *rivelato* tutto. Lo stesso gioco fatto con Üsker. Anche le ferite di Solwegyn non sarebbero state letali, anzi riflettendoci avevano un unico scopo, proprio quello di farlo parlare. Poi c'è stata l'esecuzione. Üsker doveva morire dissanguato...»

«Solwegyn, invece?» domandò Vera.

«Bruciato. L'aguzzino non si è nemmeno fatto lo scrupolo di spararglì prima. Ha semplicemente appiccato il fuoco. Così.» Menemenci si chinò in avanti e fece finta di accendere una sigaretta con un accendino.

Vera si sentì da schifo. Fosse stata al posto di Menemenci, l'avrebbe trattata nella stessa maniera. Forse non era una buona idea ostinarsi a non collaborare.

Ma lei aveva già deciso. Non avrebbe tradito Simon. Non per la notte passata insieme, ma per una questione di correttezza, di fiducia.

Vera aveva deciso di fidarsi di Simon.

«Oddio, ma è terribile», disse.

«Poi ci sarebbe un Lubold, che però è morto», disse Menemenci. «E un Marmann, che dopo la Guerra del Golfo è scomparso. E un Bathge. Marmann è quello che tutti cercano, resta Bathge. Mettiamo che anche Bathge stia cercando Marmann...»

«Tutti potrebbero cercarlo. Per un sacco di motivi.»

«... forse il nome del suo misterioso cliente è Simon Bathge.»

Vera restò in silenzio per qualche secondo. «Non male, come tentativo, complimenti», disse quindi. «Ma io non glielo dirò, punto.»

Menemenci non replicò.

«Chiunque stia cercando Marmann deve avere qualcosa a che fare col gruppo, questo è fin troppo chiaro. Tutto il resto sarebbe un caso, e quindi altamente improbabile. Ma forse questo qualcuno sta cercando Marmann per evitare un altro omicidio, no?»

Menemenci la squadrò. «Parole a vanvera. Cazzate. Sta forse cercando di convincermi che l'assassino di Üsker è Marmann?»

«Forse invece Marmann sarà la prossima vittima. La butto lì come ipotesi.»

«Come ipotesi, eh? Sa, cara detective, cos'altro abbiamo scoperto? Che pure Üsker ha cercato Marmann, negli ultimi anni ha fatto vari tentativi, ma senza ottenere nulla.»

Anche Üsker? Questo era strano. Che motivo poteva aver avuto Üsker per cercare l'uomo che aveva mollato in fin di vita in mezzo al deserto? Bathge perlomeno aveva i suoi motivi, anche se poteva sempre darsi che si fosse sbagliato di grosso.

Ma Üsker?

Menemenci sembrò capire i suoi dubbi. Fece un sorriso, ma tutt'altro che cordiale. «Ah, ma allora qualcosa che ancora non sa c'è. Lei però sa che Solwegyn pensava che l'assassino fosse qualcun altro.»

«Lubold è morto, se è questo che intende. Solwegyn ha detto anche questo.»

«Però la moglie ha detto una cosa diversa. Ha detto che lei lo sta cercando.»

«Non è vero!» Sul serio? Non aveva già preso in considerazione la funesta possibilità che Lubold avesse trovato un modo per sorvegliare lei e Bathge, per essere sempre un passo avanti a loro?

Era tutto un gioco?

«Lubold è solo un fantasma di sabbia», disse lei in un sussurro.

«Come ha detto?»

«Niente, niente.»

Menemenci per un attimo parve riflettere. Poi l'espressione del suo volto cambiò, diventò più ragionevole, quasi paterna. «È già successo che delle persone, inconsapevolmente, abbiano aiutato degli assassini. Lei è sicura di potersi fidare del suo cliente?»

«Sì.»

Il commissario annuì, demoralizzato, e incrociò le mani. «Ho cercato di elaborare un profilo dell'assassino. Ma l'uomo che ha ucciso Üsker e Solwegyn dispone di un enorme autocontrollo. Lavora con la massima professionalità. Non esagera mai. Non perde mai la testa. Leggendo il referto dell'autopsia di Üsker, all'inizio ho pensato che ci fosse stato un momento in cui aveva perso il controllo, quando gli ha sparato quei colpi alla pancia. Ma adesso ho cambiato idea. Penso che questa esecuzione avesse uno scopo ancora più personale dell'interrogatorio sotto tortura, ed era stata pianificata con la stessa acribia. I tre colpi alla pancia hanno un significato preciso, come anche la morte di Solwegyn tra le fiamme.»

Guardò Vera pieno di aspettative, ma lei si limitò ad annuire.

«Così ho pensato che forse l'assassino vuole vendicarsi di qualcosa di cui riteneva responsabili Üsker e Solwegyn. Che loro sapessero o no quale fosse la loro colpa, non ne ho idea. Però sono quasi sicuro che l'assassino non poco tempo fa sia stato molto vicino alla morte, proprio per via di tre colpi alla pancia. E che abbia sofferto un caldo infernale, forse si è perfino ustionato.»

O è rimasto a terra nel deserto, pensò Vera, mentre il sole gli bruciava la schiena. Menemenci aveva ragione. Il loro nemico senza volto stava riproducendo le circostanze della sua quasi-morte.

Ma ciò tornava con la storia di Marmann.

Quindi di nuovo Marmann.

C'era da rompersi la testa. In qualunque modo si leggesse la questione, un passaggio saltava sempre. Era come se Marmann e Lubold confluissero l'uno nell'altro.

Vera si strinse nelle spalle. «Alla domanda se Marmann sia l'aguzzino o la vittima non so rispondere, proprio come non ne è in grado lei.»

Menemenci sospirò. «Perché non si decide a collaborare? Io le ho dato la più grande prova di fiducia che potevo, le ho fatto il punto delle mie indagini. Perché l'ho fatto, secondo lei? Dio santo, ma quante altre tragedie vuole che accadano?»

No, pensò lei. No, non voglio.

Non posso!

Simon non sarebbe mai stato d'accordo. Quindi lei non avrebbe detto nulla alla polizia. E fino a quando lei e lui…

No, spegniti. Fino a quando lui fosse stato un suo cliente. Simon Bathge è un mio cliente!

Menemenci la fissò. Il volto era meno infuriato rispetto a quand'era arrivato. I suoi occhi la stavano quasi implorando.

«Non posso», sussurrò Vera.

Lui scosse la testa. «Era il mio ultimo tentativo. Adesso posso solo dirle di stare attenta.»

«Sì, starò attenta.»

«A me, soprattutto», disse il commissario con aria funesta. «Perché la prossima volta l'arresto. E, mi creda, troverò il modo. Se voglio, lo trovo sempre.» Poi annuì, e se ne andò senza salutare.

Bauturm

Ore 13.10

Nicole Wüllenrath era seduta nel Café Bauturm che, oltre a essere vicino a un teatro e avere le sedie di metallo più scomode di Colonia, serviva la colazione fino alle tre del pomeriggio. Quindi lei, essendoci entrata verso l'una, tutto sommato ci era arrivata di buon'ora. Bevve un caffellatte, mangiò un panino al formaggio e iniziò a sfogliare l'ultimo numero di *Chip*.

Aveva fatto visita a un'amica che aveva trovato su Intertown circa sei mesi prima e gestiva un'azienda di microprocessori. Avrebbe potuto anche vederla in rete, ovvio, ma la conosceva da prima. In certi casi era più divertente essere di fronte a persone in carne e ossa. Era come se fossero in quattro: due di Intertown e due di Colonia.

Avevano riso del fatto di essere quattro amiche in due, poi avevano parlato di cose più serie. Intertown, infatti, aveva seri problemi d'infrastrutture: ognuno, lì, poteva diventare quello che voleva, calzolaio, panettiere, sarto o macellaio, ma la maggior parte delle persone apriva studi di grafica, aziende per la realizzazione di mondi virtuali, società d'interconnessione e agenzie di pubblicità. Era difficile spiegare a un nuovo arrivato, trasferitosi lì proprio per la sua passione per la tecnologia, che la città aveva bisogno di parrucchieri e fabbri. Intertown faceva fatica a diventare un mondo vero.

Ne avevano discusso senza trovare una soluzione, a parte quella di aprire insieme un centro fitness in cui gli abitanti potessero mantenersi in forma. C'era già un programma di bodybuilding virtuale, ma loro avevano pensato a come migliorarlo. Poi Nicole se n'era andata, perché l'amica aveva stabilito un contatto con un cliente importante, un uomo ciccione con un largo sorriso, il che era strano, visto che a Intertown avevano tutti corpi perfetti.

La cameriera le portò uno yogurt alla banana. Nicole mise via la rivista e immerse il cucchiaio con aria distratta.

«È buono, lo yogurt, qui?» domandò una voce.

Lei alzò gli occhi. Un uomo si era seduto al suo tavolo, le stava sorridendo.

Lei annuì. «Sì, non è male.»

«Ma caro, no?»

Cavolo, c'era il rischio che diventasse una vera conversazione. «Be', guardi sul menu», rispose, voltando la testa dall'altra parte. Non le piacevano gli sconosciuti che attaccavano bottone, non era *cool*.

«Sì, ho guardato», disse l'uomo dopo una pausa. «E infatti mi è sembrato caro, anzi carissimo. Al giorno d'oggi non sarebbe male avere più soldi, non trova?»

«Be', sì», rispose lei, scontrosa, riprendendo in mano la rivista.

«Lo pensa anche suo fratello.»

Nicole rimase bloccata a metà movimento. Poi tirò indietro la mano e per la prima volta lo guardò. «Ma di cosa sta parlando?»

«Abbassi la voce... sto parlando di suo fratello Andreas, ovvio. Ha i suoi buoni motivi per non venire di persona, ma dopo tutti questi anni gli piacerebbe molto fare due chiacchiere con lei.»

«Lei conosce Andreas?» domandò la ragazza, quasi senza fiato.

«Sstt!» Le mise un dito sulla bocca. «Per favore, deve parlare piano. Lo stanno ancora cercando... Però mi ha pregato di venire qui a parlare con lei. Ho... Un attimo...» Tirò fuori un libro ed estrasse una busta, che passò a Nicole. «... una lettera.»

Lei fissò la busta e poi di nuovo lo sconosciuto. «La posso leggere?»

«Certo.»

Strappò l'involucro e tirò fuori un foglio piegato. Lo appiattì e uscirono due banconote da cinquecento marchi.

«Visto che è tutto così caro...» Un ghigno. «Ma non si preoccupi, Andreas ha pensato a ben altro per lei.»

Nicole lesse le poche righe, che andavano un po' storte lungo il foglio.

Nicole, sorellina,

ho tanta nostalgia. Il posto in cui sto adesso è bello, ma tu mi manchi. Basta coi silenzi e con la vita da latitante. Io non posso venire a Colonia, ma potremmo comunque vederci. L'uomo che ti ha dato questa lettera si chiama Marcel, di lui ti puoi fidare, al momento è una delle persone che mi stanno più vicine. Ti mando anche un po' di soldi, ne avrai bisogno. Negli ultimi anni ho raggiunto un certo grado di benessere e voglio che anche tu possa beneficiarne. Il mio più grande desiderio, però, sarebbe sentire ancora la tua voce. Anche per questo Marcel ha pronta una soluzione. Ti parlerò di nuovo? Oh, non vedo l'ora. Lo so, è passato molto tempo, ma io ti voglio ancora un mare di bene.

IL TUO ANDI

Nicole la lesse una seconda e una terza volta. «Lei è Marcel?» disse.

Lui annuì.

«Mmm... non capisco.»

«Per molto tempo, Andreas non ha potuto dare sue notizie. Ma le ha mandato dei soldi per farsi perdonare, almeno un po'.»

«Sì, è vero.»

«La cosa che devo dirle è che Andreas non vuole avere contatti coi vostri genitori, su questo deve fare attenzione. Quindi la prega di non dir nulla né della lettera né della conversazione. Perlomeno fino a quando non cambierà idea.»

«Che conversazione?» domandò Nicole.

«Le piacerebbe, parlare con lui?»

«Certo, subito, io...» Strinse le palpebre, sospettosa. «Mmm... non è che qui qualcuno mi sta facendo uno scherzo, eh, Marcel?»

Lui indicò la lettera. «Guardi la calligrafia. Decida lei se è la sua o no.»

Lei lesse una quarta volta, impotente, e cercò di ricordarsi la scrittura di Andi. Ma era passato tanto tempo. Aveva tredici, quattordici anni, allora. «Credo... credo di sì.»

«Capisco, non ne è certa. Okay, non le voglio mettere pressione, però la sua voce la riconoscerà, no?»

«Certo!»

«Allora se vuole possiamo telefonargli, dalla mia macchina.»

«Che macchina?»

Lui alzò una mano per tranquillizzarla. «La prego, non abbia paura. È qui vicino, in strada, sono solo pochi metri. Ci sono un sacco di persone. Lei si siede dietro il volante, io resto fuori e aspetto. Quando ha finito scende. Le andrebbe?»

Nicole rifletté. Non si sentiva all'altezza della situazione. Andi. Certo che voleva parlarci, con Andi. Andi, che da piccola le leggeva le storie. «C'è una detective che lo sta cercando», disse a Marcel.

Lui increspò la fronte. «Chi, Andreas?»

«Sì.»

«E da quando?»

«È venuta da me pochi giorni fa.»

«Mmm.» L'uomo annuì, pensieroso. «Sì, Andreas aveva immaginato una cosa simile. Ha detto che ad alcuni suoi amici di allora poteva essere venuta quest'assurda idea di cercarlo. Ma che fossero così rapidi...»

«*Che* amici?»

«Ma niente, dei tizi, per dei motivi che… comunque, è uguale. Una detective? Si è presentata così?»

«Sì.» I dubbi di Nicole aumentarono, il cuore prese a battere all'impazzata. Era proprio come in una serie TV.

«Motivo in più per parlare con Andreas, no?» disse Marcel, deciso. Poi le rivolse uno sguardo preoccupato. «Glielo deve raccontare, non pensa?»

«Quando?»

«Adesso, se vuole. Basta andare alla macchina, è davanti al ristorante italiano.» Indicò un punto sull'altro lato della strada. «La vede? Quella lì, in seconda fila…»

«Sì.» Nicole esitò. Prese le due banconote dalla busta e se le mise in tasca. «Davvero Andi è diventato ricco?»

«Proprio ricco non direi, diciamo che se la passa bene.»

«Okay!» Prese lo zaino che aveva tra i piedi, c'infilò la lettera e tirò fuori il portafogli. «Solo un attimo.»

Andò a pagare al bancone. Quando uscì dal Café, in strada, Marcel era scomparso. Nicole alzò gli occhi e all'improvviso sentì che la stava chiamando. Era vicino alla macchina, le stava tenendo aperta la portiera.

«Prego.»

Nicole attraversò in fretta.

«Ecco.» Le indicò il sedile del guidatore.

Lei ebbe un ultimo momento di esitazione, poi si decise e si sedette. Cosa poteva succederle, in fondo? Era dietro il volante. Non è che lui potesse partire e rapirla.

«Il telefono è vicino alla radio. Lo prenda, basta premere quel tasto, poi le dirò il numero. Vede, è facile.» Lui fece un altro cenno d'incoraggiamento.

Nicole provò ma il telefono non voleva staccarsi. Forse non era il pulsante giusto. Insistette una seconda volta, senza badare al rumore della portiera, che all'improvviso si chiuse.

D'un tratto sentì qualcosa di gelido dietro la nuca.

«Non gridare, non saltare fuori, non cercare di difenderti», disse l'uomo che si era presentato come Marcel. «Ogni tentativo andrebbe a vuoto e mi costringerebbe a ucciderti. Hai capito?»

Nicole si sentì il sangue defluire dalla testa. Ti prego, non me. Per favore, Dio, non a me.

«Adesso chiudi la portiera», le ordinò. «La chiave è già inserita. Segui le mie istruzioni, e non ti succederà nulla. Hai capito tutto?»

Lei emise una specie di piagnucolio, quasi impercettibile.

«Nicole, stai tranquilla. Non ti preoccupare. Non è che adesso per il nervosismo ci fai schiantare contro il primo albero, eh? Perché anche in questo caso poi dovrei ucciderti. In realtà mi saresti utile anche da morta, ma non voglio. Ti ripeto... Hai capito tutto?»

«Sì.»

«Bene. Farai come ti ho detto?»

«Sììì.»

«Bene», disse lui in tono paterno. «Le Nicole obbedienti ricevono un premio, sai? E io ho una sorpresa per te, vedrai davvero tuo fratello, presto, anzi prestissimo. Non è una cosa meravigliosa?»

«Ma lei chi è?» sussurrò la ragazza.

«Io vengo da molto, molto lontano», le disse lui nell'orecchio. «Dal Kuwait è tanta strada, lunga e difficile... Vai.»

Vera

Ore 14.00

Il caso alla Frankenforst era risolto. Era incredibile, ma gli assurdi sospetti del principale erano fondati. Di fatto, era stato proprio il vicino a introdursi nel laboratorio e a sabotare i macchinari. Il principale si era tenuto il cane a casa, e tutte e tre le *spider-cams* avevano mostrato il vicino, in maniera inequivocabile.

Vera era andata lì per incassare l'assegno. Un buon compenso, che le lasciava anche più tempo per occuparsi del problema Bathge.

Anche se il suo problema in realtà si chiamava Jens Lubold.

Sapeva che la soluzione dipendeva da quanto fosse riuscita a scoprire su di lui, che al momento era solo frammenti di persona. Un po' di cose le aveva sapute da Solwegyn, altre da Bathge. Da esse risultava l'inquietante ombra di un mostro, non di un essere umano. E comunque mancava ancora una vera personalità, e soprattutto un movente.

Chiamò il suo contatto, il maresciallo.

«Sa, di atti processuali contro ex membri della Bundeswehr ce ne sono una marea», le disse il maresciallo. «Quando dovrebbe essere avvenuto il processo che sta cercando lei?»

«Inizio, metà degli anni '80», rispose Vera. «Tipo '83, ma non ne sono sicura.»

«Jens Lubold?»

«Sì.»

«Sa che grado avesse, allora?»

Vera rifletté. «No.» In pratica non sapeva nulla.

Il maresciallo si schiarì la voce. «Senta, mi dia un quarto d'ora e vedrò cosa posso fare. A proposito, quand'è che viene a trovarmi a Bonn?»

«Quando capiterà l'occasione.»

«Venga a fare un salto. Qui in caserma la cucina non è proprio da grand gourmet, ma la mia segretaria fa il caffè più buono del mondo.»

«Volentieri.» Riattaccò e rifletté se chiamare Simon per dirgli che doveva liberarsi di un certo accendino. Ma al telefono sarebbe stato terribile. Per un momento resistette alla tentazione, poi fece uscire il monitor piccolo e comparve la cartina.

Era all'Hyatt.

Sempre – di nuovo – la stessa domanda: che diavolo faceva lì, tutto il santo giorno?

Vera decise di chiederglielo. Erano a un punto in cui quella mancanza di chiarezza la disturbava.

Pochi minuti dopo il maresciallo la richiamò. «Non posso dirle niente, su Jens Lubold», disse, quasi divertito.

«Oh», commentò Vera, delusa.

«Però può farlo Stephan Halm. Anche subito, se vuole.»

«Stephan Halm? È un nome che dovrebbe dirmi qualcosa?»

«No. Però il tenente maggiore Halm era il comandante della caserma in cui Lubold ha fatto quello che ha fatto, è stato lui a condurre le indagini. Insomma, se c'è qualcuno che può sapere qualcosa di quella storia, quello è Halm.»

«Fantastico. E avrebbe tempo per me?»

«Se vuole può andarci subito. Halm non è più in servizio da diversi anni, ma lavora come consulente, da casa.»

«Cosa fa?»

«Ricerca. Scrive anche libri, che le consiglio di leggere. Sulle possibili evoluzioni degli scenari di guerra. Le sue teorie sulla società contemporanea sono molto interessanti. Però deve fargli domande precise, altrimenti s'innervosisce e... le morde un orecchio!»

«Forse potrei iniziare chiedendogli di qualche suo libro, no?»

«*La fine delle responsabilità*, potrebbe parlargli di questo. Ma, per carità, non faccia finta di averlo letto. Le farebbe una specie di terzo grado e lei sarebbe spacciata. Le do l'indirizzo. Quando potrebbe essere lì?»

«Tra un'ora circa.»

«Bene, allora lo avverto. E non si dimentichi che la mia segretaria...»

«Fa il caffè migliore del mondo. No, certo che no.»

Stazione centrale di Colonia

Ore 15.07

L'impiegato pesò il pacchettino. «Le consiglio la spedizione normale. Sì, forse non arriva proprio domenica, ma lunedì mattina sicuro.»

«Lunedì è troppo tardi», disse l'uomo davanti allo sportello.

«Be', altrimenti c'è il corriere.» L'impiegato lo guardò da oltre la montatura degli occhiali con aria di disapprovazione. «Però costa.»

«Non fa niente.»

«Ci pensi bene, io a quel punto sacrificherei il giorno in più... uno solo, in fondo.»

«Sa qual è il problema? Mio zio è anziano e su certe cose è fatto un po' a modo suo», disse l'altro in tono confidenziale. «Se riceve il suo regalo troppo tardi... Ecco, potrebbe rinnegarmi come erede.»

L'impiegato sgranò gli occhi. «Mmm... allora dev'essere uno zio ricco.»

«Non so bene quanto, in realtà. Ma abbastanza da tagliarsi un braccio per lui, ecco.» Un sorriso. «Una mano, diciamo una mano, via.»

L'impiegato rise. Tra loro si creò un clima da cospirazione. «Be', allora direi che al suo pacchettino gli attacchiamo un bel razzo. Le costa... un attimo che guardo bene...» Controllò una tabella. «In tutto, una ventina di marchi. Ma francamente uno zio così lo vorrei pure io.»

«Non credo.» Il cliente infilò la banconota sotto il vetro. «In tutta sincerità, avere questi parenti serpenti è una tortura.»

L'uomo annuì, comprensivo. «Non si preoccupi. Domattina lo zio riceverà il suo bel pacchettino.»

«Bene, così sto tranquillo.» E se ne andò.

L'impiegato lo seguì con lo sguardo, ancora un po' perplesso. Poi prese il pacchetto e lo posò sulla pila delle spedizioni espresse. Per un attimo gli occhi si soffermarono sul destinatario.

ANDRÉ MORMON, PARIS

«Caspita, dev'essere proprio ricco, questo zio», mormorò.

Bonn

Ore 15.25

Stephan Halm viveva in una delle magnifiche ville di Poppelsdorf, la maggior parte delle quali ormai era disabitata. I prezzi degli affitti, in quella zona, stavano scendendo. Dopo la riunificazione e lo spostamento della capitale di nuovo a Berlino, Bonn stava infatti tornando a essere il paesotto di un tempo.

Vera suonò il campanello.

Le aprì una donna curata tra i cinquanta e i sessanta, con un sorriso sincero. «Ah, certo. Lei dev'essere la detective.»

Vera si guardò intorno. Un ingresso maestoso. Una scala enorme, tanto da farci esercitare un intero plotone, che saliva al piano superiore. «Piacere, Gemini. Suo marito è stato così gentile da acconsentire...»

«Qui sopra», gridò una voce.

Lei voltò la testa e vide una figura affacciata a un corrimano che le stava facendo un cenno.

«Lei è la signora Gemini?»

«Sì», rispose Vera. «Spero di non arrivare in un momento poco opportuno.»

«Viene per Lubold, giusto? No, no, mi fa piacere. I giovani vanno aiutati.»

«Vada pure», la incoraggiò la donna. «Gradisce un tè?»

«Se possibile preferirei un caffè.»

«Ma certo, bambina mia.»

Bambina mia. Quand'era stata l'ultima volta che l'avevano chiamata «bambina mia»? Anzi gliel'aveva mai detto qualcuno? Nella sua famiglia era stata sempre e solo Vera.

Salì le scale e si meravigliò dell'incredibile cura per i dettagli. Era una di quelle ville, ormai rare, in cui niente era fuori posto. Nessuna ristrutturazione raffazzonata o architetti che avessero cercato di stravolgere tutto. Era grazie a quelle case se a Bonn c'era ancora qualche vestigia degli antichi fasti tedeschi.

Stephan Halm le strinse la mano e la prese a braccetto. Era piccolo e inquieto, con una massa di capelli bianchi e ispidi che schizzavano da tutte le parti. Però aveva una faccia pulita, buona. Vera, tuttavia, decise di non farsi ingannare: il tenente maggiore sembrava un nonno, ma irradiava autorità e dignità da tutti i pori. Cercò d'immaginare che effetto dovesse aver fatto, allora, ai soldati. Se lo avessero odiato, quel piccoletto, o amato e rispettato.

«Mi scusi se non sono venuto ad aprirle di persona. Ma stavo dando da mangiare ai pesci.» La condusse in uno studio pieno di mobili antichi e con una serie di acquari alti quanto una persona. «È molto meglio della televisione. Quando vuole riflettere, guardi dentro un acquario e troverà tutte le risposte.» Rise. Una risata leggera e piacevole, abituata a commentare battute da intellettuali, il cui vero significato sarebbe rimasto inaccessibile per sempre a qualunque comune mortale.

Insieme scorsero quelle grandi scatole luminose.

«Quindi non è solo un esperto di scenari di guerra», osservò Vera.

«Oh, ma i pesci sono esseri meravigliosi», rispose lui, entusiasta. «Io li amo in qualunque forma. Da soli e in banco, durante la caccia o l'accoppiamento, o quando restano immobili in mezzo alla corrente, che negli acquari è solo simulata. Ma anche con una bella salsa sopra...»

Lei guardò quei regni misteriosi, i cui abitanti avevano ben poco a che fare coi soliti pesci rossi o con le cosiddette «specie ornamentali». In uno, per esempio, c'era un essere che si muoveva sinuoso intorno a una roccia, e Vera si chiese se fosse proprio ciò che sembrava.

«Sì, è uno squalo nano», disse Halm, come se le avesse letto nel pensiero. «Innocuo. Le specie pericolose in realtà sono poche: i tigre, gli squali bianchi, i limone e i martello. Quelli, sì, sono come i missili cruise dei mari. Possono individuare rumori e odori a chilometri di distanza e riconoscere le prede. Pensi, un centimetro cubo di acqua di rose diluita in trentadue laghi di Costanza basta a stimolare il loro olfatto. E hanno anche un udito eccezionale. Lei si tuffi in mare e lo squalo, seppur lontanissimo, la sentirà. Sta facendo snorkeling, sott'acqua, e lui arriverà. Ma lei non capirà da dove. Di solito da sotto: il dorso è più scuro della pancia, quindi si mimetizza col fondale. Non sentirà quella bestia fin quando non l'avrà azzannata. Una creatura perfetta.»

«Bestia? Credevo che li amasse, i pesci.»

«Ciò non toglie che siano bestie, ma non lo intendo in senso dispregiativo. Io però mi occupo degli esseri umani. Prego, mia cara, accomodiamoci.»

Vera non si era mai seduta su un vecchio divano inglese in vera pelle, con tanto di braccioli tondeggianti. Era incredibilmente comodo.

«Lei vuole sapere qualcosa di Jens Lubold», disse Halm sedendosi accanto a lei. «Perché?»

«Ho un cliente che è interessato a lui.»

«Capisco, e perché non parla direttamente con Lubold?»

Per un momento lei restò spiazzata. Ma in fondo Halm non poteva sapere cosa avesse combinato Lubold dopo l'espulsione dall'esercito. «A quanto pare è morto», disse lei.

«Morto?»

«Sì, nel '91, nel Golfo.»

«Nella Guerra del Golfo!» I suoi occhi luccicarono. «Così il vecchio Lubold si è fatto adottare dalla madre di tutte le battaglie! Del resto, mi sarei stupito se si fosse ritirato a vita privata, insomma se avesse smesso di combattere. Da quale parte stava?»

«Dalla parte giusta, credo.»

«Quella giusta?» Halm rise. «Questa sì che è buona. E qual era, secondo lei, la parte giusta?»

Lei lo guardò, incredula. Poi le venne in mente che aveva risposto come in automatico. «Be', sicuro non quella di Saddam.»

Bersaglio mancato.

«Quindi l'altra... era quella giusta?» Halm rise di nuovo. «Comunque... Quindi vuol dire che Lubold si è arruolato coi mercenari. Ma avrebbe potuto combattere anche per Saddam. Legione straniera?»

Vera sgranò gli occhi. «E lei come lo sa?»

Lui si strinse nelle spalle. «Nessun esercito regolare lo avrebbe accettato, dopo l'espulsione. Ah, bene, ecco Lorenza col tè. E caffè per la signora. Ottimo.»

La signora Halm posò un vassoio, distribuì teiera, tazze e biscotti.

Anche gli squali si beccavano i biscotti?

«Lubold...» riattaccò Halm dopo che Lorenza se ne fu andata. «È stato espulso con disonore. Il che chiude molte porte. A seconda di cosa uno abbia combinato, a volte anche quella per entrare in polizia. Sì, ci sono un sacco di gruppi paramilitari cui si può accedere se uno non vuole rinunciare all'uniforme, ma la maggior parte di essi combatte nei parco giochi, e Lubold proprio non era il tipo da guerre simulate. Era uno che voleva sparare sul serio. Legione straniera, quindi...»

«Sì, ci è stato per cinque anni, credo.»

«Ah, quindi il minimo.» Halm bevve un sorso del suo tè, con gusto. «Poi?»

Vera non poté fare a meno di sorridere. Quell'uomo voleva tutte le risposte, non gliene faceva passare una. Era venuta per scoprire qualcosa di nuovo, invece era lei a rivelare tutto quello che sapeva. «Poi è passato a un'altra organizzazione, che si chiama ZERO, e...»

«Che si chiama*va* ZERO», la corresse Halm. «Fouk li ha sciolti.»

«Lei conosce Fouk?»

«Non di persona. Ma so diverse cose a riguardo, e gli ZERO erano destinati a fallire. Era prevedibile.»

«Perché?»

«Perché Fouk ha commesso un errore gravissimo. Cioè, la sua idea di truppe specializzate era buona, ma le battaglie non si vincono coi singoli. Gli ZERO sono stati vittima dell'individualismo e di una debolezza a monte, nei posti di comando, di fronte a tecnologie superiori. Gente come

Lubold non obbedisce, guida i suoi uomini dove crede sia meglio portarli in quel momento.»

Vera prese un biscotto. Piccolo ma squisito. «La commissione, allora, a che verdetto è arrivata?» domandò.

Lui inarcò un sopracciglio. «Colpevole, ovvio. Il problema era che non c'erano abbastanza prove per ritenerlo responsabile della morte di un soldato, quindi nella sentenza di espulsione non abbiamo potuto includerlo. Io comunque avrei preferito vederlo dietro le sbarre.»

«Addirittura responsabile della morte di un soldato?»

«Vuole che lo chiami omicidio? D'accordo, infatti secondo me lo aveva assassinato. Sapeva che era ferito in modo grave e ha intenzionalmente creato le condizioni perché morisse.»

«Ma nel fascicolo non è stato scritto così, immagino...»

Halm fece un gesto sprezzante. «Certo che no, altrimenti sarebbe finito dentro. C'è sempre il rischio di ferirsi durante un'esercitazione o addirittura di perdere la vita. Gli incidenti capitano, evitarli è impossibile. Ma lì secondo me si è trattato di omicidio colposo.»

«Perché? Che interesse poteva avere Lubold ad ammazzare un soldato?»

«Ah, per saperlo avremmo dovuto aprirgli la testa e guardarci dentro. Io l'ho interrogato diverse volte. Non sono uno psicologo, ma volevo capire che tipo fosse. E abbiamo anche scavato nel suo passato. Lubold era molto dotato, come mi aspettavo. Intelligente, istruito e anche bravo con le parole, più della media. Io lo conoscevo bene, lo stimavo, e molto. Abbiamo parlato a lungo, c'era qualcosa che ci univa, a un livello più alto, intellettuale. Condividevamo diverse idee.» Il suo sguardo si perse per qualche secondo. «Lubold ero uno che capiva il mondo, era questo a renderlo così pericoloso. A ogni modo, dopo le indagini, alcuni membri della commissione si sono dichiarati favorevoli ad arruolarlo di nuovo, con tutti gli onori, tanto erano convinti di avere di fronte l'incarnazione del senso del dovere.»

«Ma cos'era successo, di preciso?»

«Lubold era uscito coi suoi uomini. Un'esercitazione complicata, in cui dovevano strisciare in mezzo a un campo minato, difendersi da aerei che volavano a bassa quota e poi buttarsi giù da un'altezza notevole. Tutto questo d'inverno, anche uno parecchio rigido. Lubold era famoso per svolgere queste esercitazioni sempre nelle condizioni più dure, ma in fondo non è mai una passeggiata. Buttarsi nel vuoto, per esempio, è un'arte, una cosa non da tutti, e una recluta ha avuto la sfortuna di atterrare su una vanga. Lubold odiava gli errori. E, quando il ragazzo, ferito, non è riuscito a rialzarsi da solo, lui gli ha urlato che doveva smetterla di fingere. È stato questo il problema: Lubold ha pensato di essere stato ingannato, che una simulazione andata male rischiasse di compromettere il destino della sua truppa.»

«Ma perché? Era solo una simulazione!»

«Non è mai solo un'esercitazione, nell'esercito. Nelle zone di guerra non è che uno può prendere e ritirarsi, andarsene. La cosa peggiore, però, è che persino i soldati non distinguono più tra la realtà e l'esercitazione. È per questo, forse, che molti si sono schierati dalla parte di Lubold. Avrebbero preferito che restasse, come uno degli ultimi rappresentanti della vecchia guardia, la linea dura, visto che oggi la Bundeswehr pullula di gente che preferisce stare sulle difensive. Noi gli abbiamo rinfacciato che sapeva benissimo che il ragazzo era ferito in maniera grave. A ogni modo, dopo un po' la recluta è stata presa e messa su una barella. Lubold intanto ha scatenato una catastrofe dopo l'altra: attacchi di aerei a bassa quota, mine, franchi tiratori. La barella, col poveraccio sopra che ormai aveva quasi perso i sensi, è stata abbandonata a se stessa. Le reclute che la stavano trasportando hanno chiesto d'interrompere l'esercitazione, ma Lubold le ha minacciate con provvedimenti disciplinari. Insomma, ci sono volute ore prima che il ragazzo ricevesse finalmente cure mediche.»

«E alla fine di cosa è morto?»

«Lacerazione della milza.»

«E quindi secondo lei Lubold se n'era reso conto...»

«Ha provocato la sua morte», disse Halm senza mezzi termini. «Odiava i deboli, chi non riteneva all'altezza. Più lo imploravano di risparmiarli, peggio li trattava. Lubold aveva deciso che quel soldato si meritava una punizione. Che dovesse morire. E così è stato.»

«Sì... però io ancora non capisco cosa ci guadagnasse», insistette Vera.

Halm la guardò. «Quel soldato era lui. Come le ho detto, abbiamo scavato nel suo passato... la famiglia, l'infanzia. Di solito non si fa, ma io ho insistito. E abbiamo trovato un padre prepotente, un militare di alto grado, pluridecorato. La madre avrebbe preferito una femmina, forse, proprio per arginare le pretese virili del suo despota privato. Povera donna, Dio solo sa cos'ha sofferto. Comunque, quand'è nato un maschio, lei non è riuscita a volergli bene. L'unica cosa che Jens Lubold si è sentito dire da lei è che non lo voleva. In compenso, il padre gli ha dato tutto, ma anche preteso l'impossibile. Il figlio doveva diventare un soldato d'élite, un uomo vero. Cosa sia un uomo vero, be', su questo ognuno ha le sue idee. Ma lui non poteva avere amici, per esempio: mentre i suoi coetanei giocavano a calcio sui prati del Lungoreno, lui doveva cimentarsi in prestazioni disumane... a soli cinque anni. Gli altri bambini giocavano alla guerra, lui la faceva sul serio. Durissime prove fisiche, marce notturne, attacchi, prigionie, interrogatori, fughe strisciando nella foresta, fame, sete, assedi: resistere, fino all'ultimo respiro. Ovviamente lui non ci riusciva, non aveva nessuna speranza di superare quelle sfide, ma per il vecchio non esistevano scuse. Più il figlio chiedeva pietà, più il padre infieriva.»

«Uomini», sibilò Vera.

«Sì, in un certo senso il Signore conferma sempre i nostri cliché. Se guarda le storie di bambini con disturbi comportamentali, per esempio maltrattati dalla madre, più o meno è sempre la stessa solfa: si chiede al bambino l'impossibile sapendo che fallirà, così poi lo si può punire. Però dovrebbe considerare anche il passato di questi genitori, per capire come mai il circolo vizioso prima o poi si conclude con una catastrofe. Quando deludeva il padre, Jens veniva rinchiuso in una cantina e frustato con una camera d'aria. Oppure doveva restare tutta la notte in una vasca piena di acqua gelida. A volte veniva appeso a un albero, coi piedi che non toccavano terra. Era sempre lo stesso gioco: se il ragazzo implorava il padre di smetterla, lui si sentiva provocato. Chiedere pietà, quindi, significava innescare orrori peggiori, è questo che ha imparato Jens da ragazzo. Io dico che non aveva nessuna chance di diventare una persona normale.»

«Mio dio», disse Vera. «E lei come ha fatto a scoprire tutte queste cose?»

Halm mangiò un biscotto e sorrise. «Sono riuscito a farlo ricoverare.»

«In un ospedale psichiatrico?»

«Sì, ma per poco. Quando glielo abbiamo proposto, lui ha fatto fuoco e fiamme, ha avuto una reazione esagerata, anche se in realtà si trattava solo di sottoporsi ad alcuni test. È stato quello, per me, il primo segno che avessimo a che fare con uno psicopatico.»

«Ha mai parlato coi suoi genitori?»

«Lo avrei fatto volentieri, ma la madre è morta giovane e il padre era in servizio oltremare e non ha voluto rilasciare commenti. E adesso comunque è morto. Ma, insomma, dal ricovero in ospedale sono venute fuori parecchie cose: che odiava profondamente il padre, per esempio, ma comunque cercava d'imitarlo, anche da adulto. Ma, se alla fine dei propri sforzi uno vede sempre e comunque una punizione, è destinato a fallire. E l'ultima punizione, la più coerente, è la morte. Jens Lubold quindi aveva due possibilità: darsi una calmata o proiettare sugli altri le follie del padre. Nella famosa esercitazione, per esempio, il modo in cui si è comportato col soldato è stato solo l'estrema conseguenza di quello che il padre faceva con lui. Non conosceva altri modi per diventare padrone di una situazione, a parte assumere il ruolo paterno. Solo diventando duro e inflessibile con gli altri riusciva a scaricare un peso, una pressione che altrimenti non avrebbe retto. Ecco perché faceva esercitazioni così estreme. Quando la recluta lo ha implorato di smettere, lui si è sentito ancora più motivato, come il padre allora, quand'era lui a implorare perdono. È per tutti questi motivi che dico che è stato un omicidio colposo.»

«Però non l'ha potuto dimostrare.»

Halm inclinò la testa. «Alcuni sono stati anche tentati di appoggiarmi, ma il problema è che la nostra struttura funziona secondo un meccanismo di ordine e obbedienza, con la psicologia non si arriva da nessuna parte. E comunque sarebbe stato troppo poco decoroso per l'esercito che il caso finisse sui giornali, e con un'accusa di omicidio colposo non avremmo potuto evitarlo. Quindi alla fine abbiamo deciso per l'espulsione con disonore.»

Vera cercò di digerire quel racconto dell'orrore. «Senta... Secondo lei Lubold sarebbe capace di torturare una persona a morte?»

«Non ho dubbi.»

«Cosa potrebbe essere successo perché arrivi a compiere una cosa simile?»

«Mia cara, io però non sono l'oracolo di Delfi. Ma quello che è certo è che Lubold non è il tipo da agire senza un motivo. Non è che sfoga la sua rabbia a caso. Ha bisogno dell'illusione della necessità, di credere che le sue azioni abbiano un senso, come anche le sue manovre. Mi dica dei motivi, e io le dirò se è l'uomo che sta cercando.»

Vera sgranò gli occhi, sorpresa.

«Perché lo sta cercando, non è vero?»

«Sì, però...»

«Mi può raccontare di cosa si tratta?»

Vera rifletté per qualche secondo. «Mettiamo che tre persone siano in giro in una zona isolata...»

«Soldati?»

«Sì, diciamo nel deserto del Kuwait. Vengono attaccati. Uno resta ferito in modo grave, e gli altri due non sono sicuri che sia ancora vivo. È nella sabbia e...»

«Queste persone, che mezzo hanno?»
«Una jeep.»
«E il nemico che li ha attaccati? Continua ad attaccare?»
«No, loro lo hanno messo KO.»
«Bene. Prosegua.»
«Quindi non è certo se sia morto. Uno dei due crede che lo sia, l'altro non ne è sicuro al cento per cento. A ogni modo, se ne vanno e lo mollano lì.»
«Il ferito.»
«Sì.»
«Che però non era morto.»
«Esatto.»
Halm si tirò indietro. «E dopo?»
«Anni dopo, uno di loro muore. Viene trovato torturato a morte nel suo appartamento. Il secondo è in grave pericolo.»
«Oh, capisco. Lubold è tornato per vendicarsi.»
«Sì, perché...» Vera si fermò. Cos'è che aveva appena detto Halm? «No», lo corresse. «No, non è Lubold che è stato abbandonato nel deserto, ma un altro. Però è possibile che Lubold...»
«Lo vendichi al posto suo? No.»
Ma cosa diavolo stava dicendo? Lubold e Marmann si erano di nuovo fusi in un'unica persona. Si era impappinata, aveva sbagliato l'inizio.
«Cos'è che vuole sapere, di preciso?» domandò lui in tono amichevole.
«Mi spiace, ma temo che non mi possa aiutare.»
«Bambina mia, mi sembra un incarico un po' complicato, il suo...»
«Sì», sussurrò. «Eccome.»
«Comunque, probabilmente ha ragione, non la posso aiutare. Non sono né un poliziotto né un detective... Però posso dirle che c'è una cosa, nella storia che mi ha appena raccontato, che non mi torna.»
«E sarebbe?»
«Il fatto che lo abbiano mollato lì. Vivo o morto che fosse.»
«Erano nel panico.»

«Quando un soldato non si sente minacciato – e con questo intendo una minaccia immediata, cioè che il nemico in pratica gli sta puntando la canna di una pistola contro la tempia – non entra nel panico. Se c'è una jeep per portare in salvo due uomini, può portarne in salvo anche tre. Ci sarebbero voluti solo due minuti per prendere e caricare il terzo uomo.»

«Anche se era morto?»

«Anche se era morto. E questo codice d'onore vale pure per i mercenari. E comunque un cadavere è un'informazione per il nemico.»

Vera rimase in silenzio.

«Se posso darle un consiglio… si prenda più tempo per rifletterci. Divida le sue informazioni in possibili, impossibili, probabili e vere. E faccia caso ai dettagli.»

«Non la capisco, non del tutto.»

Lui sospirò. «Mi perdoni. Ho questa tendenza a fare il maestrino. Ha letto qualcosa di mio?»

«Purtroppo devo confessarle che…»

«Non fa niente.» Si alzò, andò verso una libreria che occupava un'intera parete, tirò fuori un libro e glielo portò. «Un regalo», disse con la sua risata elegante. «Magari sfogliandolo arriverà a qualche conclusione, visto che è evidente che non ha acquari.»

Vera lo ringraziò e guardò il volume. Non era particolarmente spesso. In copertina c'era il cielo di Baghdad, com'era apparso agli alleati la notte del primo attacco aereo. Vera si ricordava ancora il commento del reporter che aveva seguito la scena dalla finestra dell'hotel Al-Rashid. «Sembra che le stelle si stiano muovendo!»

Sopra l'immagine, un titolo a caratteri sobri: *Stephan Halm – La fine delle responsabilità.*

«Questi fuochi d'artificio in cielo», disse Halm indicando i lampi bianchi sulla città, «erano missili iracheni. Li hanno sparati a caso, sulla loro stessa capitale, nella speranza di colpire almeno un caccia nemico.»

«E ci sono riusciti?»

Halm scosse la testa. «No, in volo non ce n'era nessuno. I radar iracheni erano fuori uso, e i pochi ancora intatti mostravano scie di aerei che non stavano bombardando... simulate dagli alleati. Il vero attacco è iniziato venticinque minuti dopo, quando dal nulla su Baghdad sono spuntati gli Stealth. Non voglio dire che tra gli eventi di allora e il suo incarico ci siano delle connessioni. Ma insomma, visto che mi ha parlato della Guerra del Golfo, magari questo libro può fare al caso suo.»

«A esser sincera, avevo dimenticato quasi tutto di quel conflitto», disse Vera. «Perlomeno i dettagli.»

Halm annuì. «Sì, capita spesso, di questi tempi. Le notizie scadono prima di uno yogurt. Si ricorda del nuovo ordine mondiale di Bush? Eravamo tutti sconvolti dai suoi vergognosi propositi, e adesso cos'è rimasto di quella indignazione? Niente. Viviamo tutti per l'ordine del giorno. L'unica cosa che proviamo per due giorni di seguito è la *mancanza* di partecipazione, l'indifferenza. Come se il mondo sia seduto dal dentista con una guancia gonfia come un cocomero continuando a promettere che si laverà i denti tutti i giorni, poi qualche ora dopo il dolore passa, e anche tutte quelle belle parole. Non per cattiva volontà, ma proprio per disinteresse nei confronti di noi stessi. Vuole sapere cosa ho imparato io, dalla Guerra del Golfo?»

«Cosa?»

«Niente. E lo stesso sarà in futuro. Proprio non siamo capaci. Siamo troppo impegnati a tenere il passo del global network per avere il tempo di guardarci indietro. Ci sono cose che non dovrebbero succedere mai più, lo dicono tutti. Be', lei se le ricorda? No che non se le ricorda. E infatti succederanno di nuovo. Se si dovesse essere persa qualche errore del passato, be', non si preoccupi, tanto torneranno tutti di moda.» Un sorriso scaltro. «Forse troverà qualche parallelo col suo problema... In sostanza, il singolo si comporta come il sistema, e il nostro sistema ha il problema di fidarsi troppo delle immagini. Ormai siamo accecati dalle informazioni...»

Accecati dalle informazioni… dov'è che aveva già sentito quell'espressione?

Ma certo, da Bathge. «In che senso 'accecati dalle informazioni'?»

«Semplice. Quando uno vede troppa neve, finirà per rimanerne accecato al punto di non riuscire a vedere più niente. Allo stesso modo, quando uno consuma troppo *infotainment*, resta accecato dalle informazioni, non riesce più a recepirle. Il futuro abbatterà il confine tra mondo reale e mondo virtuale, i media cambieranno il concetto di tempo e creeranno un'altra definizione di vero e di falso. In tutta sincerità, io lo trovo affascinante, entusiasmante; sono un grande fan d'invenzioni come Internet e la realtà virtuale. Ma dovremo imparare a gestirle, e per farlo è importante capire due cose. Oggi il difficile non è ottenere informazioni, ma riuscire a non averne. Il corso del mondo non deve essere determinato da chi sa *più* cose, ma da chi sa quelle *giuste*. Se non lo teniamo presente, perderemo.» Una pausa. «Gli Stealth che hanno volato sul cielo di Baghdad sono tra le armi più pericolose del mondo. Non per il loro potenziale distruttivo, ma perché sono praticamente invisibili fino a quando non te li ritrovi sopra la testa. Nessun radar è capace d'intercettarli. Nemmeno oggi. Su di noi c'è sempre un caccia in agguato… ci apprestiamo a entrare nel nuovo secolo con gli occhi che ci brillano, ma questo nuovo secolo si sottrae al nostro radar. Vediamo ogni cosa, davanti a noi, nei colori più sgargianti, tranne la realtà. Quindi diffidi delle immagini, signora Gemini… sia quelle degli occhi sia quelle della mente.»

Esitante, Vera cercò di replicare qualcosa. «Io… Lo farò, glielo prometto.»

«Lo spero, veramente. Ormai siamo abituati a dare più credito alla realtà immaginaria che alla percezione senza filtri dei nostri sensi. Chiuda gli occhi, ogni tanto.»

Vera infilò il libro nella borsa e si alzò. «Grazie. È stato molto gentile a perdere tutto questo tempo con me.»

Lui sorrise. «È stato un guadagno, non una perdita», rispose.

«Un'ultima domanda. Per caso sa cos'ha combinato Lubold subito dopo l'espulsione dall'esercito?»

Halm rifletté. «Credo abbia lavorato nel commercio di articoli per sport estremi, tipo cose da sub. Ma non gli è andata molto bene.» Sorrise. «La gente di Colonia preferisce prendere il traghetto, che cercare relitti in fondo al Reno.»

La fine delle responsabilità

Ore 18.02

TEMPO REALE – *L'immediata trasmissione di dati, nell'istante esatto in cui si verificano. La Guerra del Golfo è stata trasmessa in tempo reale. Lo spettatore l'ha vissuta nell'attimo in cui accadeva, quindi lo schermo stesso è diventato un campo di battaglia. E, nel momento in cui venivano trasmesse, le immagini diventavano automaticamente vere, aumentando in maniera esponenziale il pericolo di trarre conclusioni sbagliate. Mai prima di allora le immagini erano state in grado di trasformare la realtà in quel modo. Prima le immagini erano solo immagini. Da quel momento in poi, invece, il televisore ha preso in ostaggio lo spettatore, mettendolo a confronto con un'azione che lui non era in grado di seguire, né tantomeno di comprendere. Ma non è detto che quell'immagine, per quanto sembrasse vera, mostrasse davvero la realtà dei fatti. Era come se lo spettatore fosse diventato un testimone, senza più possibilità di elaborare le notizie attraverso una distanza critica. L'immagine doveva essere giudicata istantaneamente, non lasciava spazio alla creazione di un'opinione o a una reazione.*

Se c'è una cosa che la Guerra del Golfo ci ha insegnato è che la sovrabbondanza d'informazioni e le informazioni in tempo reale cancellano il confine tra mondo reale e mondo virtuale, rendendoci ancor meno in grado di distinguere tra vero e falso. I media si esauriscono sul presente, l'attualità ha subito effetto, ci costringe a prendere posizione, a reagire senza avere tempo di verificarne il contenuto. Le notizie si moltiplicano e si contraddicono, diventando sempre meno affidabili.

Nell'attimo in cui l'informazione viene classificata come non valida, anche l'azione lo diventa. Niente è più vero, ma tutto potrebbe esserlo. E quindi dopo un po' è normale non prendersi più la responsabilità per gli errori sul campo di battaglia, per gli errori nella gestione dell'opinione pubblica; e da lì alla loro completa negazione il passo è breve.

Così la diretta della Guerra del Golfo è stata emozionante quanto quella della finale dei Mondiali, ma ci ha anche mostrato l'impotenza dell'individuo nell'epoca dello tsunami mediatico. Ormai siamo schiavi delle immagini che abbiamo creato. Lasciamo il controllo alle macchine e agli schermi, che sono più veloci. La prima guerra della storia a essere descritta in tempo reale è al contempo la prima guerra del giornalismo. Milioni di spettatori sono approdati così a notizie false, dove l'amico e il nemico vengono entrambi parimenti ingannati. Contro il mondo virtuale si può solo perdere.

Vera continuò a sfogliare. Halm dedicava diversi capitoli al ruolo dei media nei servizi sulla Guerra del Golfo. Diceva che una società che ormai tiene d'occhio soltanto gli schermi è condannata a essere incapace di agire. Prende decisioni sulla vita reale in base a input virtuali. Non vive il mondo, ma la sua rappresentazione.

Interessante, pensò Vera. Ma come può aiutarmi?

In fondo, però, si trattava della guerra in cui era morto Lubold, o forse no. Probabilmente no.

Diffidi delle immagini.

Di quale immagine doveva diffidare? Per quanto riguardava il suo caso, ne aveva solo una. Con Marmann, Üsker e Bathge nel deserto del Kuwait.

Lo sguardo le cadde sul monitor, ancora fuori, anche se spento. Bastava accenderlo e avrebbe mostrato la cartina della città e il puntino rosso.

No, invece ne aveva un sacco, d'immagini.

Era circondata. Le riprese delle *spider-cams*, la cimice

nell'accendino di Bathge... erano tutti dati che le venivano forniti in tempo reale. In sostanza, lei non vedeva niente coi suoi occhi. La sua percezione dipendeva da quella delle macchine. Le informazioni la raggiungevano in diretta, alla velocità della luce, ma filtrate.

E allora? Maledizione, la tecnologia era un aiuto! Senza le *spider-cams* come avrebbe fatto a stanare il tizio che sabotava la ditta di metal detector? Ci sarebbe riuscita anche coi metodi convenzionali?

Tornò all'indice del libro e lo riaprì al capitolo «Uomini-dati».

Al buon vecchio televisore subentra dunque il monitor multimediale, alla selezione e alla valutazione dei dati la loro ricezione passiva. E il passo dalla televisione alla tele-azione è compiuto. Attraverso misuratori e sensori siamo capaci di agire e di essere presenti ovunque, de facto *senza doverci muovere di un millimetro da dove siamo. E il videotelefono diventa già un apparecchio arcaico. Ormai ci percepiamo attraverso le tute cibernetiche. Ogni millimetro quadrato della nostra pelle è pronto per mandare e ricevere. Se sia mondo reale o virtuale, quello che arriva nella nostra fortezza multimediale, non fa nessuna differenza. Che si tratti dell'uno o dell'altro, possiamo toccare persone a distanze incommensurabili, fare sesso con loro, picchiarle e addirittura ucciderle. Che si tratti dell'uno o dell'altro, non abbiamo certezze in merito al partner con cui stiamo comunicando. Possiamo perfino avere un rapporto sessuale con un uomo che in realtà è una donna. Viceversa, mandiamo solo i dati che vogliamo, a seconda che ci piacciano o no.*

Tutto ciò non poté fare a meno di ricordare a Vera Nicole Wüllenrath e Intertown. Halm sapeva che su Internet esistevano intere città?

Un'azione diventa una tele-azione, la reazione una tele-reazione. Ci muoviamo come immagini dentro un'immagine, o meglio in un mondo potenziale dei tanti possibili. Potenziale, appunto, e quindi senza impegno.

Tutto accade a velocità vertiginose. Facciamo sesso, andiamo a una festa e intraprendiamo viaggi lunghissimi restando seduti, senza che nessuno ci riconosca, seguiamo le nostre attività restando immobili nelle nostre postazioni sigillate ermeticamente. Usciamo sempre meno, lì fuori dove dominano terribili contrasti, povertà e abbrutimento. Siamo ridotti a unità di funzione e di controllo. Il sentire viene lasciato ai sensori, la descrizione del mondo ai programmi. La parola d'ordine è distanza.

In questo universo, il tempo non ha più nessun ruolo. Il tempo come fattore di riflessione, interiorizzazione e assorbimento graduale, come chiave per una comprensione migliore, nella società virtuale è ormai superato. Sono i programmi in cui ci muoviamo a imparare, all'inizio si sono adattati, ma finiranno per seppellire la sovranità del programmatore e per imporgli nuove condizioni. Come un apprendista stregone. Gli spiriti che abbiamo invocato diventeranno più grandi di noi. Non saremo più padroni della situazione.

Nicole Wüllenrath era ancora padrona della situazione? E i bambini e gli adulti che andavano in giro col tamagotchi infilato nella cintura?

E una persona che percepiva parte del mondo attraverso una scrivania-bancadati dell'IBM?

Tutto quello che aveva scritto Halm era così illuminante da risultare quasi superfluo. Come aveva fatto a non pensarci mai? Perché le ovvietà trovano conferma proprio nel fatto che nessuno ammetterebbe mai di vivere in base a esse?

Vera lesse la fine del capitolo.

I programmi, che si evolvono e imparano più velocemente di quanto gli uomini possano reagire, creano nuovi presupposti. Nella sua innocenza, il programma assume il ruolo di colui che decide. Lo stesso è accaduto durante la Guerra del Golfo. Le armi intelligenti, capaci di adattarsi a situazioni imprevedibili, a un certo punto hanno ridotto nemico e alleati al ruolo di statista. La responsabilità è stata assunta dal robot, capace di fare tutto meglio.

Così il mondo virtuale procede per la sua strada, ci porta con sé e ci destituisce dal ruolo di controllori totali. La guerra diventa un videogioco, il destino delle vittime viene deciso da un generatore di casualità dove vince chi gioca meglio, e le grida di dolore vengono digitalizzate come simboli colorati, alla fine dei quali forse ci sarà una partita aperta, tutti contro tutti. La mancanza dell'orrore reale, anche se da qualche parte deve per forza aver luogo, estirpa la nostra sensibilità per le infamie e le barbarie. Le nostre azioni saranno sempre più insensate, la logica risposta alla mancanza di senso di un mondo in cui la distanza virtuale deve difenderci da ogni contatto vero e noi non siamo più esseri umani, ma uomini-dati, segmenti di realtà, coordinate temporali e statistiche.

Vera mise da parte il libro e pensò a quel mostro, là fuori. Non lo conosceva ma, grazie a Halm, forse quel giorno aveva decrittato un po' la sua anima.

La società se le meritava, le persone come Jens Lubold? I giornali, per esempio, ormai si erano già dimenticati di Üsker. In sostanza era uguale, se quelle cose capitavano o non capitavano. A chi doveva interessare, in fondo? Dopo i primi cinque minuti, ovvio.

Come doveva reagire una società accecata dalle informazioni, barricata dietro mondi apparenti? Quanto doveva diventare terribile la realtà per essere davvero percepita?

Diffidi delle immagini...

Marmann stava cercando di far credere a tutti di essere Lubold? Lubold lo stava vendicando? Marmann lo aveva tradito? E Lubold era diventato un mostro per colpa di Marmann, Üsker e Bathge? Gli avevano portato via qualcosa che gli apparteneva per poi contenderselo fino a quando lui non era tornato?

Però posso dirle che c'è una cosa, nella storia che mi ha appena raccontato, che non mi torna. Il fatto che lo abbiano mollato lì. Vivo o morto che fosse.

Ma loro erano nel panico, i caccia iracheni sarebbero potuti tornare.

Ci sarebbero voluti solo due minuti per prendere e caricare il terzo uomo.

Ma i caccia?
Diffidi. Diffidi.
C'era qualcosa che non tornava.
Mancava un dettaglio.
Un dettaglio che conteneva la risposta a tutte le domande.
Doveva chiederlo a Bathge.

Appartamento

Ore 22.10

Ma non glielo chiese.

Per tre lunghe ore negarono la realtà, perché il bisogno di mangiare spaghetti ascoltando Satie e d'immergersi l'uno nell'altra fra lucine che tingevano di oro i loro volti fece sembrare tutte quelle domande irrilevanti. L'unica importante, forse, era come poter far durare quelle tre ore per l'eternità. E Bathge, che era in pericolo di vita e sull'orlo della disperazione, ne poneva ancora meno, di domande.

Lo fecero di nuovo, come se il tempo si fosse fermato. Lei voleva raccontargli di Halm, dei suoi dubbi, ma ancor di più voleva prendere in prestito del tempo, cercare di dimenticare e poi restituirlo.

Presto avrebbe dovuto mettere Bathge con le spalle al muro, dirgli cosa non quadrava nella sua storia. Lui avrebbe risposto, mentendo o dicendo la verità, e lei avrebbe capito che il tempo non si era fermato, affatto, che andava avanti impietoso e incalzante, trascinandoli con sé, un vortice in cui tutto dipendeva dal riuscire a tenere in alto la testa e dalla consapevolezza che alla fine non sarebbe rimasto niente, a parte spossamento e dolore.

Lei non voleva risposte. Non in quel momento.

Aveva paura, più di sentirlo parlare che del battito del suo cuore quando gli posava la testa sul petto, un rumore diverso da quello del suo respiro e delle sue labbra quando sbuffavano sfumo. Oltre le loro palpebre socchiuse c'era la stanza, col letto e coi loro corpi sopra, attorcigliati come radici di alberi secolari. Lei sognava di salire su quegli alberi e raggiungere un oceano fuori dal tempo, con un'isola in mezzo cui potevano approdare solo loro due, nessun altro, nessun Marmann, nessun Lubold e nessuna orribile verità.

Il sogno svanì.

Vera aprì gli occhi.

Davanti a lei apparvero venature di fumo azzurro che sporcavano la luce delle candele. Come la muffa in un formaggio, pensò. Che brutta immagine in una simile situazione! Ma era proprio quello che le era venuto in mente. La muffa in un formaggio.

Sentì una mano esplorarle la faccia. Un dito sulla cicatrice sul mento dove Karl, anni prima, l'aveva ferita con una limetta per le unghie. La mano si fermò e poi proseguì. Una cosa come quella che è successa con Karl non ti può più capitare, pensò. Non se resti seduta dietro una scrivania con una decina di monitor e non ti muovi quasi mai di lì. Non se vivi a Intertown e tuo marito è solo un avatar. Fino a quando la tua unica sensibilità sarà il cyberspazio non ti succederà niente, fin quando resterai barricata in un mondo in cui ti sei ritrovata, un mondo da cui una volta hai provato a uscire nell'errata convinzione di saper fare tutto meglio... E così adesso non fai più nulla. E tutto ricomincia da capo, in un secondo mondo.

La ritirata non è mai una soluzione.

E infatti non c'era niente di risolto.

Ti devi esporre, pensò. Ancora una volta, un'ultima volta. Alla violenza, alle botte, al sangue, all'umiliazione. Potrai vivere di nuovo solo quando avrai fatto i conti con queste cose. Le tue paure si sono rivoltate contro di te e hanno preso la forma di un uomo di sabbia, di un mostro nato nel deserto del Kuwait, e anche quell'isola al di fuori dal tempo non ti proteggerà, non potrà impedirti d'incontrarlo e di combattere contro di lui.

Forse quell'essere deprecabile, Lubold, era solo il suo demone interiore, e Bathge un emissario.

Lubold.

Vera strinse le palpebre. Assurdo! Cosa c'entravano con lei gli incubi di Bathge?

Voi mi state portando via la mia pace, stava per dirgli, tu e i tuoi mercenari. Marmann non poteva essere l'uomo che avevano abbandonato nel deserto. Era Lubold. Non è stato per il panico che non lo avete portato via con voi. Manca qualcosa. Cos'è che non mi hai raccontato? Cosa manca in questa storia, che non mi permette di capirla?

Voleva chiedergli tutte quelle cose, ma le labbra di Vera erano come cucite, saldate.

Non fare nulla, non dire nulla che possa rompere la magia. Come se fosse l'ultima notte sulla Terra. Il loro legame silenzioso, il fatto d'ignorare ancora una volta la realtà fino al mattino l'avrebbero protetta per un po', per qualche ora. Poi il sogno si sarebbe spaccato in mille pezzi e lo sguardo si sarebbe concentrato sul loro nemico comune, e Vera avrebbe cercato di essere pronta, o di capitolare.

Mio dio, patetico.

Non potresti cercare di prestare un pochino di attenzione a me? voleva chiederle lui.

Ma lei si era già addormentata.

DOMENICA 29 AGOSTO

Gare du Nord, Parigi

Ore 7.11

Il pacchetto arrivò al binario nove.

Venne caricato su un camion insieme con altri più grandi e portato al centro di smistamento, dove sarebbero stati ritirati dai destinatari. Ma in quel caso specifico no, un corriere lo avrebbe recapitato a domicilio. Il pacchetto di Colonia sarebbe arrivato sulla porta di casa della persona cui era destinato.

L'uomo che lo ricevette al punto di smistamento lo vide e sospirò. Lui e il suo aiutante, infatti, erano oberati di lavoro. Era cresciuto in Francia, in un paesino di campagna vicino a Roanne, dove la fretta era una cosa che proprio non veniva concepita, ancor più nel giorno del Signore. Lavorava al servizio spedizioni delle ferrovie da molto tempo, ormai, ma non era ancora riuscito a superare la sua intolleranza congenita per le spedizioni urgenti di domenica. Così, di pessimo umore, prendeva i pacchi appena arrivati e li divideva tra scomparti, sacchi e carrellini. Al pacchetto di Colonia era toccata la stessa sorte. Era atterrato in cima a una torre di suoi simili, vi era rimasto per pochi secondi e poi era scivolato giù.

L'uomo lo aveva visto cadere, aveva distolto subito gli occhi e aveva aspettato che arrivasse in fondo, a terra. Se c'era qualcosa di rotto non era colpa sua. Era solo la conferma che avrebbero fatto meglio ad aspettare lunedì.

Poi finalmente lo raccolse e lo rimise in cima alla pila.

Ma restò impietrito.

Sì, si era rotto qualcosa. Un angolo si era tinto di un colore rosso marroncino, poco meno di un centimetro. Si era rovesciato qualcosa.

Guardò meglio quel punto e ci passò un dito sopra.

No, forse era già successo durante il trasporto in treno. La macchia era asciutta. Se era colato un liquido, la responsabilità non era sua.

Forse è sangue, pensò l'uomo divertito. Un cadavere. Ma dovrebbe essere minuscolo... un topo?

Rise e rilanciò il pacchetto sulla pila. Stavolta restò dov'era.

Vera

Ore 8.25

Con la luce del giorno si ruppe anche il loro patto di silenzio. I pensieri di Vera non fluttuavano più, incombevano come ombre sul tavolo della colazione.

«Credo che abbiamo ancora un problema», disse Bathge dopo un po'.

Lei annuì. «Sì, lo temo anch'io.»

Lui spalmò un po' di pâté sulla fetta di pane e prese un morso. Ma con lo sguardo rilassato. Vera sembrava molto più angosciata di lui.

«Fammi un favore», disse lei. «Dimmi la verità.»

Lui stava masticando, ma si fermò e la guardò. «Va bene.»

«Perché avete mollato Marmann?»

Silenzio.

«Avreste potuto portarlo con voi», disse. «Anzi avreste dovuto. Nella storia del panico c'è qualcosa che non torna, c'è come un buco... non trovi?»

Per diversi minuti lui non disse nulla. Poi accennò un sorriso e allargò le braccia, come in segno di resa. «È vero.»

«Ah! Lo sapevo!»

«Hai ragione, e te lo avrei raccontato comunque. Perché mi è venuta in mente una cosa che non puoi non sapere.»

«Su Lubold?»

«Su Lubold e Marmann, sì.»

Vera mise giù il coltello e si prese il mento tra le mani. «Spara, sono troppo curiosa!»

Lui si accese una sigaretta e aspettò che i polmoni assorbissero il primo tiro. «Ti ricordi quando ti ho detto che non ti avrei raccontato tutto tutto? Te l'ho detto sinceramente... Ecco, pensavo che non fosse importante, per questo.»

«Sì, mi ricordo. Hai detto che alcune cose te le saresti tenute per te.»

Lui abbassò lo sguardo. «Non l'ho raccontato perché non è una cosa di cui vantarsi. Ma la guerra ha le sue leggi.»

Vera aspettò un momento, poi gli prese una mano e gliela strinse. «Non sono così rapida nello sputare sentenze. Ormai dovresti saperlo.»

«Sì, lo so.»

«Allora, cos'hai fatto?»

Lui la guardò. «Abbiamo portato via delle cose. Una scemenza. In Kuwait. Non saccheggi, eh, niente di simile. Ma a volte entravi in una casa, non c'era nessuno, erano tutti morti o portati via, e vedevi tra le macerie alcuni oggetti di valore ammonticchiati insieme con le pietre. Gli iracheni si prendevano tutto quello che gli capitava tra le mani, ma a volte, nella fretta della fuga, si lasciavano indietro qualcosa. Noi andavamo a spegnere i focolai di resistenza, entravamo e ci era subito chiaro che lì la vita si era fermata, che non sarebbe proseguita, mai più. Chiunque si sarebbe intascato un bottino che non apparteneva più a nessuno... perché noi no?»

«Mmm...»

«Sì, mmm. Ma tu cosa avresti fatto?»

«Difficile da dire. Credo che in una situazione del genere non è che pensi alle regole del decoro.»

«No, non ci pensi, perché sarebbe come preoccuparsi per un fiammifero in un campo in fiamme. Quindi, chiaro, ti prendi quello che ti capita tra le mani. Che non era tanto. Non puoi portarti dietro granché, e comunque ufficialmente è vietato, se ti beccano te lo sequestrano, per poi intascarselo loro, ovvio. E tu ti dici: e allora? Ha davvero senso morire per la madrepatria, per il Kuwait, per il petrolio? Se già rischi di lasciarci la pelle, nessuno se la prenderà per un paio di scemenze trafugate.»

«Ma che cos'erano? Gioielli?»

«Soprattutto. Ma più souvenir che oggetti di vero valore… bocchini d'ambra, lampade d'argento, tipo quelle di Aladino, cose che aveva in casa la gente ricca del Kuwait. Marmann però non si prendeva mai nulla, sempre quel sorriso maledetto stampato in faccia quando noi c'infilavamo qualcosa in tasca, poi l'ultimo giorno dell'offensiva ha fatto strane allusioni a un patrimonio che aspettava solo di essere trovato e portato in Germania. Noi lo abbiamo preso in giro, ma poi abbiamo fatto una deviazione, con la jeep, e lo abbiamo trovato, cavolo… un vero tesoro.»

«Il tesoro dei quaranta ladroni?» disse Vera, ironica.

«No», rispose lui. Per un attimo la bocca e il naso scomparvero dietro la tazza del caffè. «No, abbiamo trovato una cosa per cui perfino i quaranta ladroni si sarebbero leccati i baffi. Diamanti. Una marea di diamanti.»

«Cosa? E dove, sparsi per la sabbia?»

«In un convoglio. Distrutto da un caccia, erano rimaste solo macerie con un sacco di morti intorno. Ricchi kuwaitiani che non ce l'avevano fatta. Marmann ha fatto il generoso e ha detto che potevamo dividerceli. Noi, ovviamente, eravamo sconvolti, sotto shock… All'improvviso eravamo ricchi, capisci? Così ricchi che avremmo potuto vivere il resto della nostra vita in panciolle, senza muovere un dito! L'unico problema era che non potevamo portarli con noi, non subito, quindi abbiamo dovuto cercare un nascondiglio.»

«E dove?» chiese Vera, affascinata.

«Li abbiamo sotterrati tra le rocce, su un altopiano non molto lontano da dove li avevamo trovati... per poi tornarli a prendere, un giorno.» Una pausa. «Poi è arrivato il caccia... il resto della storia lo conosci.»

«Santo cielo! E che ne è stato dei diamanti? Qualcuno è mai tornato a prenderli?»

«Sì, io. Anni dopo, quando la situazione laggiù si era calmata. Come avevamo detto, in fondo. Ma non c'era nulla. Qualcuno mi aveva preceduto.»

I pensieri di Vera si accavallarono, un ingorgo. «E secondo te è stato Marmann?»

Bathge annuì, piano. «In questa storia tutti hanno fregato tutti. Se Üsker sapeva che Marmannn era ancora vivo, quand'era a terra nella sabbia, e di questo ormai ne sono certo, ha detto che dovevamo andarcene perché non voleva dividere i diamanti con lui.»

«Quindi il fatto che *tu* lo sia, che sei ancora vivo... è un miracolo.»

Bathge scosse la testa. «Üsker non era un killer. Io credo che abbia solo colto l'occasione al volo.»

Ah, ecco perché, pensò Vera. Per questo se ne sono andati con tanta fretta, quindi Halm aveva ragione. Marmann però, che tutti credevano morto, era risorto ed era andato a prendere i diamanti. E Üsker, che probabilmente aveva fatto la stessa cosa di Bathge, cioè era tornato e non aveva trovato nulla, a sua volta aveva iniziato a cercare Marmann.

Ma allora Marmann era ricco sfondato. Ecco perché era uscito di scena, come inghiottito dal centro della Terra. Probabilmente aveva un altro nome, un altro aspetto, viveva chissà dove...

E solo una persona lo sapeva, Solwegyn. Il quale fino all'ultimo aveva mantenuto i contatti tra Marmann e la sua famiglia.

Solwegyn, però, era morto.

Vera prese la mano di Bathge e la tirò verso di sé. Per un

po' i loro sguardi restarono fusi. Lui le accarezzò i capelli. Un bel campo di sterpaglie, pensò, un campo il cui passato era stato rasato a zero. Che fosse arrivato il momento di far germogliare di nuovo qualcosa?

«Però c'è una cosa che ancora non capisco.»

Lui inarcò un sopracciglio. «Ti stai chiedendo cosa c'entri Lubold, vero?»

«Già, che poi è la chiave di tutto.»

«Una possibilità di scoprirlo forse c'è, mi è venuta in mente ieri. Ti ho detto, no, che io, Üsker e Marmann eravamo una squadra, ma a volte le squadre venivano cambiate, all'improvviso, per non creare 'grumi d'interesse troppo grossi', come diceva Fouk. Ecco, mi sono ricordato che, pochi giorni prima dell'inizio della grande offensiva di terra, Marmann era stato in giro con un'altra unità. Anzi, credo si trattasse di un unico compagno.»

«E tu pensi che...»

«Non lo so, cioè non ne sono certo. In tutta sincerità non ho la più pallida idea di chi fosse, noi non glielo abbiamo chiesto, e lui non ce lo ha detto. Ma se era Lubold, e hanno trovato il tesoro insieme...»

«.... Se è così, Marmann ha cercato d'ingannarlo...»

«Sì», disse Bathge in tono piatto. All'improvviso nei suoi occhi si riaccese la paura, una fiammata che fece colare a picco la loro bella isola. «Ieri finalmente ho capito come ragiona Lubold: ci sono solo tre persone che potrebbero avere i suoi diamanti, una in particolare.»

«Ma le altre due potrebbero sapere dov'è questa... persona in particolare.»

Bathge annuì.

«Per questo Üsker è morto. Però lui non sapeva niente, né di Marmann né del tesoro.» Vera rifletté. «Ma adesso Solwegyn gli ha aperto la strada per arrivare a Marmann. Che significa che Lubold non ha più bisogno di te, quindi tu non hai più niente da temere.»

«E i diamanti?»

«Ma mica li hai tu!»

«Lo sai tu, e lo so io.»

«E poi... ancora non siamo sicuri al cento per cento che sia ancora vivo, questo Lubold.»

«Invece sì, Vera.» Bathge spense la sigaretta nel posacenere che lei aveva comprato apposta per lui. «Purtroppo ormai mi hai convinto. È vivo, eccome se lo è.»

Saint-Germain-des-Prés, Parigi

Ore 10.02

A metà di boulevard Saint-Michel, il corriere svoltò in rue de Vaugirard, che costeggiava un parco con acque torbide, prati e sirene. Secondo alcuni, uno degli angoli più belli di Parigi. Forse meno maestoso dello Champ-de-Mars o delle Tuileries, in compenso il Jardin du Luxembourg sembrava un quadro impressionista. Ci si poteva mettere seduti all'ombra di alberi secolari su sedioline traballanti o percorrere vialetti di ghiaia, mangiare un gelato, leggere il giornale in riva allo stagno artificiale o solo prendere un po' di sole sul viso.

Poche centinaia di metri dopo, la strada incrociava boulevard Raspail, coi suoi alberi altrettanto vecchi. In quella zona, Saint-Germain-des-Prés, non vivevano solo i belli e i ricchi. Anzi resisteva una strana mescolanza tra nobiltà, riservatezza e *savoir vivre* in cui Parigi non aveva eguali nel mondo. La riservatezza, per esempio, valeva soprattutto per le persone, cui non importava nulla di quanti soldi avesse la gente. Nel parco, per esempio, potevi trovare milionari vestiti talmente male che ti veniva voglia di allungargli una banconota da dieci franchi. La gente andava lì in cerca di mobili antichi, arte o semplicemente un posto libero in un café. Insomma, non era un quartiere da VIP. Per quanto fosse animato e pieno di vita, la sua prima caratteristica era proprio la discrezione.

La casa davanti alla quale si fermò il corriere era vecchia

e curata come tutte quelle della zona, ma ce n'erano di più belle. Il cartello bianco lucido, però, la descriveva come la sede di un'azienda importante.

L'uomo suonò.

Poi entrò in una scalinata antica, ma restaurata con gusto. Al primo piano trovò un ingresso arredato con stile, consegnò il pacchetto a una donna e si fece firmare la ricevuta. Poi scese, un po' di fretta, risalì in macchina e passò alla consegna successiva.

La donna guardò il pacchetto e digitò un numero. «*Il y a un paquet pour monsieur Mormon*», disse. Intanto, con la mano libera inserì qualcosa in un computer, su una scrivania. «*Comment? Il n'est pas dans son bureau? Ah, il est monté.*»* Riattaccò e maledisse il suo principale, che si ostinava a non voler mettere l'ascensore. Sarebbe stato facile, bisognava solo rimpicciolire un po' la scalinata. Ma Mormon non ne voleva sapere: chi voleva stare ai piani alti doveva faticare, compreso lui.

Un magnate d'immobili di lusso senza ascensore... Gli piaceva salire le scale a una a una, ripeteva sempre, per contemplare appieno, a ogni passo, la loro bellezza.

La ragazza si rigirò il pacchetto tra le mani e iniziò a speculare. Una consegna urgente di domenica! Interessante. Che avesse a che fare con la telefonata del pomeriggio precedente? Con l'uomo che voleva essere certo che quel giorno il signor Mormon fosse in casa? Sì, di sicuro lo aveva spedito lui.

Una sorpresa.

Perché a lei non gliele faceva mai nessuno, le sorprese? Tranne quella di dover lavorare anche di domenica...

Un po' affannata, raggiunse il quinto piano, un tempo adibito agli appartamenti della servitù. Mormon invece aveva unito gli ultimi due piani e se li era presi per sé, così, dopo un centinaio di gradini, la ragazza si ritrovò davanti a un'entrata impressionante. Ma non restò impressionata,

*«È arrivato un pacco per il signor Mormon – [...] – «Come dice, scusi? Ah, non è nel suo ufficio? Ho capito, è di sopra.» In francese nel testo. (*N.d.T.*)

neanche un po', ormai ci era abituata. Suonò un altro campanello e aspettò.

Uno dei battenti della porta si aprì e mostrò un corridoio ben illuminato, arioso.

«*Bonjour, Nadine*», disse una signora sui quaranta in jeans e maglietta.

«*Bonjour Madame Mormon. Un petit paquet est arrivé pour votre mari.*» Un sorriso zelante. «*Un envoi urgent de l'Allemagne.*

«*Merci Nadine. Je vais le lui donner.*»*

Nadine sembrò aspettare qualcosa. Il sorriso si era come congelato.

«*Merci encore*», ripeté Madame Mormon, e le sbatté la porta in faccia.

Poi s'inoltro nell'appartamento, fino a una specie di studio. Dietro una scrivania, c'era un uomo atletico, dai capelli neri appena screziati d'argento. Lo sguardo penetrante sotto le sopracciglia folte. Non appena la vide, il suo volto si rilassò in un sorriso. «*Qu'est-ce qui ce passe, mon chérie*?»

«*Tiens.*» Gli diede il pacchetto. «*Un envoi urgent de l'Allemagne.*»

«*Ah, fais-moi voir!*»

«*Tu attends quelque chose en particulier?*»

«*Non, je…*» I suoi occhi caddero sul mittente. Impallidì. In un secondo la sua faccia era diventata grigio cenere. «Porca merda.»

«*Qu'as-tu dit?*»**

Non rispose, continuava a fissare il pacchetto.

«André? C'è qualcosa che non va?» Voleva parlare tedesco, pensò Madame Mormon. Ogni tanto succedeva, soprattutto quand'era stressato. E in quel momento lo sem-

*«Salve Nadine.» – «Buongiorno signora Mormon. È arrivato un pacchettino per suo marito. Un corriere dalla Germania.» – «Grazie Nadine, glielo porto subito.» In francese nel testo. (*N.d.T.*)

**«Cosa c'è, tesoro?» – «Guarda, è arrivato con un corriere dalla Germania.» – «Ah, fammi vedere!» – «Aspettavi qualcosa in particolare?» – […] – «Come hai detto?» In francese nel testo. (*N.d.T.*)

brava, e molto. Lei aveva imparato la lingua del marito per farlo felice, e a lui di solito faceva piacere.

In quel momento, invece, era come se avesse visto un fantasma.

«Dunque», mormorò. Alzò la testa e fece un sorriso forzato. «Vediamo. Non è che potresti andare da Nadine e dirle di preparare i contratti per quella vendita in avenue Niel? E di portarmeli su? Non subito, diciamo...» Guardò l'orologio. «Diciamo tra un'oretta.»

«Tesoro, io credo che Nadine è un po' arrabbiata perché è dovuta venire a lavorare anche di domenica... Potresti non vedere i contratti prima...» Ebbe qualche problema di costruzione della frase. Provò di nuovo. «Non potresti vederli prima...»

«No.»

«Ma è tutto a posto, *chéri*, sei sicuro?»

«Certo! Sono solo un po' preso, troppa roba tutta insieme. Però se andassi a dire questa cosa a Nadine mi faresti un grandissimo piacere.»

«Come preferisci. Chi è il mittente? Qualcuno che conosciamo?»

Lui la fulminò con lo sguardo. «Come dici? No, nessuno. È una roba di pubblicità, penso. Avevo ordinato dei modelli e... vabbe'. Vai da Nadine?»

«*Naturellement. Ne travailles pas trop. Tu as l'air fatigué.*»

«*Promis.*»*

Dopo che se ne fu andata, André Mormon continuò a fissare il pacchetto, non osava aprirlo. Continuava a rigirarselo tra le mani, lo scuoteva, se lo portava all'orecchio.

Poi notò la macchiolina scura.

Era colato qualcosa. Ma non era una goccia. Sembrava...

Le mani si avventarono sulla scatola, strapparono la carta, ruppero lo spago e sollevarono il coperchio. Dentro c'era un'audiocassetta, un cellulare, una chiave e un'altra cosa avvolta in della garza. La garza però non era bianca, si era

*«Certo, ma non lavorare troppo, che hai l'aria stanca.» – «Promesso.» In francese nel testo. (*N.d.T.*)

scurita, più o meno nello stesso punto in cui si era macchiata la scatola.

Mise da una parte cellulare, cassetta e chiave e continuò a guardare la garza col cuore in tachicardia. Poi la tirò fuori dal pacchetto e l'aprì.

All'inizio non ci pensò, non pensò a un dito mozzato. Poi però capì che quello che aveva davanti era l'alluce di un piede. Da cui era uscito del sangue.

Fissò il dito, poi di nuovo il mittente.

«Lubold», sussurrò. «Dio santo.»

Con dita tremanti prese la cassetta, si avvicinò all'impianto stereo e la inserì nel mangianastri. Tasto PLAY, un ronzio... e poi una voce a lui maledettamente nota.

Andreas, amico mio. Scusa se ti disturbo. Volevo sapere come stavi...

Vera

Ore 10.24

Si erano dati appuntamento all'Hyatt, a pranzo.

Bathge alla fine le aveva svelato che era lì che viveva da quand'era arrivato a Colonia. Sotto falso nome, ovvio. Un nome semplice, banale, insospettabile.

Vera fece uscire il monitor e vide il puntino rosso, immobile.

Era in hotel, la stava aspettando.

Continuare a sorvegliarlo ormai aveva poco senso. Lui le aveva rivelato il suo nascondiglio e poteva chiamarlo quando voleva. Pensò di telefonargli e dirgli una volta per tutte di buttare quel maledetto accendino, ma dopo gli avrebbe dovuto delle spiegazioni. Quello che aveva fatto, e stava ancora facendo, infrangeva la sua famosa etica professionale. Spiare un cliente, senza un valido motivo, poteva causare la rottura di un contratto.

Ma Simon Bathge non era più un cliente normale, da tempo.

Che carogna che sei, si disse.

Per quanto, prima o poi l'accendino si sarebbe esaurito e lui lo avrebbe buttato. E anche la cimice sarebbe morta. Quindi cosa glielo diceva a fare? Alcune cose era meglio lasciarle così com'erano, fino a che non si risolvevano da sole.

Disattivò la cartina e digitò il numero di Fouk. Dopo una serie di squilli, rispose la donna che sapeva il francese e le spiegò che lui non sarebbe rientrato prima di sera, ma le aveva lasciato detto di riferire alla detective che l'avrebbe chiamata. Sì, la foto l'aveva ricevuta ma non aveva ancora trovato il tempo di guardarla bene.

Vera si alzò, demoralizzata, chiedendosi cosa potesse fare, ancora, per Bathge.

Cercare Lubold.

Sì, e come?

Poche volte, nella vita, si era sentita così impotente. Non aveva la più pallida idea di cosa fare, da dove cominciare. Se lui era così pazzo, come lei temeva, sapeva che il cacciatore ormai era diventato la preda. Non lo avrebbe trovato, perché lui non si voleva far trovare.

Non era più un lavoro da investigatori privati. Forse era arrivato il momento di parlare a Bathge di Menemenci.

Il telefono squillò. L'avvocato. Poteva fare un salto alla DeTechtei? Vera acconsentì.

E per il momento il problema Lubold passò in standby.

Saint-Germain-des-Prés, Parigi

Ore 10.33

Andreas, amico mio. Scusa se ti disturbo. Volevo sapere come stavi. Solwegyn ha detto che non te la passi male. Sono contento, davvero. Tu mi conosci, io non sono una persona invidiosa. Altri direbbero che non è stato carino da parte tua prendere e andartene coi diamanti, io invece mi sento il tuo benefattore. Sei diventato un uomo rispettabile, tanto che adesso ti chiami André, non più Andreas. Scusami, Andi, ma André lo trovo un po' un nome da femminucce. E poi Mormon! Come ti è venuto in mente di scegliere Mormon? A me piacciono le persone coerenti, e Mormon direi che non si addice tanto al tuo numero coi diamanti, non trovi?

Ma, contento tu, contenti tutti. Affari tuoi. Tu in fondo hai mantenuto il tuo cuoricino sentimentale. E io mi sono detto: Lascialo in pace, lascia che Marmann faccia quello che vuole. Certo, è stato un po' meschino da parte tua volermi morto, direbbero gli altri, persone che hanno un cuore meno grande del mio, ma in fondo cosa avresti dovuto fare? Perdona e dimentica, Andi, nessun problema. Anche Üsker e Solwegyn erano d'accordo con me, sul fatto di metterci una pietra sopra, sul passato. Üsker era a pezzi, ha pianto come un bambino, e fare in modo che Solwegyn abbracciasse le mie idee è stato ancora più facile. Vedi André, o Andi o Andreas, tra vecchi amici è così. Quindi goditela, finché puoi.

Questo significa che ci sarebbe una cosa, una scemenza, se non ti crea troppo disturbo... Lo sai, no, che a me non piace essere di peso. Mio dio, che vergogna! Però non è che potresti aiutarmi un pochettino? Visto che tu te la passi così bene, e io purtroppo molto meno? Non devi fare granché, ho pensato a tutto io. Come si fa tra amici, insomma... Allora, domattina, quando il mondo si sveglia e si rimbocca le maniche per andare a lavorare, tu apri il tuo caveau privato, o vai in banca, e prendi... diciamo trenta milioni? Non franchi, eh! Ahahah! Vecchio birbante! Trenta milioni nella nostra cara vecchia valuta tedesca. E, se ne hai ancora qualcuna, di quelle belle pietruzze, infilaci dentro anche quelle. Ma in modo che non si perda nulla, mi raccomando...

Bene. Io poi ti ho prenotato un aereo, parte alle 15.15 da Charles de Gaulle e arriva a Colonia alle 17.00, Air France, volo 723. Devi solo salire a bordo, coi soldi, con le pietre, col cellulare e con la chiave. Appena arrivi, e passi i controlli, io ti chiamerò sul telefono, quindi ricordati di accenderlo! Da lì basta che segui le mie istruzioni. Hai capito tutto? Chiedo giusto per essere sicuri.

Ah, un'ultima cosa... Vieni da solo, non ti azzardare a portarti qualcuno dietro. Altrimenti sarei costretto a staccare ancora qualcosa alla tua sorellina, che ti sta tanto a cuore. Diciamo... un dito del piede per ogni ora di ritardo? Ha un po' pianto quando le ho staccato l'alluce, ma insomma procurarmi la roba per l'anestesia era troppo faticoso!

Ahi! Ahi! Ahi! Fa' che Andi non combini altri guai! Via l'alluce. E, quando ho finito con le dita dei piedi, passo alle gambe... no, amico, questo non lo vuoi, vero? E nemmeno Nicole. Sorellina, perché piangi?

Marmann s'inginocchiò davanti all'impianto e ascoltò la cassetta per la terza volta. E per la terza volta Nicole singhiozzò e gridò:

Andi, per favore! Mi ammazza, mi vuole fare a pezzi, per favore, Andi...

Poi di nuovo la voce di Lubold:

È molto coraggiosa, la tua sorellina. Quindi non la deludere. Niente trucchi, tipo la polizia o altre genialate che potrebbero farmi arrabbiare.

Au revoir, mon ami. *Vieni a trovarmi presto, preparo anche una torta, marzapane e nocciole, buonaaa, ci metto dentro anche tua sorella. Ahahah! Mormon, vecchio francese, su con la vita!*

La cassetta finì.

Marmann spense lo stereo e premette la testa contro l'impianto.

Continuava a tremare, tutto il corpo in preda a terribili scossoni. Non osava tornare alla scrivania e riguardare l'alluce. Si sentiva uno schifo.

Presto sarebbero arrivate Nadine coi contratti e sua moglie, avrebbe dovuto guardare sua moglie negli occhi; lei gli avrebbe chiesto se stava meglio, e lui avrebbe dovuto rispondere: Sì, tesoro, ottimamente, grazie, ah, Nadine, i contratti, prego, si sieda che vediamo un po'...

Marmann cercò di farsi forza, si tirò su e con passi rigidi tornò alla scrivania.

Gli occhi caddero sull'alluce.

Poi si riempirono di lacrime. All'improvviso corse nel corridoio, andò in bagno, si chiuse la porta alle spalle e vomitò.

Hyatt

Ore 13.00

Bathge aveva un blocchetto in mano e ciucciava a turno la sigaretta e la matita. Quando vide Vera le mise via entrambe e si alzò.

Lei si strinse a lui e poi lo allontanò, prima che lui la baciasse. Non c'erano molte persone, nel foyer climatizzato, ma in pubblico si sentiva comunque a disagio. I fatti dell'ultima notte erano ancora ancorati in acque di cui non doveva sapere nessuno. Solo lì valevano le regole della loro isola. E solo per quell'attimo. Dopo le cose cambiavano.

Nelle poche ore trascorse dalla colazione insieme, la seconda di seguito dopo anni d'isolamento volontario, all'euforia era subentrata una nervosa spossatezza. Era come se il suo senso dell'ordine fosse disturbato. Le andava di vedere Bathge, sentire il suo odore, toccarlo e osservarlo. Ma allo stesso tempo aveva registrato una specie di annebbiamento dell'orizzonte interiore, che prima dell'arrivo di quell'uomo era stato sempre così nitido: la persona che le aveva dato l'incarico era cambiata; la persona che doveva cercare era cambiata; la persona che la pagava e la voleva baciare in pubblico, che le dava calore e un senso di protezione, era nel mirino di un killer. Non c'era niente che tornasse.

Non che lei avesse voluto cambiare qualcosa, in quel quadro. Ma stava diventando troppo perché fosse una cosa buona. E sembrava diventare qualcosa di troppo bello, per essere già così tanto in quel momento.

Bathge aspettò che lei si sedesse, poi sorrise e indicò alle sue spalle. «A volte ho sperato che lo scoprissi da sola, dove stavo. Non volevo giocare a nascondino con te. Ma avevo… troppa paura.»

Caldo, freddo. Vera sentì un'ondata di affetto, ma si tirò indietro per creare una distanza.

Caldo, freddo.

Bathge le aveva detto la verità. Aveva crepato un pezzo del muro che li divideva. Era reperibile. Adesso mancavano solo… otto anni.

Otto anni della sua vita.

L'inizio si chiama inizio perché le cose iniziano, pensò Vera, è giusto così. Allungò la mano destra, la punta delle dita sopra quelle di lui.

«Ho scoperto delle cose su Lubold», disse. «Ieri.»

«Tu hai…» Lui si tirò su. Avresti dovuto dirmelo subito, lesse Vera nei suoi occhi. Poi i ricordi, il loro patto, la nuova confessione. «Cosa?» domandò.

«So perché lo hanno espulso dall'esercito. Conosco il suo… destino.»

«Lubold e il destino?»

«È un essere umano, come tutti gli altri.»

«E dove hai avuto tutte queste illuminazioni?»

«Grazie a un signore anziano molto gentile. Forse hai letto qualcosa di suo, si chiama Stephan Halm.»

A Bathge cadde la sigaretta di mano, rotolò sul tavolo. Poi la riprese e se la rificcò in bocca, come se non fosse successo niente. «Il tenente maggiore Halm», mormorò. «Come se ne avessi sentito parlare fino a ieri.»

«Lo conosci?»

«Lubold lo odiava, avevamo paura che un giorno lo avrebbe fatto secco. Ma, no, non lo conosco di persona. Ma era l'unico, forse, cui Lubold si sentisse inferiore. È stato lui a cacciarlo.»

«In realtà Halm non voleva solo cacciarlo, ma sbatterlo

in prigione per omicidio colposo.» Gli raccontò dell'incontro alla villa a Bonn, e dei misteri che gli aveva rivelato riguardo all'anima di Lubold.

Bathge ascoltò come ipnotizzato. «Sì, avrebbe voluto mandarlo al patibolo», confermò. Lo sguardo perso nel vuoto. «Ma sarebbe stata una mossa troppo impopolare.»

«Lo ha detto anche Halm, quasi con le stesse parole. Soprattutto, non volevano che la cosa trapelasse.» Per un attimo Vera sembrò riflettere. «Che strano signore. Mi ha anche regalato uno dei suoi libri, *La fine delle responsabilità*, dicendo che forse avrebbe potuto aiutarmi a risolvere il caso.»

«Lo hai letto?»

«Sì, un po'. Ma non so cosa pensare. Parla della Guerra del Golfo, della televisione e di Internet. Del fatto che ci stiamo spostando sempre di più dal mondo reale a quello virtuale, senza accorgercene e senza riuscire più a distinguerli. Se una cosa non ci piace, cambiamo canale. Mentre i computer stanno mettendo a punto strategie per togliere di mezzo noi... e così via, una questione complicata. All'inizio ho pensato che non c'entrasse un fico secco col nostro problema, ma adesso non ne sono più così convinta.»

«Be', ha a che fare col mondo», disse lui dopo un attimo di silenzio. E le sembrò cambiato. Più duro e in un certo senso ferito.

«Lo so», commentò lei con un sospiro. «Questo mondo che ci regala i Lubold e tantissimi altri malati di mente, con cui siamo costretti a fare i conti. Ma ce ne sono a migliaia, di libri sul mondo.»

«Forse pensava che la questione riguardasse anche te.»

Lei ripeté quella frase nella mente. Il libro di Halm riguarda anche me? «In che senso, scusa?»

«Nel senso che il mondo genera mostri, ma in fondo cos'è, il mondo, una cosa astratta? E chi è che li genera, i mostri? Chi permette che accadano determinate cose? Che razza di mondo è quello in cui uno si fa dire da un televisore cosa deve pensare su una guerra? Chi c'è... oltre a me e te?»

«Tutti.»

«E io e te. No?»

«Certo.»

«Io so come ragionava Halm, lo so da Lubold. Ovvero che, in questo caso specifico, tu, Vera Gemini, farai dei passi avanti se leggi il suo libro pensando che riguardi anche te. Che riguardi noi, insomma tutti... perché la colpa dei Jens Lubold è di tutti.»

«Ma è stato il padre», disse Vera. «Lui...»

«No», replicò Bathge deciso. «La colpa è dell'ignoranza! Dell'ignoranza e della mancanza di riflessione. Quello che i genitori fanno ai figli è una cosa, il fatto che il mondo si giri dall'altra parte è un'altra. Perché si è girato dall'altra parte anche con Üsker e Solwegyn...» Si fermò. «E anche con me.»

«No!» esclamò Vera. La mano avanzò verso la sua.

«Ti stai solo illudendo, Vera. La verità è che, a pochi mesi dal passaggio al nuovo secolo, sappiamo tutto su ogni centimetro di questo maledetto pianeta, eppure non abbiamo capito un tubo. La settimana scorsa ero nella mia stanza, in hotel, e ho cominciato a fare zapping. Fantastico, ogni volta un nuovo viaggio. Per una manciata di minuti, la forza dell'elettromagnetismo ti porta in Cina o anche sulla Luna. Goethe in Italia ci è rimasto tre anni, se non ricordo male, e poi è tornato e ha detto che su alcune cose non li aveva ancora capiti, gli italiani. Invece tu sei lì, di fronte a queste immagini della Cina, appunto, e dei cinesi che vogliono tutti una macchina. Poi di nuovo da un'altra parte, sempre con la sensazione di non poterti fare un'opinione da quei brevi stralci, eppure te la crei. Vedi due minuti di Cina in televisione e pensi di sapere qualcosa sulla Cina, quando forse non ti basterebbe un'intera vita per conoscere e capire davvero un cinese, che poi magari è un cinese dell'Est e quelli del Sud sono ancora diversi, anzi molto probabile. Poi vedi venti secondi del Congo, e sai che in Africa girano un sacco di uomini neri impauriti, perché le varie tribù si fanno la guerra a vicenda, quindi in Africa ci sono solo massacri. Ma dovresti studiare africanistica e vivere lì per anni per capire anche solo un Paese di quel continente... Però non puoi, perché ci sono anche la Cina e tutto il resto, quindi nemmeno ci provi. Non pensi anche tu che tutto questo non abbia un briciolo di senso?»

«No, io penso che senza il global network il mondo non funzionerebbe più. Uno non può capire tutto. Nessuno può, ma nemmeno prima. Anzi prima, quando non capivano qualcosa, bruciavano le streghe. Quindi secondo te uno dovrebbe smettere d'informarsi, vivere su un'isola deserta...»

«Ma, Vera, c'è una differenza. Quello che prima le persone non capivano, non potevano capirlo. Non sapevano cosa fosse l'elettricità, o cosa fosse un lampo, non c'era nessuno capace di spiegarglielo. Ma oggi, volendo, uno può capire tutto, nel mondo esistono spiegazioni razionali per qualunque cosa: perché uno non può viaggiare più veloce della luce, come comunicano le megattere e cosa significano i loro suoni, come si crea un ciclone, perché gli spaghetti non vanno cotti in un tegamino... Solo dell'essere umano, l'essere umano capisce sempre meno, perché pensa che funzioni come con le megattere e la velocità della luce. Io non sopporto più di essere sconvolto per una singola cosa, quando è tutto il mondo che sta andando a rotoli. Anche se in realtà nemmeno ci sconvolgiamo più. Nella caduta libera della mancanza di vincoli non esistono più shock. Questa società ormai è un dente marcio.»

«Che quindi dev'essere tolto?»

«Sì, sarebbe ora.»

«Allora, dai, andiamo a fare un giro. Entriamo in un paio di appartamenti a caso, gente a caso, e vediamo se sono davvero denti marci... Questo... questo mostro collettivo che tu chiami società... dov'è? L'hai detto tu che il mondo non è una cosa astratta! Se tu e io e altri abbiamo fatto in modo che si creasse un mostro come Lubold, possiamo anche cercare di riparare.»

«Sì, potremmo se fossimo in grado d'imparare. Nel '97 a Miami hanno sparato a Gianni Versace. Versace è morto perché era gay, dicono. E cosa abbiamo imparato? Forse qualcosa sui gay, o su Miami o sul valore della vita degli esseri umani, nella loro diversità? Tre settimane dopo, a nessuno importava più un fico secco di Versace. Durante la Guerra del Golfo la CNN ha parlato della morte di due o tre soldati, come se non ci fosse altro da raccontare, dedicando appena una manciata di secondi a un incidente aereo con diverse centinaia di morti. No, mi dispiace, ma noi non vogliamo imparare, non possiamo nemmeno decidere cosa vedere.»

«Ma certo che puoi deciderlo. Puoi premere un pulsante e spegnere.»

«No, Vera, è il programma a decidere per te. Sono i media a stabilire cosa è importante e cosa devi assolutamente provare. Decidono quanto deve durare il tuo shock, la tua compassione, il divertimento, il nervosismo, l'indignazione, la commozione. Tu credi di cambiare canale, credi che siano informazioni, invece è propaganda, ormai non c'è più differenza, e tutti *vogliono* la propaganda. Le guerre sono di nuovo una soluzione praticabile, hanno pensato in molti nel '91, perché il loro bel televisore non aveva denunciato neanche un morto. Ma chi ha parlato dei soldati iracheni bruciati, annientati dalla contraerea alleata mentre cercavano di scappare da Kuwait City? E nel frattempo ti vendono Coca-Cola, macchine, assicurazioni, formaggio francese, in modo che tu sappia che tutti i francesi dicono sempre *oh là là* e portano il basco, e poi una banda di degenerati arriva in uno studio televisivo e canta *Maggi Maggi Pasta Pasta*, come se gli italiani fossero tutti idioti. È in base a queste immagini, Vera, che la società si forma un'opinione, e poi si ripiazza davanti alla TV, al computer o al suo cyberspazio per ampliare la propria ignoranza. Vogliamo fermare Lubold? Benissimo, ma ricordiamoci che siamo stati noi a crearlo, a dargli la nostra approvazione! E lui, comunque, come ogni altra cosa, ha un valore di notizia limitato. Prima lo acclamiamo, poi rabbrividiamo, poi ce lo dimentichiamo. Ti sorprende, per esempio, che Lubold possa fare tutto quello che gli pare?»

Vera lo guardò con la bocca spalancata. Aveva parlato con un'asprezza che non era da lui.

Bathge notò il suo stupore, si schiarì la voce, imbarazzato, e poi si nascose dietro una nuvola di fumo. «Mi spiace. Io non volevo...»

«E di cosa? Non c'è niente di cui tu debba dispiacerti.» Aggrottò la fronte. «Davvero non li hai letti, i suoi libri?»

Bathge rise piano. «I libri di Halm? No, te lo giuro.»

«No, perché dici le sue stesse cose, uguali.»

«Be', non ci vuole un genio. Halm voleva distruggere Lubold, e anche a me piacerebbe... ma non posso.»

Criptico, come commento, pensò Vera. Meno di una risposta o di più?

Guardò davanti a sé. «Secondo te Lubold soffre di complessi d'inferiorità?» domandò dopo un po'.

Bathge si strinse nelle spalle. «Forse. Magari invece lo ha mandato Dio per svegliare l'umanità dal suo sonno cibernetico, per farle capire che un corpo dissanguato non è una scheda elettronica. Non lo so.» Si passò le mani sugli occhi. «Davvero, non lo so. A esser sincero, in questo momento mi sento terribilmente confuso.»

«Sì. Anch'io.»

La sua risposta sembrò far passare a Bathge quell'umore strano. Lui la guardò e sembrò accorgersi solo in quel momento con chi fosse seduto al tavolo. Poi si chinò in avanti e la baciò sul naso. «Dimentica le cavolate che ho appena detto. Forse anch'io ho un indizio. Mi sono venuti in mente un paio di nomi di gente che stava agli ZERO. Due tizi di Monaco che hanno avuto parecchio a che fare con Lubold. Farò un po' di telefonate, forse almeno uno riesco a stanarlo, sebbene siano passati tutti questi anni.»

«Fallo.»

Bathge succhiò l'ultimo anelito di vita della sua sigaretta. «E tu? Tu cosa farai?» domandò.

«Io ho due nuovi casi di cui occuparmi... una montagna di lavoro.» Vera notò la sua delusione e si affrettò ad aggiungere: «Ma continuerò anche a occuparmi del tuo... cioè del nostro problema».

«Okay.»

Lei esitò. «Simon?»

«Ho già capito.» Non sembrava offeso. «Vuoi stare un po' da sola, vero?»

«Be', ecco, devo elaborare un po' di cose. Ma non farti pensieri strani. Devo solo fare un paio di chiacchierate con me stessa.» Sorrise. «Sono stata da sola per anni. E all'improvviso è tutto diverso. Hai già avuto moltissimo, per essere un inizio.»

«Tu no?»

«Eccome.»

«E vorresti... di più?»

«Forse», disse lei.

Pensò alle sue mani, al flusso di energia che emanavano. A quel calore, quella sensazione quasi prenatale. Proteggiti dal tuo protettore bisognoso di protezione. «Anzi penso proprio di sì. Ma non stasera, okay?» aggiunse poco dopo.

«Okay.»

«Lubold non può farci nulla. Noi siamo più forti di lui. Se proverà a morderci, si spaccherà i denti.» Poi annuì, come ulteriore conferma di quelle parole.

«Sì, si spaccherà i denti!» le fece eco Bathge.

Quindi stai attento, mio caro Lubold, fantasma di sabbia. Anche se riuscissi a fiutare un centimetro cubo di paura in trentadue laghi di Costanza.

Che io sono un bulldog.

Indigesta.

Mangiami e io ti azzanno da dentro.

Menemenci

Ore 18.03

Mentre si faceva strada attraverso la calca verso il giardino sul retro del birrificio, Menemenci pensò seriamente all'idea di prendere un'infermiera. Che si sarebbe occupata di lui e lo avrebbe ascoltato, sempre. Con chi, sennò, poteva condividere quello che gli capitava? Qualcuno che per mestiere fosse abituato a cose terribili, che conosceva la paura che ti assale quando non senti più nulla, laddove invece avresti dovuto sentire, eccome.

Menemenci conosceva un sacco di colleghi che si confidavano coi rispettivi partner. Altri che lo avrebbero fatto volentieri... ma come potevano spiegare grida che uno poteva rivolgere solo contro se stesso?

Per lui, comunque, il problema non si poneva. Menemenci era solo. Non c'era nessuna donna, quindi, che potesse sforzarsi di stargli vicino. Anche se lui l'avrebbe desiderata. Per quanto desiderasse ancor di più mettere le mani sul pazzo che aveva ammazzato Üsker e Solwegyn.

E poi, nel caso, avrebbe dovuto comprare dei mobili nuovi!

Niente male come argomentazione, pensò il commissario.

La merda andava sempre coperta con qualche foglia d'oro.

Si fermò sotto l'ombra di un vecchio albero che sovrastava la calca di assetati. A uno dei tavoli più piccoli c'era un uomo con le gambe accavallate che mangiava un minuscolo panino e una tartare. Aveva un completo scuro e una camicia bianca immacolata. La cravatta ben annodata, i capelli neri pettinati come si deve... sembrava il conduttore del telegiornale. I tratti giovanili e gli occhi chiusi, un'espressione di piacere sul viso ogni volta che dava un morso al suo panino.

Menemenci sorrise. Conosceva Cüpper da anni e non riusciva ancora a spiegarsi come mai non fosse grasso. Nei rari momenti in cui non mangiava, infatti, parlava di cibo. Nei rarissimi momenti in cui non faceva né l'una né l'altra cosa, era un poliziotto eccezionale. Al punto che, la sera precedente, Menemenci aveva fotocopiato il fascicolo su Üsker e Solwegyn e lo aveva pregato di dare un'occhiata.

Il commissario tirò fuori la sedia, che gracchiò contro il terreno.

Cüpper ebbe un sussulto e si alzò. «Commiffario!» esclamò, ancora col boccone in bocca. Poi lo mandò giù e sorrise. «Sempre a spaccare il minuto, lei, eh?»

«Sì, ovvio... Senta, innanzitutto grazie di avermi dedicato del tempo.» Menemenci fece una pausa e ricambiò il sorriso.

«Caro il mio commissario. Ha già mangiato?»

«Non ancora.»

«La tartare è eccezionale, così fresca che ancora muggisce... Non c'è niente di più sano, ignorando la salmonella e quella quisquilia della mucca pazza. Vuole provare?»

«Grazie, ma adesso ho bisogno di bere.»

«Ecco, prenda la mia.» Cüpper gli avvicinò la sua birra, ancora quasi piena. «I camerieri stasera sono più lenti delle lumache, ci metteranno una vita.»

Menemenci bevve e poi fece un enorme sospiro. «È solo una mia sensazione, o da ieri fa ancora più caldo?» Cercò di farsi aria con un sottobicchiere. «Non so lei, ma a me da una settimana sembra di vivere in un forno.»

«Ha ragione, fa un caldo criminale. Posso chiederle cosa le è successo al viso?»

«L'incendio, da Solwegyn.»

«Dio santo!»

«Sì, un inferno», ringhiò Menemenci. «Come se non fosse già un caso abbastanza difficile. E poi quella strega, testarda peggio di un mulo...»

«Una donna? Ma è fantastico!»

«Mmm... guardi, se potessi l'arresterei stasera stessa.»

«Così fica, eh?»

«No, affatto.»

«Ah, okay.»

Menemenci buttò giù il resto della birra. E iniziò a sudare ancora di più, all'istante. «Per caso ha dato un'occhiata al fascicolo?»

«Sì.»

«E quindi?»

«Vuole sapere cosa farei, se fossi nei suoi panni?»

Menemenci annuì. «Vede, io so cosa *potrei*, o dovrei fare. Ma è tutto basato su ipotesi. Ho bisogno di un secondo parere.»

«Volentieri... Allora, ho letto il profilo che ha buttato giù.» Cüpper tirò fuori un foglio da una pila posata sulla sedia libera lì accanto. «Uomo, psicopatico, sadofilo. Fin qui, okay. Età: fra i trenta e i quaranta. Secondo me più verso i quaranta, forse oltre, ma non più di quarantacinque. Intelligente, aggiungerei, anzi molto intelligente. Probabilmente ha almeno un diploma di maturità, insomma istruito. Cos'è che ha scritto ancora? Ah, sì, aspetto curato, piacevole e colto. Sono d'accordo. Non ha bisogno di gridare perché con le sue vittime riesce a imporsi in altri modi. Aggiungerei che ha qualcosa di strano, creativo, intendo nell'aspetto. Tipo i capelli... o la barba. Poi... Cos'è che c'era qui? Ecco, appunto: rasato, forse barba, ma ben tenuta. Io dico barba. Chi uccide con una tale acribia di solito è vanitoso, oppure potrebbe avere un problema di personalità, del resto tutti gli psicopatici ce l'hanno. Guida una bella macchina con tutti gli accessori del caso, tipo un'Audi o una BMW. Anche su questo mi trova d'accordo. Colore scuro o argento. Domicilio/provenienza...»

«Eh, questo è difficile», disse Menemenci. «Potrebbe essere di Colonia, ma in realtà credo sia arrivato da poco.»

«Sì, possibile», disse Cüpper. «Pensava di trovarci sia Üsker sia Marmann. Entrambi vivevano qui prima di arruolarsi nella Legione straniera, e lui li conosceva da prima, quindi direi che è di Colonia. Ma probabilmente è stato via a lungo. Forse... un attimo, per il primo omicidio ha dovuto fare delle ricerche... poi la preparazione... diciamo che è arrivato circa tre settimane fa.»

«Perché non prima?»

«La sua ricerca sembra molto urgente. Se fosse arrivato a Colonia prima, Üsker sarebbe morto prima.»

«Ha ragione.»

«E in questo momento si starà nascondendo da qualche parte, sotto falso nome... Oh, sono arrivate le nostre Kölsch!»

Ordinarono un'altra porzione di tartare, grande, e si godettero qualche minuto di pausa per estinguere la sete più urgente. Poi si rimmersero nel fascicolo.

Stavolta però il cameriere fu più veloce, e di lì a poco vennero interrotti di nuovo. Menemenci, comunque, ne fu contento. Cüpper era uno dei pochi colleghi che stimava veramente, per lui era disposto a fare dei sacrifici... perfino mangiare una tartare.

Si rimisero al lavoro, masticando.

«Allora, vediamo... tutto fa pensare che il nostro amico sia un tipo incredibilmente controllato e ben organizzato. Come tutti gli ipercontrollati, quindi, deve avere una macchia, una valvola di sfogo. Bere, fumare, correre in macchina. Una cosa che fa in maniera eccessiva. Non per forza vistosa, ma che in qualche modo lo rende dipendente. Quanto all'orientamento sessuale...»

«Mah... non c'è niente di sessuale nei suoi delitti», sottolineò Menemenci. «Perlomeno non in senso classico. Ma secondo me è uno di quelli che dopo hanno l'ossessione di pulirsi.»

«Uccide uomini. Se c'entrasse il sesso dovrebbe essere gay, ma non credo. Se ho capito bene il suo profilo, lui uccide con un obiettivo preciso... No, ha ragione, nessun trauma sessuale.»

«Ma di sicuro traumi infantili. A prescindere dall'obiettivo, dev'essere una persona capace di fare una cosa del genere. Quindi la domanda è: cosa gli è capitato?»

«Il solito, immagino. Padre dominante, madre non pervenuta.»

«O il contrario.»

«Ma in quel caso se la prenderebbe con donne.»

«Giusto. Allora diciamo che ha alle spalle una figura maschile superdominante.»

«Sì, che deve averlo maltrattato a dovere.»

«Più che altro torturato, direi.»

«Ma sempre in modo controllato, un controllo maniacale. Al punto che l'assassino riesce addirittura a gestire il proprio odio in maniera razionale. È un artista. I referti su Üsker lo confermano: è attentissimo, e anche molto creativo. È questa, ovviamente, la chiave. E per capire un artista...»

«... bisogna guardare bene le sue opere. Ma è una settimana che le guardo bene. Al punto che non provo più nemmeno ribrezzo.»

«I suoi delitti... sono una messa in scena?»

«No, secondo me non c'è niente di teatrale. Niente teli, dopo non mette a posto, pochi fronzoli.»

«Mmm...»

«Forse il padre lavorava per una qualche autorità», buttò lì Menemenci.

«Un pezzo grosso?»

«Politico, militare... Insomma un cliché del genere. Perché le cinque persone coinvolte nella storia sono state tutte nella Legione straniera, e poi in quel gruppo di mercenari... tranne Solwegyn, mi pare. Mettiamo che il padre del nostro uomo fosse un pezzo grosso. Rispettato, molto. Ci starebbe?»

«Assolutamente sì. Ma forse, prima della Legione, il nostro amico potrebbe aver già fatto il militare... o forse no. Altrimenti perché passare alla Legione?»

Menemenci aggrottò la fronte. «Perché lo hanno cacciato. Ce n'è uno che è stato espulso dall'esercito... Com'era la storia, di preciso?»

Cüpper diede un morso a un cetriolo e fece una smorfia. «Io scommetto che si è beccato un provvedimento disciplinare per lesioni corporali. Più o meno il motivo di ogni espulsione con disonore. Atti di violenza o dichiarazioni fuori luogo. No, questo vizietto di torturare le persone per lui non è nuovo.»

«Dobbiamo controllare», disse Menemenci, pensieroso. «Ma credo che la persona cui sto pensando sia morta.»

«Be', ma ormai neanche i morti sono più i morti di un tempo.»

«Jens Lubold...» sussurrò Menemenci.

Il collega si tirò indietro e sfoderò un sorriso a trentadue denti. «Sa una cosa? In fondo così male non siamo messi. Quindi io dico che adesso lei si alza e va ad arrestarlo, il tempo di uno schiocco di dita, mentre io qui ordino altre due Kölsch.»

Menemenci lo guardò, seccato.

«Ah», disse Cüpper. «Mi è venuta in mente un'altra cosa. Dopo tutto quello che ha combinato quel tizio, la disinvoltura con cui lo ha fatto, e se è vero che è stato anche nell'esercito... secondo lei non è anche il classico 'fan della polizia'?»

I fan della polizia erano una categoria specifica tra i serial killer. Di fatto molti di loro avevano un debole per i tutori della legge. I poliziotti, in sostanza, rappresentavano quello che loro sognavano di essere. Perché godevano di rispetto e avevano potere. Per esempio, erano autorizzati a infliggere sofferenze, una prospettiva allettante per chi si sentiva debole e non trovava pace. A diversi assassini, di fatto, sarebbe piaciuto entrare in polizia.

O nell'esercito, pensò Menemenci. O comunque in un'istituzione dove la legge...

Sì, tornava!

Quanti esempi aveva visto di killer contenti di avere contatti con la polizia? Ed Kemper, per esempio, uno dei criminali più affascinanti di tutti i tempi, adorava osservare i poliziotti mentre lo cercavano. Parcheggiava la macchina davanti al commissariato e beveva un caffè con loro... portandosi dietro una valigetta con dentro una testa di donna segata con gli occhi persi nel vuoto.

Nessuno avrebbe mai immaginato che il dolce, istruito Kemper fosse l'uomo che aveva ucciso, violentato e fatto a pezzi innumerevoli donne, compresa la madre... se non fosse stato lui, un giorno, ad andare da loro e confessare.

Menemenci sorrise. Sì, l'assassino doveva essere un maestro della finzione, un attore nato. Probabilmente continuava a recitare il suo ruolo anche quand'era solo e non c'era nessuno che lo osservava.

Eccola, la risposta!

E forse anche la soluzione. Doveva solo tendergli una trappola. E sapeva anche a chi chiedere aiuto. Che lei lo volesse o no.

«Magari è Krantz», scherzò Cüpper.

«Krantz già recita abbastanza», disse Menemenci. «In realtà è un computer che si spaccia per essere umano.»

«Oh... è così bravo?»

«Guardi, il suo unico problema è che non ha ancora capito che gli assassini hanno un'anima. Dice che io faccio lo psichiatra, non il commissario, quindi in sostanza mi considera un pazzo. Ogni volta che vado da lui con un profilo mi fa sempre la stessa battuta idiota.»

«Che sarebbe?»

«Gliela ripeto, che faccio prima... Quanti psicologi ci vogliono per cambiare una lampadina?»

«Boh...»

«Uno, ma solo se la lampadina *decide* di cambiare.»

Romanus Cüpper lo guardò a lungo. «Meno male che è venuto qui», disse quindi, serio. «Cameriere, altre due!»

Vera

Ore 21.20

Niente candele, non quella sera.

Era rimasta alla DeTechtei fino alle nove, per lavorare ai casi dell'avvocato. Un lavoro da certosino, da svolgere nell'ombra. Doveva solo fare ricerche, raccogliere indizi e valutare la veridicità delle testimonianze. Noioso e monotono, ma redditizio.

E l'aveva distratta.

Era una serata afosa, la città un forno che piano piano si stava raffreddando. Non appena arrivò a casa, Vera aprì le finestre, ma entrò solo aria calda. Si fece una doccia, lasciò scorrere fiumi di acqua gelata sul corpo inspirando ed espirando. Ci sarebbe potuta rimanere per ore. C'erano così tante cose da lavare via.

Da sola.

Che differenza. Voler stare da soli era diverso dal sentirsi soli. Preferire la compagnia di se stessi quando uno avrebbe potuto avere qualcuno accanto era un lusso. La pausa tra un atto e l'altro, voltare la testa per poi poterla girare di nuovo piena di aspettative.

Era così? Era felice?

Rivolta la tua felicità prima che possa farlo qualcun altro. O meglio cambia prospettiva. Poteva porre fine alla sua storia con Bathge con la stessa rapidità con cui era iniziata. Se uno non era troppo disperato, in fondo si stava bene anche senza essere felici. Diciamo che non creava eccessivi problemi.

Quando tornò in salone ancora grondante d'acqua, ripensò al complesso del Dopoguerra in cui vivevano i genitori di Marmann. Dove non si era voluto lasciare spazio a una cosa bella per la paura di perderla di nuovo. E quindi cosa restava? Le cose brutte. I nervi del piacere e del dolore in realtà erano gli stessi. Se uno uccideva i primi, anche gli altri non reagivano più.

Aveva senso?

Certo, poteva essere legittimo non voler più amare per non sentire il male che si provava quando l'amore finiva. Ma si conduceva un'esistenza senza amore, senza la bellezza e il piacere, il confort e la felicità. Insomma, si perdeva proprio quello che uno aveva cercato di proteggere. Era come stipulare un'assicurazione contro i furti buttando fuori dalla finestra il proprio patrimonio. Per essere felici si evitava di essere felici.

No, non aveva tanto senso. Era un paradosso.

Vera accese il televisore e si chiese se anche lei vivesse dietro una facciata da Dopoguerra.

Puoi mollarlo, si disse. Ancora meglio se molli tutto il caso. Ma cosa ci guadagneresti che non avresti perso con ancora maggior dolore?

All'improvviso sentì un'ondata di calore e di affetto per lui. Era un bene che non fosse lì. Perché capì che era davvero contenta di averlo. Lui splendeva nella sua assenza, ma quel pensiero d'un tratto assunse un altro significato.

Vera si distese sul divano e cercò un programma guardabile.

Dopo un po' le squillò il cellulare. Lo prese, abbassò il volume della TV col telecomando e rispose.

«Come stai?» domandò lui.

Lei sorrise, tirò le gambe al petto e si raggomitolò. «Bene. Che fai?»

«Ho chiamato mezza Germania», rispose lui con una voce che sprizzava ottimismo da tutti i pori. «Una delle persone che ha avuto a che fare con Lubold è tornata a Monaco. A Gauting, per l'esattezza. È stato contento di risentirmi ma non aveva molto tempo.»

«Be', bene, no?»

«Insomma, sarebbe stato meglio se avesse detto qualcosa. Gli ho chiesto se ha visto il cadavere di Lubold. Lui ha risposto che la notizia della sua morte era una bufala.»

«Cosa?»

«Non ha aggiunto altro. Non ho idea di cosa volesse dire di preciso. Al telefono non voleva parlarne.»

«Che strano», disse Vera.

«Mah, vediamo... comunque pensavo di andarci.»

Lei ebbe un sussulto. «A Monaco?»

«Sì.»

«Quando?»

«Domani mattina, sul presto.»

«Oh.» Sentì montare la delusione. «E per quanto tempo resterai via?»

«Non molto. Ci siamo dati appuntamento per domani sera, lui martedì deve già ripartire.»

«Okay.»

Bathge non rispose subito. Poi disse: «Non vedo l'ora. Già non vedo l'ora di rivederti. Ero un po' insicuro, ma adesso...»

Lei rise. «A me è successa la stessa cosa.»

«Vedi? Io penso che proprio... dev'essere.»

Dopodomani. La delusione diventò subito aspettativa. «Sai già quando parti?»

«Presto. Tra le nove e le dieci. Sarai alla DeTechtei?»

«A quell'ora? Certo.»

«Allora ti passo a salutare prima di partire.»

«Okay.»

«Buonanotte. Provo a mandarti un bacio via telefono, ma non ti arrabbiare se resta impigliato nel filo.»

«Io ho un cordless. Quindi manda pure, arriverà.»

Lui attaccò con una serie di baci dentro la cornetta. Lei sorrise e poi allontanò il telefono dall'orecchio. «Okay, okay, può bastare!»

«Buonanotte, Vera.»

«Buonanotte, Simon.»

Vera girò la testa e guardò verso la finestra aperta, il cielo stellato. La luna chiara sopra i tetti. Dalla televisione arrivò una specie di musica.

La spense e restò sola con la luna.

LUNEDÌ 30 AGOSTO

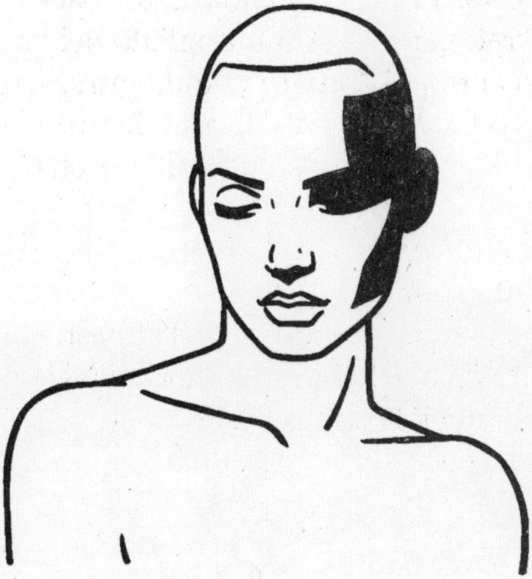

Centrale

Ore 9.12

Squillò il telefono. Menemenci alzò la testa dalla pila di testimonianze atterrate sulla sua scrivania dopo una rissa avvenuta a Südstadt nel weekend. Ma la gente non aveva niente di meglio da fare nel fine settimana che accoltellarsi? Non si sentiva in forma. Non aveva chiuso occhio, per il caldo e per le troppe birre bevute con Cüpper.

Lentamente allungò la mano per rispondere. Uno sbadiglio.

«Ehm... Buongiorno, eh!» disse Krantz ironico.

«Grazie.» Menemenci si stiracchiò. «Altro?»

«Una denuncia di sparizione.»

«Perché così presto? Insomma, perché la gente non scompare di pomeriggio, o di martedì, invece che il lunedì mattina?»

«La persona scomparsa si chiama Nicole Wüllenrath. I suoi genitori l'aspettavano sabato per cena. Ma non si è presentata e di lei si è persa ogni traccia.»

«Che peccato. Mi faccia un piacere, se ne occupi lei.»

«Ma io ho altri sette casi...»

«Io anche sono oberato di lavoro.»

«Ehm... si dà il caso che Nicole Wüllenrath sia la sorella di Andreas Marmann. Davvero vuole che me ne occupi io?»

«Cosa?»

«Sì, ha una sorella.»

«Ma i familiari di Marmann li avevamo controllati, no?»

«Sì, ma la sorella ce l'eravamo persa.»

«E come mai, Cristo santo?»

«Perché siamo sommersi di lavoro fino al collo, ecco perché! Devo controllare mezza Colonia! Certo che sapevamo che aveva una sorella, ma non sapevamo che ora si chiama Wüllenrath. Di sicuro lo avremmo scoperto domani.»

«Fantastico.» Menemenci iniziò a picchiettare le dita contro il piano della scrivania. «Dopo Üsker e Solwegyn, adesso la sorella di Marmann.»

«Ma non è scritto da nessuna parte che sia morta o che l'abbiano rapita.»

Krantz aveva ragione. Eppure Menemenci sentiva un bruttissimo presentimento, già gli trapanava il cervello. L'istinto gli diceva che Nicole Wüllenrath non era scomparsa di sua volontà, che pure dietro quella storia c'era Jens Lubold e che la vittima successiva sarebbe stata proprio Marmann.

Ma che c'entrava la sorella?

«Senta, Krantz, gli altri sette casi... li molli», disse Menemenci. «Prima cosa: cercare tutte le informazioni possibili su Jens Lubold.»

«L'ex ufficiale morto nella Guerra del Golfo?»

«Sì, perché non credo che sia morto veramente. Credo che abbia Üsker e Solwegyn sulla coscienza.»

«Oh, grazie per avermi messo a parte di questa splendida teoria.»

«Di sicuro lo avrebbe scoperto domani», rispose Menemenci, sarcastico. «Lubold dovrebbe essere a Colonia. Abbiamo bisogno soprattutto di foto. Seconda cosa: la sorella di Marmann. Avvii le ricerche. Perché, se non è già morta, è questione di ore, anzi di minuti.» No, non è morta, pensò Menemenci. Se fosse morta già lo sapremmo. È solo un'esca per attirare Marmann. Maledizione, perché non l'avevano trovata prima? «Terza cosa... Chiediamo un mandato di cattura per Vera Gemini.» Poi rifletté. «Anzi no, questo per prima cosa.»

DeTechtei

Ore 9.18

Vera si era appena accorta di aver quasi finito i filtri del caffè, quando arrivò Bathge.

Era entrato da quella stessa porta esattamente una settimana prima. Lei non lo aveva sentito, troppo presa dallo specchio e dal suo viso. Alla sua prima parola aveva alzato gli occhi e visto un uomo di altezza media con capelli castani e la barba ben rasata. Attraente, ma non tanto da impressionarla. In quel momento vide un altro uomo, nei cui occhi c'era un'altra luce e i cui tratti raccontavano altre storie.

Davvero era passata solo una settimana? Sembrava un anno.

«Sei bello», disse lei.

Lui ebbe un sussulto. Poi rise. Lei si avvicinò, e Simon la strinse a sé. Stavolta Vera non ebbe nessun problema a farsi baciare. Certo, la DeTechtei non era l'isola tra le candele, ma in fondo una specie di riflesso.

«Beviti un caffè.»

Lei si appoggiò contro la parete e lo osservò. Sorridendo, lo guardò mentre svitava il tappo del thermos, riempiva due tazze e aggiungeva latte.

Dettagli.

Sì, dettagli. Ma importanti... quando appartengono alla persona che uno ama o potrebbe amare.

«Hai già un albergo, a Monaco?» chiese.

«Sì, il Four Seasons.» Bathge le passò un bigliettino. «Indirizzo, telefono, per qualunque evenienza.»

«E tu sei sicuro che questo tizio di Monaco è affidabile, vero?»

«No», rispose Bathge in tono piatto. «Al momento non mi fido di nessuno, a parte te. Ma credo sia un tipo a posto. In fondo sono stato io a contattare lui. E comunque: che alternative ho?»

«Nessuna.»

Bathge annuì, bevve il caffè a grossi sorsi e poi si pulì la bocca. Come se si muovessero in automatico, le dita cercarono l'immancabile pacchetto di sigarette e tirarono fuori l'accendino di Vera. Accesero, lui aspirò, e poi le dita rimisero via pacchetto e accendino. «Adesso devo andare. Sarà tutto bloccato, come al solito. Sono previsti anche temporali.»

«Dove hai la macchina?»

«Qui davanti.» Bathge mise giù la tazza, si avvicinò e le diede un buffetto sul mento.

«Ah... signora Gemini. Dica un po', ha già impegni per domani sera?»

«Aspetto la visita di un cliente», rispose lei, e lo baciò. «Quindi vedi di tornare. E guida con prudenza.»

Le vecchie battute. Che le tornarono familiari, ma le misero anche paura. Mi raccomando, caro, guida con prudenza. Stai attento. Torna presto.

E allo stesso tempo erano anche nuove.

Diverse.

Lei aspettò che lui uscisse, poi si prese il suo caffè e tornò in ufficio.

Centrale

Ore 11.55

Krantz fumava di rabbia dietro la sua scrivania, quando finalmente arrivarono le prime informazioni. Sotto forma di Sonnenfeld e altri due agenti. Krantz valutò se chiamare anche Menemenci, ma decise di no. Perlomeno in quella stanza voleva essere lui il capo.

Sonnenfeld andò nell'ufficio a fianco a prendere delle sedie, Krantz ne aveva troppo poche. Si riunirono intorno alla sua scrivania e lui per qualche minuto li lasciò osservare, perché capissero cosa significasse seguire sette casi contemporaneamente.

«Allora?» domandò quindi di punto in bianco.

«Allora... Sì. La Wüllenrath è una libera professionista, lavora come programmatrice», disse Sonnenfeld. «Sabato pomeriggio è andata a trovare un'amica che abita in Aachenerstraße. Che di lavoro fa la stessa cosa che fa lei, più o meno, è un po' difficile da spiegare.»

«Irrilevante. Prosegua.»

«Contatti sporadici coi genitori. Nicole è molto più giovane del fratello. I Marmann dicono che non capiscono cosa faccia, di cosa si occupi. Hanno risposto che la figlia 'smanetta al computer', parole testuali. Non riescono a immaginarsi che possa avere dei nemici, ma in realtà non hanno la più pallida idea su quasi niente. A ogni modo, dicono che non aveva motivo di scappare.»

«E l'amica che dice?»

«Idem. Nicole Wüllenrath era... diciamo che non era un tipo molto socievole. Faceva parte di una specie di comunità su Internet, insomma passava quasi tutta la giornata in rete. La cosa interessante, però, è che pare che alcuni giorni fa abbia ricevuto la visita di una detective che era già stata dai Marmann.»

«Vera Gemini. Sì, la interrogheremo.» Krantz rifletté. «Tornando alla scomparsa... per caso ha detto all'amica se dopo doveva incontrare qualcuno?»

«No.»

«Okay. Breuer?»

Uno degli altri due uomini si tirò su e iniziò a sfogliare un taccuino. «Verso le tredici è entrata nel Café Bauturm. Ci è andata diretta dalla casa della sua amica, erano al massimo cinque minuti di strada. Non credo che durante il tragitto abbia potuto incontrare qualcuno. Al Bauturm ha fatto colazione, caffellatte e panino al formaggio. La cameriera che l'ha servita dice che poi un uomo si è seduto accanto a lei, ma non si ricorda che faccia avesse.»

Krantz grugnì e si strinse nelle spalle. Non si ricorda

mai niente nessuno. Ma era sempre meglio che lo ammettessero, invece d'inventarsi descrizioni. «Ci ha parlato, con quest'uomo?»

«Sì. Poco dopo è andata al bancone e ha pagato. L'uomo se n'era andato. Dopo quel momento, nessuno l'ha più vista.»

«Mmm... Krüger?»

«Nel suo appartamento nulla», disse l'uomo della Scientifica. «Diverse impronte, ma tutte donne.»

«Al Bauturm?»

«Niente.»

Krantz si appoggiò allo schienale e incrociò le mani dietro la testa. «La stampa non deve saperne nulla. Sono stato chiaro?»

I tre ragazzi annuirono. Un movimento sincronizzato.

«Abbiamo già abbastanza problemi con la bufala sul PKK. E non c'era neanche bisogno che si sapesse dell'arsenale segreto di Solwegyn, eppure adesso ne parlano tutti, perfino in chiesa.»

Sonnenfeld annuì di nuovo, ma si chiese se Krantz sapesse che non era a loro che doveva dirlo. Che, se volevano, i giornalisti un modo per impicciarsi lo trovavano comunque.

Krantz sciolse la riunione e uscì dall'ufficio per andare ad aggiornare Menemenci.

In mano non aveva granché.

A parte il mandato di cattura.

Vera

Ore 12.02

Non c'è niente di male, pensò Vera tirando fuori il monitor per vedere dove fosse Bathge. Niente di male. È solo un modo per accompagnarlo.

I programmi convenzionali non avevano un campo d'azione così ampio, prima o poi perdevano il segnale. Ma quello che aveva Vera funzionava via satellite, che offriva molte più possibilità. In quel momento il computer ricevette il segnale, stava elaborando la posizione di Bathge su una cartina della Germania.

La cartina si aprì e il puntino rosso comparve su una linea a serpentina, la A3. Era già un bel pezzo oltre Francoforte. Niente ingorghi, quindi.

Vera lasciò scorrere il dito lungo la barra di controllo e disattivò il programma. Tornò ai suoi casi.

Che fatica.

Dopo un po' si alzò e andò nell'anticamera per farsi un altro caffè. Ah, già, ma i filtri erano finiti. Doveva scendere a comprarli al supermercato di Zülpicher Platz. Maledetta me e le mie manie da primadonna! si disse ripensando al licenziamento di Strunk. Probabilmente mancava tutto. Controllò la scatola dei biscotti, e infatti era vuota.

Di quelle cose si era occupato sempre Strunk.

No, probabilmente non lo aveva fatto, per quello era finito tutto.

Quello era un lavoro da donne.

Ecco, appunto.

Era già sulla porta per uscire quando squillò il telefono.

Una donna che parlava francese. Una voce conosciuta. Le disse di attendere, stava per passarle il capo.

Fouk!

Vera lasciò scivolare caffè e biscotti nella lista delle cose non decisive per l'esito della guerra e aspettò. Dopo pochi secondi arrivò il capo.

«Signora Gemini, spero che stia bene.»

«Sì», rispose lei, agitata. «La ringrazio per aver richiamato. Già temevo che mi avesse dimenticata.»

«La sua voce fa sbocciare i pensieri», replicò Fouk con la solita galanteria. «Non l'avevo dimenticata, come potrei... È solo stato un periodo molto intenso.»

«È riuscito a dare un'occhiata alla mia foto?»

«Sì, e ho anche riconosciuto il momento preciso. Poco

prima dell'inizio di Desert Storm. Sono sicuro, qualcuno si è messo a fare delle foto, per ricordo, e chi voleva poteva averne una copia. Ma ha fatto bene a scrivermi i nomi delle persone, mi ha facilitato le cose.» Si schiarì la voce. «Su Andreas Marmann, posso dirle che la sera del quinto e ultimo giorno dell'offensiva di terra è stato ricoverato con una ferita leggera al braccio.»

Vera ebbe un sussulto. Una ferita leggera al braccio? «In base alle mie informazioni, era rimasto ferito in modo molto grave...»

«No», replicò lui, deciso. «Oppure dev'essere successo dopo, mi sono informato. Dopo Desert Storm, Marmann è rimasto ricoverato pochi giorni e nel corso del mese successivo se n'è andato dal Kuwait.»

Certo, aveva recuperato i diamanti e levato le tende. Quello aveva senso, la ferita invece no. «E Üsker?»

«Sul turco so dirle poco. Era autista militare e lavorava con Marmann, appunto. Dopo Desert Storm, ha lasciato gli ZERO, in Bosnia non compare sulla lista degli uomini.»

«E l'artificiere... Simon Bathge?»

Fouk lasciò passare qualche secondo di silenzio. Poi disse: «Signora Gemini, la sua intelligenza offusca la maggior parte dei suoi colleghi. Però temo che in questo caso abbia tratto una serie di conclusioni sbagliate... no, mi perdoni, si tratta di equivoci della Provvidenza. Era Marmann, l'artificiere».

«Credevo fosse il tiratore scelto», replicò lei con un filo di voce.

«Come le ho già detto qualche giorno fa, negli ZERO erano tutti buoni tiratori. Ma ha ragione, alcuni erano particolarmente bravi. Però Marmann era un artificiere.»

«E... Simon Bathge?»

Di nuovo silenzio da parte di Fouk. «Non ha retto molto negli ZERO», disse poi. «Aspettare lo innervosiva. Ci ha lasciato diverse settimane prima dell'inizio dell'offensiva di terra. Ho sentito dire che è morto, poco dopo, in Rwanda. Su quest'ultima cosa non so dirle granché, ma le assicuro che in Kuwait non ha mai combattuto.»

«Ma lei ha detto che la foto è stata scattata pochi giorni prima dell'offensiva!»

«Infatti.»

«E allora perché c'è Bathge?»

«Infatti non c'è», disse Fouk. «Il terzo uomo della foto non è Simon Bathge.»

Vera si sentì precipitare in un baratro. Chiuse gli occhi e aspettò lo schianto.

Aveva ancora il telefono in mano. Quand'è che aveva ringraziato Fouk con voce meccanica e chiuso la conversazione? Un attimo prima? Da dieci minuti?

Impossibile dirlo. Il tempo si era come fermato.

Fouk aveva detto di essere stato felice di averla aiutata. Era stato davvero gentile.

Rabbrividì.

Una settimana prima, dietro la sua facciata da Dopoguerra, si era sentita al sicuro.

All'improvviso successe una cosa che le era già capitata in situazioni simili. Uscì da se stessa e contemplò la propria miseria quasi con indifferenza. Si vedeva schiantata a terra, ma col pensiero era già da un'altra parte. Cosa mi preparo per cena? Ho una montagna di cose da stirare. Forse potrei andare al cinema. Chi chiamo?

Poi, più lucida, analizzò il ventaglio delle sue possibilità. La scelta era tra rabbia, paura e disperazione. Una bella depressione appiccicosa. Un esaurimento nervoso. Svenire. Mettersi a strillare e pestare i piedi. Altrimenti c'era sempre l'alternativa di fare a pezzi qualcosa. O piangere in silenzio. Iniziare a girare in macchina come una pazza, fare jogging per ore in preda al panico. Andare a casa e buttarsi sul letto. Ubriacarsi. Chiamare Roth.

Chiamare Menemenci.

Il suo cervello si decise per un'altra cosa. Ovvero telefonare a un ufficio informazioni con cui aveva una certa confidenza. La misero in attesa diverse volte. L'ultimo impiegato della catena si scusò per averla fatta aspettare e le promise di mandarle un fax.

Lei aspettò.

Si sentì parlare con un tono di voce quasi normale, non provava nulla. Solo una specie di serenità indotta, che però era isteria, lo sapeva. Se avesse iniziato a ridere non avrebbe più smesso e qualcosa dentro di lei si sarebbe rotto. Ma sarebbe stato troppo tardi. Tutto stava nel non ridere. Meglio sentirsi come un guscio vuoto.

Poi udì un *pip*, il fax in arrivo.

Aspettò ancora, fino a quando non uscirono tre pagine, se le sistemò davanti e scorse il testo. Finalmente trovò quello che le interessava. La famosa ditta di commercio all'ingrosso di articoli da sub e pesca in acque profonde, il cui quartier generale era situato nell'ex cantiere navale, aveva un unico proprietario: Jens Lubold.

Credo abbia lavorato nel commercio di articoli per sport estremi, tipo cose da sub. Ma non gli è andata molto bene. La gente di Colonia preferisce prendere il traghetto, che cercare relitti in fondo al Reno. Di nuovo Halm. Le sue parole avevano suscitato in lei una specie di déjà-vu, ma quando avevano parlato non ne aveva capito bene il motivo. Una settimana prima, aveva cercato i nomi delle aziende e delle associazioni che si dividevano le rovine dell'ex cantiere navale. C'erano un centro fitness, varie filiali commerciali, compagnie armatrici... e, appunto, una ditta di commercio all'ingrosso di articoli da sub e pesca in acque profonde.

Perché non aveva ascoltato Halm con maggiore attenzione?

Il tempo può riempire oceani, ma non si ritira. Non torna indietro.

All'improvviso capì che doveva agire, e subito. Cercò il biglietto da visita di Menemenci e digitò il numero della centrale di Waidmarkt.

Le dissero che era fuori. Chiese di parlare con un vice, ma anche lui non era disponibile.

Sul biglietto c'era anche un cellulare. Vera chiamò ma trovò la segreteria. Riattaccò senza lasciare messaggi.

Le venne voglia di urlare. Le mani si strinsero a pugno, le unghie si conficcarono nella carne dei palmi. Pensò ai suoi autoritratti. Alle candele. A come lui l'avesse toccata, il respiro, il suo calore sopra e dentro di lei.

Cercò di odiarlo.

Ma non ci riuscì, non era così facile.

Vera aveva creduto che il solo pensiero delle due notti passate insieme le avrebbe fatto venire il vomito. Ma l'uomo sul parquet del suo salone, nel suo letto, nella doccia, al tavolo della colazione, per lei restava Simon Bathge. Sì, era un mago della finzione, un attore da Oscar, era Jens Lubold, ma le sue mani con lei erano state tenere, sensibili, buone.

Il terzo uomo della foto non è Simon Bathge. Si chiama Lubold. Üsker e Marmann hanno detto che era morto dopo che erano stati attaccati da un caccia iracheno. Come aveva potuto ingannarla in quel modo?

Simon Bathge.

Jens Lubold.

Perché non aveva visto le cicatrici? Doveva averle, sulla pancia, dov'era stato ferito dal caccia.

Cercò d'immaginarselo. Nudo.

Ma restò un'immagine vaga.

Tutto quello che aveva provato... se lo ricordava con incredibile vividezza. Ma cosa aveva visto?

Cosa aveva visto nella penombra e al mattino presto, prima che si rivestisse?

Non ci aveva fatto caso. Lui non le aveva fatto vedere la pancia, e lei non ci aveva fatto caso.

Simon... Lubold!

I pensieri di Vera si accatastarono come una pila. L'unica cosa certa era che Bathge... che Lubold a Monaco non avrebbe incontrato nessuno. Possibile che fosse partito per lasciare la Germania. Qualunque cosa fosse successa dopo la morte di Solwegyn, che avesse o no raggiunto il suo obiettivo, ovvero trovare Marmann e riappropriarsi dei diamanti, probabilmente stava scappando. Se riusciva a oltrepassare il confine, Jens Lubold era perso per sempre.

Ma c'era ancora la cimice.

Con una fretta febbricitante, le dita di Vera volarono sulla barra di controllo. Il monitor rimostrò la cartina della Germania, verde brillante su fondo nero, una specie di campagna abitata dall'uomo.

Erano le 12.20. Il puntino rosso si stava avvicinando a Würzburg. Per quanto riguardava la direzione, Lubold non aveva mentito. Perché glielo aveva detto, di Monaco? Avrebbe potuto raccontarle qualsiasi cosa.

Mentre fissava il monitor, all'improvviso capì.

E non ce la fece, iniziò a ridere.

Lo sapeva!

Lubold sapeva che nell'accendino c'era una cimice. Lo sapeva fin dall'inizio.

Stupida Vera. Stupida Vera Innamorata.

Chiaro che aveva previsto che lei lo avrebbe pedinato. Avrebbe raggiunto Monaco, lasciato l'accendino al Four Seasons e proseguito. Quando lei, la sera successiva, lo avrebbe aspettato, invano, lui sarebbe stato già ben oltre il confine.

Calcolò quanto tempo avrebbe impiegato ancora per raggiungere Monaco. Se continuava con quel ritmo, gli restavano tre ore.

E lei come poteva raggiungere Monaco in tre ore?

Con la strada libera la Porsche faceva i duecentosessanta. Ma Lubold aveva almeno due ore di vantaggio. In viaggio avrebbe potuto provare a richiamare Menemenci. Forse la polizia avrebbe potuto trovare Bathge prima di lei…

Lubold, si corresse. Forse loro potevano fermare Lubold o accerchiarlo.

Scordatelo. Ci riusciranno anche senza di te. Perché corrergli dietro?

Era una cosa idiota.

Ma lei *voleva* corrergli dietro. Domandargli delle cose. Non sugli omicidi di Üsker e Solwegyn, ma su quello che aveva fatto *a lei*.

All'improvviso si sentì una poveraccia, e anche ridicola. Le donne erano fatte così: stupide e montate. E piene di pretese, una montagna! Una detective, santi numi!

Una passerotta con culo e tette, divisa e distintivo si mette, per essere diversa dalle sue amiche civette! La filastrocca di scherno di Karl prima dello showdown in cucina.

Allora era vero, quello che lui le aveva detto era vero.

Perché non pulisci, ti metti a cucinare e chiudi quella cazzo di bocca, Vera? Non leggi romanzi rosa, prima che qualcuno per colpa tua non ci rimette le penne? Fatti scopare, è per questo che sei stata messa al mondo, non certo per realizzarti. Vedi poi che succede? Lo vedi che cosa hai fatto? Devo grattugiarti la faccia, brutta troia che non sei altro? Guardami! Ho detto guardami, cazzo! Guardami! Cucina! Prepara la cena! Perché non c'è la cena pronta sul tavolo? Ma quanto sei inutile da uno a mille? A cosa cazzo servi?

Per un momento lei fissò il monitor, mentre gli occhi le si riempivano di lacrime e di rabbia. Finalmente, finalmente!

Poi prese la *portable station*, spense il tavolo, chiuse la DeTechtei e corse di sotto. Probabilmente Lubold avrebbe mangiato qualcosa, al Four Seasons. Se aveva previsto una sosta di almeno due ore, poteva farcela.

S'immaginò come sarebbe stato sorprenderlo in quell'albergo di lusso. Forse non sarebbe rimasto nemmeno particolarmente impressionato. Lui sì che invece l'aveva sorpresa, eccome.

Per un attimo socchiuse gli occhi, in lacrime. Uscì in strada e cercò le chiavi della macchina. L'aria luccicava, era come se il cielo le stesse rovesciando addosso tutta la luce del sole.

All'improvviso arrivò una volante della polizia. Saltarono fuori uomini in uniforme, che andarono dritti verso di lei. Prima ancora che capisse che erano lì per lei, Vera si sentì accerchiata, con le spalle al muro.

Qualcuno le strappò di mano la *portable station*. Venne scaraventata contro la macchina, un altro le divaricò le gambe, iniziarono a perquisirla.

«Smettetela!» gridò Vera. «Non avete nessun diritto!»

«Calma», disse uno degli uomini. «Stia calma.»

«State commettendo un errore! Voglio parlare con Arik Menemenci! Lasciatemi! Lasciatemi, voi...»

Con la coda dell'occhio, vide arrivare una seconda volante, le portiere si aprirono. Dal posto accanto a quello del guidatore scese un uomo di una certa stazza e le andò incontro.

«Grazie a Dio», disse Vera con un sospiro.

«Signora Gemini...» esordì Menemenci, formale.

«Le devo parlare.» All'improvviso le tornarono le lacrime agli occhi. Lacrime di spossatezza, sollievo, rabbia... insieme. «Sono così felice di vederla.»

«Sì», annuì Menemenci. «Anch'io. Signora Gemini, la dichiaro in arresto per falsa testimonianza, intralcio alla giustizia e complicità nell'omicidio di Ymir Solwegyn.» Si girò e lasciò spazio a un uomo coi capelli radi. Sembrava di pessimo umore. «Krantz, elenchi alla signora Gemini i suoi diritti.»

Centrale

Ore 13.33

Menemenci entrò nella stanza senza finestre in cui Vera era seduta da più di un'ora. Avvicinò una sedia al tavolo e si sedette davanti alla detective.

«Finalmente, cavolo», lo aggredì.

Il commissario la guardò, inespressivo. «Ha chiamato il suo avvocato?»

«Sì.»

«Bene. Mi dica il nome del suo cliente.»

«Lo conosce già», rispose Vera impaziente. «Non potremmo finalmente...»

«Io lo voglio sentire dalla sua bocca.»

Lei sospirò. «Jens Lubold. Okay?»

«Il suo cliente è l'assassino di Üsker», disse Menemenci. «E anche di Solwegyn. E secondo noi è uno dei cosiddetti 'fan della polizia'.»

«So benissimo cosa sono.»

«Oh, bene, sono contento. Allora saprà pure che ai fan della polizia piace attaccarsi ai detective. Deve essersi divertito un sacco, Lubold, a osservarla mentre lavorava. Lei forse lo ha addirittura... incoraggiato?»

Vera alzò le braccia. «Guardi che ci sono cascata esattamente come lei. Su, Menemenci, lei voleva che collaborassi. Adesso sono disposta, anzi lo voglio con tutta me stessa, perché non la smette e mi ascolta?»

Lui per un po' non disse nulla. «Le ricordo che io l'ho già ascoltata due volte», riprese poi. «E non ho ottenuto nulla.»

«Paragrafo 13 del *Codice deontologico dell'investigatore privato*: 'L'investigatore privato è tenuto alla massima riservatezza sulle informazioni acquisite nell'esercizio dell'attività investigativa, a meno che essa non comporti l'espletamento di servizi espressamente vietati dalle leggi vigenti'. Cosa pretendeva? Che infrangessi le mie regole?»

«La sua interpretazione di questa clausola ha permesso un omicidio e un rapimento.»

«Ma cosa sta dicendo?»

«Nicole Wüllenrath risulta scomparsa, è stata sporta denuncia stamattina.»

«Oh, no», disse Vera con un sospiro.

«E comunque io conosco anche gli altri, di paragrafi, che dicono... 'L'investigatore privato...' com'è che era? '... non è tenut a denunciare alla polizia o al pubblico ministero crimin ai sensi del Codice penale fino a quando le circostanze non rendano necessaria una collaborazione. In caso di comunicazioni alle autorità giudiziarie è da valutare se le conseguenze di suddette comunicazioni siano nel pieno interesse del mandante.'»

«Però», disse Vera con malcelato sarcasmo. «E allora che ci facciamo qui? Non ha un minuto da perdere.»

«Be', le circostanze parlano chiaro.»

«Ma è ridicolo! Sta dicendo che ho coperto Lubold di proposito?»

Menemenci si strinse nelle spalle. «Quindi respinge le accuse?»

«Certo!»

«Lei sta negando di aver saputo che il suo cliente si chiamava Jens Lubold?»

«Sì, controlli. Esiste un contratto fra la DeTechtei Gemini e... Simon Bathge.»

«Questo non prova nulla.»

«Sa benissimo che non può trattenermi qui per più di due ore», disse lei, arrabbiata. «Quindi adesso mi vuole ascoltare o vuole che Lubold ci scappi sotto il naso?»

«La ascolto.»

«Oh, bene, Dio sia lodato! Faccia partire subito una ricerca. BMW scura, targa K-MD 830, diretta a Monaco. È Lubold. Sarà lì tra un paio d'ore, credo, probabilmente passerà dal Four Seasons.» Rifletté. Lubold doveva aver comunque considerato la possibilità che lei lo raggiungesse, doveva essersi preparato. «Avrà prenotato una stanza a nome Simon Bathge», aggiunse. «Forse lascerà qualcosa alla reception, un pacchettino, una borsa, a ogni modo non grande, quanto basta per contenere un accendino.»

«Un accendino?»

«Nell'accendino c'è una cimice. Io lo sorvegliavo... Bathge, cioè Lubold.»

Menemenci inarcò un sopracciglio, stupito. «Lo sorvegliava? Sorveglia i suoi clienti? Caspita... e questo come si concilia con la sua maledetta etica professionale?» Si chinò in avanti e digrignò i denti. «A meno che lei non si fidasse completamente di lui... ma in questo caso avrebbe dovuto rispondere alle mie domande.»

«Io... io all'inizio non ero sicura.»

«E dopo?»

«Sì, cazzo. Ma insomma, a lei non è mai successo di sbagliarsi?»

Menemenci si tirò indietro e incrociò le mani sulla pancia. La sua camicia era una pozza di sudore. «Quindi Lubold sta andando a Monaco?»

«Sì?»

«E perché?»

Vera scosse la testa. «Forse nulla. A me ha raccontato una storia, ma era solo per tenermi buona. Deve aver capito che lo tenevo d'occhio.» Quando, si chiese. Quand'è che ha iniziato a giocare con me?

«Lei doveva credere che lui fosse a Monaco?» domandò Menemenci, dubbioso.

«Sì», confermò Vera. «Ma non aveva considerato che io, grazie al generoso aiuto della Kripo, ero in possesso di una certa foto che lo mostra insieme con Üsker e Marmann.» Un sorriso triste. «Se Roth non avesse fatto quella fotocopia, sarei ancora all'oscuro del suo piano diabolico. E anche lei, Menemenci. Andrebbe appresso a migliaia di altri indizi inutili.»

«Perché?»

Vera lo guardò con un sorriso sofferente. «Chi l'ha portata sulla pista di restringere la cerchia dei sospettati al gruppo dei legionari? Se io non mi fossi interessata a quella foto...»

«Oh, allora grazie», disse Menemenci, sarcastico. «Ma lei dove stava andando, prima, così di fretta?»

«Lo volevo seguire.»

«Lubold? Voleva andare a Monaco?»

«Sì, l'avrei chiamata strada facendo. Ho cercato di contattarla anche prima, qui in centrale, ma lei era già uscito per venirmi ad arrestare.»

«Lei quindi voleva andare a Monaco con Lubold?»

«Non con Lubold! Ma ha le orecchie piene di pece? Volevo seguirlo, pedinarlo.» Vera diede un pugno al tavolo e si alzò. «Sta facendo solo domande inutili. Perché non si dà da fare, invece?»

«Adesso si sieda», disse Menemenci, rilassato.

«Se le sto mentendo lo scoprirà, lo saprà prima di quanto immagini.»

Menemenci la guardò con disprezzo. Ma si alzò, si avvicinò alla porta e bussò. Aprirono. Fuori c'erano due uomini in uniforme. Menemenci mormorò qualcosa a uno dei due. Lui annuì e scomparve. Poi il commissario richiuse e tornò a sedersi. «Vedremo», disse.

«Sì, ma in fretta, dovete fare in fretta!» insistette Vera. «Perché io penso che Lubold stia per lasciare la Germania.»

«Perché dice così?»

«Perché do per scontato che ormai l'abbia trovato, Marmann. Solwegyn deve avergli rivelato l'indirizzo.»

«Quindi forse sta andando da Marmann.»

«Lei può credere quello che vuole, ma io sono sicura che sia a un passo dalla realizzazione dei suoi piani. Sempre che non sia già successo tutto. Al momento, comunque, lui pensa che almeno per le prossime ventiquattr'ore io me ne starò buona, e non tornerà a Colonia.»

Menemenci aggrottò la fronte. «Sì, ma quali sono questi piani?» domandò.

«Be', questo non lo so, okay?»

«Adesso basta! Deve dirmi la verità, una volta per tutte! Lei sa perché Üsker e Solwegyn sono morti!»

«Io l'ho... capito, sì.»

«E sarebbe?»

«E sarebbe, e sarebbe! Si dà una mossa? Lo perderà se non...»

«Ci ho già pensato.»

Vera piano piano ricominciò a respirare. E si sentì distrutta. «Marmann, Üsker e Lubold erano una squadra, in questa organizzazione di mercenari chiamata ZERO. E in Kuwait hanno trovato una cosa, una cosa di valore.»

«Cosa?»

«Diamanti. Cioè non sono sicura al cento per cento, è una delle tante storie che mi ha raccontato Lubold, però... questa credo sia vera. Comunque, dopo che hanno trovato i diamanti, sono stati attaccati da un caccia iracheno, e uno di loro è stato ferito gravemente.»

«Lubold.»

«Sì. Gli altri due lo hanno mollato lì e se ne sono andati. Almeno uno dei due sapeva che era ancora vivo, ma al campo hanno detto che era morto. Escludendo che potesse sopravvivere, ovvio, e invece...»

«Forse così grave non era», osservò Menemenci.

«Sì, ci ho pensato anch'io. Che Lubold gli abbia teso una specie di trappola, ma non avrebbe senso. Comunque, qualcuno lo ha anticipato e si è preso i diamanti.»

«Marmann?»

«A quanto pare...»

Menemenci fece schioccare la lingua. «Ecco perché era così fissato nel volerlo trovare», disse con occhi luccicanti.

«Marmann ha fregato entrambi, sia Üsker sia Lubold. E poi è scomparso. Io credo che sia stato Solwegyn a procurargli una nuova identità. E così quando Lubold è tornato a Colonia...»

«Da dove?»

«Non lo so», rispose Vera, stremata. «Ma non appena è tornato si è messo a cercare i suoi ex commilitoni. Ma ne ha trovato solo uno, Üsker, che non sapeva niente.»

«E gli ha piantato tre pallottole in pancia, per festeggiare», commentò Menemenci stizzito.

«Poi è uscito fuori Solwegyn.»

«Grazie al suo annuncio.»

«Sì, lo so. Ovviamente Lubold non poteva rischiare di andare da Solwegyn con me, perché lui lo avrebbe riconosciuto subito. E doveva anche toglierlo di mezzo, dopo che lui gli aveva raccontato quello di cui aveva bisogno.»

«Quindi secondo lei Lubold ha trovato Marmann?»

«Sì.»

Menemenci si passò una mano sulla fronte e si slacciò un bottone della camicia. «Vuole qualcosa da bere? Fa caldo.»

«No, niente.»

«Se la sorella di Marmann è scomparsa, non potrebbe essere che Lubold ha trovato il fratello, ma ha bisogno di un'esca per farlo uscire dal suo nascondiglio? Oggi è lunedì. L'ultima volta che Nicole è stata vista viva è stata... sabato pomeriggio.»

Il modo in cui disse «viva» la fece rabbrividire. Se Lubold stava scappando, aveva ottenuto quello che voleva. E quindi c'erano altissime probabilità che Nicole Wüllenrath fosse... morta. E chissà quanto era durata, la sua morte.

Oppure...

«Forse se l'è portata dietro», disse Vera.

«Lubold? Nel senso che sta andando da Marmann... con Nicole?»

«Sì, possibile, no? Lo ha detto lei stesso.»

Menemenci annuì piano. «Sììì. È possibile.»

«Commissario!» Vera si sporse in avanti. «È ancora convinto che io sia complice di un omicidio e che abbia intralciato il lavoro della polizia?»

«Un attimo», rispose lui, misterioso.

«'Un attimo' cosa?»

«Voglio metterla a confronto con una persona.»

Vera si strofinò gli occhi. Menemenci si alzò, bussò e poi iniziò a camminare avanti e indietro, seppur a fatica.

Poi la porta si aprì ed entrò un poliziotto. Seguito da una donna. Molto truccata e con una tuta in finta pelle.

Vera alzò la testa e sospirò, piano. «Katya Solwegyn. Mi spiace tanto, per quello che è successo.»

Katya la guardò dall'alto, impassibile.

Menemenci si avvicinò e indicò Vera. «Questa è la donna che lo scorso giovedì è venuta da suo marito, giusto?»

Catwoman annuì.

«Durante l'interrogatorio, lei ha affermato che la ritiene responsabile della morte di suo marito. È corretto?»

Katya mantenne a lungo lo sguardo incollato su Vera. Poi iniziò a parlare, in un tedesco stentato e con un pesante accento slavo. Il tono, però, era impossibile da fraintendere. Diceva: Dammi una pistola e l'ammazzo, a questa stronza. «Quella.» Katya Solwegyn indicò Vera. «Mente.»

«Perché pensa che stia mentendo?» domandò Menemenci con dolcezza. «Ha solo tenuto segreto il nome del suo cliente, ma doveva.»

«Ha detto, viene dai genitori di Marmann. Ymir ha detto, lei mente. E aveva paura.»

«Della signora Gemini?»

«Dell'uomo che ammazzato Üsker. Ymir ha detto, trentamila. Lei ha detto, troppo.»

La rabbia e il dolore di Katya erano palpabili: Vera poteva quasi toccarli.

«È vero», disse Vera con un filo di voce. «Ho fatto un errore terribile, cui non posso riparare. Se non ci fossi stata io, suo marito sarebbe ancora vivo.»

La bocca di Katya iniziò a tremare.

«Ma io non ne avevo idea, giuro che…»

«Mente», sibilò Katya. Dalla faccia, sembrava che stesse per azzannarla.

Vera restò ferma e allargò le braccia. «Sì, lo so che in questo momento vorrebbe solo ammazzarmi. Però deve credermi, o almeno ci provi. Tornare indietro non si può, ma io posso aiutarla a trovare l'assassino di suo marito. Perché lei lo vuole trovare, no?»

Non era sicura che Katya la stesse ascoltando. Dal suo petto si sentì uscire una specie di ringhio.

«Troveremo Lubold», disse Vera. «Le prometto che non la passerà liscia, che non…»

Oltre non andò. Stava ancora parlando quando la donna iniziò ad agitarsi, come un vortice, spalancò la porta in lacrime e uscì dalla stanza. Menemenci gettò a Vera uno sguardo indefinito e le corse dietro, seguito dagli uomini sulla porta.

All'improvviso Vera si ritrovò da sola.

Si guardò intorno. Aveva pochi secondi, ma sarebbero potuti bastare… per scappare dalla centrale di Waidmarkt.

Corri!

Il suo corpo si tese. Un minuto per uscire, cinque fino a Schaafenstraße. Nessun poliziotto sarebbe stato capace di tenere il suo passo. Poi saltare sulla Porsche…

Sì, e poi?

Non aveva senso. Il suo avvocato l'avrebbe mollata. La

polizia lo stava già cercando. Per lei era troppo tardi, per tutto. Scosse la testa e sentì tornare la stanchezza. Si accasciò sulla sedia.

Menemenci rientrò. Restò fermo sulla porta e la osservò.

«Mi dispiace», sussurrò lei.

«Il dispiacere arriva sempre troppo tardi», rispose il commissario con un'alzata di spalle.

Vera rimase in silenzio.

«Però aveva ragione», disse lui dopo un po'. «Il suo avvocato arriverà tra circa un'ora, ma non so quanto potremo trattenerla.» Sorrise. «Quindi sfrutterò ogni minuto a mia disposizione. E se mi ha mentito… che Dio la protegga.»

Vera

Ore 16.45

L'avvocato arrivò con due ore di ritardo. Quando la rilasciarono, Vera era completamente esaurita. Almeno le avevano restituito la *portable station,* in un gesto di estrema clemenza. In quel momento le sembrò una cosa inutile, e anche stupida.

Lei stessa era inutile. Pensò a Katya Solwegyn… e si sentì proprio da schifo. «Ci sono delle condizioni?» domandò all'avvocato.

«No, se resta a Colonia è libera di fare quello che vuole», rispose l'uomo mentre si dirigevano verso il parcheggio della centrale.

Lei aggrottò la fronte. «Che vuol dire… se resto a Colonia?»

«Ho detto a Menemenci cosa penso dei suoi metodi. Ma chiaramente avevo le mani legate. Lei si sarebbe potuta rifiutare di testimoniare… perché gli ha raccontato un mezzo romanzo?»

«Gli ho detto quello che doveva sapere, niente di più», rispose lei arrabbiata.

«Ma c'era tempo, no?»

«No.»

L'avvocato pescò le chiavi della macchina. «Menemenci ha detto che ci sono almeno due elementi schiaccianti contro di lei, e ha ragione. Sono riuscito a tirarla fuori perché non ci sono prove sufficienti per un'accusa di complicità in omicidio, però...»

«Però?»

«Però c'è il pericolo di fuga.» La guardò con un'espressione di manifesto rimprovero. «Vera, davvero, ho dovuto pregarlo. Cosa lo prende a fare un avvocato, se poi non lascia fare a lui?»

«Sì, è vero.»

«Non direi. Deve farsi viva e passare a firmare ogni giorno fino a quando non decidono cosa fare con lei. Non se ne scampa.»

Idioti, pensò Vera. Io mi farò viva comunque per sapere se avete preso Lubold. Vi tempesterò di telefonate, diventerò il vostro peggiore incubo.

Entrarono nel parcheggio e s'infilarono tra le macchine per raggiungere quella dell'avvocato.

«Lei, almeno, mi crede?» domandò la detective.

«Sì.» Un sorriso. «Non se la prenda così. Al Capone doveva farsi vivo quattro volte al giorno... Vuole un passaggio? Dove la porto?»

A casa, avrebbe tanto voluto rispondere. Dove sguazzerò nella mia miseria fino a quando non perderò i sensi e scomparirò. Dove ho mostrato i miei disegni a Simon Bathge prima che si trasformasse in Jens Lubold.

Certo, perché sono stata io. La detective di Colonia mangiatrice di serial killer. Ho iniziato io, non Lubold.

«Alla DeTechtei, grazie», rispose infine.

Aeroporto di Colonia-Bonn

Ore 17.08

L'aereo dell'Air France atterrò con un ritardo minimo. La lista d'imbarco comprendeva centosessantadue passeggeri, tra cui un André Mormon. Il quale aveva solo un bagaglio a mano. Gli steward, che in quel momento stavano augurando senza troppa convinzione *au revoir* alla gente che scendeva, si sarebbero ricordati di lui perché si era rifiutato, con una certa veemenza, di riporre la propria valigia nella cappelliera. Lo guardarono con un sorriso forzato. Marmann passò, imperturbabile.

Percorse il finger e si mise in fila per il controllo passaporti. Guardava davanti a sé, ma con gli occhi persi nel vuoto.

Quante volte aveva sognato di poter tornare a Colonia.

Ma non in quel modo.

Nella valigia c'era poco meno di trenta milioni di marchi, ma nessuna banconota. Non aveva mai cambiato tutti i diamanti in contanti. Sì, la prospettiva di essere ricco sfondato allora lo aveva spinto a lasciar morire Lubold e a fregare Üsker, ma quell'irresistibile fantasia non si era mai trasformata in realtà. Non proprio. Attraverso alcuni contatti di Solwegyn, aveva cambiato una minima parte delle pietre ottenendo abbastanza soldi da non sapere più come spenderli. La sua idea di agiatezza, infatti, non era andata oltre una bella casa, un paio di macchine e la possibilità di offrire servigi alla gente che, senza soldi, era impossibile offrire. Aveva scialato senza ritegno per diversi mesi, tuttavia gli era rimasto comunque un discreto gruzzoletto, e a quel punto aveva iniziato ad annoiarsi. Per un po' aveva frequentato le fiere nautiche pensando a una barca, ma quei mostri bianchi come la neve gli facevano paura. Non avrebbe saputo proprio cosa farsene di uno yatch. Poi aveva pensato a un aereo privato, magari un elicottero. Ma mica poteva volare di continuo. E dove, peraltro? E comunque solo Solwegyn era a conoscenza del tesoro che aveva in mano, e neanche lui aveva idea di quanto fosse vasto. Era un patrimonio che non poteva condividere con nessuno, senza dare nell'occhio.

E dare nell'occhio era l'ultima cosa che voleva.

Se fosse stato un pigro di natura, forse le cose sarebbero andate diversamente. Ma lui non lo era. Era iperattivo, quasi a livelli patologici. Più volte quella tendenza lo aveva portato a concepire piani folli, rischiando di stramazzare per il troppo lavoro. Restare fermo gli faceva fatica, e un tesoro era una cosa che non si muoveva, e anche oltremodo monotona.

Così aveva investito parte dei soldi in un'azienda, pur sapendo che lo faceva per hobby. Eppure, con la consapevolezza che anche in caso di fallimento lui non sarebbe mai fallito, era riuscito a fare quello che non gli era riuscito prima del suo periodo da mercenario: costruire qualcosa che avesse successo. Nel giro di pochi anni, dal suo esperimento era nata un'agenzia immobiliare di lusso con cui guadagnava abbastanza per coprire tutte le sue necessità, e anche oltre.

E così il tesoro era rimasto quasi intatto.

Semplicemente, non ne aveva bisogno.

Possedeva cinquanta milioni in diamanti e non ne aveva bisogno!

Più guardava quelle pietre, più l'idea di darle a qualcuno, o usarle, lo infastidiva. Quei diamanti erano un'opera d'arte totale, una gioia per gli occhi. Adorava far scorrere le dita in mezzo a quella massa scintillante e sentirne il rumore, così distinto. Ma era un piacere di cui godeva di rado. La moglie, che aveva conosciuto un anno dopo essere arrivato a Parigi, non ne godeva mai. Poco prima del matrimonio, le aveva raccontato la sua storia. Tranne quello che era successo nel deserto, ovvero quando aveva guardato negli occhi Lubold a terra nella sabbia e aveva capito che era ancora vivo.

A volte si era maledetto per la sua avidità. Lubold era una persona orribile e senza pietà, un pazzo, ma quel pazzo con le sue manie di perfezione perlomeno aveva deciso di dividerlo, il bottino.

E Üsker?

Oh, Üsker, quel povero scemo.

Era stato così facile andare nel deserto e prendere le pietre. Così facile che quasi non si era divertito.

Marmann sospirò e cercò di distrarre i suoi pensieri da Nicole. L'idea di cosa potesse averle fatto Lubold lo riempì d'indignazione. E sperò con tutto se stesso che si attenesse alle regole della cassetta.

Un alluce.

Be', senza un alluce in fondo si poteva sopravvivere.

La valigia iniziò a pesargli. Anche senza quei trenta milioni gli restava ancora abbastanza. I suoi figli avrebbero comunque ereditato una fortuna.

Sì! Perché avrebbe avuto dei figli!

Avrebbe portato Nicole con lui in Francia e sarebbero stati una famiglia, la famiglia che avevano sempre sognato.

Sempre che fosse sopravvissuto all'incontro con Lubold.

Però Marmann aveva imparato a difendersi. Le pietre erano nella borsa, qualora qualcosa fosse andato storto. Nascoste tra appunti, penne, articoli di cosmetica e libri, in modo che non venissero viste ai controlli, in aeroporto. Non avrebbe sacrificato Nicole. Se non ci fossero stati altri modi, avrebbe usato i diamanti per comprare a Lubold la sua vendetta.

Se...

Ma non aveva intenzione di arrivare a quel punto. Lubold aveva passato il segno. Marmann era determinato a riportarsi tutto in Francia: le pietre e Nicole.

Lentamente girò la testa e per qualche secondo osservò i due uomini che erano partiti con lui da Parigi.

Loro restarono impassibili.

Professionisti. Bene così.

Vera

Ore 17.15

La Kripo aveva rivoltato il suo ufficio come un calzino. Peggio di un'invasione degli unni.

Alla sua scrivania c'era ancora un poliziotto, che controllava la posizione della BMW. Un uomo pignolo con una barba da ragazzino, penuria di ormoni. Non aveva fatto altro che scusarsi, quando lei aveva cercato di spiegargli le funzioni più elementari del tavolo. Se non ci arrivava, erano problemi suoi. Per lei poteva anche passare il resto dei suoi giorni lì.

Verso le cinque del pomeriggio, il puntino rosso venne localizzato a Monaco. Il poliziotto iniziò a telefonare, sussurrando, come se fosse una cospirazione. Vera invece stava cercando di lavorare nell'anticamera, ma dentro di sé stava rinnalzando il suo muro. Perlomeno ci stava provando.

Ma non era così facile da ricostruire, e soprattutto l'uomo dell'isola proprio non riusciva a trasformarsi in Jens Lubold.

Quelle mani.

Quanto era labile il confine tra la tenerezza e l'atrocità.

Quante volte al giorno veniva superato.

Non sempre sotto forma di botte. C'era anche la violenza nascosta, che precedeva quella manifesta: scenate di gelosia, punzecchiamenti e rimproveri continui, induzione di sensi di colpa, rivendicazioni di possesso, silenzi. Mentre ti tocca, ti eccita, ti assapora e ti vizia, già cerca di convincerti delle cose che devi o non devi fare. Fa finta di essere comprensivo e pronto ai compromessi, e quindi tu credi che sia una persona tollerante. Tu cedi e fai un passo indietro. Ma così inizi solo la ritirata, alla fine della quale avrai sempre torto. Se lo lasci, gli porti via i suoi ultimi scampoli di sicurezza. Se resti, metti in pericolo i tuoi ultimi scampoli di sicurezza. I punzecchiamenti diventano pugni, ma per lui è la stessa cosa: ne ho il diritto, il coltello dalla parte del manico ce l'ho io.

Con lei, Lubold non aveva rivendicato nessun diritto.

Era stato quello a renderlo diverso?

Aveva assunto il controllo, quello sì. Ma più che su di lei, una persona, sulla situazione.

Poi era scomparso.

Oppure quel controllo gli era sfuggito quando Vera aveva preso l'iniziativa e lui si era lasciato andare? Cosa sarebbe successo se lei non l'avesse fatto salire a casa sua?

«Devo tornare in commissariato.»

Lei si alzò, spaventata, e vide la faccia dello sbarbatello pignolo. «Cosa?» mormorò.

«Vado via. Grazie, per prima... ehm...»

Lei fece un cenno di diniego.

Lui sorrise imbarazzato, si portò una mano sul berretto e se ne andò.

Vera mise giù i fascicoli, per tutto il tempo non aveva fatto che fissarli con sguardo vuoto. Cercò di ritrovare un filo logico tra i pensieri.

Cosa sarebbe successo?

Lubold avrebbe potuto dire di no. Lei non se la sarebbe presa, sarebbe sopravvissuta. Perché lui aveva accettato? Quello che voleva lo avrebbe saputo comunque. Dopo la sua visita di cortesia da Solwegyn, in fondo lui non avrebbe avuto più bisogno di lei.

O sì?

E se Bathge non fosse stato capace di convivere, da solo, col Lubold che torturava le persone?

Vera ripensò ancora una volta alle parole di Halm. Se l'anima era un universo da scandagliare, in cui si poteva viaggiare, com'era l'universo di Lubold?

Chiuse gli occhi e cercò di sprofondare in esso.

Aeroporto di Colonia-Bonn

Ore 17.22

Marmann superò i controlli e si fermò nell'atrio degli arrivi, indeciso. Gli uomini si tennero a distanza. Erano guardie del corpo che di solito lavoravano per un partner di affari. Ma il partner di affari era anche un amico, così li aveva prestati ad Andreas, anzi ad André, senza fare domande, e nemmeno i due ne ponevano. Sapevano che il loro compito era proteggere Mormon e una donna, cioè sua sorella. E mettere fuori gioco l'uomo che Mormon voleva incontrare.

Si guardò intorno, sempre più indeciso. L'ultima volta che aveva visto Lubold era stato allora, nel deserto. Otto anni prima. Un uomo con la barba curata e i capelli castani corti.

Era lì nell'atrio?

Lubold poteva essere ovunque. Poteva avere lo stesso aspetto di allora, o un altro, completamente diverso.

Il cellulare che aveva in tasca squillò.

Lo prese e si rese conto che gli stavano tremando le dita.

«Hai fatto un buon volo?»

«Jens, cazzo!» Marmann cercò di moderare il tono di voce. «Se le hai fatto qualcosa ti ammazzo, con le mie stesse mani.»

«André!» Lubold sembrava divertito. «Ma cosa ti strilli? Mica siamo dei barbari.»

«Voglio parlare con Nicole! Subito!»

«Ci parlerai… quando lo decido io.»

Marmann fece qualche passo, rapido, poi si fermò e fece un respiro profondo. «Per favore», disse quindi con un filo di voce. «Lei non ha nessuna colpa.»

«Lo so, amico mio, lo so. Sono sempre gli innocenti a pagarla cara.»

Marmann deglutì. Aveva la bocca asciutta come allora, nel deserto del Kuwait, quando il vento li aveva rinsecchiti come datteri. A distanza di anni, ogni tanto la mattina si svegliava ancora con la sensazione della sabbia che gli scricchiolava tra i denti, di avere accanto un uomo in tenuta da combattimento pronto per la tempesta che quel giorno si sarebbe scatenata su Kuwait City e il terrore di non sopravvivere allo scontro con la guardia repubblicana.

Solo dopo si rendeva conto che accanto a lui c'era una donna. Sua moglie. Che non era nel deserto, ma in un letto, a Parigi. Che quel giorno non lo aspettava lo scontro con le truppe di élite di Saddam, ma una serie di appuntamenti con partner di affari, clienti e banchieri.

Per un attimo tutte quelle cose gli parevano così estranee che non sapeva di cosa avere più paura. Se della nuova fortuna, che aveva pagato cara, o del passato. Se del ricordo di quell'inferno o della voglia di voler tornare in quell'afa infuocata per chiudere definitivamente quel capitolo della sua vita.

Ma non avrebbero mai potuto chiuderlo, nessuno di loro. Perché le guerre finivano, ma i soldati se le portavano appresso per sempre.

Così si alzava, andava in bagno, apriva l'acqua e beveva fino a quando non si sentiva scoppiare la pancia. Ma non bastava mai a estinguere la sua sete. Sapeva che prima o poi il passato lo avrebbe riacciuffato, da un lato lo temeva e dall'altro non vedeva l'ora che accadesse: erano due sensazioni ormai uguali.

Ma non in quel modo! Così era ingiusto!

Nicole...

«Bene», disse quindi con una voce di ferro. «Cosa devo fare?»

«Hai con te la chiave che ti ho spedito?»

«Certo, è nella borsa.»

«Okay. Tirala fuori e guardala bene.»

Marmann si posò la valigia tra le gambe, per avere una mano libera, e obbedì.

«Sulla chiave c'è un numero», disse Lubold. «Che appartiene a una cassetta di sicurezza. Non è lontana da dove ti trovi in questo momento. Vai avanti.»

Andreas lanciò una rapida occhiata ai suoi accompagnatori. Poi prese la valigia e si mise in movimento. Dopo una cinquantina di metri circa vide il cartello che indicava le cassette di sicurezza. Scorse la parete di metallo fino a quando non trovò quella che cercava. «Okay, ci sono. Adesso?»

«Aprila.»

Ah, quindi era così che se l'era pensata. Doveva lasciare lì i diamanti, e Lubold poi sarebbe passato a prenderli.

Facile. Se la contropartita era Nicole, i suoi uomini dovevano solo restare appostati vicino alla cassetta di sicurezza in attesa che spuntasse.

Aprì e sollevò la borsa per infilarla dentro.

«Sbagliato», disse Lubold.

Marmann rabbrividì, non osava voltare la testa. Lubold lo vedeva!

«Ma io pensavo che...»

«Prima regola: non pensare. Dentro c'è una cosa. Tirala fuori.»

Guardò dentro, era buio. Sì, aveva ragione. C'era un astuccio. Lo prese e aprì la cerniera. «Le chiavi di una macchina», disse.

«Giusto. Le chiavi di una macchina. Ovvero una BMW scura parcheggiata al livello C, posto 124. Ricordatelo. Adesso prendi la tua valigetta e... a proposito... cosa c'è di bello dentro?»

«Trenta milioni, quelli che mi avevi chiesto.»

«Trenta milioni!» Per qualche attimo, Lubold restò zitto, come in segno di devozione, poi chiese: «In che valuta?»

«Diamanti», gracchiò Marmann.

«Oh, bene! Ancora meglio di tutte le valute del mondo! Oh, André, se potessi, in questo momento ti bacerei.» Rise. «Dai, muoviti, non abbiamo un'eternità.»

Marmann uscì dall'area delle cassette di sicurezza a passi veloci e cercò le indicazioni per il parcheggio. Non osava fare cenni ai suoi uomini. Lo avrebbero seguito comunque. Gli accordi erano quelli.

«Prendi l'ascensore», disse Lubold.

Marmann si guardò intorno e vide le frecce colorate degli ascensori. Si piazzò davanti, li chiamò e aspettò. Dopo pochi secondi le porte si aprirono. Entrando si girò e vide che i suoi uomini erano in quello a fianco. Mentre scendeva il cuore gli iniziò a battere forte, quasi a fargli male. Uscì, attraversò le strisce pedonali e vide la lettera C su un cubo luminoso.

Gli uomini sempre dietro, a una certa distanza.

I suoi occhi cercarono il 124, in fretta. Non impiegò molto

a individuare la BMW, era a pochi passi dall'ascensore. Aumentò la stretta sulla valigia e salì in macchina.

«Bravo, stai andando bene», disse Lubold.

«E adesso che devo fare?»

«Chiama i tuoi uomini.»

Marmann ebbe un sussulto. «Non so di cosa parli...»

«Forse non sono stato abbastanza chiaro? Avevamo un accordo, André, Andreas, Tesorandi. Che saresti venuto da solo. Non erano questi i patti?»

«Sì.»

«Sì! E allora perché non li hai rispettati? Lo sai, vero, cosa significa...»

«No», sussurrò Marmann in preda a una paura impotente.

«No? Be', vediamo... cosa sarebbe giusto? Un dito del piede per ogni uomo che ti sei portato dietro?»

«Ti prego», piagnucolò Marmann.

«Mi stai forse pregando? Senti, ciccino, io se volessi potrei prendere Nicole e farla in quattro, in questo esatto momento! E sono ovunque, non dimenticartelo mai. Grazie alla tecnologia, devo solo premere un pulsantino e la domanda di due o venti dita è bella che archiviata.»

«Lubold, ti prego!»

«Lei sopravvivrebbe, ma non sarebbe più intera... capisci?»

«Ti prego!»

Per un attimo sulla linea si sentì un raschio.

«Va bene, amico mio, in questo momento mi sento clemente. Sono molto più generoso di quanto tu non lo sia stato allora. Quindi adesso chiama i tuoi uomini e digli di salire sul prossimo aereo per Parigi. Poi accendi il motore e segui il resto delle mie istruzioni.» Una pausa. «Darò a Nicole un'ultima chance. Ma la perderà... se quei due dovessero considerare anche solo per un nanosecondo l'idea di seguirti.»

«Va bene, va bene!» gridò Marmann. «Li rispedisco indietro!»

Lubold rise. «Lo sapevo, con te le buone argomentazioni funzionano sempre. Che bravo cagnolino.»

Vera

Ore 17.38

Ma un fondo, nell'anima di Lubold, non c'era...

Ci aveva provato. Ma l'universo interiore di Lubold restava un buco nero. Continuando a fare confronti con se stessa, con le persone normali, a trovare differenze tra quelle e i malati come lui, non faceva il minimo passo avanti.

Poteva avvicinarsi alla sua vera anima solo cercando di spiegarsi le atrocità.

Perché un mostro diventava un mostro?

Chiunque avesse a che fare con serial killer, torturatori, stupratori, fanatici e cacciatori di teste come prima cosa si poneva quella domanda. E anche come ultima cosa. Nel mezzo, gli innumerevoli tentativi d'impedire il peggio, ma l'anima di un assassino restava un mistero.

Sapeva che anche Menemenci si sarebbe posto la stessa domanda. Era inevitabile per chi cercava di combattere crimini inspiegabili con la sola ragione. Era come un tormentone, potevi passare ore a rifletterci fissando il vuoto per poi farti venire il dubbio di aver sbagliato lavoro.

Perché un mostro *non* era un mostro?

«Da quale parte stava?»

«Dalla parte giusta, credo.»

«Quella giusta? Questa sì che è buona. E qual era, secondo lei, la parte giusta?»

Halm sembrava seguire i suoi pensieri passo per passo. Per capire una persona come Lubold bisognava andare oltre la distinzione tra giusto e sbagliato?

Da che parte stava un assassino nel momento in cui nasceva?

Perfino un maestro della finzione come Lubold non poteva simulare la tenerezza. Non *in quel modo*. Era stato *dolce*. Aveva voluto esserlo. La vicinanza che aveva concesso a Vera, la sua comprensione profonda... tutto ciò lo aveva fatto sembrare una persona sensibile, non un mostro.

Certi orrori potevano essere compresi soltanto attraverso il bene? Halm aveva scandagliato l'infanzia di Lubold, ma in fondo aveva scoperto cose abbastanza frequenti, quasi luoghi comuni. Ma come si poteva riuscire a provare quello che provava Lubold?

Cosa succedeva, di preciso, nel momento in cui un uomo diventava un mostro? Cosa gli scattava nella testa in quel secondo decisivo, cosa provava?

Vera cercò di visualizzare l'immagine di Üsker. Üsker torturato e scuoiato su una sedia. Poi via. Solwegyn, bruciato vivo. Via. Tutte quelle cose erano solo sintomi. Ce n'erano delle altre, innominabili e inimmaginabili, che avevano torturato Lubold per una vita, fino a non fargli più effetto. Anche quelle… via.

Più giù.

Ancora più giù.

Il soldato che aveva ucciso. Via.

Più giù.

In fondo…

In fondo c'era un ragazzino che voleva giocare. Guardava Vera dal basso coi suoi occhioni e le allungava una mano, timido.

Ma poi, sulla mano, cadde qualcosa di grande e pesante, dall'alto, e la scacciò.

Il ragazzino scoppiò a piangere.

Le tornarono in mente alcune cose che le aveva detto Lubold nel foyer dell'Hyatt.

Halm voleva distruggere Lubold, e anche a me piacerebbe… ma non posso.

Per tutto quel tempo, con lei, Lubold era stato quel ragazzino. Lei lo aveva invitato a toccarla, e lui lo aveva fatto, prima che Lubold il Macellaio riprendesse il controllo.

Si era fatta ingannare, ma in un certo senso anche no. Nel momento in cui a dividerli c'era stata solo una patina di sudore tra i loro corpi, lei lo aveva riconosciuto, ma senza capire.

Per tutto quel tempo…

Diffidi delle immagini.

Vera sussultò.

Da cosa si era fatta ingannare? Dalla sua cimice, visto che Lubold aveva capito che lei lo stava pedinando? Dalla sua maledetta tecnologia?

Per tutto il tempo pensi che qualcosa si muova, e invece non si muove. Per tutto il tempo fissi un puntino rosso e lo consideri una persona, perché il programma ti dice che è una persona.

Ma la rappresentazione della città non è la città, e le linee verdi delle autostrade non sono strade.

E il puntino rosso è una BMW. Ma forse non è Lubold.

Forse nemmeno una BMW.

È un puntino rosso.

Nient'altro.

Lubold era ancora a Colonia.

E lei sapeva anche dove.

Centrale

Ore 17.40

«Come sarebbe a dire che lo avete lasciato andare?» domandò Krantz, innervosendosi all'istante.

«Era un corriere», rispose la voce del commissario di Monaco al telefono. «Non avevamo motivo di arrestarlo.»

«E se è in combutta con Lubold?»

«Lo abbiamo interrogato, e poi lo abbiamo lasciato andare. Di più non potevamo fare. Mi spiace, ma quell'uomo era un semplice corriere, sul serio. Non ha nulla a che fare col vostro caso.»

«Grazie», mormorò Krantz, e riattaccò. Poi chiamò Memenenci, via radio. «Ho parlato con la centrale di Monaco. C'è una notizia buona, e una cattiva… come al solito.»

«Solo la buona, per favore», rispose il commissario. Stava andando a Südstadt per un interrogatorio riguardo alla rissa avvenuta nel weekend. Da quando aveva dovuto rimettere Vera Gemini a piede libero, il suo umore era sceso sotto i tacchi.

«Allora, abbiamo la cimice», iniziò Krantz titubante. «Era nell'accendino.»

«Fantastico! Dove lo hanno beccato?»

«Al Four Seasons. Su questo la detective non ha mentito. Però...»

«Sì?»

«Lubold non c'era.»

«Cosa?»

«E nemmeno la BMW scura. L'accendino era dentro un taxi, di quelli senza cartello sopra che si possono ordinare anche a distanza. L'uomo era un corriere e doveva portare una busta al Four Seasons, appunto.»

«No, non ci credo», disse Menemenci con un sospiro.

«Sì, dentro la busta c'era l'accendino. Pagamento anticipato. L'affare della sua vita, immagino.»

Menemenci iniziò a sputare una serie d'imprecazioni. «Perlomeno è stato in grado di descrivere la persona che gli aveva affidato l'incarico?»

Krantz prese in mano il suo blocchetto. «Altezza media, magro, capelli castani, barba corta e curata. Torna con la descrizione che ci ha fatto Vera Gemini. Ripeto, le sue istruzioni erano: portare la busta al Four Seasons a Monaco e tornare indietro.»

«E la stanza? La stanza l'aveva prenotata?»

«Sì, a nome Simon Bathge.»

Menemenci sbottò. Stava fumando dalla rabbia.

Krantz allontanò il telefono dall'orecchio. «Forse dovremmo riconvocare qui la detective», propose, timido.

«Forse? Ovvio che dobbiamo! Trascinala per le orecchie al commissariato. Io faccio in modo di sbrigarmi, qui, torno appena possibile. E... Krantz?»

«Sì?»

«Veloce, con quella stronza!»

Krantz riattaccò e fissò il nulla. «Ciccione bastardo», mormorò. «Sei solo un ciccione bastardo, ti odio!» Poi diede istruzioni alla volante.

Marmann

Ore 17.44

La voce di Lubold lo guidò oltre il Severinsbrücke, fino a Rheinuferstraße.

I pensieri di Marmann erano completamente sottosopra. Cercare d'ingannare Lubold coi suoi due scagnozzi in borghese... ma come gli era saltato in testa? Era ridicolo! Per un pelo aveva rischiato di mandare all'aria l'ultima chance di Nicole. Che idiota.

Avrebbe dovuto prevederlo.

Marmann controllò lo specchietto, incerto. L'unica cosa di cui era certo, però, era che Lubold lo stesse tenendo d'occhio dall'atrio degli arrivi. Forse era davanti a lui, non dietro. Per tre volte, durante il tragitto, era stato superato da macchine guidate da uomini che stavano parlando al cellulare. Ogni volta aveva sussultato, fino a quando non si era convinto che in ogni caso Lubold sarebbe rimasto invisibile. Un fantasma, capace di essere ovunque e da nessuna parte nello stesso momento, come aveva imparato agli ZERO.

Non era un mago, ovvio, semplicemente uno che studiava ogni minima mossa a tavolino. Riusciva a controllare gli altri perché era in grado di controllare se stesso. Ed era incredibilmente veloce. Non gli sfuggiva nulla.

In sostanza, non c'era nessuna differenza tra l'averlo come nemico nel deserto del Kuwait o in una città.

Al semaforo scattò il rosso. Marmann inchiodò e si chiese se mancasse ancora molto.

«Sei quasi arrivato», disse Lubold, come se potesse addirittura leggergli nei pensieri. «Fra poco devi girare.»

«Dove?»

«Un centinaio di metri dopo il semaforo c'è una specie di accesso verso il Reno. Lì inizia il vecchio cantiere. I miei bellissimi uffici… non te li ricordi?»

«No.»

«Ah, scusa, a volte la memoria mi gioca brutti scherzi. In effetti non so se tu ci sia mai stato, allora. Comunque non fa niente, non puoi non vederle, sono delle costruzioni grandi e abbastanza malridotte. Entra dal cancello e vai avanti, la strada a un certo punto fa una curva a destra e arriva diretta sulla riva.»

Marmann aspettò il verde, diede gas e si spostò sulla corsia di sinistra. «Okay, vedo la svolta», disse.

«Bene.»

«Però ora ci sono un sacco di macchine, aspetta… ecco, adesso.»

Entrò con la BMW, superò il cancello e proseguì su una strada in acciottolato, ma in pessimo stato. Definirla strada era un'esagerazione, era tutta rotta. Di lì a poco la familiare vista di Rheinuferstraße scomparve, e Marmann vide una superficie in cemento piena di arbusti. A destra si scendeva verso le acque marroni del Reno. Il complesso in mattoni sulla sinistra invece terminava, in fondo, con una strada che arrivava fino al fiume e sulla quale c'era un altro cancello.

Spalancato.

«Sì, sono qui sotto», disse Marmann. «Adesso?»

«La strada laterale, la vedi?»

«Sì.»

«Lì vedrai parcheggiata una Ford color argento. Superala di un paio di metri e parcheggia.»

«Dove, esattamente?»

«Adesso te lo dico.»

Marmann guidò la BMW lentamente fino al punto indicato, poi entrò dal cancello. Il complesso alle sue spalle si estendeva per circa duecento metri e terminava con un muro. Due gru si allungavano fino al cielo luccicante come gli scheletri di due uccelli preistorici. In acqua c'erano una grande nave da carico mangiata dalla ruggine che di certo aveva visto tempi migliori, e altre barche più piccole.

Non c'era anima viva. Ogni cosa era avvolta da un'ombra di abbandono. Rifiuti ammonticchiati davanti alle porte, la maggior parte delle quali probabilmente chiusa da anni, custode di chissà quale storia.

A destra, vicino all'acqua, Marmann vide la Ford. Si avvicinò, lento.

«Stop», disse la voce di Lubold.

Marmann inserì la prima e spense il motore. La macchina sussultò un po' e poi si bloccò. Forse aveva scalato troppo in fretta, pensò. Maledetti nervi, maledetto tutto.

Aspettò.

«Che ti prende, amico mio? Vuoi restare a marcire lì dentro? Scendi!»

«Senti... ti faccio una proposta.» Calmo, Andreas, devi stare calmo, non tremare. «Io ho i diamanti. Insomma lo sai che li ho. Mi conosci. Se dico una cosa, poi la mantengo.»

«Mah, su questo... Magari però stavolta è vero.»

«Allora facciamo che io mollo la valigia davanti al cancello. Okay? O davanti alla Ford, è uguale, dimmi tu cosa preferisci... e tu mi mandi Nicole, così ce ne andiamo.»

Lubold rimase in silenzio. Sembrava riflettere.

«Per favore, Jens», disse. «Se erano i diamanti quello che volevi, adesso li hai. Non hai motivo di continuare a torturare mia sorella. Liberala, mandamela qui.»

«Tu hai paura di entrare, non è vero?» mormorò Lubold.

«Ma no! Mica dicevo per te, dicevo per Nicole!»

«No, non si tratta di Nicole, a te importa solo della tua piccola, inutile vita.»

«No!»

«Perché sei un codardo, ecco cosa sei.»

«Se lo fossi, non sarei qui. Lubold, io non ho paura di te.» Che bugia enorme aveva appena detto, grossa come una casa! «Voglio solo che questa storia finisca. Lasciala andare!»

«Sono contento che tu non abbia paura», disse Lubold in tono paterno. «Ma ti faccio una domanda: come faccio a essere sicuro di cosa ci sia nella tua valigetta? Non lo so, non posso saperlo, non per certo almeno. Tu, al posto mio, cosa faresti?»

Marmann rimase zitto.

«No, Tesorandi, adesso che hai fatto tutta questa strada, che sei venuto dalla Francia, non sarebbe gentile non farti entrare, non trovi?»

«Jens, ma io...»

«Scendi!» ordinò Lubold con una voce di ferro. «Ricorda: un minuto di ritardo, un dito.»

«No!» Marmann prese la valigia, spalancò la portiera e si precipitò fuori dalla macchina, sotto il sole cocente. Lo sguardo si alzò verso la facciata dell'edificio, lo scrutò.

Era enorme. Enorme e respingente, interrotto da vicoli che portavano dall'altra parte, suppose Marmann, dove c'erano un mondo normale e persone normali che guidavano su strade normali. Rheinuferstraße. Molte finestre erano in frantumi, le poche intatte piene di polvere, e quindi cieche.

Lubold doveva essere dietro una di quelle finestre. A guardarlo... divertendosi un mondo.

Era lì dentro, con Nicole.

«Per favore, non farle del male», sussurrò. «Lei non ti ha fatto niente, ti prego.» Era a un passo dalle lacrime.

«Non le torcerò un capello», disse Lubold dopo qualche attimo di silenzio. «Ma dipende tutto da te.»

«Sì, allora dimmi... che devo fare?»

«Proprio davanti a te c'è un portone di acciaio, lo vedi?»

«Ne vedo diversi.»

«Dico proprio quello davanti al tuo naso.»

«Okay.»

«C'è un cartello, una scritta, che un tempo era 'ABYSS GmbH. Commercio all'ingrosso di articoli da sub'.»

Marmann aguzzò la vista. «Sì, l'ho visto, credo.»

«Dentro quel portone c'è un'altra porta, aprila.»

Marmann iniziò a muoversi; gli tremavano le gambe. La sua paura cresceva a ritmo esponenziale, ma il pensiero di Nicole lo fece andare avanti, fino a quando non abbassò la maniglia arrugginita e aprì la porta.

La sua prima impressione fu nero. Il volto sferzato da un'aria gelida. Puzza di muffa.

«Entra e chiudi.»

Marmann obbedì. La porta fece un rumore che rimbombò fino agli angoli più lontani di quel colosso in rovina. Prima ancora di guardarsi intorno, Marmann capì che era una stanza enorme, un hangar.

Piano piano i suoi occhi si abituarono alla semioscurità.

Era un magazzino, quasi vuoto e di dimensioni sconfinate, con un soffitto alto più di cinque metri, retto da una serie di pilastri. Davanti a lui c'era una scala di acciaio che saliva, sembrava una gabbia. Le finestre erano solo dal lato del Reno. A parte qualche mensola, di un colore opaco sulle pareti nere, l'ambiente era completamente vuoto. Ogni tanto, nel buio, s'intravedevano altre porte.

Un montacarichi.

«Scusami se ti ho fatto trovare le luci che non funzionano», disse Lubold. «Riesci a vedere qualcosa?»

«Sì.»

«Vedi il montacarichi?»

«Sì.»

«Bene, allora vai lì e aspetta.»

Mentre si dirigeva verso il retro dell'edificio, Marmann si concentrò sul rimbombo dei propri passi. A parte quelli, un silenzio di tomba.

Aspettò davanti alle porte chiuse.

Alle sue spalle sentì una specie di raschio.

Si guardò intorno in preda al panico e vide qualcosa scivolare lungo il muro. Per un attimo il suo cuore si fermò, quasi gli saltò fuori dal petto.

Poi una risatina nervosa.

Topi.

Per un topo, per poco non...

L'aria si riempì di una specie di stridio. Da qualche parte, sopra di lui, scattò un meccanismo e qualcosa si mise in movimento. Le porte dell'ascensore iniziarono a emettere dei rumori, vibrazioni, la cabina si spostò, crepitò verso il piano terra.

D'istinto, Marmann fece un passo indietro, e poi un respiro profondo. Le fessure di vetro nelle porte sembrarono riempirsi di luce, da sopra.

Un tonfo, e la cabina si fermò.

Lubold? Nicole?

Le porte si aprirono.

Vera

Ore 17.51

Uscì dalla DeTechtei e attraversò la strada, dov'era rimasta parcheggiata la Porsche, pochi metri più avanti.

Nello stesso momento, o quasi, vide arrivare la volante.

A tutta velocità, verso di lei. Vera resistette alla tentazione di partire a razzo e continuò a muoversi lentamente. La macchina le sfilò accanto senza degnarla di uno sguardo. Inchiodò davanti alla DeTechtei, quasi sgommando. Saltarono fuori due poliziotti e scomparvero all'interno del palazzo. Con una gran fretta, sembrava.

Pochi secondi dopo, la Porsche risaliva Schaafenstraße, svoltando verso il Neumarkt.

Vera cercò di rilassarsi. Qualunque cosa avesse voluto da lei la Kripo, l'avevano mancata per un pelo, di lì a cinque minuti Menemenci avrebbe fatto fuoco e fiamme, l'avrebbe fatta cercare per mari e monti. Non aveva molto tempo. Ma forse abbastanza per arrivare all'ex cantiere navale.

Tirò fuori il biglietto da visita del commissario e chiamò alla centrale.

Le dissero che era fuori.

Lei riattaccò e digitò il secondo numero. Davanti a lei la strada si biforcava, a sinistra il Deutzer Brüke, a destra Rheinuferstraße. Destra.

In quell'esatto momento il commissario rispose. «Menemenci.»

«Gemini.»

Per un momento ci fu silenzio.

«Però... lei ha fegato.» Lo disse col tono di uno che, potendo, l'avrebbe azzannata. «Dove diavolo è finita?»

«Sto andando da Lubold.»

«Ecco, altre stronzate! Lei racconta solo stronzate! Lo sa cosa abbiamo arrestato a Monaco? Un accendino, cazzo, un accendino!»

«Lo so», rispose lei.

«Ma certo, perché lei sa sempre tutto, non è vero? Se non vuole passare guai seri, qualunque cosa stia facendo smetta immediatamente e porti il suo culo in centrale. Subito.»

«Io il mio culo lo porto dove voglio, chiaro? Menemenci, ho bisogno del suo aiuto.»

«Ah, ma è proprio impazzita...»

«Ho bisogno del suo aiuto!» sbottò Vera. «Ci sente, quando parlo? Lo vuole inchiodare, Lubold, o no?»

Lo sentì annaspare per prendere aria. Poi, con una voce incredibilmente rilassata, disse: «Va bene, dica».

«L'accendino era tutta una manovra per distrarci. Io credo che Lubold adesso sia all'ex cantiere navale, quello di Severinsbrücke. Lui ne possiede una parte. Se vuole può controllare, ma non credo che ne avrà il tempo.»

«Poche ciance. Prosegua.»

«Credo che sia lì, con la sorella di Marmann. Forse c'è anche lui, Marmann, potrebbero incontrarsi lì. Nel peggiore dei casi, è già successo tutto.»

«Santo cielo, e da quando sa tutte queste cose?»

«Non so, pochi minuti fa mi è venuta una specie d'illuminazione. Menemenci, io non le ho mai mentito. Per una volta, potrebbe farmi la cortesia di credermi?»

«Lei mi farà uscire di testa.»

«Lei anche.»
«Adesso dov'è?»
«Rheinuferstraße. Überring. Pochi minuti e sarò all'ex cantiere. Quindi si sbrighi.»
«Io...»
«Per favore!» insistette lei.
«Guardi che, se mi ha rifilato un'altra bufala, può prendere la sua licenza e pulircisi il culo», disse Menemenci. «Ma, okay, le mando un paio di uomini.»
«Quanto tempo ci vorrà?»
«Dio santo, e io che ne so? Arriveranno il prima possibile, ma bisogna vedere chi c'è di disponibile.»
«Bene, in fondo al cantiere c'è una specie di secondo cantiere, un'ala aggiunta dopo. Lubold dev'essere lì dentro. Gli uffici di un'ex ditta di commercio all'ingrosso di articoli da sub.»
Vera svoltò sotto il Severinsbrücke. Vide il portone spuntare alla sua sinistra. Aumentò la presa sul volante e imboccò la strada dissestata. «Adesso devo chiudere. Lascio la macchina sulla strada, una Porsche argentata.»
«Aspetti un attimo!» gridò Menemenci. «Cosa...»
«Mi auguri buona fortuna.» E riattaccò.

Südstadt

Ore 17.54

Menemenci lanciò il cellulare sul sedile accanto a quello del guidatore, chiuse la portiera e tornò dentro il pub in cui da circa dieci minuti stavano interrogando un serbo molto poco raccomandabile. «Temo che dovrete continuare senza di me», disse.
I poliziotti e il serbo sgranarono gli occhi, tutti insieme.
Menemenci si strinse nelle spalle, tornò alla macchina e chiamò la centrale via radio.

«Se è per la detective, ecco...» rispose Krantz.

«Vi è sfuggita, lo so.»

«Un attimo, però! Nessuno ci aveva detto di sorvegliarla giorno e notte!»

«No, resetti tutto. Ci ho appena parlato.»

«Cosa?»

«Credo abbia trovato Lubold.»

«Scusi ma non la seguo più.»

«Metta insieme una squadra», disse Menemenci. «L'ex cantiere navale di Severinsbrücke, lì dentro, da qualche parte, ci dev'essere un'ex ditta di commercio all'ingrosso di articoli da sub, una cosa del genere.»

«Un attimo, un attimo! Ma quel posto è enorme! Dove, di preciso?»

«Non ne ho la più pallida idea.»

«Ma...»

«È uguale!» disse Menemenci, impaziente. «Prenda i primi uomini che le capitano. Ah, Krantz...»

Il vice fece un sospiro. «Sì, ho già capito. Di corsa.»

Menemenci guardò l'orologio.

Se tutto era andato secondo programma, in quel momento Vera Gemini stava entrando nell'ex cantiere. La squadra non ci avrebbe messo molto, ma forse troppo.

Lui sarebbe stato più veloce.

Si voltò verso il pub, indeciso. Poi saltò in macchina e accese il motore.

Ex cantiere navale

Ore 17.56

Nell'ascensore non c'era nulla.

Marmann fece un passo.

«Solo la valigia», disse la voce di Lubold. «Tu per adesso resti fuori.»

«Io… io non capisco», balbettò Marmann. «Tu volevi Nicole…»

«La valigia, Andreas, mettila dentro l'ascensore.»

Spinto da quel tono impaziente, Marmann entrò, mollò la borsa e riuscì. Le porte si chiusero. Si girò e vide l'ascensore che saliva. Gemendo e cigolando. Come un animale preistorico che si era appena risvegliato da un letargo millenario.

«Lubold?» disse quindi nel telefono.

Il tuono del meccanismo, la cabina si fermò.

Nessuna risposta.

Quell'improvviso silenzio fu la cosa peggiore che potesse sentire. Lo sguardo scattò verso la scala di acciaio.

I secondi si allungarono fino a diventare un'eternità.

Doveva andare di sopra?

Il destino di Nicole, però, dipendeva dalla sua collaborazione. Se la sorella aveva ancora una chance, e non ne era sicuro, disobbedendo a Lubold lui l'avrebbe bruciata.

Quindi doveva aspettare.

Tutto sarebbe andato per il meglio.

Tutto!

A meno che Lubold non lo avesse fatto secco…

Rabbrividì; gli occhi continuavano a spostarsi dalle scale al montacarichi. Cosa stava succedendo di sopra? Perché quel figlio di puttana aveva smesso di parlargli?

«Lubold!» chiamò ancora.

«Oh, monsieur Mormon.» Una voce nasale. «*Pardon, mon ami.* Ti avevo quasi dimenticato.»

«Che significa?» gridò Marmann. «Avevi promesso di mandarmi giù Nicole, lo avevi promesso!»

«Scusami, sono rimasto accecato dal luccichio del mio tesoro inaspettato», rispose Lubold di buonumore. «Incredibile, hai mantenuto la parola.»

«Sì, infatti!» Marmann sentì la paura trasformarsi in una rabbia bordeaux. «E adesso pretendo che tu mantenga la tua. Mi spetta di diritto. Mi senti?»

«Certo che ti sento.»

«Dov'è Nicole?»

«È qui con me. Vieni a prendertela.»

Marmann rimase come bloccato. Scrutò la penombra, diffidente.

«Ma insomma, André Andrejević!» lo schernì Lubold. «Così però mi fai uscire matto. Io ti ho promesso di lasciarla andare, perché ti agiti in questo modo? Tu hai fatto la tua parte, io faccio la mia. Prendi le scale. Sono solo pochi gradini. Slegala e riportatela a casa. Forza, cosa aspetti? Solo Dio sa quanto si è meritata la libertà. Non è vero, sorellina?»

«Andi!» pigolò Nicole, implorante, da una distanza indefinita. Sembrava che fosse sul ciglio di un baratro. «Voglio andare via! Per favore, portami via da lui!»

Marmann restò pietrificato. Poi chiuse il cellulare e corse verso le scale. Salì. L'acciaio era scuro come una campana, i passi rimbombavano verso l'alto. Alzò lo sguardo, ma i gradini davanti a lui venivano come inghiottiti dall'oscurità, solo qualche strisciolina di luce che filtrava dai vari piani. Continuò a salire, di corsa. Un pavimento in cemento. Primo piano. Una sala grande come quella del pianterreno. Pilastri, finestre sul Reno, sulla parete opposta le porte dell'ascensore.

Per il resto niente.

Nessuno.

Ansimando, si guardò intorno e proseguì. Di nuovo il buco nero, in alto, cemento intorno. Guardò giù attraverso le grate dei gradini.

Un altro nulla, come quello che gli incombeva sulla testa.

Nel duomo, si ricordò all'improvviso, c'era una scala simile, dopo quella a spirale in pietra. Una struttura in acciaio, sospesa, che oscillava, tanto che da bambino aveva faticato a raggiungere la terrazza panoramica. Cadere era impossibile, ma salendo dalle grate si poteva vedere tutto, sino al pavimento in marmo della chiesa. Ci mancava solo quell'immagine per privarlo dell'ultimo briciolo di coraggio che gli fosse rimasto.

Era un ricordo di decenni prima. Era stata davvero la sua, d'infanzia?

La mano afferrò la ringhiera, Marmann si mosse, fece un altro piano, i piedi continuavano a martellare i gradini. Nicole li avrebbe sentiti.

Si sarebbe fatta coraggio.

Speranza.

Rumori. Una specie di luce. Pilastri, finestre. Il secondo piano.

Stava quasi proseguendo... Era tanto ossessionato dal pensiero di strappare la sorella dalle mani di Lubold che la sua fantasia aveva già partorito la scena che si sarebbe dovuto trovare di fronte e per poco ciò non lo rese cieco davanti alla realtà. Nella sala, quasi un duplicato di quella al piano di sotto e di quella sotto ancora, lì per lì non vide nulla... non la vide. Solo quando guardò meglio si accorse che tra due pilastri c'era un corpo minuscolo. Che sembrava fluttuare. Un angelo con le ali spezzate e le mani legate dietro la schiena.

L'angelo piangeva.

I singhiozzi si perdevano tra i pilastri, come macchioline di dolore e disperazione in quel grigiore vuoto. Niente, nessuno, solo quel corpicino sospeso.

«Nicole!»

Marmann saltò fuori dalla gabbia delle scale e attraversò la sala. Avvicinandosi, capì perché era sospesa. Si fermò, il respiro mozzato. Dal soffitto pendevano dei ganci enormi. Con delle catene attaccate. Una delle catene era stata fatta passare sotto l'ascella di Nicole, un'altra era legata intorno alla caviglia. Poi Lubold l'aveva tirata su, in modo che restasse appesa, a un paio di metri dal pavimento.

Nella sua rabbia impotente, Marmann strinse le mani a pugno e proseguì.

Lei sollevò la testa, quel poco che riusciva, e pronunciò il nome del fratello, piagnucolando.

«Tranquilla, Nicole.» Riusciva solo a sussurrare, come se la rabbia gli avesse aggrovigliato le corde vocali. «È tutto finito, tesoro, adesso andiamo a casa.»

Poi sentì scricchiolare qualcosa sotto i piedi.

Si fermò e guardò per terra.

Pezzi di vetro.

Il suo sguardo percorse il pavimento, esterrefatto. A destra, a sinistra, sotto i pilastri, fino a Nicole: la stessa scena, ovunque, un'unica lastra di vetro in frantumi, come se qualcuno vi avesse scaricato di botto un camion pieno di bottiglie. Intorno a Nicole ce n'era una montagna, di diversi metri di diametro. Per raggiungere il centro, e la sorella, bisognava attraversarla, passarci in mezzo, per forza, da qualunque lato. Non c'erano altri modi.

Che razza di giochetti, perfidi, inutili... Lubold si era bevuto il cervello. Ma, se era quello che voleva, lo avrebbe fatto. Marmann fece un altro passo.

«Ciao, Andi.»

Marmann si guardò intorno. Lubold era spuntato da dietro un pilastro. Sotto il braccio sinistro la valigia, sotto il destro una pistola calibro 22.

Andreas sgranò gli occhi. «E questo, adesso, che significa?» sibilò.

Lubold inarcò un sopracciglio, sorpreso. «A cosa ti riferisci, non capisco...»

«Questi vetri del cazzo... Hai i tuoi diamanti, no? Cos'è che vuoi, ancora?»

«Niente.»

«Hai promesso che potevo portare via Nicole.»

«Infatti te la puoi prendere», rispose Lubold con un sorrisino imperscrutabile. «*Se* ci riesci.»

Marmann sbuffò. Si girò e si mosse verso la sorella.

«Stop stop stop», disse Lubold.

«No! Avevi promesso che...»

Un colpo rimbombò attraverso la sala, come una frustata. Davanti ai piedi di Marmann schizzarono delle schegge.

Lui fece un passo indietro e guardò Lubold. «Che diavolo ti prende?» strillò. «Cosa vuoi, ancora?»

«Non molto. Voglio solo farti provare com'è stato.»

«Com'è stato cosa, santo dio?»

«Quella volta, da solo, nel deserto.»

Marmann deglutì. «Senti, mi dispiace.»

«Sì», annuì Lubold. «Anche a me.»

«Ma ormai ho pagato... quindi adesso che vuoi?»

«Io voglio che vai a prendere Nicole.» Una pausa. «Ma prima devi toglierti le scarpe.»

Marmann voleva replicare qualcosa, ma gli si chiuse la gola. Girò la testa e guardò i pezzi di vetro. Fino a Nicole erano almeno cinque metri.

«Ma... ma non puoi farmi una cosa del genere», sussurrò.

«No? Sai, anch'io, allora, ho pensato esattamente la stessa cosa. Che, no, non potevate farmi una cosa del genere. Come potrei descriverti quello che ho provato dopo che ve ne siete andati? Tre pallottole in pancia. Hai mai provato dolore quando il dolore non conta più? Perché tanto non puoi più contrapporlo a una sensazione di non sofferenza, visto che tutto, ogni fibra del tuo corpo, ogni pensiero, la sabbia, il cielo, l'aria, il solo fatto che vivi... *è* dolore?»

Marmann abbassò la testa. Sentì l'attenzione di Lubold pesare su di lui come un macigno.

«È un'esperienza che ho già condiviso con Üsker... e con Solwegyn, quella del sole che brucia, di quando al fuoco che senti dentro le viscere si aggiunge quello del fuoco intorno a te. È incredibile cosa possa fare il sole alle persone. Senti uscirti dalla pelle ogni goccia di umidità, come risucchiata fuori; diventa vapore, e pensi che in quel momento perfino una mummia, rispetto a te, è una spugna bagnata. Non hai più acqua, niente, quindi sudi sangue, lo vedi e te lo soffi via dalla pelle, come una polvere rosso-marroncina, ma l'afa continua a non lasciarti tregua.»

«Mi spiace», ripeté Marmann in tono ancora più flebile.

«Ma tu vai avanti, ti trascini, e ogni passo è come calpestare un pezzo di vetro. Il dolore che ti divora... da dentro, da sopra, da sotto. E quando sei convinto di non riuscire a muovere più un muscolo, di non riuscire a fare più nemmeno un passo, poi puoi sempre farne un altro, ma a te sembra un inferno, con diavoli, fiamme e tutto l'armamentario. Capisci? Un unico passo! Capisci?»

Marmann scosse la testa. «Non potevi farcela. Come hai fatto a sopravvivere?»

«Come ho fatto? Sono stato raccattato dagli iracheni. Una manica di fuggiaschi, una banda di disperati che pensava che con un prigioniero di guerra avrebbe avuto carte migliori. Se la facevano addosso davanti agli alleati, ma ancor di più davanti al loro illustre despota, Saddam. Io ero il loro piccolo, misero trofeo. Iracheni, capisci? Mi hanno dato dell'acqua e siamo riusciti a passare il confine incolumi. Mi hanno interrogato, ma da me non potevano tirare fuori più nulla, così mi hanno portato all'ospedale da campo e mi hanno rattoppato. Nessuna ferita a organi interni, un miracolo. Le pallottole erano state così gentili da fare lo slalom tra le mie viscere, schivando i punti vitali. E il grande dittatore ha trovato un nuovo collaboratore.»

«Tu hai…?»

«Collaborato con Saddam? Sei pazzo? Certo che no. Ma ho passato gli ultimi otto anni in Iraq. Ero un agente e il mio lavoro era fare in modo che le persone cantassero, quando volevano sapere qualcosa da loro. E ti dirò una cosa… non è stato meglio o peggio che in qualunque altra parte del mondo.»

Marmann lo guardò. In quel momento capì che da Lubold non ci si poteva aspettare nessuna pietà. «Per favore, lasciala andare», disse comunque.

Lubold digrignò i denti. «Vattela a prendere. Via le scarpe, e anche i calzini.»

Le guance di Marmann si rigarono di lacrime. Con mani tremanti, si slacciò le scarpe, prima l'una, poi l'altra. Se le tolse, poi passò ai calzini. La pelle si riempì subito di minuscole schegge, ma lui serrò le mani a pugno e guardò Nicole, ancora appesa e piagnucolante.

Terrorizzata.

Strinse i denti e fece il primo passo.

Vera

Ore 18.00

Vide la BMW scura.

Da dove si trovava, nell'ombra del vicolo, poteva controllare entrambi i lati del cantiere. Dietro la BMW era parcheggiata una seconda macchina.

Marmann?

Lentamente andò verso la luce.

Il sole ormai era diventato solo una macchia slavata, striata di bianco, cosa che aumentava la sensazione di essere sotto un cielo di luci al neon, i fili tirati da un orizzonte all'altro. L'ex cantiere quasi l'abbagliò.

Scivolò lungo l'edificio; fin quando fosse rimasta appiccicata al muro, nessuno, dentro, l'avrebbe vista. Aumentò la stretta della mano intorno alla sua Glock 17. Un'arma del GSG 9, cartucce calibro 9 x 19, Parabellum. Letale, se uno la sapeva usare.

Era da tempo che non usciva con un'arma, anche se continuava a esercitarsi al poligono con regolarità. La sua percentuale di centri si aggirava intorno al novantacinque per cento, ma aveva giurato a se stessa di non portare con sé armi, se era possibile. Bastavano le arti marziali e la sua testa. Dovevano bastare.

Non in quel caso. Non si faceva nessuna illusione, riguardo a Lubold. Era una macchina di sopravvivenza, tutta d'un pezzo: sarebbe stato disposto a sacrificare anche lei, Vera lo sapeva.

A sinistra e a destra vide la cinta di portoni più grandi, che conducevano all'interno. Per un attimo esitò, poi si fece avanti l'intuito; le disse che doveva essere uno degli ingressi vicino alle macchine parcheggiate, quindi quello alla sua sinistra.

Continuò a scivolare lungo il muro, fino alla porta, ma era chiusa. Rischiò allontanandosi di un passo. Alzò la testa e vide che sopra c'era una specie di cartello, a malapena leggibile: ABYSS GMBH.

Sotto mancavano intere lettere, bisognava decifrare.

Nel battente di sinistra vide una porta più piccola. Vi appoggiò l'orecchio e origliò. Nessun rumore, ma non significava nulla. Le porte di metallo assorbivano i suoni, o li amplificavano, a seconda dei gusti del costruttore.

Poi spinse giù la maniglia, veloce, entrò e si richiuse la porta alle spalle, piano.

L'ambiente in cui si ritrovò, più un hangar che una sala, era deserto. Il soffitto sorretto da pilastri. A sinistra una scala di acciaio. Dall'altra parte un montacarichi.

Vera chiuse gli occhi.

Nulla, ancora nessun rumore. Eppure Lubold doveva essere lì, da qualche parte…

Si avvicinò alla scala e guardò su.

Un buco nero.

Che saliva all'infinito. Lubold aveva comprato l'intero complesso?

Nello stesso istante il suo timpano percepì qualcosa. Voci umane, acute e sconnesse. Trattenne il respiro e tese le orecchie.

Un grido, soffocato.

Sopra di lei, in lontananza.

Iniziò a salire. Con passo fermo e veloce, ma cercando di non fare rumore. Fu più difficile del previsto, perché la scala continuava a oscillare. Un rumore metallico che scuoteva i sostegni rimbombando verso l'alto e verso il basso. I tacchi che raschiavano sulla grata. C'era qualcosa che cigolava.

Stava facendo un casino!

Dentro di sé, Vera imprecò. Più piano di così era impossibile. Quelle scale godevano di vita propria. Un altro paio di gradini, fino a una specie di slargo, uno spazio più ampio. Vuoto. Si tolse le scarpe. Le erano costate un occhio della testa, se le portò dietro.

Ricominciò a salire, facendo molto meno chiasso di prima, ma le grate di metallo le segavano la pianta dei piedi. Cercò d'ignorare il dolore. Sentì altri rumori, stavolta più vicini. Singhiozzi, piagnucolii, sospiri.

Tesa e curva come un gatto, fece gli ultimi gradini fino al piano successivo. Si girò di scatto, l'arma spianata, e restò impietrita.

La scena che si ritrovò davanti agli occhi le sembrò allo stesso tempo incredibilmente assurda e plausibile.

Un corpo che pareva sospeso nell'aria. Davanti qualcuno che cercava di avvicinarsi a esso come a rallentatore.

Vera non capì da quale delle due figure fossero provenuti i versi raccapriccianti che aveva sentito per le scale. Per alcuni secondi, seguì la scena, come rapita, poi si rinfilò le scarpe, uscì dalla gabbia delle scale e andò verso le due persone.

Quella appesa era Nicole, incatenata come un bovino.

Quella davanti un uomo scalzo.

E pezzi di vetro ovunque.

Vide i capelli neri. Senza riconoscerlo davvero, da quei capelli Vera capì che l'uomo era Marmann. La persona che aveva cercato per mari e monti. Finalmente lo aveva trovato... in mezzo a quella scena surreale. Per colpa sua.

Lubold non c'era, o almeno così sembrava.

Ma per quale motivo quella terribile farsa?

«Marmann!» chiamò.

Lui si fermò. Poi, lentamente, si girò verso di lei.

«Non si muova», disse Vera in tono deciso. «Nicole la libero io.»

Lui scosse la testa con veemenza. Aveva gli occhi vitrei, la bocca che continuava a fremere dal dolore. Continuò, barcollando. Vera gli guardò i piedi.

Pieni di sangue.

«Lui...» Riuscì a balbettare a un certo punto. «Lui è...»

«Nicole la tiro giù io, lei per favore non si muova, per amor del cielo!»

«Tu non tiri giù proprio nessuno», disse una voce alle sue spalle. «L'arma, mollala.»

Bathge.

Lubold.

In un nanosecondo, Vera valutò tutte le possibilità: scartare di lato, girarsi, schiacciarsi a terra, sparare... come una stuntman del cinema. Ma sapeva che niente di tutto ciò avrebbe avuto senso.

Le sue dita si allargarono. La Glock le cadde dalla mano e atterrò sul cemento.

«Passamela, col piede. Ma senza girarti.»

Vera toccò l'arma col tallone e la calciò verso di lui. Sentì il metallo che scivolava sulla pietra, il fruscio dei vestiti di Lubold mentre si chinava per raccoglierla. Poi un cozzare di metallo contro metallo, più volte, che piano piano si smorzava verso il basso.

Aveva buttato la Glock giù dalle scale.

«Adesso girati», disse.

Vera obbedì.

E vide l'uomo che l'aveva amata, vide l'assassino che le puntava un'arma contro il cuore… e finalmente si fusero in un'unica persona. Quello che non era riuscito a fare la sua testa lo fece la cruda realtà. La persona che aveva di fronte, con una pistola nella mano destra e nella sinistra una valigia dal contenuto immaginabile, le sembrò un mostro. Solo quello. «Come devo chiamarti?» domandò, gelida. «Simon? O preferisci Jens?»

«Simon è morto», disse Lubold.

«E chi l'ha ucciso, tu?»

«Sì, alla fine sono riuscito a trovarlo. Sai, certe cose vanno preparate con largo anticipo. Io avevo bisogno di un'identità, e la sua mi calzava a pennello.»

«E, nel mio appartamento, chi era?» domandò. «Lubold o Bathge?»

Lui scosse la testa. «Oh, Vera, perché non te ne sei rimasta a casa?»

«Rispondi!»

«Perché mi hai spiato?»

«Perché sei venuto a letto con me?»

Lubold restò zitto.

«Dimmelo, lo voglio sapere», lo aggredì. «Per farti una scopata? Per questo? Godevi del fatto di giocare con me? Mentre facevamo l'amore, dentro di te ti stavi facendo grasse risate? Dai, dimmelo! Me lo puoi dire, io le cose le sopporto. Non sei certo il primo idiota che mi tocca stare ad ascoltare.»

Lui sorrise. «Oh, eccome se ho goduto. Eccome.»

«A me sembra che è una settimana che godi. Üsker, Solwegyn, Nicole e Marmann, e ogni tanto una scopatina con Vera. Complimenti, proprio un bel programmino. Hai finito, adesso, o hai voglia di mandare all'altro mondo altri due innocenti?»

«Innocenti?»

«Sì, lei è innocente, o sbaglio?»

«Lei innocente?» sbottò Lubold. «Ma ti ha raccontato come diavolo passa le sue giornate?»

«Sì, lo so.»

«Be', anch'io. Abbiamo chiacchierato un po', per non annoiarci. Vive a Intertown. Tu lo sai, dove sta Intertown?»

«Sì, a Interworld.»

«E hai capito *dove sta* Interworld? Nicole vive in un mondo di dati, in un mondo finto! Lo stesso mondo in cui vivi anche tu con le tue *spider-cams* e i tuoi stupidi programmi.» Si avvicinò. Il volto traboccava di disprezzo. «Tu… tu ti stai permettendo di giudicarmi? E quella lì dovrebbe essere innocente? Ma che razza di persone siete diventate? Volete sapere che mondo è quello in cui viviamo? Lo volete sapere? È il mondo che abbiamo fatto con le nostre mani. Con le vostre mani. Ma voi preferite programmarne uno nuovo, invece di rimettere a posto il vecchio.»

«La tua morale mi fa vomitare! Più di tutte le cose che hai fatto!»

«Ah, sì?» Lubold sembrava divertito. «Allora devi aver frainteso qualcosa. Io non ho intenzione di fare nessuna morale. Perché voi non ve la meritate, una morale. Nessuno s'interessa davvero di Üsker o di Solwegyn, nessuno! Passano la notizia al telegiornale, una sera, ma non gliene importa niente a nessuno! Perché preferiamo vedere le serie TV o rintanarci nel cyberspazio! Quella lì, quella che abita a Intertown e ancora non ha capito che il fatto che le manchi un alluce non è un errore di programmazione, un baco… quella lì dovrebbe essere innocente? Una che consuma la fame nel mondo e le catastrofi naturali come pacchetti di patatine e poi sgattaiola nel suo maledetto Interworld?»

«E nessuno che badi al piccolo Jens, non è vero?» lo provocò Vera.

Lubold si fermò. Poi fece una risata secca. «Il piccolo Jens ha imparato a badare a se stesso da solo. Gli altri non m'interessano. Vera, gli umani sono diventati disumani. Non me ne frega niente di chi ammazzo, tanto è indifferente.»

«Compresa… me?»

Lui accusò il colpo.

«Allora? Non te ne fregava niente anche quando mi hai spiegato i miei autoritratti?»

Lubold la scrutò. Il suo sguardo si era leggermente annebbiato. «No», rispose quindi con un filo di voce.

«Quando ho acceso le candele?»

«No.»

«Tu volevi…» Deglutì. «Tu non volevi proteggermi quand'eravamo…»

«Sì!» strillò Lubold. «Maledizione, Vera, perché non hai mollato? Perché sei dovuta venire qui?»

Lei allargò le braccia. «E allora adesso spara.»

Lui fece un passo indietro e scosse la testa. «Vera… l'hai voluto tu, non è colpa mia.»

«Spara», ripeté lei in tono impassibile. «Ma stai attento, e spara bene. O io ti manderò in un inferno che non riesci nemmeno a immaginare.»

Dietro di lei si sentì un grido. Lubold distolse lo sguardo. Vera si girò e vide Marmann che si stava muovendo verso di lei più veloce che poteva, con le braccia allargate.

«No!» strillava. «Noooooo!»

Lei sentì lo sparo e lo vide schizzare all'indietro. Marmann cadde sui pezzi di vetro, dove restò immobile a fissare il soffitto. Nicole iniziò a strillare, isterica.

«E tanti saluti a Üsker», disse Lubold.

Vera fece un passo di lato e iniziò a correre. Lui sparò di

nuovo, più volte di seguito. Lei saltava da una parte all'altra come una lepre, fino al pilastro successivo.

Per un attimo ci fu silenzio, poi Nicole riattaccò con le sue grida disperate.

Smettila, la implorò Vera. Per amor del cielo, smettila di gridare o sparerà anche a te.

Poi sentì i passi di Lubold avvicinarsi e si schiacciò contro un pilastro, annaspando.

«Dai, Vera, adesso vieni fuori.» Parlava con un tono più rilassato. «Tu non devi preoccuparti di nulla. Di nulla, capito? Tutto questo non sta avendo luogo. Ormai gli eventi sono eventi solo se c'è una telecamera che li filma. Non lo sapevi?»

Vera non si mosse di un millimetro.

«Su, adesso basta. Tanto non hai nessuna chance.»

I passi si avvicinarono ancora.

«Tra due minuti arriverà la polizia», rispose lei, sempre ansimando. «Sta arrivando un commando, sono già per strada.»

Lui restò impietrito. «Bella, come idea», disse, ma aveva colto la sfumatura d'insicurezza nella voce di lei.

«Poi fai come vuoi, te lo dico per non farti perdere tempo.»

«Tu menti.»

«Probabilmente sono già qui sotto. Jens, io non sono facile da beccare, sono troppo veloce. Potremmo stare ore e ore a giocare a nascondino tra questi pilastri, ma tu tutto questo tempo non lo hai.»

Lei sapeva che non era vero.

Era *lui* quello troppo veloce.

Eppure all'improvviso sentì Lubold avvicinarsi alle scale, poi tornare indietro, poi però passi che scendevano.

Lei aspettò e cercò di riprendere il controllo del suo corpo, che stava tremando. Quindi uscì da dietro il pilastro e guardò Marmann.

Era morto. Un piccolo buco nero al centro esatto della fronte.

Le grida di Nicole ormai si erano smorzate in un piagnucolio continuo.

Di lei si sarebbe occupata più tardi.

Sempre che ci fosse stato, un «più tardi».

Raggiunse le scale e corse giù. I passi di Lubold non si sentivano più. Fece i gradini a due, a tre, saltò intere scale, superò il primo piano, raggiunse il pianterreno.

Dov'era la sua arma? Doveva essere lì, da qualche parte.

Era troppo buio.

Fuori sentì accendersi un motore. Corse alla porta, la aprì e vide la Ford argentata muoversi verso la strada.

E frenare.

Dalla direzione opposta, infatti, stava arrivando un'altra macchina, che bloccava l'uscita. All'improvviso la portiera della Ford si aprì e Lubold balzò fuori. Sparò. Il nuovo arrivato stava ancora scendendo... Vera vide il parabrezza in frantumi e Menemenci barcollare. Il commissario cercò di afferrare meglio la sua pistola, ma aveva del sangue su una manica.

Lubold accelerò il passo continuando a sparare. Menemenci corse verso la BMW parcheggiata, ma prima che potesse nascondersi lì dietro Lubold lo centrò diverse volte.

Il commissario si accasciò. La pistola gli scivolò di mano.

Lubold si fermò.

Vera iniziò a correre.

Vide Lubold avvicinarsi alla macchina di Menemenci. Con pochi passi, lei raggiunse il commissario, che stava ansimando con gli occhi chiusi, si mise in ginocchio e raccolse la pistola. Lubold ormai aveva raggiunto la macchina, era di spalle. Lei si alzò e fece un balzo in avanti, con la pistola spianata. «Simon!»

Lui si girò.

Per un attimo rimasero immobili, come in un flash al magnesio. L'arma di lei puntata contro la testa di lui, quella di lui contro quella di lei. Le braccia tese, distanti nemmeno due metri, ognuno stringeva la propria presa sulla vita dell'altro.

«Simon è morto», disse Lubold.

«Ma tu, da me, cosa volevi? Lo voglio sapere. Cosa voleva da me Simon Bathge?»

Lui scosse la testa.
«Lo voglio sapere», insistette lei.
«Te, voleva te», disse Lubold. In tono triste, sperduto. «Te. Bathge ha fatto un errore.»
«Faceva parte del piano?»
«No.»
«E Lubold? Cosa vuole Lubold?»
Lei vide una sottile patina di sudore sulla sua fronte. Le pupille che tremavano, ma le labbra iniziarono a sorridere...
... sparò.
Le dita strinsero più forte. Ma non partì nessun proiettile letale.
Clic.
Gli occhi di Lubold furono attraversati da un'espressione che Vera non gli aveva mai visto. Stupore.
Clic.
Clic.
Clic.
«Può essere che negli ultimi tempi hai sparato troppo?» disse.
Da Rheinuferstraße sentì le sirene della polizia. Deboli, poi più vicine. Sarebbero arrivati in meno di un minuto.
Lubold era come congelato.
Lentamente abbassò il braccio con la pistola scarica.
Stridio di gomme. Sirene.
Guizzi di ombre blu.
Pochi secondi.
Vera continuò a tenere puntata la pistola di Menemenci contro di lui. Si sentiva calma, quasi leggera.
È così facile porre fine a tutto. Il difficile è cominciare.
Ma qualcosa era iniziato, il muro ormai era crollato. Scegli: sacrificare la tua vendetta o la causa del tuo dolore. Qualunque cosa scegli, però, lasciatela alle spalle.
Il lato oscuro è quel posto in cui il tempo non riesce a dispiegarsi.

Breve cronaca della Guerra del Golfo

Per una migliore comprensione, visto che i nostri ricordi si estinguono in fretta, quasi come i pozzi petroliferi, ecco un breve riepilogo di quello che è successo nel Golfo.

1990

1° agosto. Alle 20.00, ora di New York, alla Casa Bianca arriva la notizia che i carri armati iracheni hanno invaso il Kuwait.

A seguire, Bush e Saddam portano avanti una guerra mediatica, la prima della storia, dove i due leader si rivolgono alla popolazione nemica. La prima battaglia del Golfo, quindi, si combatte a colpi di propaganda. Ma ogni tentativo di convincere gli iracheni a desistere e a fare marcia indietro fallisce.

1991

9 gennaio. A Ginevra s'incontrano i ministri degli Esteri di Stati Uniti e Iraq, James Baker e Tariq Aziz. Il mondo spera in una soluzione pacifica della cosiddetta «Crisi del Golfo». Ma non si raggiunge nessun accordo.

17 gennaio. Diciannove ore dopo la scadenza dell'ultimatum dell'ONU per lo sgombro incondizionato del Kuwait, un esercito di forze multinazionali attacca l'Iraq. Baghdad viene bombardata, il centro delle telecomunicazioni iracheno viene messo fuori gioco, gran parte delle basi aeree e delle postazioni Scud viene distrutta.

18 gennaio. L'Iraq bombarda Israele con armi non convenzionali. Per non mettere a rischio l'azione degli alleati, Israele rinuncia alla controffensiva.

24 febbraio. Inizio dell'operazione Desert Storm. Gli alleati entrano via terra con grandi contingenti nel territorio kuwaitiano e nel Sud dell'Iraq. Le truppe d'élite di Saddam, la guardia repubblicana, vengono accerchiate e sbaragliate.

26 febbraio. Saddam Hussein ordina il ritiro delle truppe dal Kuwait. Si arriva a un nuovo scontro fra gli alleati e la guardia, che viene definitivamente annientata. Gli alleati non riescono a impedire che gli iracheni appicchino il fuoco ai pozzi petroliferi kuwaitiani provocando un disastro ecologico.

27 febbraio. L'Iraq accetta la risoluzione dell'ONU in dodici punti senza porre condizioni.

28 febbraio. Alle 6.00, ora dell'Europa Centrale, gli incendi sono tutti spenti e si tirano i primi bilanci. Il Kuwait è di nuovo un Paese libero, l'esercito iracheno ha subito una sconfitta schiacciante, con diecimila iracheni caduti e gran parte delle infrastrutture distrutta dalle bombe. Eppure Saddam Hussein resta alla guida dell'Iraq.

Gli alleati parlano di cento morti, cifra tonda, tra le file dei liberatori.

3 marzo. L'Iraq firma il cessate il fuoco definitivo dell'ONU.

22 marzo. L'ONU decide di ritirare l'embargo commerciale contro l'Iraq.

Finito di stampare
nel mese di ottobre 2015
per conto della Casa Editrice Nord s.u.r.l.
da Grafica Veneta S.p.A. di Trebaseleghe (PD)
Printed in Italy